华 章
传奇派

品味无限不循环的人生

唐镇故事

Tang Zhen Story
Obsessive Nightmare

By Li Ximin

李西闽 ◎ 著

执梦

1

重庆出版集团 重庆出版社

图书在版编目（CIP）数据

唐镇故事.1,执梦/李西闽著.— 重庆：重庆出版社，2022.8
ISBN 978-7-229-17014-1

Ⅰ.①唐… Ⅱ.①李… Ⅲ.①长篇小说—中国—当代
Ⅳ.①I247.5

中国版本图书馆CIP数据核字（2022）第133175号

唐镇故事1：执梦
TANGZHEN GUSHI 1: ZHIMENG

李西闽　著

出　　品：华章同人
出版监制：徐宪江　秦　琥
责任编辑：王昌凤
特约编辑：黄卫平
责任印制：杨　宁　白　珂
营销编辑：史青苗　刘晓艳
装帧设计：人马艺术设计·储平

重庆出版集团
重庆出版社　出版
（重庆市南岸区南滨路162号1幢）
北京盛通印刷股份有限公司　印刷
重庆出版集团图书发行有限公司　发行
邮购电话：010-85869375
全国新华书店经销

开本：880mm×1230mm　1/32　印张：12.5　字数：313千
2022年10月第1版　2024年1月第2次印刷
定价：52.80元

如有印装质量问题，请致电023-61520678

版权所有，侵权必究

序：重新出发

李西闽

2007年8月，修改完"唐镇三部曲"之《腥》[1]，就把这部写了近两年的长篇小说给了《收获》杂志，心里忐忑不安，不知道等待它的命运是什么。当此作在当年的《收获》长篇专号秋冬卷发表之后，我得到了巨大的鼓励，像是获得了重要的奖赏。于是，我开始了"唐镇三部曲"之《酸》的构思，可是这部书没有开始写，就碰到了汶川大地震，我在彭州银厂沟遇险，深埋废墟76小时。获救后，很长一段时间，我无法面对自己的伤痛，除了《幸存者》，没有触及其他写作。直到2009年7月，我回到老家长汀，住在破旧的红星酒店，花了一个多月的时间，写出了《酸》，这部小说发表于2010年《收获》长篇小说专号春夏卷。紧接着，开始构思"唐镇三部曲"之《麻》，2011年年初，在三亚大东海的一间出租屋里完成了此书的创作，《麻》发表于《收获》长篇小说专号春夏卷。历经数年写作的"唐镇三部曲"，似乎耗尽了我的心血，但是我的心血没有白费，

---

[1] "唐镇三部曲"以往结集出版时，书名分别为《酸》《腥》《麻》。本次新版，"唐镇三部曲"改为"唐镇故事"系列，《酸》《腥》《麻》分别命名为《执梦》《画师》《饥饿》。——编者注

无论如何，它见了天日，并且得到大量读者的认可，它是我个人文学创作的一个重要的里程碑。

从17岁那年秋天离开故乡河田镇，我的心灵和故乡就有了一条神秘的通道，我经常会沿着那条通道，偷偷回到故乡，一遍遍地审视那片苦难而又多情的土地，许许多多的人物和奇闻怪事在我内心奔涌。故乡浇灌了我的灵感之花，却惨痛地折磨着我，有个奇怪的声音在我心底呐喊，带血的呐喊，在雨天，在阳光灿烂的日子，在迷雾之中，在深沉的暗夜，无处不在的呐喊促使我写完了"唐镇三部曲"。可以这样说，"唐镇三部曲"是我献给故乡河田镇的一曲挽歌，一个古老中国乡镇的百年孤独。"唐镇三部曲"写了一个中国农村小镇一百年的历史，从清朝末年写到民国，从民国写到当代，我试图探索唐镇人恐惧的根源，也探索这个民族隐秘的内部，刺痛人心的苦难和悲伤，以及刻骨铭心的爱恋，我的笔触是悲悯的，深情的，饱含热泪的。

在"唐镇三部曲"中，我写了众多的人物。比如《酸》里面的太监李公公，回归故乡养老的李公公起初是以善人的面目出现的，暗中积蓄力量为他日后的作恶做准备，他对权力的向往，源自他一生当奴才的命运，他的皇帝梦，也是一种反叛，但这种反叛是以奴役唐镇人为目的，而不是给自己和唐镇人带来自由和美好的生活。他是个有双重人格的人物，有卑微可怜的一面，做太监的经历是悲惨的，受尽凌辱，毫无人格可言；另一方面，他又狂妄自大，残暴邪恶，在唐镇登上权位，践踏无辜者的生命与尊严，最后走向覆灭之路。比如《腥》里的宋柯，一个从外地来到唐镇的画师，专门以给死人画像为生，他是孤独的，孤独的人一旦遇到刻骨铭心的爱情，就被蛊惑了，无法脱身，命运的绳索紧紧地套住了他。在宋柯身上，我报以了极大的同情，他身上独特的气味让一个叫凌初八的女人迷恋，那种气味是他的宿命，也是中国知识分子的宿命。比如《麻》中的游武强，这个抗日英雄有很多毛病，吹牛好色，但是他身上保留着一种不畏强暴的气质。我试图写出人的复杂性，在众多的人物中，哪怕只出现过一次的人物，我也倾注了极大的力量去描写。我喜欢将人物推到极端的状态，来拷问人性。

其实，最让我自己动容的是两位女性。一个是凌初八，她是《腥》中的主要人物，凌初八是孤苦的，她被宋柯身上的腥味迷住之后，就踏上了一条不归路。在那苦难年代里，腥味是一种让人迷醉的情爱之味，也让凌初八疯狂，不顾一切。情爱，是人类最美好的情感，而又是残忍的，它让肉体燃烧，让飞蛾扑火。凌初八为了深爱的宋柯用蛊毒害人性命，她的爱是疯狂的，用他人的尸体维持爱情，这是一朵苦难年代的恶之花，放任欲望使她陷入了万劫不复的深渊，最终她将自己推上了刑场。另外一个女性，是《酸》中的李红棠，在写作的过程中，每当写到这个人物，我的眼中都会充盈着泪水，她有个为虎作伥的父亲，也有个善良的弟弟，而她一直在四处寻找失踪的母亲，并且和唐镇最不起眼的上官文庆产生了真挚的爱情，最终，她和得了怪病的上官文庆相拥而亡，没有什么力量可以将他们分开。李红棠是"唐镇三部曲"中的一抹亮色，是唐镇最后的花朵，是苦难年代残存的绝美歌谣。

小说中将小镇命名为唐镇，其实和唐朝没有什么关系，尽管我梦想回到唐代，做一个仗剑独行的侠义之士，或者成为一个醉卧长安、放荡不羁的诗人。唐镇的唐，就是中国的意思，唐镇，也就是中国的一个小镇。每次到国外，都会去唐人街逛逛，唐人街给了我启发，于是就有了唐镇。

有朋友问我，为什么"唐镇三部曲"，每本书都是以气味命名，而气味在小说中总是飘来飘去。写作是一场冒险，而对于总想写出与众不同小说的我而言，更热衷于冒险。构思"唐镇三部曲"之初，有次在地铁上，闻到了一股怪味，那股怪味是某个人身上散发出的狐臭味，它刺激着我的嗅觉神经，让我突然来了灵感，于是就有了《腥》这个书名。腥味，是一种古怪的味道，某天，我突然发现，每个人身上都有腥味，这是肉体最基本的味道，几乎所有动物都有这种味道，鱼腥味、猫腥味，等等，也许人经过进化，腥味不是那么明显了。可是，我分明发现了这种味道，而且，人类在情欲达到高潮之际，腥味尤其明显，男人女人都一样，腥味就是情爱的异味。用气味当作小说的主角，是一种冒险，这种冒险是值得的。

我力图每本书的写作都有不一样，无论故事还是文体。我喜欢文体的实验，这样无疑增加了写作的难度，有难度的写作才有快感。如果每本书都是一种写作模式，那一生写一本书就够了。每本书都不一样，对我来说，创作会更有激情，对读者而言，也有新鲜感，有期待。"唐镇三部曲"，有我自己的追求，《酸》中的儿童视角，《腥》对气味的强调，《麻》的文本并置，说明了这个问题。当时《收获》编辑叶开就否认这是恐怖小说，我不以为然，在我心里，没有类型小说和严肃小说之分，小说需要创新，就要不停地尝试，我是个喜欢尝试的人。当然，大胆尝试意味着冒险，那就让我一直冒险下去吧，我的人生之旅本身就充满了种种危险，我无所畏惧。我是个桀骜不驯的人，没有那么多禁忌。

"唐镇三部曲"，曾经在十月文艺出版社、上海文艺出版社、重庆出版社出版过，这次还是由重庆出版社再版，特别感谢徐宪江先生，给了我一次重新出发的机会。书能够再次出版，还是需要面对许许多多新老读者，还是面临着一次检验，还是会有读者喜欢，或者不喜欢，欢迎一切赞美与批评，赞美与批评都是我写作的动力，我照单全收。

是为序。

李西闽

2022年3月23日于上海家中

目录

第一章 /1

第二章 /13

第三章 /32

第四章 /50

第五章 /67

第六章 /88

第七章 /112

第八章 /132

第九章 /147

第十章 /173

第十一章 /190

第十二章 /209

第十三章 /232

第十四章 /251

第十五章 /265

第十六章 /291

第十七章 /314

第十八章 /336

第十九章 /354

第二十章 /370

人世间所有的爱和恨,
终将被时光埋葬;
所有丑恶的灵魂以及人间正义,
终将随风飘散……

——题记

第一章

噩梦从光绪二十九年中秋节晚上开始。

唐镇人生活清苦,只有逢年过节时才舍得到街上割点肉,做些好吃的东西。中秋节是大节,唐镇热闹非凡,镇街上人来人往,人们脸上都堆满了笑容,唐镇的节日平和快乐,没有人会在这样的日子和别人过不去。有个大快人心的消息在节日喜庆的气氛中风般流传:晚上在兴隆巷新落成的李家大宅门口空坪上唱大戏,大宅的主人李公公请来的戏班一大早就来到了唐镇。唐镇人已经记不得有多长时间没有看大戏了,这个消息鸦片般刺激着唐镇百姓的神经,就连狗也兴奋得在街巷里乱闯。

一个面目清秀的男孩却对唱大戏无动于衷。他坐在家门口的矮板凳上,漫不经心地看着小街上来来往往的行人,人们的喧哗或者细语仿佛都和他无关。邻居家走出一个黑乎乎的瘦弱孩子,一眼就瞟到了他。

黑脸孩子对他说:"冬子,晚上我们一起去看戏,好吗?"

冬子没有搭理他。

他用怪异的目光审视冬子:"冬子,你犯病了?"

冬子突然大声说:"阿宝,你不要烦我!"

阿宝摇了摇头:"我看你真的犯病了。"

冬子沉默,继续不理睬阿宝。

阿宝无奈地走了。

各种食物的香味从唐镇人家里飘出来,肆无忌惮地挑逗着人们的味蕾。就是这些香味,折磨得冬子死去活来。冬子一次又一次地吞咽着口水,眼前浮现出大块的香喷喷的红烧肉。冬子今年十二岁,从春天开始到秋天,他总觉得自己吃不饱,肚子总是空荡荡的,叽叽咕咕不停叫唤。他怀疑自己的肚子里长了蛔虫,却不敢和父母说,如果说了,父母就会到郑先生那里去取来打蛔虫的药给他吃。阿宝肚里长过蛔虫,就是吃了郑先生的药,屙出了一大包的蛔虫。那些粉红色的蛔虫令人恶心,他不希望自己也屙出蛔虫,更不希望自己吃郑先生的药,阿宝说那药很苦,吃完几天嘴巴里还有那奇怪的苦味。冬子厌恶苦涩的滋味,他想,自己就是肚子里长满了蛔虫,也不吃郑先生的药。

冬子知道晚上家里有好吃的,一天也没有吃东西,尽管饿得快昏过去。他坐在家门口的矮板凳上,等待晚饭时间的到来。好几次,他的姐姐李红棠走出家门唤他去帮忙干点活,他都是那样无动于衷。李红棠拿这个弟弟没有一点办法,打也不是骂也不是,只好回到屋里,和母亲游四娣一起忙碌着准备中秋节的晚饭。冬子的父亲李慈林一大早就出去了,家里人谁也不知道他去哪里了。

冬子从来不担心父亲会出什么意外,今天也一样,他知道,到了晚饭时分,父亲总归会回来。他心里有种渴望,渴望父亲早些回家,只要父亲一回家,晚饭就要开始了,否则五大三粗的蛮汉父亲会恼火。

到了傍晚时分,冬子还没有等到父亲回来,这时天却下起了雨。雨水在这个节日让人生厌。如果雨不停地下，势必影响唐镇人看戏，也会影响赏月。上午时，天上还艳阳高照，下午天就阴了，谁也没想到，傍晚雨就落下来了。冬子对雨水的降落不像唐镇其他人那样大惊小怪，他纳闷的是，父亲为什么还不回家。雨水飘落在他的脸上，他感觉到一丝凉意，还有些痒，仿佛有许多小蚂蚁在脸上爬行。

冬子深深地呼吸了一口，他闻到了自家餐桌上饭菜的香味，不禁浑身颤抖了一下，大快朵颐的这一刻终于要来了。他内心又忐忑不安，父亲怎么还没有回来，父亲要是不回家，他们怎么也不敢先吃的。冬子突然站起来，走向小街。李红棠走出来，朝他喊道："冬子，要吃饭了，你去哪里？"

冬子头也不回，扔下一句话："我去寻爹回家。"

李红棠追上去，拉住了冬子的胳臂："快回家去，爹自个儿会回家的，不要你去寻。雨越落越大了，你看你的头发都淋湿了，快回家！"

冬子很不情愿地被李红棠拖回了家。李红棠用布帕擦了擦弟弟的头，又擦了擦自己的头，自言自语地说了一句："爹也是的，跑哪里去了呀，还不归家。"

冬子的目光痴痴地粘在了饭桌上，饭桌上的红烧肉让他垂涎欲滴。他真想扑过去，抓起油光闪亮的红烧肉往嘴巴里塞。

游四娣端着一盘刚刚炒好的青菜从灶房里走出来，埋怨道："这个人也真是怪，平常很早就归家，鬼叫着要吃饭，过节了反而不回来，被什么鬼迷住了？"

李红棠说："姆妈，大过节的，说甚鬼呀，多不吉利。"

游四娣没好气地说："一家人等他一个人，心多狠呀，看冬子都快饿死了！"

唐镇的鞭炮声在雨中此起彼伏，冬子的心在颤抖：父亲怎么还不回家？唐镇有个习俗，逢年过节，吃年夜饭和节夜饭前都要放鞭炮。大家的鞭炮都放完了，只有冬子家还冷冷清清的，他们三人坐在饭桌前，大眼瞪小眼，焦虑地等待李慈林。

雨一直在下，没有停的迹象。

唐镇喜庆的节日气氛被雨水打得七零八落。就是这样，还是有许多人吃完节夜饭后戴着斗笠披着蓑衣或者撑着纸伞到李家大宅外面去看戏。戏台就搭在李家大宅大门外的空坪边上。戏台上面撑起了棚子，唱戏人淋不到雨。这天晚上唱的是《白蛇传》。

戏紧锣密鼓地开唱了，白娘子在戏台上一亮相，台下就发出一片潮水般的呼叫。呼叫声穿过密集的雨，在黑如锅底的空中回荡。

李慈林还没有回到家中。

冬子饿昏了，眼冒金星。李红棠听到了呼叫声以及随后传来的咿咿呀呀唱戏的声音。她的心已经飞到了唱戏的现场，可她不敢离开，她连饭也没有吃，这可是中秋节的团圆饭。父亲的迟迟不归，给她心中投下了阴影，感觉有什么事情要发生。李红棠见弟弟快挺不住了，赶紧对母亲说："姆妈，让冬子先吃点，垫垫肚子吧，这样下去，冬子会饿死的。"

游四娣其实也心疼儿子，可这规矩不能破呀，她咬了咬牙说："再等等吧。"

李红棠无语。

就在这时，门口闯进来一个干瘦的男子，戴着斗笠，手里提着一个布袋子。他是李慈林的本家兄弟李骚牯。他直接走到厅子里，把布袋子放在饭桌上，面无表情地对游四娣说："嫂，这是慈林大哥吩咐我给你们送来的月饼。"说完，他转身就走。快出门时，他好像想起了什么事情，转过头扔下一句话："你们赶紧吃饭吧，慈林大哥不会回来陪你们吃饭的！"

游四娣站起身，追出门，看着他消失在夜雨中。她想问她丈夫到底在哪里，在干什么，可她话没有出口，李骚牯就没了踪影，跑得比风还快。游四娣心中涌起一股凄凉，用粗糙的松树皮般的手背擦了擦潮湿的眼睛，哽咽着对屋里的儿女说："你们把鞭炮拿出来放吧！放完我们吃饭！"

李红棠用手捅了捅弟弟："冬子，放鞭炮了！"

冬子无精打采地说："你去吧。"

李红棠叹了口气，拿着鞭炮走了出去。

李红棠在家门口点燃了鞭炮。

鞭炮声噼里啪啦响起来，这声音显得单调和凄清，很难和哗哗啦啦的雨声以及咿咿呀呀唱戏的声音抗衡，很快地被夜色吞没，一如那些野草般的生命，在那灰色的年月，被黑暗吞没。

李红棠快速地吃完饭，飞快地走了，她的心被唱戏的声音吸引。游四娣慢条斯理地吃着饭，她吃饭从来都细嚼慢咽，她在咀嚼饭菜时，也在咀嚼着李骚牯留下来的话。丈夫为什么连中秋节的团圆饭都不回家吃，他在做什么诡秘的事情？他做的事情对他自己和这个家庭会有什么影响？

冬子饿过了劲，吃了两块红烧肉就没有了胃口，这是连他自己也没有料到的事情。姐姐去看戏，问他去不去，他摇了摇头。他的心情突然变得十分糟糕。不要说看戏，就是让他再吃一块平常稀罕得流口水的红烧肉，他也没有一点兴致了。他也没有理会母亲，独自摸上小阁楼，躺在床上，闭上了疲倦的眼睛。空气因为下雨而潮湿，有许多看不见的微小如尘埃的水珠落在他的脸上，微凉而又滑腻。

窗外的雨停了。屋檐上的雨水还在不停滴落。那破空而来的唱戏声在他心里遥远得不可企及，他不晓得为什么李公公要请戏班来

5

给唐镇人唱戏。冬子的脑海一片空白,安详宁静,和平常那个疯玩的小男孩判若两人。这一天,他都没有和阿宝去玩,孤独伤感地过完了期盼已久的中秋节。

不知躺了多久,纷沓的脚步声和嘈杂的说话声从小街上传来。戏散场了,人们走在回家的路上,意犹未尽地谈论着戏文的精彩和演戏人的美貌,也有人赞美李公公,说他是个善人,要是没有他,这个中秋节的夜晚会是多么的寂寥和无趣。

唐镇人知道李公公是京城皇宫里的太监,却不清楚他为什么在年近七旬时会回到故乡,而且带回来了很多金银财宝,并且在兴隆巷高价收购了十几栋房子,把它们拆除后,建了个偌大的李家大宅。李公公刚刚回到唐镇时,唐镇人对他并没有什么好感,会用奇怪的目光瞟他,还会在他的背后指指点点。男人们凑在一起时,他们说起李公公,脸上会呈现鄙夷的表情,说一些很难听的怪话。女人们凑在一起,也会说些关于李公公的坏话,她们说着说着就会放肆地笑起来……李公公在相当长一段时间里,的确成了唐镇人茶余饭后的笑料,可他们从来没有在李公公面前说什么,无论如何,李公公在京城皇宫里待过,见过世面,也有几分威严。这场大戏唱完后,李公公的形象在人们心目中有了改观,其实,在他兴建李家大宅的过程中,唐镇人对他的看法就渐渐有了变化。兴隆巷被他收购的十几栋老房子中,有一栋老房子费尽了周折。那房子的主人死活就不卖,说那是祖上留下来的基业,万万不能卖的。李公公让唐镇很多有头有脸的人去游说,都无济于事。李公公放出话来,只要那房子的主人肯卖房子,提出任何条件,他都答应。那人还是无动于衷。周边的房子都拆掉了,只剩下那栋老房子独自矗立在一片废墟之中,看上去很不和谐。镇上很多人说,多向李公公要点银子,再找块地建栋新房子,该有多好,那人怎么就死脑筋,想不明白呢?某个晚上,风很大,那栋房子突然起了大火,大火在呼啸的风中熊熊燃烧，无法扑灭。那家人烧死了两人，活着的人惊恐万状，不久就离开了唐镇，远走他乡。唐镇人都知道，李公公给了那家人不少钱财，据说他们走时还十分满意。人们感叹，那人要是早把房子卖给李公公，就不会发生这场祸事了，也许那是天意。

小街很快就寂静下来。

李红棠回家后洗了洗脚，上了小阁楼。尽管她轻手轻脚上楼，楼梯和楼板还是发出吱吱嘎嘎的声响，房子太老旧，像个风烛残年的老者。冬子听到了姐姐上楼的声音，他没有说话，眼睛紧闭。阁楼上有两张床，一张是李红棠的，一张是冬子的，冬子的床靠窗，李红棠的床靠楼梯。

李红棠上楼后轻轻地唤道："冬子，冬子——"

冬子没有回答姐姐。

李红棠自言自语道："睡得还真死，可惜了，冬子没去看戏，多好的一场戏呀。"

她悄无声息地脱掉外衣，上了床，钻进了被窝里。

她想自己晚上会做一个美好的梦，或者会在梦中碰到一个像许仙一样的俊秀男子。

冬子沉沉地睡去，每天晚上临睡前，他都要和姐姐说上一会儿话的，今晚却没有。

噩梦的确是从这个中秋节的晚上开始的。

唐镇人不曾料到，到了下半夜，乌云会褪去，满月会出现在天空中。唐镇寂静得可怕，屋檐上漏落的雨水声变得那么清晰有力，石头般砸在未眠人的心上。惨白的月光涂在唐镇上面，给破旧的唐镇平添了几分神秘和诡异。如果在这个时候，有人端盆水放在月光下，再把脸凑近木盆，看到的不是自己的脸，而是另外一个陌生人的脸。这是唐镇的传说，有没有人敢在月亮出来后这样做呢？

冬子感觉身上黏黏的。他睁开眼，一片暗红的光裹住了他的身体，他竟然一丝不挂，赤身裸体。身上的衣服什么时候被人剥光，他一无所知。冬子闻到浓郁的血腥味，让人窒息的血腥味。他站起来，低头看了看自己的身体，身上糊满了暗红的血浆，这是谁的血浆？他来不及思考什么，就听到一种不可抗拒的呼唤，那声音尖锐而冰冷。冬子隐隐约约地感觉到那是一个人的叫唤，可他想不起来这个人是谁。他穿过一片黑暗，来到了唐镇外面的唐溪边上。唐溪笼罩在血光之中，溪水波涛汹涌。叫唤声还在持续，仿佛从溪水里传出。冬子浑身颤抖，内心恐惧，波涛汹涌的大水令他恐惧，那尖锐冰冷的声音也令他恐惧。更令冬子恐惧的是，刚才还浑黄的溪水突然变得血红，唐溪里咆哮的是满溪的血水，溪水里突然伸出许多血肉模糊的手，那些手发出尖锐冰冷的呐喊！冬子想逃，却转不过身，他被一双无形的大手推托着，往溪里踉踉跄跄地扑过去。溪水里的一只手抓住了他的一只脚，又一只手抓住了他的另外一只脚。他无声地喊叫着，被强有力的手拖入冰冷刺骨的血水中。他在血河里沉浮，挣扎……

冬子大汗淋漓地从床上坐起来，他经历了一场噩梦。

窗外一片死寂。

丝丝缕缕的月光从窗门的缝隙中漏进来，像迷茫的雾气。

姐姐李红棠在沉睡，发出轻微的鼾声。有股奇妙的香气从她的鼾声中飘散出来。冬子惊恐地下了床，他要钻进姐姐的被窝，姐姐的温暖或许会驱散他心中的恐惧。

就在这时，他听到了细微的脚步声。

细微的脚步声是从窗外碎石小街上传来的。

是谁在小街上行走？冬子十分害怕，害怕中又有种强烈的好奇感。他悄悄地来到了窗边，轻轻地打开了窗；他看到了惨白的月光，惨白的月光竟然灼伤了他的眼，眼睛一阵刺痛。

他的目光落在了小街上，看到了这样一个情景：几个鬼魅般的蒙面人抬着一捆长条形的东西往镇西头蹑手蹑脚地走去。那东西被席子包裹得严严实实，冬子不明白那是什么东西，他脑海里迅速地飘过一个字：人！那席子里面包裹着的是人？如果是，这个人是谁？冬子发现那几个蒙面人中，有个人的身材特别像自己的父亲李慈林。在那几个人经过窗下时，冬子闻到了一股血腥味，还发现那长条状的东西里突然散发出一缕黑雾，那股黑雾在月光中朝他扑过来，同时一股巨大的压力也朝他扑过来，把他推翻在地。

仿佛有人在掐着他的脖子，他透不过气来，两手在空气中胡乱地抓着什么，两腿使劲地乱蹬。他的喉咙里发出叽叽咕咕的声音。这个时候，小街上的人已经消失了，窗外还是一片死寂。

李红棠突然惊醒，她听到了弟弟挣扎的声音，赶紧下了床："冬子，你怎么啦，你怎么啦，不要吓我呀，冬子。"月光从洞开的窗透进来，打在冬子的脸上，冬子的脸也一片惨白。冬子听到姐姐的声音后，浑身轻松起来，李红棠把他扶起来，冬子扑在李红棠的怀里，双手攀在李红棠柔软的双肩上，泪水流了出来，颤抖地说："阿姐，我怕——"

李红棠搂住了弟弟，声音里充满了慈爱："阿弟，勿怕，阿姐在这里，你甚也勿用怕！"

冬子呜呜地哭出了声。

天蒙蒙亮时，李慈林回了家。他一进家门，就用力地把门关上，背靠在门板上，大口地喘着粗气，满头满脸淌着汗，他的衣服也湿透了，布满血丝的眼睛里闪烁着惊惶和愤怒的火焰。给他开门的游四娣见状，来不及埋怨就焦虑地问："慈林，发生甚么事情了？"

李慈林疯狂地剥下自己身上的衣裤，一件件地扔在游四娣的身上，最后剩下一条宽大的底裤。那些衣物落在地上，游四娣呆了会儿，弯下腰，把他的衣服一件件地捡起来，抱在怀里。衣裤散发出浓郁的血腥味，游四娣感觉到不妙，她的手在战栗，喃喃地问："慈林，到底发生甚么事情了？你说呀，我担心哪！你要是有个三长两短，我们这个家靠谁来支撑？"

李慈林铺满胸毛的胸膛剧烈地起伏着。

他突然朝游四娣凶豹般低吼了一声："烂狗嫌，还不快把我的衣物洗了，啰唆甚么！老子死不了，天塌下来，有老子顶着，你瞎担什么心！"

游四娣十分委屈："我难道问一句都不可以吗？我是你的老婆呀！我担心你难道有错吗，你怎么不识好人心呢？"

李慈林眼睛里冒着火，一个箭步冲上前，发疯般抓住游四娣的头，暴怒地抡开另外一只手，在她的脸上狠命地抽打起来。这是游四娣万万没有想到的事情，他怎么能够不分青红皂白毒打自己的老婆呢？游四娣内心悲愤而又难过，她被打得眼冒金星，晕头转向，就是这样，她的双手还是紧紧地抱着李慈林脱下的衣裤。游四娣痛苦地嗷叫："李慈林，你就打死我吧，我死了，你就有肉吃了！没心肝的东西！"李慈林咬着牙说："烂狗嫌，还敢顶嘴，老子今天就打死你！"游四娣的脸上又挨了一阵猛烈的抽打，她的脸很快发糕般肿起来，嘴角流下了一串鲜血，鲜血落在了李慈林的衣裤上。

阁楼上的李红棠被楼下的响动惊醒了，赶紧摇醒了身边酣睡的弟弟："冬子，快醒醒！"被噩梦折磨了一个晚上的冬子，好不容易在姐姐的安抚下有了安全感安稳沉睡，没想到又被姐姐折腾醒，不耐烦地说："阿姐，你做甚呀，还让不让人睡了呀！"

李红棠不安地说："好像爹又在打姆妈了，刚才我听到，现在怎么没有动静了？"

冬子一听父亲打母亲，马上清醒过来，竖起耳朵听了听，压低了声音说："阿姐，姆妈在哭。"

李红棠纳闷地说："我怎么没有听见？"

冬子说："我的耳朵灵！"

李红棠说："阿弟，我们下楼去看看。"

冬子说："好！"

他们下了床，朝楼下走去。李红棠小心翼翼地下楼梯，还提醒弟弟不要踩空了脚，滚下楼去。冬子没有说话，跟在姐姐身后，双手还牵着姐姐的衣尾。他们下楼后，听到父母亲的卧房里突然传出粗壮如牛的呼噜声，他们心里都明白，那是父亲李慈林的呼噜声。李红棠常常想，以后嫁人一定不要嫁给打呼噜的男人，她为母亲抱屈，母亲多年来是如何忍耐父亲的呼噜声的，更不用说他粗暴的脾气和沉重的拳头了。听到父亲的呼噜声，冬子的心脏一阵抽搐，他自然而然地想起了推开窗看到的情景，父亲是不是那几个鬼魅般蒙面人之中的一员，他心里不敢肯定，但是那一幕让他心悸。那些人究竟抬的是什么东西？他们为什么要那样做？他们把那长条状席子紧裹的东西抬到哪里去了？冬子一无所知，那是巨大的谜团，如秋天的浓雾。他没有把这事情告诉姐姐，这是他心中的秘密。父亲什么时候回家的，对他来说也是一个谜，还有，他为什么要毒打母亲，同样也是个谜。

父亲真的是毒打了母亲，姐弟俩走到天井边时，他们得出了这个残酷的结论。游四娣坐在天井边的矮板凳上，双手在洗衣盆里搓着李慈林换下的脏衣服，眼泪在她又青又肿的脸上横流。她见儿女站在自己的身边，就停止了抽泣。游四娣头发散乱，哽咽地说："你们那么早起来做甚，天还没光呢。快回去睡吧！"

游四娣凄惨的模样触痛了姐弟俩柔软的心。他们也流下了泪水，一人一边蹲在母亲的两侧，各自把头靠在了母亲的手臂上。李红棠伸手摸了摸母亲的脸,难过地说:"姆妈,疼吗?"冬子什么话也说不出来,一只手紧紧地抓住母亲的衣服,生怕她会突然离去,再也不回来了,因为母亲以前被父亲毒打后说过她不想活了要去死的话,冬子对母亲的这些话记忆深刻。

游四娣苦笑着说:"孩子,姆妈不疼,真的不疼!"

母亲的话刀子般割着姐弟俩的心。

他们找不到恰如其分的话语安慰母亲。

他们的心和母亲的心一样,在黎明前的黑暗中淌血。

噩梦真的是从这个中秋节晚上开始的。

这是冬子一个人的噩梦,还是冬子一家人的噩梦?抑或是整个唐镇的噩梦?这个中秋节的夜晚和即将到来的黎明,预示着偏远宁静的唐镇将要发生什么无法想象的事情?

第二章

大雾。唐镇人记忆中少有的大雾。冬子走在湿漉漉的小街上,两步开外走过来的人也看不清其面目。他颀长的身子被神秘莫测的浓雾包裹,这个世界里有多少他看不清的东西,或者危险与灾祸在向他临近?天亮后,姐姐在灶房里做饭,母亲在屋后的小院晾衣服,他鬼使神差地走出家门。冬子茫然地在浓雾弥漫的小街上走了一段后,一阵莫名其妙的恐惧感袭上心头,于是就返回了家里。雾从天井上空以及门扉里涌进来,屋里也变得灰蒙蒙的。

冬子来到灶房里,姐姐在熬稀粥,她的脸红扑扑的,宛如熟透的山果。冬子坐在灶膛前,不时地往灶膛里添柴。他一声不吭,李红棠也一声不吭。不一会儿,游四娣也进了灶房,平静地对儿女说:"姆妈出去一下,等你们爹起床后,把他的早饭伺候好,你们不要惹他生气。我走了,记住姆妈的话!"李红棠点了点头:"姆妈早点回来。"冬子站起来,想说什么却又说不出来,心里异常不安。

游四娣用一块蓝色土布裹起自己的头脸,匆匆走出了家门。冬子随即跟了出去,看着母亲一刹那间消失在浓雾之中,如梦如幻,他不敢相信这是真实的事情。

浓雾中似乎隐藏着许多陷阱，可怕的陷阱，母亲会不会掉进去？浓雾又像隐藏着一张巨大的嘴巴，将他母亲吞噬。

冬子脑海一片茫然，他无法阻止母亲的离开，无法改变命运的安排。他有生以来第一次感到自己是如此的软弱无力。

大雾在晌午时分被阳光驱散。

温煦的阳光照在唐镇的屋顶上，蒸发出丝丝缕缕的水汽。冬子见到阳光，心里爽朗了些，阳光的确是好东西，它能够驱散诡异的浓雾，也能驱散人心中的阴霾。阳光出来后，冬子心痒痒起来，他想出去，不想待在家里。李红棠自个到田野里去干活了。父亲李慈林还在卧房里沉睡。冬子听到他的呼噜声，心里异常沉闷，他又想起了夜里的情景。他心里突然冒出了一个想法。这个想法更让他急于要走出家门。

就在这时，李骚牯急匆匆地闯了进来。

他看到冬子，粗声粗气地问道："冬子，你爹呢？"

冬子不喜欢这个本家叔叔，他老说长得眉清目秀的冬子像个女孩子，这话对冬子来说，是羞辱和蔑视。冬子从来没有给过他好脸色，今天也不例外，他没好气地用手往父亲的卧房指了指。李骚牯二话不说冲进了父亲的卧房。不一会儿，李慈林和李骚牯出来了，匆匆而去。李骚牯走时，用手摸了一下冬子的头，冬子觉得很不舒服。

冬子想，他们要干什么？

冬子也离开了家。

他来到阿宝家门口，朝里面喊了声："阿宝——"

阿宝爹张发强是个木匠，他正在厅堂里做水桶，听到冬子的叫声，说："阿宝，冬子寻你去玩了，快去吧！"

阿宝答应了一声从房间里跑出来。

张发强对着他出门的背影说:"不要跑太远了,早点归家!"

他们俩勾肩搭背,沿着湿漉漉的小街,朝镇西头走去。阿宝说:"你要我和你去哪里?"冬子有自己的想法,可他没有把自己心中的想法告诉阿宝,只是这样说:"你和我去了就知道了。"阿宝说:"你总是鬼头鬼脑的,你不告诉我,我就不和你去了!"冬子说:"阿宝,你是不是我最好的朋友?"阿宝说:"当然啦。"冬子说:"那你就不要问那么多了,和我去吧,求求你了。"阿宝眨了眨眼睛说:"好吧,就听你这一回。"

他们走出了镇子,来到了唐溪边上。

因为昨天的雨水,唐溪的水流浑黄、湍急,还发出低沉的咆哮。冬子心惊肉跳,想起了夜里的噩梦。阿宝发现了他的惊恐:"冬子,你怎么啦?"冬子不想告诉他那可怖的梦境。冬子说:"没什么,我们走吧。"

冬子的脚踏上了小木桥,往对岸走去。阿宝跟在他后面。小木桥颤悠悠的,他们都小心翼翼,阿宝胆子小点,走着走着便伸出手拉住了冬子的衣尾。其实,冬子也胆战心惊,他心里想着事,硬着头皮过小木桥。他们走过了小木桥,阿宝目光迷离地问:"冬子,你要带我去哪里?"冬子说:"你跟着我走就可以了,到了你就知道了。"阿宝挠了挠头说:"我爹要知道我跑那么远,会骂我的。"冬子说:"我不会告诉你爹,你爹不会知道的。"阿宝看了看田野里稀稀落落劳动的人,说:"要是他们回去告诉我爹,怎么办?"冬子也看了看田野,阳光下的田野一片金黄,晚稻很快就要收成了。他说:"他们不会告诉你爹的,我们快走吧。"

他们穿过田野中间的一条小道,朝五公岭走去。唐镇四周的山岭都被茂密的森林覆盖,只有五公岭上没有几棵树,却长满了野草。这是个乱坟岗,就是阳光灿烂的时候,这里也充满了阴森

15

的鬼气。

他们的脚步刚刚踏上五公岭，一股阴风吹过来，冬子打了个寒噤。阿宝的牙在打战："冬子，我们回去吧。要知道来五公岭，打死我也不干的！"冬子心里也害怕极了，如果让他一个人来，他也没有这个胆量，叫阿宝一起来是为了壮胆。他来五公岭，就是为了证明自己的一个猜想。冬子说："阿宝，勿怕，我们手拉着手。"冬子伸出了手，阿宝也伸出了手，他们的手拉在一起，相互感受到了对方手掌的冰凉。

他们走进了荒草萋萋的五公岭乱坟场。

有死鬼鸟勾魂的叫声从不远处传来，给五公岭平添了几分恐怖。他们深一脚浅一脚地在草丛中慢慢走着，不时出现在他们眼里的没有墓碑的野坟用沉默告诉这两个孩子死亡的苍凉。

冬子的目光在野草丛中巡视，他怎么也发现不了新的坟包，他和阿宝走遍了五公岭，也没有发现动过土的地方。他想，难道自己错了？夜里那几个蒙面人抬走的真的不是死人？冬子认为那是个死人，神秘的死人。他没有把夜里做的梦和自己的想法告诉阿宝，那是他心底的秘密。

冬子身上越来越冷，他只要颤抖一下，全身就会掉落一地的鸡皮疙瘩。

阿宝早已经面如土色，呼吸困难。

他的手死死地拉住冬子的手，生怕荒草丛中会伸出一双黑色的鬼手，把他拉进深深的墓穴。他们的手都湿了，是因为惊吓而渗出的冷汗。阿宝颤抖着说："冬子，我们回去吧。"

冬子点了点头："好吧，回去。"

当冬子决定回去时，他发现找不到出去的路了。他们在草丛里钻来钻去，就是无法走下五公岭，而且老是在一片蒿草丛中打转，蒿草比他们的人还高，他们看不到唐镇，看不到岭下的田野和溪流，头顶艳阳高照的天空突然乌云密布，阴冷的风从四面八方刮过来，把他们的身体紧紧地裹起来。风中仿佛有人在悲凄地喊叫。阿宝哭了出来。冬子还是紧紧拉住阿宝的手，他想让阿宝别哭，可他自己的眼泪也禁不住流淌下来。他们一起哭起来，哭声越来越响，和呜咽的风声以及那悲凄的喊叫混合在一起，在五公岭上的低空回响。

不知过了多久，他们听到有人在呼唤他们的名字。

"冬子，阿宝，你们在哪里——"

冬子从痛哭中清醒过来，他竖起了耳朵，仔细听了听，然后惊喜地对还在号啕大哭的阿宝说："阿宝，你莫哭了，你听到了吗，是阿姐在唤我们！"阿宝停住了哭声，上气不接下气地说："没有听到，我没有听到。"冬子抹了一把眼泪，又仔细听了听，说："阿宝，真的是阿姐在唤我们，你听，是阿姐在唤我们。"阿宝的脸上也呈现出惊喜的神色："是的，是你阿姐的喊声，她真的在唤我们。我们有救了，冬子，我们有救了。"

冬子马上大声喊道："阿姐，我们在这里——"

阿宝也喊叫道："阿姐，我们在这里——"

他们声嘶力竭地喊着。

喊着喊着，天上的乌云渐渐散去，阴冷的风也渐渐停止，连同风声中悲凄的喊叫也渐渐消失。

天上阳光重现时，他们看到了李红棠出现在了蒿草丛中。

李红棠在田里劳作时，有人过来对她说，冬子和阿宝跑五公岭去了，他们的神情十分古怪。她听完后，心里惊惶极了。五公岭那地方，平常时，就是大人也很少去的，那是唐镇最邪门的地方。有些人莫名其妙去了那地方，就犹如恶鬼缠身，不是得场大病就是奇怪暴死。李红棠马上扔下手中的活计，朝五公岭狂奔而去。要不是

17

李红棠及时把他们找回家，他们真不知道会发生什么事情。

在回家的路上，阿宝央求李红棠："阿姐，你千万不要告诉我爹，我去了五公岭，他要知道了，会打死我的。"

李红棠摸了摸他的头说："放心吧，阿姐不会告你状的，不过，你们以后再也不能去那地方了。"

阿宝点了点头："我再不会去了，冬子怎么说，我也不会和他去五公岭了。"

李红棠和冬子回到家里，已经是正午时分了。

家里冷冷清清，父亲和母亲都不在家。父亲李慈林不在家是正常的事情，可是母亲游四娣竟然没有在家。她在早上出门消失在浓雾中后，就没有回家。李红棠感觉到了不妙，焦虑地对冬子说："姆妈会到哪里去呢？"冬子脑海里闪过一丝阴暗的念头，轻声说："姆妈会不会去死？"李红棠看到了冬子眼中的泪光："为什么，冬子，你为什么这样说，姆妈不会死的，不会的！她舍不得我们的，她不会抛下我们的！"冬子说："上回，爹喝醉酒打了姆妈，我听见姆妈哭着说，她不想活了，她说活着不如死了。"

李红棠听完冬子的话，呆呆地凝视着他，不知如何是好。

过了好大一会儿，李红棠才说："我们赶快去寻姆妈！你去寻爹，告诉他姆妈不见了。我去姑娘潭那边寻寻。"

她话还没有说完，就火烧火燎地走了。

冬子脑袋瓜里一片混乱，许多许多事情让他理不清头绪。夜里那个噩梦……那些蒙面人抬的东西……那个身材和父亲一样的蒙面人……父亲为什么回家后要暴打母亲……母亲会怎么样……冬子带着满脑子的问题在唐镇的小街上行走，父亲又在哪里？他记得是讨厌的李骚牯把父亲叫走的，父亲一定是和李骚牯在一起。李骚牯的家在碓米巷里，经过巷口那个碓米房时，冬子看到唐镇的侏儒上官文庆独自坐在碓丘边上，微笑地望着冬子。

在冬子的印象之中，上官文庆总是一副微笑的模样，冬子知道他二十多岁了，除了那颗硕大的脑袋，其他地方就像永远长不大的三岁孩童一般，小身子小胳膊小腿。上官文庆的父亲上官清秋是唐镇的铁匠，唐镇人极少看到上官文庆出现在小街上的铁匠铺子里，却可以在铁匠铺子外的任何地方碰到他，他仿佛就是唐镇的精灵，一个无关紧要而又无处不在的精灵。

上官文庆微笑地对冬子说："冬子，你是不是要去李骚牯家寻你爹？"

冬子点了点头："你怎么知道？"

上官文庆还是微笑地说："我当然知道，冬子，你爹不在李骚牯家，他们在李公公家的大宅里。"

冬子迷惑地问："他们在李公公家做什么？"

上官文庆微笑着站起来，走出了碓米房，一摇三晃地走了。看着他的背影，冬子担心上官文庆的大脑袋会把他的身体压垮。冬子相信了上官文庆的话，这个唐镇唯一的侏儒似乎从来没有说过假话。

冬子站在李家大宅高大堂皇的门楼前面，门楼两边摆着两个巨大的怒目圆睁张牙舞爪的石狮子，压迫着冬子的神经，他不敢迈上石台阶。正午的阳光垂直照射在冬子的头顶，他的前额渗出了细密的汗珠。冬子十分紧张，对于那个突然从京城回到唐镇的太监李公公，他心里有种说不出的恐惧。第一次见到李公公，是在唐镇的街上。冬子看着穿着一身白色长袍的李公公迎面走来。李公公个子很高，腰却微微弯着，高高地仰起头，似乎有意让唐镇人看清他那张与众不同的脸，他的脸很白，很嫩，孩童般的皮肤，却散发出冷冷的光，像寒夜的月光下白色的鹅卵石；他的眼睛深不可测，如两口古井，幽暗阴森。李公公白发编织成的长辫子垂在身前，两只手不时地把玩。李公公身上有种神秘的力量在压迫着冬子，他想转身逃跑，可是来不及了。李公公已经站在了他面前，他把手中的长辫子甩在了身后，俯下身，一手抓住了冬子的肩膀。李公公的手柔软而有力，他用女人的声音对冬子说："好秀美的男孩！"冬子从他身上闻到一股怪异的气味，他一把挣脱了李公公的手，转身飞快地走了。他听到李公公在他身后阴阳怪气地说："我会抓住你的——"

冬子想起了李公公那句阴阳怪气的话，浑身颤抖了一下。

他还想起一件事情。就是在那幢老房子被大火烧毁后的某个黄昏，冬子独自来到那老房子的废墟前，突然听到那堵残墙的后面，有个女人在说话。冬子的心提了起来，手心捏着一把冷汗。他想，这里马上就要建李家大宅了，谁会在这里说话呢？难道是那被大火烧死的女人的鬼魂在独语？冬子浑身冰冷，不敢往下想了，他想逃，可又想看个究竟。他轻手轻脚地摸过去，从烧焦的残墙的缝隙间，看到身穿白色长袍的李公公披头散发地站在那里，张牙舞爪，说着冬子听不懂的话。冬子异常吃惊，转身就跑。他听到身后传来一阵诡异的笑声，忍不住回头看了一眼，李公公站在那里，面对着他，怪笑着，像个可怕的疯子，而又是那么邪恶……

他想逃离这个地方，可母亲现在不知是死是活，他必须找到父亲，和他一起去寻找在浓雾中消失的母亲。

母亲令冬子不顾一切地在李家大宅外面喊起来："爹——"

冬子声嘶力竭的喊叫引出了一个人。他就是李骚牯，李骚牯的眼睛红红的，他走到冬子面前，冬子闻到了浓郁的酒臭。李骚牯说："冬子，你鬼叫甚么？快归家去。"

冬子大声说："李骚牯，你快把我爹叫出来，我姆妈不见了！"

李骚牯瞪大了眼睛："你说甚么？你姆妈不见了？"

冬子说："我姆妈真的不见了，你赶快叫我爹出来。"

李骚牯愣了一下，然后踉踉跄跄地跑了进去。

冬子等了好大一会儿,父亲李慈林还是没有出来。他等出来的还是那个讨厌的酒气熏天的李骚牯。李骚牯对冬子说:"冬子,你归家去吧,你姆妈不会丢的,她会归家的,你在家里等,她一定会回来的。你爹现在有要紧事,顾不了你姆妈的事情,你快走吧!"

冬子又难过又绝望。

他又大声喊道:"爹——"

李骚牯说:"你叫破了喉咙也没有用的,快走吧!"

冬子叫了一会儿后,接受了这个残酷的现实,父亲李慈林是铁了心不理他的了,他只好悲伤地离去,眼中含着滚烫的泪水。

李红棠来到了姑娘潭边上。唐溪在一座小山下拐了个弯,留下了一个深潭,这就是姑娘潭。平时,姑娘潭水发黑,看不到底。现在,姑娘潭水是浑黄的,同样也看不到底。

这个深潭原来不叫姑娘潭,因为经常有轻生的女子跳进去,久而久之,唐镇人就称之为姑娘潭。

李红棠面对浑黄的潭水,不知如何是好。母亲会不会葬身深潭,她无法判断。岸边没有任何迹象表明母亲来过这里,甚至连母亲的脚印也没有留在泥地里,李红棠想,母亲到底在哪里?她心里还存着希望,母亲不会死的,她不会就这样撒手而去,留下自己的儿女的。

姑娘潭水打着漩涡,呜咽着,李红棠仿佛听到了母亲的抽泣。

李红棠突然对着姑娘潭喊道:"姆妈——"

无论她怎么喊,没有人答应她。

李红棠喊着喊着,内心涌起了一股仇恨,那是对父亲李慈林的仇恨。如果不是父亲虐待母亲,母亲也不会莫名其妙消失,她找遍了唐镇的任何一个角落也找不到母亲的踪影,整个唐镇的人都不知道母亲的去向。

李红棠想到了舅舅游秤砣。

母亲会不会回娘家去找舅舅游秤砣呢？李红棠心里明白，母亲和舅舅的感情很好，有什么事情都会找他商量。

李红棠想到舅舅，心里稍微安稳了些。

她要去游屋村找舅舅。

唐镇人沉浸在快乐的气氛之中，他们不像冬子那样内心充满恐惧。因为他们获知了一个消息，今天晚上还有戏唱，不光是今天晚上，李公公要请唐镇人看一个月的大戏，这一个月里，无论刮风下雨，每天晚上都要保证让唐镇人看上一出精彩的好戏。这对寂寞的唐镇人而言，是天大的喜事。李公公仿佛一夜之间，就在唐镇深得人心。就在与世隔绝的唐镇人为了看上大戏兴奋不已的时候，他们不知道外面的世界正在动荡不安，义和团在京城里闹得热火朝天。

游秤砣走进了唐镇，他穿着草鞋的大脚板沉重地砸在鹅卵石街面上，唐镇人感觉到了震颤。游秤砣和李慈林都是闻名唐镇方圆几十里山区的武师，他们还是师兄弟。浑身杀气的游秤砣引起了快乐的唐镇人的不安，他行走在小街上，人们都用古怪的目光看着他。此时，他就是一个和唐镇人格格不入的异类，唐镇人只需要简单的一场戏就可以打发的快乐，而不是浓重的杀气。游秤砣进入唐镇，人们感觉到有什么事情要发生。他的身后渐渐地若即若离地跟着一些人，那是些看热闹的人。

李红棠也跟在他的身后，心里七上八下的，担心舅舅会把父亲杀了，她心里虽然恨父亲，可并不希望他死。她到游屋村找到了正在家门口空地上劈柴的游秤砣，游秤砣看到李红棠，停下手中的活计，笑着说："呵呵，今天是什么风把红棠吹来了？"游秤砣的嗓子沙哑，但中气十足，他的嗓子一直这样，据说小时候生过一场大病后,他嗓子就沙哑了,再也没有好过。李红棠没有像往常一样见到舅舅就高兴,阴沉着秀美的脸说:"舅舅,姆妈来过吗?"游秤砣摇了摇头:"没有呀,你姆妈怎么啦?"李红棠确定母亲不在舅舅家,那颗心又陷入了黑暗的深渊。她的眼泪涌出了眼眶。游秤砣见状,心提到了嗓子眼:"红棠,你莫哭,你告诉舅舅,到底发生了什么事情?"李红棠一五一十地把事情的经过告诉了游秤砣。游秤砣听完李红棠的哭诉,牙咬得嘎嘎响:"李慈林,狗屁的!畜生!"然后气呼呼地朝唐镇奔去。

　　游秤砣来到了兴隆巷李家大宅门口。

　　李家大宅的大门洞开。

　　游秤砣犹豫了一下,就闯了进去。

　　李家大宅门口不一会儿就聚集了不少人,像看戏一样。

　　李家大宅里面空荡荡的,游秤砣找了几个厅堂也没有看到人影,这么大的一个宅子里难道一个人也没有?游秤砣听冬子说,李慈林在这里的。就是李慈林不在,那个老太监李公公总归在吧!他站在一个大厅的中央,沙哑着嗓子吼道:"狗屁的李慈林,你给老子滚出来!"

　　他的话音刚落,一个女里女气的声音阴恻恻地飘过来:"你是什么人哪,敢闯进我的家里喧哗!"

　　这声音像是从阴曹地府里飘出来的,浑身是胆的山里汉子游秤砣皮肤上的汗毛也竖了起来。

　　大厅左侧一根巨大的红漆包裹的柱子后面,飘出条白影。游秤砣定睛一看,是一个白辫子白脸白袍的老者,他仰着头,手上把玩着那根长长的辫子,目光凌厉,阴气逼人地朝游秤砣走过来。

　　游秤砣心里一惊,难道这就是传说中的李公公?他没有见过李公公,只是听乡亲说过,他已经不记得自己多长时间没有踏进唐镇的小街了。他是个与世无争的人,过着平淡的日子。要不是妹妹游四娣的事情让他愤怒,他是不会到唐镇来的。游秤砣捏紧了拳头,目光警觉,耳朵也竖起来,分辨着有什么声音会从某个阴暗角落里飞出来。

李公公又冷冷地说:"你到底是什么人?"

游秤砣低沉而又沙哑的声音:"行不改名,坐不改姓,我是游屋村的游秤砣!"

李公公的目光审视着他,冷笑了一声:"你就是大名鼎鼎的游秤砣,请问,有何贵干?"

游秤砣提防着环顾了一下四周,咬了咬牙说:"听说李慈林那狗东西在你这里?"

李公公说:"你有没有搞错,李慈林怎么会在我这里?"

游秤砣说:"我没有搞错,李慈林的确在你这里,你还是叫他出来吧,我有事情寻他!"

李公公提高了声音:"你在唐镇这地方也是有名望的人,却如此不讲道理!这是我家,他在不在这里,你难道比我清楚?你要是不相信我的话,可以搜,但有个问题,要是搜不出人来,你私自闯入我的宅子,算什么呢?你一个堂堂的武师,跑到我这样一个风烛残年的老头子家里耀武扬威,你这不是恃强凌弱吗?说出去,你的脸上有光吗?"

游秤砣心里盘算,自己今天在李家大宅里是铁定找不到李慈林了,他气呼呼地说:"李公公,你去打听打听,我游秤砣这一生,有没有欺负过一个弱者?好吧,既然你说他不在你这里,我走!有句话想让你转告那猪狗不如的东西,是条汉子的话,就赶紧归家,我在他家里等着他!"

游秤砣说完,转身朝门外走去。

李公公在他身后冷冷地说:"一路好走!"

游秤砣带着李红棠和冬子又在镇里镇外找了一遍,特别是几个经常有人寻短见自杀的地方,都没有发现游四娣的踪影。游四娣究竟到哪里去了呢?他们百思不得其解。

傍晚时分,游秤砣才带着他们回到他们的家中。游秤砣吩咐李红棠去做饭,说吃完饭再想办法。李红棠在灶房里烧饭时,游秤砣在厅堂里和冬子说着话。游秤砣希望从冬子的嘴里得到更多情况,这样对他的判断有好处。游秤砣平常对他们姐弟俩亲如己出,他们有什么心里话都会毫无保留地掏出来,说给游秤砣听。刚开始时,冬子还不想把夜里发生的事情告诉舅舅,在游秤砣的诱导下,冬子把一切都告诉了他。

游秤砣听得心惊肉跳。

他沙哑着嗓子问:"冬子,你说的是真的?"

冬子认真地说:"舅舅,我说的全是真的,如果有半点假话,舅舅可以打死我。"

游秤砣感觉到了唐镇隐藏着一个巨大的阴谋,而自己的妹夫和师弟李慈林就是这场阴谋的主要人物,但是他不能确定李慈林是主谋还是帮凶。他伸出蒲扇般的大手摸了摸冬子的头,语重心长地说:"冬子,你知道的这些事情不要和任何人说,明白吗,连你爹和姐姐也不能说!"

冬子迷惘地问:"为什么?"

游秤砣说:"你不要问为什么,你听舅舅的话,不要和任何人说!"

冬子点了点头:"好吧,我听舅舅的,谁也不说。"

游秤砣不想让冬子卷进这场阴谋之中,那样十分危险。他心里还是十分担心,世事难料,什么凶险的事情都有可能降临在任何一个无辜的人头上,谁也不能例外。他也知道,自己虽然武艺高强,可也不是包打天下的,谁都有无奈的时候。

他也隐隐约约地感觉到了自身的危险。

……

夜色降临，皓月当空。

吃完晚饭，游秤砣他们还没有等到游四娣回家，也就是说，她离开家已经整整一天了。接下来的每寸时光，对他们来说，都是痛苦的煎熬。李红棠毕竟是姑娘家家，不时地抹着眼睛。见姐姐哭，冬子也忍不住落泪。游秤砣安慰着他们："红棠，冬子，你们莫哭，莫悲伤，你们姆妈不会有事的，她一定会回来的。"可他怎么安慰都没有用，姐弟俩还是十分悲戚。

李慈林竟然也没有回家。

游秤砣怎么也想不到，他会如此狠心。李慈林从前不是这样的，在游秤砣的记忆中，年轻时的李慈林是个重感情、正直的人。要不，游秤砣的父亲也不会收他为徒。游老武师一生仅收了两个徒弟，一个是儿子游秤砣，一个是李慈林。李慈林的父母亲死得早，很小的时候就成了孤儿。李慈林从小就在地主王富贵家当长工。王富贵心地善良，宽厚地对待李慈林，从来不为难他。李慈林九岁那年，王富贵家落难，仿佛一夜之间一贫如洗，就是这样，他也没有放弃李慈林，表示只要他还有一口饭吃，就会分给他半口。可不久，王富贵积劳成疾，一命呜呼，李慈林在他的坟头哭了三天三夜，比他的儿子还悲伤。就是这三天三夜的哭坟，游秤砣的父亲看上了他，并且把他领回了家，游老武师认为李慈林是个有情有义的人。的确，年轻时的李慈林是条汉子，某天，一个和游老武师有宿怨的外乡武师来游屋村寻仇。游老武师没有让儿子和李慈林动手，而是自己和来人较量，来者气势汹汹，很快地占了上风，眼看来者手中的钢刀要插进游老武师胸膛，李慈林飞身而出，替游老武师挡了那致命的一刀。游老武师败了，他在来者面前认输。来者也是性情中人，见李慈林伤重，就用自己带来的金疮药治好了他的伤，否则他有生命之忧。来者临走时,还对游老武师说:"你徒弟仁义呀,功夫再好,不仁不义也是枉然!"李慈林和师傅亲如父子,和游秤砣亲如兄弟,就那样,在他长大成人后,游家把游四娣嫁给了李慈林……人心似海哪!仅仅几年工夫,游老武师尸骨未寒,李慈林就变了一个人!他和游家也越来越疏远。游秤砣想不明白为什么会这样。

游秤砣在李红棠姐弟俩的哭泣中,也伤感起来,他越伤感,心中的那团怒火燃烧得也就越旺。如果这个时候李慈林回家,游秤砣会活劈了他。就在这时,游秤砣听到了鼓乐声。李红棠清楚,李家大宅门外的大戏又开唱了。果然,不一会儿就传来了咿咿呀呀唱戏的声音。唱戏的声音对李红棠一点吸引力也没有了,那在舞台上挥着水袖的美丽戏子以及她们清丽婉转的唱腔,还有戏文中那悲欢离合的故事已经和她没有一点关系了,李红棠心中只有母亲游四娣。

戏散场了,街上传来人们回家纷沓的脚步声和嘈杂的说话声。他们多么希望家门口响起敲门声,或者听到游四娣的叫门声。脚步声和人声消失之后,唐镇又陷入了沉寂,他们的希望一次一次地落空。

冬子突然打破了沉默:"舅舅,今夜你不会离开我们吧?"

游秤砣叹了口气说:"冬子,舅舅不走了,不要怕,舅舅陪着你们!"

李红棠发现冬子说话间神情疲惫,上眼皮和下眼皮要粘在一起,知道他困了,坚持不下去了,就说:"冬子,你先上楼睡吧,等姆妈回来,我会叫醒你的,好吗?"

冬子没有说话。

游秤砣也说:"冬子,安心去睡吧,不要担心,你姆妈一定会回来的。我们在这里等着。"

冬子站起了身,什么话也没有说,独自朝阁楼上走去。冬子爬上阁楼,衣服也没脱就倒在床上,酣然睡去。

游秤砣说:"红棠,你也去睡吧。"

李红棠摇了摇头:"舅舅,我陪你。"

游秤砣说:"多好的一个家呀,怎么就弄成这个样子!"

李红棠低下了头:"爹这些日子总是不归家,一回来就和姆妈吵口,动不动就打姆妈,以前,爹不是这样的。爹是不是疯了?"

游秤砣咬咬牙说:"我看他是疯了!"

突然,他们听到了敲门声。

游秤砣和李红棠几乎同时站起来,他们四目相视,相交的目光焦虑而又充满了渴望,还有些惊讶。

难道是游四娣回来了?

他们怔怔地站着,谁也没有说话,好像在等待着什么,又感觉敲门声那么的不真实,幻觉一般。敲门声又响起来,而且变得急促。李红棠控制不住自己了,敲门声是真实的,也许真的是母亲回来了。她正要冲出去开门,突然听到了门外传来暴躁的声音:"快给老子开门!"

李红棠又怔住了,一盆冰冷的水从头浇下来,希望又破灭了,她希望听到的是母亲的声音,而不是父亲。

游秤砣听到李慈林的声音,眼睛里顿时冒出了火。

李红棠看到了舅舅眼中燃烧的火,她恐惧极了,害怕舅舅眼中的火把父亲烧焦。李红棠突然朝游秤砣跪下,哭着说:"舅舅,我求你了,你莫要和爹打架,求求你了!"

游秤砣一把拉起了她:"红棠,不关你的事,这是我和你爹之间的事情。"

李红棠抓住了他的衣服,哭喊道:"舅舅,你答应我,答应我!"

游秤砣无奈地点了点头，浑身颤抖。

李红棠这才去开了门。

李慈林一手抱着个酒坛子，一手提着个布袋子。他粗声粗气地说："敲了半天门才开，还以为人都死光了！"

李红棠躲到了一边，父亲身上散发出的酒气熏得她直皱眉头，母亲都不见了，他还有心情喝酒。游秤砣恶狠狠地瞪着他，恨不得把他的心掏出来，他站在那里浑身发抖，努力地控制自己的怒火。要不是答应了李红棠，他早就冲上去打李慈林了。

浑身酒气的李慈林并没有醉，显得十分清醒。他把酒坛子和布袋子放了桌上，冷冷地对游秤砣说："师兄，坐吧！"游秤砣沙哑着嗓子说："谁是你的师兄！"李慈林咧了咧嘴，不知是笑还是尴尬："打断骨头连着筋，你就是不认我这个师弟，你还是我的师兄。坐下吧，有什么话坐下来说，我晓得你在找我。"游秤砣的目光落在一旁战战兢兢的李红棠脸上："红棠，你上楼睡觉去吧，我和你爹说话！"李红棠站着不动，眼泪汪汪的眸子里充满了惊惶。游秤砣苦涩地笑了笑："红棠，你安心去睡吧，我答应过你的！"

李红棠这才期期艾艾一步一回头地上了阁楼。

她怎么能够安睡？她坐在床沿上，竖起耳朵听着楼下的动静。

李红棠一上楼，游秤砣闪电般伸出手，用鹰爪般的手指锁住了李慈林的喉。李慈林没有作任何反抗，随着游秤砣手上力气的增加，李慈林双手痉挛，满是胡楂的脸涨成了猪肝色，本来就暴突的眼珠子突兀出来，喉管发出嘎嘎的脆响。游秤砣咬着牙，他只要再使点劲，李慈林就会命赴黄泉。

游秤砣还是松了手，李慈林长长地出了一口气，颓然地坐在板凳上。

李慈林脸上露出了比哭还难看的笑容："我晓得你下不了手杀我的！"

游秤砣说:"要是四娣有个三长两短,我定饶不了你!"

李慈林缓过一口气,站起身,进了灶房。他拿出了两个大海碗,一个放在游秤砣面前,一个放在自己面前。游秤砣坐了下来,冷冷地看着他:"我不会和你喝酒的!"李慈林没有理会他,打开了那个酒坛子,一股奇异的酒香散发出来。李慈林抽了抽鼻子,往游秤砣面前的碗里倒上了满满的一碗酒,也往自己面前的碗里倒上了满满的一碗酒。酒的奇异香味毒蛇般游进了游秤砣的鼻孔,他忍不住也抽动了鼻子。这是让他无法控制的酒香,他一生也没有闻过如此的酒香。酒香毒蛇般迷惑了游秤砣的灵魂,他使劲地吞了口口水,目光贪婪地落在了碗中的酒上。

李慈林轻轻地说了声什么,像是咒语。

游秤砣低吼了一声,不顾一切地端起了那碗酒,送到嘴边,一仰脖子把酒灌进了喉咙。

游秤砣把碗放回了桌上,李慈林又给他满上。游秤砣又端起碗,一饮而尽。李慈林在给他倒满第三碗酒后,打开了那个布袋子,从里面倒出了几个卤好的猪蹄子,说:"吃吧,师兄,我晓得你最喜欢吃卤猪脚的!"游秤砣喝完第三碗酒后,顺手抓起了一个猪蹄子,大口地啃了起来。

李慈林的脸上浮现出诡秘的笑容。

……

游秤砣沙哑着嗓子说:"好酒哇!好酒!我该走了,是该走了!"他的目光迷幻,也许已经忘记了妹妹游四娣失踪之事,忘记了许多他应该记起的事情。李红棠听到舅舅说要走,不知道他们在底下达成了什么协议,赶紧下来送他。等李红棠下楼,游秤砣已经走了。

李红棠说:"爹,舅舅怎么走了呢?"

李慈林瞪了她一眼:"你难道想让他留下来杀了我?"

李红棠摇了摇头说:"不,不——"

李慈林冷冷地说:"我看就是!你们这些养不熟的狗!老子上辈子是欠了你们的!还不滚上楼去睡觉!"

李红棠转身往楼上走。

李慈林突然问了一句:"你们真不知道你姆妈到哪里去了?"

李红棠回过头说:"真的不知道!"

李慈林长叹了一声,挥了挥手:"去吧,去吧!"

游秤砣在这个深夜,踉踉跄跄地走出了李慈林的家门,消失在如银的月光之中。

第三章

　　游四娣真的失踪了,那个浓雾的早晨连同游四娣模糊的背影,成了冬子灾难般的记忆。游四娣失踪后,冬子变得沉默寡言,就连他的好朋友阿宝和他说话也爱理不理,更不用说和他去玩了。冬子的悲伤感染了阿宝,他也异常地难过,常常躲在某个角落里,偷偷地望着坐在家门口矮板凳上的冬子,他觉得有双无形的手,在分开他们,这是十分残忍的事情,阿宝黯然神伤。

　　李红棠和冬子不一样,她每天都出去找母亲。唐镇周边的每一座山、每一条沟,她都要踏遍,不找到母亲,她是不会罢休的。白天她出去寻找母亲,晚上就陪着沉默寡言的弟弟,内心无限悲凉,每天晚上唱戏的声音成了遥远的背景,从那以后,李红棠就再也没有去看过戏。

　　在寻找母亲的路途中,李红棠会想起一些事情。有些事情是舅舅游秤砣讲给她听的,有的事情是她亲身经历过的,那些事情都和母亲有关,和她有关。李慈林在游四娣怀孕后,去找算命先生掐了掐,算命先生告诉他,游四娣肚子里是个男孩。李慈林十分欣喜,逢人便说,他有儿子了。从结婚的那天起,他就希望自己有儿子,很多的儿子。游四娣临盆的那天,李慈林焦虑地在房间门口,等待着儿子的降生,听到游四娣痛苦的喊叫,他的内心也在呐喊,他想帮妻子的忙,可无能为力。当婴儿的哭声传来,李慈林激动地狂吼了一声。接生婆出来后,他赶紧问:"是男还是女?"接生婆面无表情地说:"你自己进去看了就知道了。"说完,接生婆匆匆而去。李慈林进入房间,发现是个女婴,一口气差点背过去。他缓过神来,疯了般从游四娣的怀抱里抢过安详的女婴。游四娣感觉到了不妙,大声说:"你要干什么——"李慈林阴沉着脸,目露凶光:"我要把她塞到马桶里,溺死她!我要的是儿子,不是女儿!不是!"游四娣浑身颤抖:"你疯了,疯了,她也是你的亲骨肉啊——"李慈林无语,抱着女婴的手在颤抖,他默默地转过身,朝房间角落的马桶一步一步地走过去。虚弱的游四娣知道他什么事情都可以做出来,不顾一切地滚下了床,朝李慈林扑了过去,双手死死地抱住他的腿,泣声说:"慈林,求求你,放女崽一条生路吧!求求你了,慈林,我答应你,给你生儿子,生一群儿子!你放女崽一条生路吧!"李慈林一脚撂开了她,走到马桶前。正当李慈林要把哇哇大哭的女婴往马桶里塞时,游四娣操起了一把剪刀,对着自己的喉咙,她厉声说:"李慈林,你要是敢溺死我们的女崽,我今天就死在你面前!"李慈林回过头,看到剪刀尖已经刺进了她的皮肤,血流下来。游四娣是那么的决绝!一刹那间,李慈林的心被击中了,他无声地走到床前,把女婴放在了床上,长叹了一声,无奈地走出了房间。游四娣抱起女儿,喃喃地说:"女崽,莫怕,莫怕,谁也不可能从我手上把你夺走,你是姆妈的心头肉!只要姆妈活着,就不会让任何人伤害你的性命!你和姆妈心连着心!"……这是舅舅对李红棠讲的事情,她问过母亲,游四娣没有告诉她什么,她心想,母亲是这个世界上最疼她的人,今生今世,她都不能没有母亲！……某个阳光灿烂的日子，李红棠和母亲在番薯地里除草。累了，她们坐在田头休息。一阵风拂过来，李红棠觉得清爽极了。可是，她看到母亲额头上青紫的伤痕，心里隐隐作痛，她知道那是父亲醉酒后打的，尽管母亲告诉她是自己不小心撞的。李红棠轻声问："姆妈，还痛吗？"游四娣擦了擦汗说："不痛，这点小伤，怎么会痛呢。"李红棠说："姆妈，爹为什么老喝醉酒打你？"游四娣说："别乱讲，你爹没有打我，是我自己不小心撞伤的！你要对你爹好，他也不容易，心里也有苦，有憋屈，说不出来！"李红棠无语了，抬头看了看远处苍茫的群山。游四娣也抬头望了望苍茫的群山，突然说："红棠，如果哪天我不见了，你会怎么样？"李红棠说："姆妈，你不会离开我们的，不会的！"游四娣叹了口气说："假如，假如哪天，我真的离开了——"李红棠说："姆妈，不会的！肯定不会的！你怎么舍得抛下我们！如果姆妈真的离开了，我会把你找回来的，死也要把你找回来的！我说得到，做得到！姆妈，以后不要说这样的话了，好吗？"游四娣又望了望苍茫的远山，无语，她的目光迷离。游四娣迷离的目光让李红棠恐慌……

李红棠还是不清楚父亲李慈林在干什么，他每天早早地出去，晚上很晚才回来，有时根本就不回来。李慈林告诉女儿，恐怕游四娣是不会回来了，因为他也没有办法找到她，要李红棠照顾好家，照顾好弟弟。李慈林最近行事诡秘，李红棠总觉得会发生更大的事情。她没有听父亲的话，放弃寻找母亲，只要没有见到母亲的死尸，母亲就有可能活着，就会有找着的希望，她绝对不会放弃。那天上午，李红棠在西山里的一个村里挨家挨户寻找母亲，竟然意外地碰到了父亲。她看见父亲和几个长相凶恶的男子在一户人家的厅堂里讨论着什么，他们的神色凝重。李慈林发现了女儿，他把李红棠领到了村口，极不耐烦地说："红棠，你怎么不听我的话，我告诉你多少遍了，你姆妈找不到了，不要再找了，她想归家自然会回来，她要铁了心不归家，你找遍天涯海角也找不回来！快归家去吧。"李红棠只好离开了这个村庄。

黄昏，残阳如血。

李红棠下了山，走在田野上。晚稻过几天就要收成了，母亲还是没有找到，这可如何是好！她正走着，突然听到后面传来了脚步声，孩童般的脚步声。李红棠回头一看，发现了侏儒上官文庆。他在夕阳的红光中摇摇晃晃地靠近李红棠。李红棠回转过身，对他说："文庆，你这是到哪里去？"

上官文庆走到她面前，仰望着李红棠，脸上堆满了笑容，他的头虽然很大，和身体极不相称，可他的脸笑起并不难看，在心地善良的李红棠眼里，他的笑容还是十分灿烂的。上官文庆说："我随便走走。"

李红棠挺同情他的："文庆，你不要乱跑呀，天很快黑了，快归家去吧，莫要被山上下来的豺狗把你叼走了。"

上官文庆晃荡着大脑袋说："没事的，没事的，豺狗叼不到我。"

李红棠说："别讲大话了，快归家吧！我不和你说了，我也要归家了。"

上官文庆脸上的笑容突然消失了，表情严峻地说："红棠，你晓得吗，你舅舅游秤砣快死了！"

李红棠立马变了脸色："呸呸呸，你才快死了，不要咒我舅舅！"

上官文庆嘟起了嘴，委屈的样子："我甚么时候说过假话，我说的是真的，你舅舅游秤砣真的快死了，他已经好几天没有起床了。"

李红棠死活不信："你再乱讲，我要打人了！"

上官文庆说："红棠，你说，唐镇哪有我不晓得的事情，我是唐镇的活神仙哪！你舅舅真的快死了，我听老郎中郑士林说的，你舅舅派人来偷偷地把他请去看病，郑老郎中那么好的医术都束手无策，拿他的病没有办法。郑老郎中说，你舅舅可能没救了。"

35

李红棠心惊肉跳:"你是亲耳听到郑老郎中说的吗?"

上官文庆点了点头:"我亲耳听郑老郎中和他儿子说的,只有我听到了,郑老郎中还让他儿子保密呢,他们没有想到,被我这个活神仙听到了。我晓得你傍晚要经过这里,就在这里等你,和你说这件事情的。"

李红棠突然飞起一脚,朝他踢过去:"我让你胡说八道!"

上官文庆虽说是个侏儒,却十分的灵活,机警地躲过了李红棠那一脚,快速地钻进了路边的稻田里,随着稻子一阵窸窸窣窣的抖动,上官文庆顷刻间没了踪影。

李红棠喉咙里堵了块硬硬的东西,吞不下去又吐不出来,泪水在眼眶里打转,心里难过极了。

夜深了,李骚牯瘦长的身影闪出了李家大宅的门楼,幽魂般穿过街巷,来到了青花巷一家人的门口。他从腰间掏出一把锋利的刀子,插进门缝里,轻轻地挑开了门闩。他蹑手蹑脚地推开门,潜了进去。

他悄无声息地来到一个房间门口,听到了像拖风箱一样的呼噜声。房间门虚掩着,李骚牯轻轻一推就开了。他进入房间,把房门关上,插上了门闩。房间里一片漆黑,有股浓重的浊气。他知道,床上躺着的是个肥胖的女人,他就是来找这个叫沈猪嬷的女人的。唐镇大部分的人不知道沈猪嬷的真实名字,李骚牯也一样,只知道大家叫她沈猪嬷,就是说她像母猪。

李骚牯看不清一身肥肉的沈猪嬷躺在床上是什么样子。他摸到了床边,有股热烘烘的气息扑面而来。这是沈猪嬷的身上散发出来的气息,还有一种肥腻的女人味。李骚牯的脑袋轰的一声,被这股热乎乎的肥腻的女人味弄得晕头转向。他没想到自己如此没用,竟然被一个半老徐娘弄得性欲勃发。李骚牯在黑暗中爬上了床,猴爪子般的手触碰到沈猪嬷肥腻的肉体,喉咙里发出了低沉的吼声,不顾一切地扑了上去。

沈猪嬷的呼噜声突然停止。

她迷迷糊糊地说了一声:"狗子,你搞什么搞,大半夜的死回来,也不好好困觉!"

沈猪嬷把骑在自己身上的李骚牯当成丈夫余狗子了,余狗子是个晚上不着家的主,一个劲地在外面滥赌。李骚牯没有说话,他被欲望之火烧得疯狂,在沈猪嬷的身上发泄着,猛烈地冲撞。沈猪嬷也被他的粗暴刺激得兴趣盎然,嗷嗷地叫唤着,扭动着肥硕的大屁股,风骚地迎合着李骚牯。

暴风骤雨过后,李骚牯瘫软下来。

沈猪嬷却意犹未尽:"狗子,你有多久没屌老娘了!老娘以为你废了没用了呢,来,再来,我还要——"

她伸手去抱李骚牯。

李骚牯顿时清醒,他跳下了床,提上了裤子。然后站在床头,俯下身,右手掌摁在她头上,恶狠狠地拿捏着嗓子说:"烂货,你给我听好了,以后再敢乱嚼舌头,就废了你!"

李骚牯说完就溜之大吉了,他本来想给沈猪嬷留下个深刻教训的,但他下不了手。

李骚牯走后,沈猪嬷如梦初醒,知道了刚才压在身上的人不是自己的丈夫余狗子,可她没有听出那个人是谁!她下了床,点亮了油灯,跺着脚连声骂道:"是哪个断子绝孙的,占老娘的便宜!"她坐在床沿上,鼓鼓囊囊的胸脯起伏着,想想只能怪自己,怎么就没有分清是谁呢?沈猪嬷叹了口气,心想,吃亏是吃亏了,总归比和余狗子的那帮烂赌鬼做强,好歹也快活了一场。她这样想,就有了些安慰,心里好受多了。余狗子经常赌输,有时没钱了就把老婆给押上,输了就带人回家来搞他老婆。那对沈猪嬷来说是真正的耻

37

辱，她也没有办法，这样总比丈夫被人用刀逼着还债强，一切都是命。沈猪嬷在唐镇早就没脸没皮了，什么话也敢说，成了一个人见人烦的长舌妇。

乱说话是要付出代价的。

她想着自己说了谁的坏话，招致人摸黑上门来奸污威胁自己。这时，余狗子回家了。余狗子哼着下流小调溜进了房间，看房间里的灯亮着，沈猪嬷阴沉着脸坐在床沿上。余狗子嬉皮笑脸地说："猪嬷，你是在等我呀？"沈猪嬷瞥了他一眼，看他得意的样子，今晚是赢钱了。他在外面赢了钱，家里的老婆却被人奸污了，沈猪嬷气不打一处来，霍地站起来，从脚上脱下一只烂布鞋，朝余狗子扑过去，劈头盖脸地抽打起来。

余狗子一头雾水，边躲边说："猪嬷，你发癫了，怎么没头没脑就打人哪！"

沈猪嬷喊叫道："老娘就是发癫了，打死你这个没用的东西！我上辈子造了什么恶哟，今生碰到你这个不成人形的畜生！"

余狗子突然火了，一把夺过她手中的破鞋，狠劲地扔在地上："不知好歹的烂猪嬷，你闹够了没有！"

沈猪嬷气呼呼地爬上床，脸朝里面侧躺在床上。余狗子从口袋里掏出一吊铜钱，神气活现地扔在脏污的桌子上，脱掉衣服，吹灭了油灯，上了床。余狗子伸手摸了一下沈猪嬷的肩膀。沈猪嬷没有理他。她还在想着究竟自己说了什么话，得罪了人。她说镇上人的怪话多了去了，实在得不出准确的答案。她突然想到了李公公。

沈猪嬷不止一次说过李公公的怪话。李公公回唐镇后不久，她就到处说李公公这个阉人如何如何。早上，她到屎尿巷屙屎时，和隔壁茅房里蹲着的吴二嫂闲谈，说着说着，她就说起了李公公："老太监真是有钱呀，天天请大家看戏，你说他的钱是哪里来的，我想可能来路不正。"吴二嫂说："你可不要乱说，不管他的钱怎么来的，李公公能请大家看戏就是好事情。你看看镇上的那几个有钱人，就是把钱带到棺材里，也不会拿出来替大家做点好事。”沈猪嫲就不再说了。屎尿巷是唐镇传播新闻和谣言的最佳场所，这条巷子全部是茅房，每天早上，大家都要到这里来拉屎或者倒尿盆，许多传闻就在熏天的臭气中流传出去。沈猪嫲早上说李公公的话，肯定不止吴二嫂一个人听见了，人多嘴杂，保不准就七拐八弯地传到了李公公的耳中。

难道那人是李公公派来的？

李红棠牵着冬子的手，走进了游屋村游秤砣的家门。游秤砣的老婆余水珍在灶房里熬药。李红棠喊了声：“舅母——”余水珍就走出灶房，来到了他们面前：“红棠，你们怎么来了？”李红棠焦虑地问道：“舅母，舅舅是不是病了？”

余水珍憔悴的脸上掠过悲凉的神色，眼圈一红：“也不晓得怎么搞的，那天夜里从你们家里回来后就倒下了，一连几天卧床不起。你舅舅那么壮实的一个人，不可能这么容易就倒下了，从来没病没灾的呀！连郑郎中也觉得奇怪，看不出他得了什么病。”李红棠的眼睛也红了：“舅母，舅舅现在哪里？快带我去看他！”

余水珍抹了抹眼睛：“在卧房里呢。唉，屋漏偏逢连夜雨，你姆妈还没有音信，你舅舅又莫名其妙地倒下了，难道是老天爷和我们家过不去？”

余水珍领着他们走进了卧房。

卧房里充满了浓郁的臭味，像是死老鼠和变质的食物混杂在一起的臭味。

游秤砣平躺在眠床上，眼睛紧闭，一动不动，他的脸色蜡黄，几天时间就瘦得只剩一层皮。

余水珍把嘴巴凑近了他的耳朵：“秤砣，红棠他们看你来了。”

游秤砣游丝般的声音,和往常判若两人:"我不是不让你告诉他们的吗?"

余水珍轻声说:"我没告诉他们,也不晓得他们从哪里得来的消息。"

游秤砣微微叹了口气,睁开了无神的眼睛,艰难地侧过沉重的头,脸上露出一丝苦涩的笑容:"红棠,冬子——"

李红棠的泪水断线的珠子般滚落下来。

冬子内心充满恐惧,他躲在姐姐的身后,探出头,默默地看着游秤砣。

游秤砣轻声说:"莫哭,莫哭,舅舅不会死的,阎罗王不会收我的。"

这个秋天的某个晚上开始,唐镇人开始在深夜里听到叮叮当当打铁的声音,这种声音区别于唱戏的声音,它们之间有本质的不同。唐镇人认为,晚稻很快就要收割了,铁匠上官清秋带着两个徒弟在加班加点赶制镰刀。

打铁的声音在白天没有那么大的动静,在夜深人静时显得特别的响亮,吵得很多人心烦意燥。唐镇悦来小食店的小老板胡喜来神经衰弱,本来就睡不着觉,被打铁的声音吵得脑壳都快爆炸了。他忍不住举着火把去铁匠铺敲门,企图制止他们打铁,里面的人还是继续叮叮当当地打铁,对那用拳头砸出的敲门声置若罔闻。

胡喜来气愤极了,在打铁铺外面吼叫起来:"你们这样下去,还让不让人活了哇!你们再不停下来,我一把火烧了你的打铁店!"

这时,胡喜来听到了清脆的笑声。他来不及想什么,侏儒上官文庆不知道从哪个角落里钻了出来。

胡喜来俯视着他,怒目圆睁:"文庆,快让你爹收摊回家困觉了,把人都吵死了!"

上官文庆微笑地说:"我也快被吵死了,我还希望你把打铁店烧了呢,这样我就可以归家睡个安稳觉了!"

胡喜来想,这个矮鬼,话怎么说的,这不是在刺激我吗!他的火气更大了:"你以为我不敢烧,是不是?"

上官文庆还是微笑地说:"我可没有说你不敢,你要烧就烧,其实和我没有关系,这个世界上的人都和我没有关系。"

说完这句话,上官文庆突然就跑掉了,不一会儿就消失得无影无踪,胡喜来怀疑他是不是钻到哪户人家的狗洞里去了。

铁匠铺子里打铁的声音还在继续,丝毫没有停下来的意思,里面的人根本就没有把他当回事。胡喜来气得浑身发抖,尽管如此,他还是下不了决心点燃铁匠铺。最后,他大声地骂了几句,无奈地走了。那个晚上,胡喜来一夜未眠。

第二天,人们看到他打开小食店的木板门时,眼圈黑黑的,像涂了一圈墨。他的目光落在斜对面不远处的铁匠铺,打铁的声音照常传来,他想等铁匠铺开门后过去和他们理论理论,让他纳闷的是,铁匠铺一整天也没有开门。就是在相当长的一段时间里,铁匠铺子也没有开门,打铁声却不分昼夜地不停传出,不知道上官清秋和他两个徒弟在搞什么鬼。胡喜来想,这样下去,他离死不远了,如果他死了,就是被打铁的声音吵死的。

这天中午,一个收购草药的外乡人走进了悦来小食店。

外乡人往那里一坐,对胡喜来说:"来一斤猪头肉,温壶水酒。"

胡喜来点了点头:"还要点什么吗?"

外乡人想了想:"等我酒喝完了,你再给我煮碗芋饺吧!"

胡喜来说:"好咧——"

外乡人看着胡喜来切猪头肉,问道:"胡老板,你今天怎么气色不好?是不是昨天晚上被老婆欺负了呀?"

胡喜来说:"瞎讲!"

外乡人哈哈大笑。

不一会儿，酒菜上来了。外乡人自顾自地吃喝。这个时候，就他一个客人，胡喜来闲得无聊，就坐在外乡人的面前，说："你好久没来了呀，最近跑些什么地方？"

外乡人喝了口酒说："是呀，好久没有来唐镇了，你们这地方太偏了，难得来一次！这些天，都到别的山区收货。现在生意不好做哪，累死累活，就是赚不到几个铜钱。"

胡喜来说："是呀，赚口饭吃不容易，都不容易。"

外乡人笑了笑说："还是你好，守着一个小店，旱涝保收，不用东奔西跑。"

胡喜来说："也难，也难！"

外乡人突然提出了一个问题："最近，唐镇有没有来过一个红毛鬼？"

胡喜来吃了一惊："什么红毛鬼？"

外乡人说："别紧张，不是真鬼，是个外国人，长了一头的红头发，见过他的人就称他为红毛鬼。"

胡喜来有些纳闷："外国？还有长红头发的人？"

外乡人说："听胡老板的口气，那个红毛鬼没有到过唐镇。"

胡喜来问："他会来吗？我倒想见见红头发的人是甚样子的！"

外乡人说："也许会来。他是个传教的人，到处走，说不定哪天就来到唐镇了。"

胡喜来说："传什么教？"

外乡人说："好像叫什么耶稣教，让人信上帝什么的，就像信观音菩萨那样。"

胡喜来说："有人信吗？"

外乡人说："当然有，信的人还不少呢。你晓得吗，红毛鬼在汀州城里传教时，不少人随他信教，这可惹起了轩然大波，黄龙观里的白眉道长不干了，说他是邪教，要大家抵制红毛鬼。光说还不要紧，白眉道长还派人把红毛鬼捉了，想逼他离开，甚至还想弄死他。后来，红毛鬼的信徒报了官，白眉道长无奈，就把他放了。尽管放了他，白眉道长鼓动他的信众，不断地给红毛鬼制造麻烦。终于有一天，红毛鬼离开了汀州城，到山区里去传教。"

胡喜来说："有这样的事情？红毛鬼就一个人传教？"

外乡人点了点头："就一个人。"

胡喜来说："这个红毛鬼胆子够大的。他不怕土匪什么的？"

外乡人说："不怕。好像听传闻说，有一回，红毛鬼还真碰到了土匪。土匪把他捉去后不久，就把他放了，还送给他不少铜钱做盘缠。"

胡喜来吃惊地问："为甚？"

外乡人说："据说，那些土匪也信了他的教。"

胡喜来倒抽了一口凉气："还真邪了！"

外乡人哈哈一笑："你看，你看，说着说着，酒也喝完了，肉也吃光了，快去给我煮芋饺吧！"

胡喜来也笑笑："还是你们见识广，晓得这么多事情。"

说完，他就去煮芋饺了。

冬子没有告诉姐姐李红棠，就在舅舅游秤砣离开他们家的那个晚上，他做了个奇怪的梦。冬子梦见游秤砣穿着一身白色的衣服，骑着一匹竹子扎的白纸糊成的马飞上了天。他一直不明白那轻盈的纸马怎么能够承受舅舅那粗壮的身体。那纸马他只在专卖死人用品的寿店里看到过。自从那个晚上后，冬子每次经过寿店时，都会停住脚步，目光落在店里的一匹纸马上，幻想着它飞起来。这时，寿店的主人李驼子就会走出店门，笑着对他说："冬子，你快走吧，不要看这些东西，这些东西不是你能玩的。"李驼子是个驼背，他的

43

背上压着一团高高隆起的死肉，他一生未娶，靠做死人用品为生。他的手艺出奇的好，据说是无师自通，他扎的纸人纸马惟妙惟肖，像真的一样。冬子听了他的话，就会默默离开，他会突发奇想，李驼子会不会在某天骑着自己扎的纸马飞走？

　　冬子家的晚稻收割完的第二天早上，他们家里充满了谷子的香味。晚稻收成了，冬子知道，姐姐李红棠又要开始四处去寻找母亲了，她要到离唐镇更远的山里和村落去寻找母亲。收割晚稻的这几天里，稻田里都没有出现父亲李慈林的影子，他还是行踪诡秘，不知道在干些什么事情。李慈林还是叫了几个人帮助他们收割晚稻。

　　这天早晨，晴朗。从天井上可以看到瓦蓝的天，还可以闻到清新的露水味儿。李慈林又是一夜未归，李红棠把冬子叫起来吃过早饭，就准备出发去寻找母亲。李红棠摸着弟弟的头说："冬子，你要乖乖的，莫要乱跑，午饭也给你做好了，到时你自己热热吃。等着我归家来。"冬子点了点头。他突然发现脸色苍白的姐姐头上有了一绺白发。那绺白发刀子般刺进了冬子的心脏，疼痛不已，姐姐才十七岁，正是含苞待放的年龄，怎么就有白头发了呢？他想告诉秀美的姐姐，可他说不出口，他要说出口，对姐姐无疑又是一种伤害，残忍的伤害。

　　李红棠正要出门，门口跌跌撞撞地冲进来一个人。

　　这是个满头大汗的少年，他冲李红棠哭叫道："阿姐，我爹他，他——"

　　来人是游秤砣的儿子游木松。

　　李红棠心里一沉，明白大事不好，但她还是故作镇静地说："木松，你慢慢说，到底怎么了？"

　　游木松上气不接下气地说："我爹、我爹他、他走了——"

　　李红棠明白了游木松是来报丧的，听完他的话，李红棠一口气憋住，就昏倒在地。冬子呆立在那里，一句话也说不出来，他想，舅舅是不是骑着那匹纸马飞走的？游木松蹲下来，一手抱起李红棠，一手掐住她的人中，口里悲伤地说："阿姐，阿姐，你醒醒呀，阿姐——"

……

冬子满脸哀伤，沉默地经过阿宝家门口时，阿宝看见了他。此时，他眼中根本就没有阿宝，阿宝跟在他的身后说："冬子，你莫要难过哇，我晓得你舅舅死了。"

冬子没有说话，他懒得说话。

阿宝又说："冬子，你晓得吗，我也很难过，真的很难过。"

冬子继续往前走着，他心想，舅舅不是死了，而是骑着漂亮的纸马飞走了。总有一天，他还会骑着白色的纸马回来的。他的心里酸酸的，泪眼迷蒙。跟在他身后的阿宝也哭了，抽抽搭搭地哭。路人都用悲悯的目光看着他们，有心软的女人也情不自禁地抹泪。

冬子来到了李驼子寿店的门口，站在那里，眼泪汪汪地注视着店里的那匹纸马。李驼子走了出来，轻声地问冬子："冬子，你要什么呢？"冬子手指了指那匹纸马，哽咽地说："驼子大伯，你能把纸马给我吗？"李驼子慈祥地说："冬子，想拿走就拿走吧。"冬子说："驼子大伯，可是我现在没有钱给你。"李驼子转身走进店里，取出了纸马，走回到冬子的面前："冬子，难得你一片孝心，你拿走吧，我不收你的钱。"冬子说："驼子大伯，等我长大赚钱后一定还你的，就算是我向你赊的。"李驼子叹了口气："冬子，不要多说了，你快把纸马拿走吧！"

冬子的双手把纸马高高举起来，沿着小街朝东面走去。

走到阿宝家门口时，冬子停住了脚步，回过头对阿宝说："阿宝，你归家去吧。"

阿宝点了点头。

这时，他们看到一身白袍的李公公在不远处迎面走来，他的手上挂着一根上过漆的木质龙头拐杖。阿宝心里清楚，他手中的这根龙头拐杖是他爹张发强花了两天时间雕刻而成的。当时，阿宝不知道谁需要这样的龙头拐杖，没想到它会出现在李公公的手上。李公公在街上慢慢地踱步，人们都笑着和他打招呼，他也有礼有节地朝问候他的人点头致意，唐镇没有人能够这样被人们尊重。

冬子举着纸马和李公公相遇了。

冬子冷冷地看着他，没有避让他。

李公公面露出不动声色的笑意，躲到了一边，他的目光落在冬子秀气而又哀伤的脸上。冬子径直走了过去。李公公注视着冬子颀长的背影，白色的眉毛抖了抖，吞下了一口口水。

冬子就那样举着纸马，走出了唐镇的小街，朝游屋村走去。

游秤砣死后，李慈林出现了，像是从某个老鼠洞里钻出来的，头发蓬乱，胡子拉碴，满脸阴霾，目光悲切。他和自己的儿女一样，来到了游秤砣的家里。游秤砣的尸体放在厅堂里的一块门板上，尸体的上面遮着一块白色的土布。他的遗孀以及孩子还有李红棠和冬子披麻戴孝地站在尸体的左侧。

李慈林把一条麻布扎在额头上，跪在游秤砣的尸体旁边，号啕大哭。他的哭声像深夜迷茫的山林里传来的狼嚎，凄厉而诡异。余水珍面无表情地看着这个曾经和丈夫亲如兄弟的人，什么也没有说。在李慈林面前，余水珍一家人都克制住了情绪，显然游秤砣在死前和他们说过什么。冬子也冷冷地看着痛哭流涕的父亲，他弄不清楚父亲的哭声和泪水是不是真的。

送葬的时候，余水珍和儿子们哭天抢地，李红棠也哭得像泪人儿。冬子却没有哭，李慈林见状，给了他一巴掌："你这个没良心的东西！舅舅生前对你那么好，他过世了你却连眼泪也不流一滴！"那巴掌打得很重，冬子的半边脸立即红肿起来，呈现出五个明显的手指印,他觉得半边脸火烧火燎地痛,那个耳朵也嗡嗡作响。

就是这样,冬子也没有哭出来。

他心里一直坚持一个想法:舅舅游秤砣没有死,他只不过是骑着白色的纸马飞到天上去了,总有一天,他还会骑着白色的纸马回来的……

李慈林给游秤砣办完丧事,就对余水珍说:"我接你们到镇上去住吧,这样也有个照应。"

余水珍摇了摇头,脸上挤出了苦涩的笑意:"不用了,谢谢你的好意,游屋村也很好,我们会好好活下去的。对了,你师兄临死前,有一句话让我转告你,如果以后四娣归家,你好好待她!如果她真的一去永不回了,你也要好好待两个儿女。"

李慈林说:"这是当然的。"

李慈林带着儿女离开了游屋村。

余水珍带着儿子把他们送到了村口。那时,阴风四起,山野一片苍茫。他们走出一段路后,李红棠回头望了一下,看到余水珍不停地抹眼睛,游木松在拼命地朝她挥手。

李红棠怎么也想不到,他们和余水珍一家的这次分手,竟成了永诀。不久后,余水珍带着儿子离开了游屋村,离开了这片山野,走的时候没有和他们告别,在此之前,也没有透露半点要走的口风。也许游秤砣临死前就已经做出了让他们离开的决定,他已经不能保护他们了,也已经感觉到了唐镇的危险,可是,哪里是真正的世外桃源?哪里才是人们真正的乐土?只要是有人存在的地方,就会有凶险!

游秤砣死后,唐镇很多人都觉得十分惋惜。他的死因成了人们茶余饭后议论的谈资。据说,游秤砣死前的那个晚上,大声地吼叫了一夜,他沙哑的声音在游屋村的天空回荡,整个游屋村的人都被他凄厉的吼叫声震得心惊胆战。游秤砣的吼叫声在清晨的风中消散之后，人们就听到了游家人撕心裂肺的哭声，他们才知道游秤砣已经死了，再也不能保护村民了。有人说他在练绝门武功，走火入魔不能自拔，结果丧生；有人说，游秤砣得了一种怪病，那种无药可医的怪病最终夺去了他强硬的生命；还有人说，游秤砣是冒犯了神灵，被神灵惩罚，死于非命。

流传最广泛的是最后一种说法。

这种说法是不是从臭气熏天的屎尿巷里流传出来的，没有人去考证。

反正这种说法有鼻子有眼的，不久就被唐镇的大部分人所接受。

传说那个皓月当空的深夜，游秤砣喝完酒后走出了李慈林的家门。他跟跟跄跄地穿过寂寞的小街，朝镇东头走去。当他路过镇东头的土地庙时，醉倒在了庙门口的那棵古樟树下。他惺忪的醉眼中出现了一个白发老妪，白发老妪拄着一根拐杖来到了他的面前，和颜悦色地对他说："你喝醉了，赶紧回家去吧，秋天的夜风凉，在这里睡觉会受风生病的！"游秤砣自恃习武出身，体质好，就冲着白发老妪沙哑着嗓子吼叫道："我没事的，就是落雪的冬天，我都敢下河洗澡，这又算什么！"白发老妪又关切地说："不要逞能呀，多少英雄好汉逞能，结果死于非命！还是听我这个老太婆一句话，快点回家去吧！"游秤砣非但没有领白发老妪的好意，反而出言不逊："你这个死老太婆，我就是死在这里又和你何干！快滚开，不要在这里烦我！"白发老妪叹了口气就在他面前消失了。过了一会儿，游秤砣觉得胃里翻江倒海，摇摇晃晃地站起身，对着古樟狂吐，从他口中吐出的秽物污染了古樟的树皮。这还不算，他吐完后又顺势往古樟树上撒了泡长长的臊尿。古樟树可是土地老爷的神树，岂容游秤砣这个凡夫俗子玷污，当下土地老爷就发了火，降祸到了他的头上。游秤砣撒完尿，就觉得自己的头被什么东西击打了一下，他顿时清醒过来。此时清醒过来已经晚了，如果他能够听那个白发老妪的劝告，离开这里，就万事大吉了，他哪知道那个白发老妪就是土地娘娘。清醒过来的游秤砣的脑袋里像钉进了一枚铁钉，疼痛难忍，他一路跌跌撞撞地朝游屋村方向狂奔而去……

第四章

李红棠在暮秋渐渐寒冷的风中四处寻找母亲,谁劝她也没有用,她铁了心要找到母亲,哪怕是母亲的一根尸骨。她死活不相信,一个大活人就这样说没就没了。几乎每天早上起来,冬子都会发现姐姐头上新长出一绺白头发,她的容颜也越来越憔悴,本来红润的脸越来越灰暗。自从母亲失踪后,李红棠就没有照过镜子,她已经忘了自己。冬子好几次想告诉姐姐,可他还是没有说,他不想让姐姐的心加深伤害,那些白发和黯淡的容颜,对一个如花似玉的女孩子来说意味着什么?

沈猪嬷挑了一担新鲜的白萝卜来到镇街上卖,她是唐镇的种菜好手,她在唐溪边的野河滩上开了好几块荒地,在上面种上了各种各样的蔬菜。她就是靠种菜换些铜钱,养家糊口,如果靠余狗子,一家人早就饿死了。沈猪嬷畚箕上的白萝卜洗得干干净净,看上去鲜嫩饱满。唐镇人讨厌她的碎嘴巴,对她的菜还是十分喜欢的。

沈猪嬷在街上还没有走到一半,她的萝卜就卖掉了一大半。

她肥胖得像个猪肚的脸上泛出一种得意的红光，细眯的双眼审视着镇街上走过的每一个男人，特别是干瘦的男人。这些日子以来，她只要走出家门，就会用怪异的目光去搜寻那些干瘦的男人，她希望能够找出那个深夜里潜入她家里的男人，事后回想起来，还是这个男人有味，令她销魂。

　　沈猪嫲的萝卜卖得差不多后，挑着剩下的一些萝卜来到了胡喜来的小吃店里，胡喜来和她说好的，每天都要给他留点菜。沈猪嫲路过铁匠铺时，看到铁匠铺的门扉紧闭，叮叮当当的打铁声不停地传出。晚稻都已经收成了，铁匠铺的门还是没有开，还是没日没夜地从里面传出打铁的声音。

　　沈猪嫲把萝卜送进了胡喜来的店里，他正表情严峻地收拾一盆猪大肠。他的小儿子胡天生在一旁洗碗。

　　沈猪嫲将萝卜放在了灶台上的一个竹筐里，媚笑道："胡老板，你看看我这萝卜，个个都一般大，我总是把最好的留给你，别人出高价我都不卖给他，我晓得在镇上，你胡老板是最照顾我的。"

　　胡喜来听了她的话，脸上还是没有舒展开来，要是往常，他会呵呵地乐，用一些荤腥的语言和沈猪嫲调笑。

　　见胡喜来愁眉不展，沈猪嫲说："胡老板，你是不是又没有睡好觉呀？"

　　胡喜来瓮声瓮气地说："能睡好吗？我可不像你，每天晚上都可以睡得像死猪一样，那是多大的福气哪！"

　　沈猪嫲笑得眼睛眯成了一条缝："你怎么晓得我晚上睡得像死猪？你是不是晚上的时候偷偷来看过我呀！"

　　胡喜来说："呸！我去看你睡觉做什么？我发癫了吗？"

　　沈猪嫲抖了一下身子，两个肥硕的大奶在胸前乱颤，仿佛要破衣而出。她说："胡老板，我晓得你为什么睡不好，是不是因为打铁店的事情呀？"

提起铁匠铺，胡喜来就气不打一处来："这个断子绝孙的上官清秋，就是不想让我活！你看他做的事情，没天理哪！怪不得他会生下那个矮鬼儿子！我就想不明白，他没日没夜关着门在敲打什么！我真的想一把火烧了他那个打铁店！让他到阴间去打铁！"

沈猪嫲突然压低了声音说："胡老板，听人家说呀，上官清秋死了，他那两个徒弟早就走了，打铁店里是上官清秋的鬼魂在作祟，镇上的人有多久没有见到他了哇？他要是活着，怎么可能不开门，怎么可能不出来走动，你说有没有道理？"

胡喜来听了沈猪嫲的话，身上的汗毛一根一根竖起，不远处铁匠铺里的打铁声还不停地传过来。

他们突然听到了一声脆响。

那是胡天生手中的盘子落地后破碎的声音。

胡喜来看到地上陶瓷的碎片，心疼得直皱眉头："你这个败家子，你要我的老命呀，我们这个小本生意，一天能赚几个铜钱？你倒好，一下子就打碎了一个盘子，好像盘子是不要钱捡来的！"

胡天生知道自己闯祸了，愣愣地站在那里，不知所措。他很了解父亲的秉性，父亲的小气是在唐镇闻名的，加上他最近被铁匠铺日夜不停的声音折磨得死去活来，本来肚子里就窝着火，他不知道父亲会怎么收拾自己。

果然，胡喜来越说越生气，最后从木盆里抓起一根猪大肠朝胡天生没头没脸地抽打起来，湿漉漉的猪大肠抽打在脸上，又痛又臭，这让十岁的胡天生蒙受了巨大的屈辱，他叫喊着冲出了小食店。

胡喜来追了出去，一扬手把手中的猪大肠也扔了出去。

胡天生很快地跑远，胡喜来这才反应过来，猪大肠扔到了街面上，他更加心疼不已："哎哟，我的猪大肠哟——"赶紧跑过去，从鹅卵石街面上捡起了那根猪大肠。

胡喜来回到店里,沈猪嫌早就溜之大吉了。他把弄脏的猪大肠重新放回木盆里洗的时候,发现木盆里少了一条猪大肠。他瞪着愤怒的眼睛想了想,连声骂道:"好你个沈猪嫌,乘人之危呀!你偷我的猪大肠,吃了你全家死光光!哎哟,我的猪大肠哟!这都是花钱买的呀,我的钱也不是偷来的抢来的,我辛辛苦苦赚点钱容易吗?一滴汗水掉在地上也有锅盖那么大哟!"

一个月的戏终于唱完了。

唐镇人意犹未尽,戏要是一直这样唱下去,该有多好。有戏的日子,天天都是过年过节呀!没有戏唱了,唐镇人的日子一下子清淡起来,惘然若失。无论如何,唐镇人还是对李公公充满了感激之情,是他让大家过了一个月难以忘怀的好日子。

戏不再演了,唐镇人却没有看到戏班子离开。

对冬子而言,这是个寂寞的下午。

很多时候,他变得麻木。他不愿意去想更多的事情,想到母亲和舅舅以及那些噩梦,就会陷入无边无际的悲伤和恐惧之中,不能自拔。这个寂寞的下午,他拒绝了阿宝在家门口的呼唤,阿宝想找他一起出去玩。他不想出门,不想面对这个世界,顶多他会坐在阁楼的木窗前,呆呆地俯视街上走过的人和那些狭小的店面。他曾经是一个多么活泼的孩子,和阿宝一起在镇里镇外疯玩。有时,冬子特别渴望看到蛇,就像阿宝渴望看到蝴蝶。他们会在河滩的草丛里寻找蝴蝶,在追逐蝴蝶的过程中,偶尔会看到一条蛇从草间滑过。见到蛇,阿宝就会惊叫,冬子却看着蛇在草丛里游走,目光痴迷。那时,他就幻想自己变成了一条蛇。父亲李慈林不止一次对他说:"冬子,你是条蛇。"冬子不明白他为什么会这样说。但是他听姐姐说过,母亲怀上他之前的某个晚上,当她要睡觉时,掀开被子,发现床上盘着一条蛇,她大惊失色。李慈林却没有害怕。按唐镇人的说法,进宅的蛇是不能打死的,这是灵蛇,会给家里带来好运。李慈林烧了一炷香,把那条蛇请下了床,他看着那条蛇游动着,爬出房门,脸上露出了笑容。不久,游四娣就怀上了冬子。很多时候,冬子也会感觉自己是一条蛇,皮肤冰凉。

冬子看到一个卖蛇糖(麦芽糖)的老头叫喊着从窗下走过,老头的喊叫声抑扬顿挫,很有感染力。麻木的冬子内心仿佛有什么东西被唤醒。老头消失在他的视线中,他的眼睛湿了。那蛇糖应该是很甜很甜的吧,而且很黏很有韧性,每次母亲给他买蛇糖吃时,就会微笑着慈爱地对他说:"冬子,慢点吃哟,小心把牙拔掉了,牙拔掉了就变成缺牙佬了。"

冬子的心鲜活起来,鲜活的心异常疼痛。

他突然听到了某种声音,不禁竖起了耳朵。

楼下的灶房里仿佛有人在做什么事情,是有人在刷锅吧,沙沙的声音。是谁在刷锅?

是姐姐?

不对,姐姐去山里找姆妈了,每天晚上才能回来。

是爹?

不对,爹从来不下灶房的,他说过,洗衣做饭是女人的活,大男人不能干这些事情的,要他踏进灶房一步,都是十分困难的事情。

难道——

冬子的心一阵狂蹦乱跳。他闻到了一股气味,那是他熟悉的气味,那丝丝缕缕淡淡的奶香肆无忌惮地游进他的鼻孔。冬子是唐镇最晚断奶的人,他吃母亲的奶吃到六岁,就是在六岁时,他回到家里就会掀开母亲的衣服,把头钻进母亲的怀里,狼崽子般叼住母亲的奶头,疯狂地吸着……其实,那时母亲已经没有奶水了,他有时竟然把母亲的血给吸出来!

没错，这是姆妈的味道，在他的记忆中，母亲的味道就是奶香。

是姆妈在灶房里刷锅！

她回家了！

冬子的喉头滑动了一下，一种久违的幸福感冲上了他的颅顶！

"姆妈——"冬子百感交集地呼喊。

冬子连滚带爬地下了楼梯，当他来到灶房门口时，分明看到了一个熟悉亲近的背影，她穿着一件蓝色的土布衣裳，头上包着一块黑布，和她在那个浓雾的早晨离家时一模一样的装束。

冬子热泪盈眶，深情地喊了声："姆妈——"

他正要扑过去，那个背影突然转了过来。

"啊——"

冬子睁大了眼睛，嘴巴也最大限度地张开。

他竟然看到一张没有五官的惨白的脸！

一股阴气扑面而来。冬子顿时觉得有什么东西迷住了自己的眼睛，他在惊骇中重新睁开眼睛，那人已经无影无踪了！

冬子哭喊起来："姆妈——"

没有人理会他的喊叫。

冬子绝望而又恐惧。

门口突然传来了敲门声，那敲门声解救了他。他快步跑过去，打开了家门。一个白色的影子闪了进来。这不是李公公吗，他怎么来了？冬子惊愕地看着李公公："你——"

李公公一手拄着龙头拐杖，一手拿着一个小纸包。他阴阴地笑了声说："冬子，怎么不欢迎我呀！按辈分，你应该叫我爷爷！"

冬子脸上的泪迹未干，眼睛里也还噙着泪水。他对这个不速之客十分警惕："你来做甚么？"

李公公的目光像苍蝇般黏在冬子清秀的脸上："我来看你呀，难

55

道不可以吗？"

李公公身上的阴气，让人在火热的夏天也会感觉到寒冷。冬子无法想象他身上的阴气是如何练成的，也无法想象他为什么会在老年的时候回到唐镇，更无法想象他看自己时的目光为何如此的神秘莫测。冬子无语，沉默是他对付李公公的武器。

李公公说："冬子，你为什么哭？"

冬子沉默，他没有必要回答李公公任何一个问题，只是希望这个人赶快离开他的家。

李公公看出了冬子的抵触情绪，轻微地叹了口气说："你爹说你喜欢吃蛇糖，你看，我给你买来了。"

说着，李公公把手中的那个小纸包递了过来。

冬子没有接受他的东西，反而把双手背在了身后。

李公公尴尬地笑了笑，把那小纸包放在了饭桌上，然后挂着龙头拐杖走出了冬子的家门。李公公走到门口，又折了回来。他走到冬子的跟前，呆呆地凝视着冬子。他的手一松，龙头拐杖落在了地上。李公公没有去捡象征着威严的龙头拐杖，而是俯下身，伸出颤抖的手，摸冬子的脸。他的手冰凉极了，宛如死人的手，冬子浑身起了鸡皮疙瘩，十分害怕。冬子想逃，可来不及了。李公公突然跪了下来，一把把冬子搂在怀里，喃喃地说着冬子听不懂的话。冬子闻到他身上散发出腐朽的气味，难受极了，产生了呕吐的冲动。李公公突然用嘴去亲冬子的脸，冬子大喊了一声，使劲挣脱，把他推倒在地，疯了般跑上了阁楼，把门紧紧地关上。

冬子背靠在门板上，一口气透不上来。

上官文庆独自坐在桥头的一块大石头上，目光往西边的山野无限地延伸。他很早就来到这里，一直到日头西沉。他的脸上挂着微笑，目光却充满了焦虑。远处的五公岭上空弥漫着一股黑气，就是在这晴朗的秋日，也让人胆寒。上官文庆在等待一个人。他知道，那人会在太阳落山后经过唐溪上面的小木桥，回到唐镇。

一个后生崽挑着一担木柴进入了上官文庆的视线。

这个后生崽叫王海荣，他不是上官文庆要等的人。王海荣长得一表人才，却因为家穷，讨不上老婆。镇上的人家有点钱的都买柴烧，贫穷人家只能自己上山去砍柴。王海荣浑身被汗水湿透了，走到桥头时，他把肩上的担子放了下来，歇歇脚。他朝唐镇望了望，长长地呼出了一口气，自言自语道："过了桥就快到家了！"说完，他瞥了一眼坐在石头上的上官文庆，心里瞧不起这个侏儒，尽管他自己也是唐镇卑微的人，按沈猪嫌的话说，你王海荣长得再英俊，也还是给人家打长工的命。

他来到上官文庆面前，凶巴巴地说："坐过去一点，那么小的人，还占着那么大的一块石头。"

上官文庆没和他一般见识，乖乖地往旁边挪了挪，给他腾出了一个位置。王海荣舒服地坐了下来，用衣袖擦了擦额头上的汗珠。上官文庆闻到了浓郁的汗臭，他挤了挤鼻子，抽搭了一下。他的这个动作被王海荣看在了眼里，王海荣伸手恶狠狠地在他的大头上拍了一下："你这个三寸钉，还嫌我身上臭！"上官文庆不急不恼，微笑地说："王海荣，你打得一点也不痛，你是不是再打一下！"王海荣又把手举了起来，上官文庆一直微笑地看着他，他举起的手就垂了下来。

王海荣把脚上的草鞋脱了下来，放在地上，然后把脚掌掰起来，仔细地看着。他的脚底起了几个血泡。上官文庆也看到了他脚上的血泡，轻声说："一定很痛吧？"

王海荣没好气地说："痛不痛关你屁事！"

上官文庆微笑着吐了吐舌头。

王海荣问他："你一个人在这里做甚么？"

上官文庆没有回答他这个问题,反问道:"你是不是喜欢李红棠?"

王海荣慌乱地说:"你说甚么?"

上官文庆不再说话,他的目光在通往西边山野的小路上无限延伸,橘红色的夕阳光打在他的脸上,更加显得神秘莫测。王海荣捉摸不透他的心思,看看天也不早了,穿上草鞋,站起来,用力地拍了拍屁股,挑起那担木柴,踏上了颤颤悠悠的小木桥。

就在王海荣走后不久,上官文庆看到一个人从远处的山脚下走了过来。

他站起来,目不转睛地注视着那个渐渐清晰的身影。

来人就是李红棠。

在上官文庆心里,她是唐镇最美丽的女人,也是这个世界上最美丽的女人,连唱戏的女戏子也没办法和她比。

李红棠是一个人回来的,看来又没有找到母亲。

没有戏唱的夜晚落寞凄清,唐镇人很早就关上了家门,吹灯拔蜡,上床消磨秋夜漫长的时光。铁匠铺里的打铁声有节奏地随着夜色渐深越来越响亮。除了胡喜来,唐镇人都已经习惯了这种噪声。

李红棠很早地上了床。

她上床后不久就进入了梦乡。

冬子也躺在床上,在黑暗中睁着眼睛。姐姐太累了,他不知道这样的日子有没有终点,姐姐如果这样继续找下去,总有一天,她会累死在路上,冬子十分担心。

如果姐姐死了,冬子该怎么办?姐姐是他唯一的心灵依靠。

冬子的情绪纷乱。想着姐姐时,脑海里还会出现那匹白色的纸马,它在黑暗的天空中飞翔,划出一道流星般的闪光……不一会儿,传来了姐姐的梦呓:"姆妈,姆妈,我看到你了,你不要走那么快，等等我——"冬子知道姐姐又梦见母亲了，他没有叫醒姐姐，如果叫醒姐姐，那样很残忍，姐姐在现实中找不到母亲，为什么不让她在梦中看到母亲呢？冬子也希望自己能够在梦中见到母亲，无论现实还是梦境，只要见到母亲，或者和母亲在一起，总归是美好的，可是冬子怎么也梦不到母亲，在这点上，姐姐要比他幸福，他做的都是噩梦！每天黑夜来临后，冬子就会莫名其妙地恐慌，害怕噩梦的造访，这也是他久久不能入睡的原因。

现实和噩梦一样可怕。

冬子也知道这一点，所以在黑夜来临后，总感觉有什么莫测的事情会发生。事实上，夜幕下的唐镇的确在发生很多隐秘的不为人知的事情。就在这个深夜，冬子灵醒的耳朵又听到了轻飘飘的脚步声。

他用被子蒙住了头，就这样，他还是无法抗拒那神秘的脚步声。他想唤醒姐姐，或者钻到姐姐香软温暖的被窝里，他没有这样做。

他心里又恐惧又好奇。

好奇心很快地胜过了恐惧，他蹑手蹑脚地下了床，来到窗边。

他悄无声息地打开了窗门，一股冷风灌进来，他打了个寒噤。他的目光投向迷蒙的小街。小街上有几个黑乎乎的人影朝兴隆巷飘过去。这些神秘人是谁？冬子大气不敢出一口，怕被这些神秘的黑影发现，如果被发现，不敢想象会有什么后果。

彻骨的寒冷从他心底升起。

冬子不禁想起了那个晚上蒙面人抬的长条状席子紧裹的东西，如果被他们发现，他会不会也被席子裹起来抬走？冬子还想，那些神秘的黑影中，有没有父亲李慈林？他今夜又没有归家。

打铁声敲击着冬子的心脏。

那些神秘黑影消失后，冬子想关上窗门，重新回到床上。就在这时，他听到了另外一种声音，那是细微的窸窸窣窣的声音。冬子的心又提了起来，他常常为自己过人的机敏的听力懊恼，总是会听到别人听不见的声音，这给他带来了沉重的心理负担。他听人说往耳朵里灌水，不要让耳朵里的水出来，耳孔就会烂掉，烂掉后就会聋掉，就听不到任何声音了。他希望自己的耳朵聋掉，就把水灌进耳朵，还用棉花塞上，就是这样，他的耳朵也没有烂掉，还是能够敏锐地听到这个世界上很多细微的声音。

听到那窸窸窣窣的声音后，冬子的目光又好奇地在迷蒙的小街上搜寻。

他看到一个黑影把什么东西放在铁匠铺的木板门下面，那个黑影看上去不像是个大人，像个孩子，难道是上官文庆？如果是他，他一次次往返往铁匠铺木板门下堆放的是什么？他为什么要这样做？上官文庆是个古怪的人，冬子怎么也捉摸不透他的心思。

他听到了击打火镰的声音。

不一会儿，他就看到了一点火星。

那个孩子就站在铁匠铺的门口，注视着那点火星变成了一团火焰。火焰照亮了孩子的脸！冬子心里惊呼："怎么会是他！他为什么要放火烧铁匠铺？"那个孩子看自己堆放在铁匠铺木板门下的火草燃烧起来后，就飞快地走了。

他难道不知道如果铁匠铺烧起来，可能整条小街的房子都会被大火吞没？小街上的房子都是紧密相连的。冬子知道这个道理！他大惊失色，不禁大声喊叫起来："着火了，打铁店着火了——"

他的喊叫声在唐镇的小街上回荡。

李红棠被他的喊叫声吵醒，赶紧从床上爬起来。她也看到了火。她也和弟弟一起叫喊起来："着火了，打铁店着火了，大家起来救火哇——"

那火很快地被唐镇人扑灭了。

让唐镇人惊讶不解的是，铁匠铺外面起了火，里面的人竟然一点感觉也没有，他们没有把店门打开，出来扑火，而是继续若无其事般在里面打着铁。火扑灭后，人们对着那紧闭的木板门，听着那叮叮当当打铁的声音，一个个面面相觑。

铁匠铺子里埋藏着一个巨大的秘密！

是谁放的火？

人们的目标很快地转到了纵火者的身上。如果他们知道谁放的火，会把他装到猪笼里沉进姑娘潭里的。纵火的人是十恶不赦的，这关乎整体唐镇人的生命和财产安全。

有人神色严峻地问冬子："你晓得是谁放火的吗？"

冬子摇了摇头说："我没有看清楚。"

其实他心里知道纵火者是谁。

他不想说。不想让那个人死于愤怒的唐镇人手中。冬子心里十分明白，如果供出了那个人，那个人一定会死得很难看的，他不想看到死人黯淡无光的脸，不想那个人从这个世界消失，这个世界本来就那么的令人绝望。

胡喜来没有觉得这天会有什么不同，心烦意乱的他也没有注意到小儿子胡天生情绪的变化。昨天晚上，他也去参加了救火，火扑灭后，有人怀疑是他放的火，因为他曾经在铁匠铺门口扬言要一把火烧了铁匠铺。他激愤地手指着天，大声说："我对着天发誓，如果是我放的火，不要你们动手，我全家都会死光光！"大家相信了他的话，放过了他。回到家里，躺在床上，打铁声还是不停地刺激着他衰弱的神经。他心里恶狠狠地说，那把火怎么就不把打铁店烧了呢！整个晚上，他没有入眠。

响午时分，胡喜来在忙着准备中午的食材，胡天生溜出了小

61

食店。

他来到铁匠铺的门口,用怨毒的目光注视着紧闭的店门。他想起这些日子里,父亲简直是发疯了一般,动不动就发脾气,打他骂他,这个铁匠铺是罪魁祸首,他恨这个铁匠铺,恨铁匠上官清秋。

这时,有个人摸了摸他的头。

胡天生回过头,仰起脸,看到一张惨白而粉嫩的脸。

这是李公公的脸。李公公的脸上挤出了惨淡的笑容,他怪里怪气地说:"孩子,你喜欢吃蛇糖吗?"

胡天生不像冬子那样害怕李公公,他像唐镇很多人一样,对李公公有种朴素的好感,因为李公公请大家看了一个月的大戏,那一个月里,胡天生每天晚上早早地端着矮板凳,到李家大宅外面等待大戏的开唱。他特别崇拜李公公,如果能够像他那样,请唐镇人看戏,住着那么大的豪华宅子,受着大家的尊敬,过着衣食无忧的日子,那该有多好哇。他甚至想,如果李公公能够介绍他去做太监,他会欣喜若狂的,一家人也会跟着他享福,他父亲胡喜来也不用为了养家糊口劳心劳肺了。

胡天生也朝李公公笑了笑:"喜欢!"

李公公伸出手,在白袍里掏了掏,掏出一个小纸包,递给了胡天生:"孩子,蛇糖就在这里,你拿去吃吧!"

胡天生接过了小纸包,他的心情顿时有了变化,眼睛里闪动着快乐的色泽。他仰慕的李公公竟然给他蛇糖,这意味着什么?平常要想吃一块蛇糖是多么的困难,他那小气的父亲万万不可能给他钱敲蛇糖吃的,每次看到卖蛇糖的老头在给别人敲蛇糖,他的心都会碎掉。有一次,胡天生实在控制不了自己,偷了父亲的一个铜钱去买蛇糖,结果被父亲发现了,父亲差点把他的屁股打得不会屙屎,疼痛了好几天。

胡天生手中紧紧地攥着小纸包,生怕到手的蛇糖会长出翅膀飞走。他感激地说:"李公公,多谢你!"

李公公摸了摸他的头,低声说:"孩子,快找个地方去吃蛇糖吧,不要告诉别人哟,我是专门给你一个人吃的!"

胡天生受宠若惊地点了点头,然后转身跑了。

李公公望着胡天生单薄的背影,若有所思,脸部肌肉抽搐了几下。

李公公看着胡天生跑远,转过身,踱着方步,慢悠悠地走了。

胡天生一口气跑到了镇东头的土地庙前。

他坐在那棵古樟树下,小心翼翼地打开了小纸包,纸和蛇糖粘在了一起,他好不容易弄干净粘在蛇糖上的纸屑,就迫不及待地把蛇糖放进嘴巴里,使劲地咬了一口。

蛇糖甜得他心花怒放。

吃了一半,另外一半他舍不得吃了,他想拿回家,让哥哥也尝尝。他心满意足地站起来,准备回家。

突然,他觉得自己的头有点晕。

他又坐了下来。

这个地方十分幽静,除他之外,没有一个人影。胡天生有点恐惧,他想,自己怎么跑到这个地方来了。这些日子以来,关于游秤砣死亡原因的传闻他也是知道的。想到游秤砣的死,胡天生呼吸急促,目光惊惶。他想站起来,逃离这个地方,可是他双腿软软的,根本就站不起来。胡天生想喊,喉咙被什么东西堵得严严实实,怎么也喊不出来。他的头越来越晕,越来越沉。胡天生的背靠在树上,浑身瘫软。

胡天生真希望此时有人经过这里,发现他后把他带回家。

可没有一个人可以把他从这里带走。

胡天生闭上了眼睛,沉沉地昏睡过去。

有只个头很大的绿蚂蚱从古樟树后面的草丛中蹦出来,一跳一跳地来到了胡天生的面前。绿蚂蚱在他面前停了一会儿，然后跳到了他的身上，不一会儿，绿蚂蚱就不见了踪影，仿佛融化在了胡天生单薄的身上。胡天生没有见到这只绿蚂蚱，如果他见到，也会吓昏过去的。唐镇人对蚂蚱十分敬畏，在唐镇人的心中，蚂蚱是死去的人的化身，许多鬼魂会变成蚂蚱回到人间。

不知过了多久，胡天生悠悠地醒转过来。

他迷惘地站起来。

他的眼中闪烁着迷离的光芒。

他喃喃地说："这是甚么地方呀——"

胡天生发现自己身处一片美丽的草地上，草地上鲜花盛开，他可以闻到花儿的芬芳。他还看到很多的人，他们穿着鲜艳的衣服，唱着胡天生从来没有听过的歌谣在草地上嬉戏和舞蹈。这是一个迷人的世界，胡天生的心变得活泼灵动，他想过去和他们一起舞蹈，一起欢歌。可是，当胡天生靠近他们时，他们就会突然消失，不一会儿就会在离他不远的地方出现。胡天生追逐着那些锦衣华服欢乐的人，自己也无比的欢乐。

他听到有人在呼唤自己的名字。

他十分惊讶，在这个陌生和美好的地方，还有人知道他的名字。他循声望过去，看到了草地中央有一棵巨大的树，他从来没有见过这样的树，树上开满了鲜花，每一朵鲜花都是一张灿烂的笑脸。

呼唤他名字的人是在树上玩耍的几个孩子。

那几个孩子朝他挥着手，他们笑逐颜开："天生，快来呀，快上来呀，上来和我们一起玩，树上可好玩咧——"

胡天生兴高采烈地朝那棵巨大的花树奔跑过去，所有在草地上跳舞嬉戏的人都给他让路。

他来到了美丽的花树下，抬头望了望，失望地说："这么高的树,我怎么才能爬上去呀?"

树上的一个孩子笑着说:"很简单的,你想上来就上来了。"

胡天生喃喃地说:"我多么想上去和你们一起玩呀!"

他说完这句话,就觉得自己的身体像片鸿毛一样飘了起来。在双脚离开地面时,他惊叫了一声。

树上的孩子们齐声说:"不要怕呀,你很快就可以飞到树上来了——"

胡天生稳定了一下紧张的情绪,他的身体宛如风筝,在温暖的风中放飞起来。这是十分奇妙的感觉,比吃蛇糖还奇妙。胡天生就那样轻飘飘地飞到了树上,那些孩子看他上来,纷纷伸出手拉他。

他们在树上玩了一会儿,一个孩子说:"我们来玩个游戏怎么样?"

另外一个孩子说:"玩什么游戏呀?"

那个孩子笑着说:"我们跳下去,然后再飞上来,看谁飞得快!"

孩子们都拍着手附和道:"好哇,好哇!"

紧接着,他们一个一个跳了下去,这么高的树,他们跳下去竟然一点问题也没有。胡天生不敢跳,这太高了,他着实有些害怕,他不知道自己跳下去会不会摔断腿,他从来不敢从高处往下跳。

树下的孩子们见他不跳,就鼓励他说:"跳下来吧,没事的,你看我们都没事,就像你刚才飞到树上去一样,什么事情都不会有的,快跳吧——"

胡天生的双腿在颤抖。

一个男子往唐镇方向走,路过土地庙时,看到一个孩子高高地站在古樟树的一根粗枝上,欲往下跳的样子。男子十分吃惊,这个孩子不就是唐镇胡记小食店老板胡喜来的小儿子吗?他跑过去,站在树下,大声喊叫道:"孩子,你莫要往下跳哪,会摔死的!"

胡天生仿佛听不见他的喊叫，迷离的眼神渐渐地变得清澈，惶惑的脸上渐渐地出现快乐的神色。

他张开了双手，那张开的双手像是飞鸟的翅膀。

可他不是飞鸟，他只是一个孩子，唐镇一个平凡的有血有肉的孩子。

风呼呼地吹过来。

树枝在风中摇曳，胡天生的身体也在摇晃。

男子继续喊叫："孩子，你千万不要跳下来呀，孩子，你在上面不要动，我想办法救你下来，你千万别动哪——"

第五章

那个男子担心的事情发生了。

胡天生像只折断翅膀的大鸟从高高的古樟树上坠落下来。男子听到胡天生肉体撞击地面发出的沉闷的声响后,呆了。过了好大一会儿,他才从震惊中清醒过来,扑过去。胡天生面向大地趴在那里,男子把他单薄的身子翻了过来,看到他七窍流血的脸。男子心里哀号了一声:"孩子,你怎么能爬到这棵树上玩呀!这不是找死吗,谁敢对这棵树不敬哪!"

男子马上抱起胡天生瘫软的身体,朝唐镇小街狂奔而去。

胡天生死了,他单薄的身体在郑老郎中中药铺子里的病榻上渐渐冰冷和坚硬,他的口袋里还装着那半块蛇糖。胡天生母亲扑在他的尸体上,失声痛哭,边哭边号:"细崽哇,你好狠心哇,你狠心地扔下我不管了哇——"他哥哥站在那里,泪水横流,浑身颤抖。胡喜来眼中积满了泪水,可怎么也落不下来,他面色铁青,突然冲到郑老先生的面前,双手抓住他的衣襟,吼叫道:"你不是神医吗,你怎么不把我儿子救活呀,这是为甚么,为甚么——"郑老郎中脸红耳赤,上气不接下气地说:"你、你、你放开我,放开我,你儿子的死不干我事,我、我、我已经尽力了——"

……

冬子在阁楼上,看到胡喜来抱着胡天生的尸体回到家中。很多人跟在他的身后,有人说,孩子的尸体不能放在家里,也不能放在镇上,赶快送到山上埋了吧!胡喜来根本就不理会这些,固执地把儿子的尸体抱回了家。唐镇有个传统,没有上寿,也就是说没有到六十岁死的人,都是短命鬼,这样的人死后会变成厉鬼,特别是孩子。所以,唐镇人是不会把这样的死人放在家里停放的,如果是在家里死的,应该马上抬到镇子外面的山上埋葬,如果是在镇子外头死的,连镇子都不能抬进来。

冬子的头皮一阵阵发麻,他不想看到的事情还是发生了。他心里异常清楚,在铁匠铺纵火的人就是胡天生。他没有死于唐镇人之手,却莫名其妙地从土地庙门口的古樟树上掉下来摔死了。

冬子的内心极度寒冷。

冬子甚至想,是不是自己害死了胡天生,这个想法十分奇怪。

冬子更奇怪的是,就在胡天生死后,铁匠铺子的打铁声停止了。听不到那打铁的声音,冬子心里有种失落感。打铁声消失后,唐镇小街上充满了胡天生母亲的哀号声。

冬子坐在阁楼上苦思冥想,可什么问题也想不明白。

这时,阿宝踩着嘎吱嘎吱乱响的楼梯走了上来。

阿宝坐在冬子的旁边,侧着脸看了看沉默无言的冬子,他也没有说话。阿宝总是受冬子的情绪影响,冬子高兴,他也会高兴,冬子忧伤,他也会忧伤,冬子沉默,他也沉默。

冬子先打破了沉默:"阿宝,你说人死了还会想吃蛇糖吗?"

阿宝摇了摇头:"不晓得,我没有死过。"

冬子说:"是不是也应该给天生送一匹纸马？"

阿宝不解:"为什么？他又不是你舅舅。"

冬子说:"还是应该给他送一匹纸马，可是我没钱，驼子大伯不一定会赊给我了。"

阿宝叹了口气:"可惜我也没钱，不然我会借给你的。"

冬子说:"姆妈在就好了，我和她要钱，她一定会给我的。"

阿宝说:"阿姐又去找你姆妈了？"

冬子点了点头:"不晓得甚么时候才能找到。"

阿宝安慰他:"会找到的，冬子，你姆妈一定会回来的。我昨天晚上做梦也梦见你姆妈归家了，还带了很多山上的野果回来，你还叫我过来一起吃，那野果水灵灵的，很甜！"

冬子说:"真的？"

阿宝点了点头:"真的，好甜！"

冬子吞咽了一口口水:"我怎么就梦不到姆妈呢？"

阿宝无法回答冬子这个问题，就像他不知道胡天生为什么会死一样。他话锋一转:"冬子，刚才胡喜来到我家来了。他求我爹给天生做一口棺材，我爹说他从来没有打过棺材，让他去羊牯村找专门打造棺材的洪师傅，他说太远了，来不及了。我爹很为难，不知怎么办。想不到，胡喜来给我爹跪下了，他哭着说，花多少钱都行，哪怕倾家荡产，他也要给天生做一副棺材，把他好好地安葬了。你晓得我爹是个实在人，他也很伤感，答应给天生打一副小棺材。"

冬子说:"胡喜来是个小气得出屎的人呀！"

阿宝说:"是呀，我也想不通。"

冬子又沉默了，自从母亲失踪，他没有像今天一样和阿宝说这么多话。不一会儿，他站起来，下楼，朝门外走去，阿宝屁颠屁颠地跟在他后面。冬子来到李驼子的寿店门口，停住了脚步。

李驼子正在店里用竹片扎着什么，背对着店门，他们看不清李

69

驼子的后脑勺，看到的是他背上那个巨大的肉瘤。冬子觉得奇怪，一直摆满纸人纸马纸房子的寿店里空空荡荡的，那些东西都跑哪里去了呢？

李驼子背上那个沉重的肉瘤上好像长了眼睛，他说话的声音从店里传出来："是冬子吧，你是不是想要个纸马送给天生呀？"

冬子奇怪李驼子怎么知道自己的心思。

"你们回去吧，店里的纸人纸马都被胡喜来买走了。胡喜来还真是舍得花钱！我在唐镇开店这么多年，没见过谁给短命死的人买那么多寿品的，胡喜来是第一人。他是真的心疼天生的哇！可怜的天生，怎么说没就没了呢！对了，你们莫要到胡家看热闹，你们还小，离死人远点。"

冬子听到胡天生母亲的哭号，他想，自己死了，父亲李慈林会这样对待他吗？

这是个古怪的问题。

胡天生在家里停了两天，才入土安葬。安葬他的那天，是个阴天，风刮得猛烈，除了他家里人，没有其他人去送葬，唐镇人怕染上凶煞之气。胡喜来一家把胡天生安葬后，唐镇人并没有因此而平静，他们胆怯的心被胡天生的死搅得忐忑不安。那天早上，在臭气熏天的屎尿巷里传出了这样一个说法：胡天生和游秤砣一样，是冒犯了神灵而死的，土地爷和土地娘娘已经震怒了，不会放过一个对他们不敬的唐镇人。本来是庇护当地百姓的土地神，现在却一次次惩罚当地子民，这无疑让唐镇人极度恐慌。

上官清秋的铁匠铺在胡天生安葬的这天上午重新开了门。不见他的两个徒弟，他独自一人坐在店里的竹靠椅上抽水烟。他手中端着的是个崭新的黄铜水烟壶，脸上呈现漠然的神色。两个徒弟都是他的女婿，他很放心把自己的手艺传给他们，本来他要把手艺传给儿子上官文庆的，没想到儿子是个侏儒，手无缚鸡之力，如何打铁？他死也不明白，为什么会弄出上官文庆这样一个怪东西，难道是上辈子造了孽？想起上官文庆，他心里就特别不舒服，所以他干脆就不想了，甚至连见也不想见儿子，上官文庆似乎也有自知之明，总是躲着满脸漆黑的父亲。上官清秋把两个女婿当成了自己的儿子，继承他的衣钵，这两个女婿也让他满意，活干得漂亮，做人也忠厚老实。

铁匠铺重新开门，在唐镇也算一件大事，不亚于胡天生死的大事。消息很快地在唐镇风传，不一会儿就传遍了唐镇的每个角落。铁匠铺在唐镇人的生活中有着重要的位置，全镇人使用的铁器都来自上官清秋的铁匠铺，他一下子关门那么久，唐镇人怎么能够习惯得了。听说铁匠铺又开张了，许多人都来看，有人是来看看是不是真的，有人是想买点需要的东西。

上官清秋一锅烟还没有吸完，就被纷纷赶来的人们吵闹得不得安宁。

有人说："上官铁匠，有人说你死了呢，那么长时间也不开店门。"

上官清秋呵呵笑了："我要死了还能在这里和你说话？是谁吃得太饱了，瞎嚼舌头？"

那人说："好像是沈猪嬷讲的。"

上官清秋说："沈猪嬷的话你也信？她让你去吃屎你也去吃？"

那人说："这倒是，她的话还真是不能信。上官铁匠，你手上的水烟壶不错呀，花了不少钱买的吧？"

上官清秋又呵呵地笑了："哦，这个水烟壶呀，是李公公送的，听说是从京城带回来的，你看看，上好的黄铜打造的，不错吧！"

那人说："啧啧，还真是好东西！李公公能送你这么好的货色，李公公真看得起你哟！"

上官清秋得意地说："那当然，那当然，你不要瞧不起我这个黑乌乌的打铁匠，在李公公眼里，我也是块宝咧！"

又有人说："上官铁匠，这段时间，你关着店面，没日没夜地打铁，到底在干甚么呀？"

上官清秋很吃惊的样子："你说什么？"

"你难道没有听清楚？我说这些日子你关起店门来，没日没夜打铁呀，到底在做什么？"

"有这事吗？这段时间我不在唐镇呀，我带着两个徒弟到外地去了，外地的一个朋友有一批活要赶，人手不够，让我们去帮忙，我们怎么可能在店里打铁呢？"

"那出鬼了，全镇人都可以作证的，大家都听到了从你店里传出的打铁的声音，白天还好，到了晚上，打铁的声音很响的，吵死人了，特别是胡喜来，都快被你打铁的声音逼疯了！"

"没有的事情，没有的事情，那真的可能出鬼了。"

……

上官清秋死活不承认他们这些日子闭门打铁的事情，唐镇人觉得十分蹊跷。

如果真的不是出鬼了，那么，上官清秋一定是在说谎，他在欲盖弥彰。他为什么要说谎？这是一个谜，这里面一定有不可告人的秘密！

埋葬完儿子的胡喜来回到了镇街上，他看到了铁匠铺店门大开，还围了不少人。他面容悲戚地经过铁匠铺门口时，停了下来。有人发现了这个可怜的人，轻轻地说了一声："胡喜来来了！"

大家的目光转向了他。

上官清秋的目光和胡喜来的目光相碰，铁匠的目光慌乱地避开，显得有些尴尬。胡喜来却瞪着他，眼睛里喷出悲伤和愤怒交织的火焰。此时的上官清秋在他眼里，是个十恶不赦的怪物。胡喜来已经在心里杀死了他上千次上万次，这些日子，他不止一次想过，如果见到上官清秋，他要给他一点教训！现在他面对着上官清秋，许久以来的折磨和丧子之痛令他血脉贲张，他朝上官清秋缓缓地走过去，每走出一步，他的身体就颤抖一下。人们纷纷闪开，心惊肉跳地等待着什么，没有人上前劝阻胡喜来。

上官清秋的眼皮跳了跳，他心里说："是福不是祸，是祸躲不过！"他把手上锃亮的黄铜水烟壶放在了一边，朝胡喜来迎过去，站在了铁匠铺门口："喜来老弟，看上去，你的火气很大呀！"

上官清秋个子很高，虽说没有李慈林那样粗壮，却也是唐镇数一数二的大力之人，如果光比力气，李慈林也不一定是他的对手，就是他现在五十多岁的人了，很多年轻人也没有他这样的气力，就是他的两个徒弟，和他也没法比。胡喜来没有说话，一步一步朝上官清秋逼过来，离他只有一步之遥时，上官清秋伸出长长的双手，挡在了胡喜来的面前："喜来老弟，你给我站住！你说说看，我哪里做过对不住你的事情？"

胡喜来停住了上前的脚步，他的脸涨得通红，浑身颤抖，牙咬得嘎嘎作响，一声不吭，只是用仇恨的目光瞪着上官清秋，他在用目光杀死上官清秋。

有人说："铁匠，你没日没夜闭门打铁，吵着胡喜来了！胡喜来的儿子也死了，他不找你找谁呀！"

上官清秋双眼炯炯有神地注视着胡喜来，只要胡喜来敢轻举妄动，自己就会出手，但是在胡喜来没有动手之前，他是绝对不会先出手的，这也是他一生做人的原则，人不犯我，我不犯人。上官清秋接上那人的话茬："我说过，这些日子我带着两个徒弟出远门去了，根本就不在唐镇，如果在唐镇，我们是不会在晚上打铁的，我们也是人，难道不要困觉？况且，我们在唐镇也没有那么多活要干，照你们说的那样，我早发大财了。喜来老弟，你也是个明白人，你说说，我讲的在不在理？我现在才知道天生殁了，我心里也很难过，天生是个好孩子呀！"

说完，上官清秋用粗糙的手背抹了抹眼睛。

人越围越多。

这时，传来阴阳怪气的声音："你们这是在干什么呀——"

大家知道，是李公公来了。果然，李公公拄着龙头拐杖走了过来。人们给李公公让开了一条道，都用崇敬的目光和献媚的表情迎接李公公。上官清秋见李公公来到他和胡喜来的面前，便朝李公公微微弯了弯腰说："李公公，你老人家也来了！"

李公公笑笑："没事出来走走，见此处喧哗，就过来瞧瞧。到底发生什么事情了？"

上官清秋说："没甚么大事，只是喜来老弟太悲伤了，有点想不开。"

李公公脸上的笑容消失了，换上了一副悲天悯人的面孔："喜来哪，天生走了，的确让人心疼哪！可这不能怪清秋，不是他害死天生的，你说，对不对？如果是清秋害死天生，我也会为你做主的！问题是，天生的死和清秋没有一点关系，你找清秋，是不是没有道理？我作为一个长者，比你们多吃几年的米谷，也比你们多些见识，我想说说公道话，乡里乡亲的，抬头不见低头见，和为贵哪！你们说，对不对？"

胡喜来无语。

上官清秋连声说："公公说得在理，在理！"

很多人私下里说："李公公真是见过世面的人，说的话句句都有道理。"

人越围越多，里三层外三层的，李公公成了中心，上官清秋和胡喜来的中心位置很快就被转换了。李公公自从回到唐镇，第一次面对如此之多的唐镇人说话，也就是说，他第一次在唐镇的非正式集会场合面对唐镇百姓发表自己的观点。看到越来越多的人，李公公难掩内心的激动，他内心的激动只能从他的眼神中表现出来，他脸上还是一副悲天悯人的神色，大声地说："今天，老夫借着这个机会，和大家说一件事，也就是关于土地庙的事情。大家想想，在短短的时间里，土地庙那边就出了许多事情，游武师死和土地庙有关，天生也是从老樟树上摔下来的，这给我们全镇人敲响了警钟哪！为什么会这样呢？大家心里和老夫一样明白，土地爷和土地娘娘怪罪我们了，这样下去，还不知道会发生什么大事情呢！老夫有个提议，不知当不当说？"

有人大声说："李公公，你说吧，我们听着呢！"

李公公清了清嗓子，环顾了一下四周，继续说："天生走后，老夫茶不饮饭不思，夜不能寐，老夫为唐镇担心哪！我想了良久，决定重新修建土地庙，也给土地爷和土地娘娘重塑金身，以求土地爷和土地娘娘的原谅，庇护我们唐镇人平安！"

大家交头接耳，小声地议论纷纷。

主要议论的话题就是，修土地庙要花很大的一笔钱，这笔钱由谁出？

李公公看出了大家的心思，他说："大家静静，听老夫把话说完。"

大家安静下来。

李公公清了清嗓子说："大家不要担心钱的问题，重建土地庙的全部费用由老夫来承担，造福桑梓的事情，老夫责无旁贷！希望得到大家支持，老夫出钱，大家出力！"

围观者中有人大喊："李公公万岁！"

大家发现，喊话的人是李骚牯。李骚牯用手捅了捅旁边的两个男子，那两个男子也呼喊道："李公公万岁！"

75

有些人也跟着喊："李公公万岁！"

也有人喊："李公公好人哪，是我们唐镇的活菩萨哇！李公公回到家乡来就是为了我们过上好日子的，难得呀！"

"……"

李公公眼睛里流露出兴奋的光芒，他挥了挥手，示意大家静下来，他还有话要说。场面又平静了，李公公向大家作了个揖，大声说："谢谢父老乡亲的抬爱，万岁不敢乱说的，传出去，要杀头的！老夫只是尽一份绵薄之力，无足挂齿！另外，老夫有个不情之请，请求大家以后不要叫我李公公了，现在不是在京城，也不是在宫里，这样叫着不合适，老夫心里也不舒服，大家还是叫我顺德吧，顺德这个名字是老夫的爷爷给我起的，叫起来也算顺口，大家以后就叫我顺德吧！老夫在此感谢乡亲们了！"

李骚牯又带头喊道："顺德公万岁！"

……

李公公出钱重新修建土地庙，这件事情冲淡了人们对铁匠铺关门的日夜里打铁声传出的疑问，也冲淡了胡喜来对上官清秋的仇恨，胡天生死了也不能复活了，日子还得继续过下去，无论是温暖还是寒冷，况且，铁匠铺晚上已经不会再有打铁的声音传出了，胡喜来心安了许多。土地庙在光绪二十九年十月的一个吉日开始重新修建，这一天是唐镇人的大日子。

修建土地庙的这天，唐镇人一大早就拿着三牲供品，到土地庙去烧香照烛，虔诚祭拜。李红棠也带着冬子到土地庙去祭拜，她跪在土地爷和土地娘娘的泥塑前，祈祷自己尽快地找到母亲。祭拜完后，她又踏上了寻找母亲的道路。

李红棠走后，冬子觉得肚子隐隐作痛，就到屎尿巷里去屙屎。

他刚刚找个茅坑蹲下来,就听到隔壁的茅坑里有人在说话。

"你晓得李公公重修土地庙是为了甚么吗?"

冬子清楚,这是沈猪嬷的声音。

"不晓得呀,你说说看。"

"我告诉你,你可不要传出去呀!"

"好,我不会传出去,你讲。"

"李公公重修土地庙是为了他自己,听人说呀,李公公没儿没女,上一辈子造了恶,今生才会当太监,这个阉人也不晓得哪里来的那么多钱,他留着那么多钱也没用,生不带来死不带去,拿钱出来重新修建土地庙,是为自己积德呀,是为了让土地爷庇佑他来生不要再当太监!"

"你听谁说的?"

"你不要管我听谁说的,反正这事八九不离十。"

"你小心哟,不要乱说了,被人听到,对你不利的,人家李公公好心为大家办事,你却背后说人家坏话!"

"你怎么能这样说我,我哪里说李公公的坏话了,我说的是事实。"

"事实个鬼呀,你说的话有几句是真的?当时,你不是说上官清秋死了吗,是鬼魂在打铁店里打铁的吗,现在上官清秋回来了,也把店门打开了,你还怎么说?"

"这——"

"所以呀,做人要积点口德,乱说话是要遭报应的!"

"……"

沈猪嬷屙完屎走出了茅房,重重地关上了茅房的木板门。沈猪嬷的木屐声嘎哒嘎哒消失后,冬子隐隐约约感觉到沈猪嬷要发生什么不妙的事情。冬子这两天的肚子不好,他想了老半天,不知道是因为什么。那天,李公公留下来的蛇糖,他一直没吃,把它藏在了

77

一个姐姐发现不了的地方。昨天上午,他想起了那块蛇糖,突然觉得特别馋,就取出了那个小纸包。他已经打不开那个小纸包了,蛇糖和纸已经完全粘在了一起。他把上面能够撕掉的纸努力地撕掉,在撕纸的过程中,冬子拼命地咽着口水,最后,他连纸带糖放进了嘴巴里。吃完那块蛇糖,冬子感觉到自己变了一个人,突然对李公公产生了某种好感,并不是那么讨厌他了,但他的潜意识里还是对李公公有怀疑和恐惧。可是,到了下午,他的肚子就开始隐隐作痛,老是想着要上茅房。他蹲在茅坑上面,怎么使劲也屙不出屎来。

冬子十分难受。

冬子蹲了很长时间,憋得面红耳赤,还是屙不出屎来。他只好作罢,用干稻草擦了擦屁股,就站起来,提上了裤子。他还没有系上裤带,就听到有吵吵嚷嚷的声音从街上传过来。

又出什么事了?

好奇心使得冬子的心奇痒无比,他以最快的速度冲出了臭气熏天的屎尿巷。

沈猪嬷果然出事了,她披头散发,五花大绑,一只脚还蹬着木屐,一只脚光着,她喊叫着,被几个余姓族人押着,穿过悠长的小街,朝镇东头走去。他们后面跟着很多看热闹的人,冬子也跟在后面,心里忐忑不安。阿宝在人流中穿来穿去,看到了冬子颀长的身影,喊叫道:"冬子——"冬子回过头发现了阿宝,阿宝跑过来,冬子伸出手拉住了阿宝的手。阿宝说:"冬子,你的手好凉哇!"冬子没有理会他的话,拉着他的手跟在人群后面,往镇东头走去。

土地庙门前的那片空地上聚集了很多人,庙门口的台阶上站着几个面色冷峻的老者,冬子知道,他们是唐镇几个大姓氏的族长,一般镇里有什么重要的事情,他们都会在一起商量解决。余姓的族长见沈猪嬷押到,往前跨了半步,威严地喊道:"把沈猪嬷带上来！"

沈猪嫲挣扎着大声喊道："我犯了甚么罪，你们绑我，我到底犯了甚么罪——"

她赖在地上，耍泼。围观者对着她指指点点，冬子突然觉得沈猪嫲特别可怜。

几个人把她拖起来，押上台阶时，她脚上的那只木屐也掉了。她站在台阶上，对余姓族长怒目而视："老族长，你讲讲，我到底犯了甚么罪，你让我死也死个明白！"

余姓族长用低沉的声音断喝："住嘴，败坏门楣的蠢女人！"

沈猪嫲浑身的肥肉乱颤，喊叫道："我问你，我到底犯了甚么罪，你们这样对待我，冤枉哇！"

余姓族长说："你死到临头了，还不知道自己错在哪里，可恶呀！你身为余姓人家的媳妇，不好好相夫教子，成天利用你一张臭嘴，造谣生事，实在可恨！今天我们几个族长都来了，各姓人也在场，我就是要当着大家的面，给你一个教训，也给大家一个教训，话是不能乱说的！沈猪嫲，我问你，你在屎尿巷的茅房里说了什么？"

沈猪嫲说："我甚么也没说！冤枉呀——"

冬子纳闷，为什么不一会儿工夫，沈猪嫲的话就传到了余姓族长的耳朵里。他听到一个女人轻声说："我可没有传话呀！"冬子循声望去，发现就是在屎尿巷茅房里和沈猪嫲说话的那个人。

余姓族长厉声说："沈猪嫲，你还嘴硬，不思悔改！来人，给我打，把她的臭嘴打烂！"

一个男子手上拿着一只肮脏的烂草鞋走到沈猪嫲的面前，不由分说地用烂草鞋在她嘴巴上抽打起来。沈猪嫲发出痛苦的哀号，她越是号叫，男子抽打得就越狠。

男子抽打沈猪嫲时，余姓族长大声说："众所周知，顺德公为人良善，有公德心，回到家乡后，给大家做了很多好事，现在又为了全镇赢得土地神灵的庇护，出资重建土地庙，功德无量哇！可是，我们余家出了个恶妇，无事生非，竟然污蔑我们大家尊敬的顺德公是图谋私利，如此黑心黑肺之人，不但该打，装进猪笼里沉潭也不为过！"

有人悄悄地问："谁是顺德公？"

"就是李公公呀，以后可不能叫他李公公了，应该叫他顺德公。"

"哦——"

冬子发现阳光下有许多细小的血线在飞舞，那是从被打得稀烂的沈猪嬷的嘴巴里喷射出来的血线。冬子闻到了血腥味，他出生十二年来，从来没有像今年一样如此密集地闻到血腥味，他突然想到了中秋节晚上的那个噩梦，那满河的血水使他不禁浑身战栗。

沈猪嬷满脸是血，已经不成人形，像是个稀烂的番茄。

余狗子领着两个孩子凄惶地赶来，两个孩子见到面目全非的母亲，吓得哇哇大哭，孩子惊恐的哭声揪着冬子的心。他的手和阿宝的手紧紧攥在一起，阿宝胆子小，一直低着头看自己的脚尖，不敢正视沈猪嬷血肉模糊的脸，今日的阳光也异常的刺眼。

男子还在不停地抽打着沈猪嬷的嘴巴，手上的那只破草鞋也染满了鲜红的血。

余狗子把两个孩子带到余姓族长的面前，对孩子们说："快跪下，求太公开恩，别再打了。"

两个孩子哭着跪下了。

余狗子也不顾一切地跪在地上，边磕头边说："余太公，你看在我和孩子的面上，饶了猪嬷吧，她再也不敢乱说话了！"

两个孩子也学着父亲的样子，边磕头边哭着说："太公，你饶了姆妈吧，姆妈要是死了，我们可怎么办呀！"

"……"

余姓族长长长地叹了口气。

但是他什么话也没有说。

这时,有人说:"顺德公来了!"

冬子回过头,看到李公公挂着龙头拐杖,面色阴沉地匆匆而来,他的身后跟着李慈林和李骚牯。李公公今天穿的不是白色的袍子,而是黄色的袍子,黄色的袍子穿在他的身上,更显威严。而李慈林和李骚牯两人穿的是黑色的衣服,他们的腰间还挎着腰刀。冬子第一次见到父亲跟在李公公的身后,他的心咯噔了一下,感觉有什么重大的事情将要在未来的日子里发生。

李公公走上了台阶,对还在抽打沈猪嬷的男子断喝道:"住手!"

男子停止了抽打。沈猪嬷血红的眼珠子迷茫地望着李公公,有千万个李公公在她的眼睛里重叠,她喉咙里咕噜了一声,吐出了一口鲜血,叽叽咕咕地说出一串谁也听不懂的话。

李公公把跪在地上的余狗子父子挨个扶了起来,然后对着余姓族长作了个揖,颤声说:"余太公,老夫在此有礼了!老夫恳请太公放过这个可怜的妇人吧,我的声名不重要,人命关天哇!太公高抬贵手,放了这个可怜的妇人吧!"

余姓族长咳嗽了一声,嗓音洪亮说:"大家都看到了,听到了,顺德公是如此仁义,他有一副菩萨心肠哪!"然后,他把脸转向瑟瑟发抖的余狗子,"看在顺德公的面子上,就饶了这个恶妇,你把她带回去吧,你要好好教训自己的老婆,下次再犯事,就没有人保她了!"

……

也就是在这天,冬子在入夜后没有等到姐姐回家。他焦虑而又恐惧,姐姐会不会出什么事,姐姐要是也失踪了,那该如何是好。

冬子希望父亲今夜能够回家，父亲知道姐姐没有回来，也许会带人去找姐姐。夜深了，冬子还是没有等到父亲和姐姐回家，心情焦虑到了极点，按捺不住，跑到阿宝的家门口，握紧小拳头，在杉木门上使劲擂动。

张发强打开了门，看到了朦胧月光下的冬子，睡眼惺忪地问："冬子，你不好好困觉，大半夜的敲门做甚么？"

冬子焦急地说："阿姐到现在也没有归家，往常时，天擦黑时她就归家了，可是今天到现在也没有归家，阿姐不知道会怎么样。阿姐——"

说着，他的眼泪就流了出来。

张发强摸了摸他的头："冬子，莫哭！你爹呢？"

冬子哭着说："爹也没有归家，他总是不归家的，也不晓得在什么地方。爹是不会管阿姐的，阿姐死了他也不会管的，他好像不要我们了，不要这个家了，呜呜——"

张发强说："冬子，你莫哭，我们会想办法的，你阿姐是个好姑娘，我们不会不管的！你先在这里等着，我一会儿就出来！"

张发强的话在某种程度上安慰了冬子，他的心情稍微平静了些。不一会儿，他听到张发强在里面说："阿宝，听话，好好在家困觉，不要出来！"张发强举着火把走出了门。阿宝被他妈妈拢住了，他也想和父亲一起去找李红棠。张发强关上了门，问冬子："你晓得红棠到哪里去了？"冬子说："她一直在西面山里找姆妈。"

张发强说："我明白了，冬子，你回家困觉，我们会把你阿姐找回来的。"

冬子说："我要和你们一起去！"

张发强说："冬子听话，晚上山路不好走，你去的话，我们还要照顾你，会影响我们找你阿姐的！你是希望我们尽快找到你阿姐呢，还是要拖我们的后腿，耽误找阿姐？快归家去，在家里好好等着你阿姐归来。"

冬子无奈,只好回到了家里。

他关上门,并没有上楼,而是把眼睛贴在门缝里,观察街上的动静。

张发强沿街叫了十几个青壮汉子,他们举着火把,朝小镇西头走去。等他们走出一段后,冬子才出门,悄悄地跟在了他们的后面。他们走得飞快,出了镇子很快就走过了唐溪上的小木桥,一直朝西边的山野奔去。

朦胧的月光中,天在降霜。

风肆无忌惮地在原野上鼓荡,像有许多厉鬼在呼号。

刺骨的冷,冬子不禁打着哆嗦。

他小心翼翼地走过晃晃悠悠的小木桥,发现自己和张发强他们远远地拉开了距离,他听到张发强他们的喊声随风传过来:"红棠,你在哪里——"

"红棠,你在哪里——"

他们的喊声越来越渺茫,冬子离他们就越来越远。冬子疯狂地追赶,他那两条小腿岂能追得上大人们强健的脚步?不一会儿工夫,冬子就听不到他们的喊叫声了,也看不见远处那影影绰绰的火把了。冬子知道,他们已经进山了。原野顿时一片死寂,呼啸的风声也停止了,他可以感觉到霜花从天上肃杀地降落产生的细微声音。

小路边枯黄的草叶间蒙上了一层薄薄的白霜。

冬子奔跑着,无论他如何奔跑,也追不上他们。可他还是不停地奔跑,跑得心脏都要破胸而出。

突然,他的脚被什么东西绊了一下,身体往前一倾,扑倒在路上。他的嘴巴啃到了泥巴,嘴唇被擦破了,火辣辣地痛,他艰难地从地上爬起来,发觉膝盖也疼痛不已,他伸手摸了摸,裤子膝盖的部位擦破了，他还摸到膝盖上渗出的黏黏的液体，那是血！这时，乌云把月亮遮住了，大地一片漆黑，伸手不见五指。冬子脑袋嗡的一声，他心里哀绵地叫了一声："完了！"

冬子看不清脚下的道路通向何方，他无法追赶上张发强他们。冬子站在黑暗中，不知所措，进退两难。黑暗和寒冷无情地挤压着他的身体，他的牙关打战，浑身哆嗦，不一会儿，他就已经忘记自己身处何方了。黑漆漆的夜色中，仿佛有许多孤魂野鬼在朝他围拢过来，那些孤魂野鬼都朝他伸出干枯的手……冬子有种溺水的感觉，将要窒息。

无边无际的黑暗和恐惧迫使他大声喊出来："阿姐，阿姐，救救我——"

没有人听到他的喊叫。

他的喊叫声也无法撕破浓郁的黑暗，无法驱赶胡天胡地的孤魂野鬼。这是光绪二十九年十月的一个夜晚，偏远山区小镇的一个孩子在绝望泣血地喊叫："阿姐，阿姐，救救我——"

他不知道自己的姐姐此时在何方，是不是也在黑暗和恐惧中等待救助。

冬子后悔没有听张发强的话，留在家里，可现在后悔已经来不及了。

绝望中，冬子听到有苍凉的声音传来："请跟我来，请跟我来——"

那声音十分陌生。

冬子判断不出是谁的呼唤，陌生的声音不断传来，离他越来越近，冬子心里越来越害怕，恐惧到每一根骨头的缝里。他在黑暗中无处躲藏，两腿像灌了铅一样，沉重得迈不动步伐。

他惊骇得连哭也哭不出来了，也喊不出声了。

冬子在黑暗中矮下身，蹲了下去。他心存着一丝幻想：自己蹲在这里不动,等张发强他们找到姐姐回来,路过这里时,一定会发现自己的,会把自己安全地带回家……

"请跟我来,请跟我来——"

那苍凉的声音渐渐地靠近了他。

似乎有个人就站在他的面前,他伸手就可以抓住那人的衣衫,甚至可以听到那人的呼吸。

"你是谁——"

冬子站起来,惊惶地叫道。

没有人回答他这个问题。

冬子听到有人在他的耳边吹了一口气,冰凉的气,接着轻轻说:"请跟我来,请跟我来——"

冬子喊道:"不,不要,我不要跟你走——"

可是他身不由己地迈开了步子,鬼使神差地朝黑暗中的某个地方深一脚浅一脚地走去。

不知走了多久,他的脚步不自觉地停了下来。

他始终觉得那人就在跟前,在左右着他。

冬子颤抖地说:"你到底是谁?这是甚么地方?"

还是没有人回答他。

他听到的只是沉重的呼吸,仿佛是一个将要断气的人沉重的呼吸。冬子陷入了巨大的困境中,无力自拔。此时,他的父亲、母亲、姐姐都离他十分遥远,不可企及,他只有在极度的恐惧中服从呼唤者的安排,不管是让他死还是要他活,他没有选择的余地。

突然,冬子看到了亮光。

那是月亮突破云层透出的亮光,尽管朦朦胧胧,毕竟可以让他看清眼前的东西。他环顾了一下四周,四周空无一人,那呼吸声也消失了。这是什么地方?这是野草丛生的一个低洼地,不远处就是汩汩流淌的唐溪,而且这里离姑娘潭也不远,他还听到了唐溪流水

85

的声音。

这是野草滩？平常很少人来的野草滩？传说姑娘潭里淹亡的鬼魂聚集的地方？

朦胧的月色让冬子更加地恐惧。

他怎么会到这个地方来？

冬子的目光落在了身前的一个坑上。这的确是个坑，尽管上面贴着枯黄的草皮，还是可以看出被什么刨过，有新鲜的黄土裸露。他还闻到了一股恶臭，令人作呕的恶臭。冬子的目光落在了那裸露的新鲜的黄土上面，土里露出了一小片席子，他仿佛接到了某个神秘的指令，走近蹲了下来，顾不得那恶臭的侵蚀，伸出手拉扯了一下那席子。

席子已经腐败，十分脆弱，一块席子被他提了起来。

他看到了席子下面的东西，顿时惨叫了一声，口吐白沫，昏死过去。

冬子看到的是一只腐烂发黑的人的脚掌。

冬子感觉到了温暖，一口气悠悠地吐出来，睁开了眼睛。他看到了一张熟悉的脸，满是胡楂的熟悉的脸，这是父亲李慈林的脸，在飘摇如豆的油灯下，冬子看清了父亲的脸。他躺在父亲的怀抱里，一种久违的幸福感从心头涌起，漫向全身。父亲有多长时间没有这样抱着他了？冬子已经记不起来了。父亲血红的眼睛凝视着他，轻声说："孩子，你醒了。"冬子从父亲血红的眼睛里发现了难得的温情和父爱，他的泪水涌出了眼眶，以前，父亲是这样的，可为什么这些日子以来，父亲变成了另外一个人呢？冷漠而残忍。冬子需要的是充满父爱和温情的父亲，而不是冷漠残忍的父亲。冬子动情地喊了一声："爹——"

李慈林说："傻孩子，哭什么，我又没死，等我死了，你再哭。"

冬子说："爹，你不会死的！"

李慈林说："人都会死的，没有不会死的人。"

冬子把头靠在父亲宽阔的胸膛上，听到了父亲打鼓般的心跳。

李慈林说："孩子，以后不要一个人去野草滩了，那里不干净，今夜要不是碰巧有人路过那里，你就没命了！"

冬子猛然想起了那腐烂发黑的人的脚掌，也想起了中秋节夜里被蒙面人抬出唐镇的被席子裹住的长条形的东西，脸上呈现出惊惶的神色。李慈林发现了他情绪的变化，搂紧了儿子，说："孩子，你不要怕，你在野草滩看到的是死猪的脚，你不晓得吗，镇上谁家的猪发瘟死了，都抬到野草滩去埋的。以后不要到那个地方去了，听话！"冬子奇怪地想，自己分明看到的是腐烂发黑的人的脚掌，怎么会是死猪的脚呢？

冬子突然想起了什么，叫了声："阿姐——"

李慈林的身体颤抖了一下。

冬子从父亲的怀里挣脱开来，大声地说："爹，阿姐呢，阿姐还没归家——"

第六章

　　天亮之后,张发强带着去找李红棠的人回到了唐镇,他们没有带回李红棠。李慈林也派李骚牯带人去找李红棠,他们也无功而返。冬子却在这个清晨发起了高烧,躺在床上说着胡话,不停地喊着姐姐、母亲。李慈林请来了郑士林老郎中,郑老郎中替冬子看完病,平静地对李慈林说:"冬子是受了风寒和惊吓,不要紧的,开三服药吃吃就好了。"

　　李慈林在郑老郎中的中药铺抓完药回家,李骚牯的老婆王海花已经在他家里照料冬子了,她把一条湿布帕贴在冬子滚烫的额头上,还用小布条在碗里沾上水,一点一点地抹在冬子起泡的嘴唇上。李慈林交代她把药熬了,给冬子喂下,吃完汤药后,给他捂住被子发汗。王海花低声说:"我明白了,你放心去做事吧。"李慈林临走时还说:"海花,冬子就交给你了,拜托你了!"脸黄肌瘦的王海花笑笑:"你赶快走吧,一家人莫说两家话。"

　　李慈林神色匆匆地走了,王海花不清楚他去干什么,只知道他和自己的丈夫李骚牯一起做诡秘的事情,王海花问过丈夫一次,结果招来一顿痛打,她就再不敢问了,她像唐镇大多数女人那样,逆来顺受,吃苦耐劳。

李慈林走后,张发强带着阿宝来看冬子。

张发强看着高烧昏睡中的冬子,叹了口气:"可怜的细崽!"

阿宝无言地拉着冬子滚烫的手,眼眶里积满了泪水。

张发强问王海花:"李慈林怎么不在家照顾冬子呢?"

王海花摇了摇头:"我也不晓得。"

张发强叹了口气:"这个家伙,成天不晓得做什么鬼事,连家也不要了。你说说,四娣失踪了,红棠也不知去向,现在冬子又病了,他难道就一点责任也没有?还不闻不问的,你说他这一家之主是怎么当的!我真是想不明白,有什么事情比家里的事情更重要的呢?"

王海花苦笑了一下:"苦的是孩子哪!"

张发强摸了摸冬子的额头:"还很烫呀,要不快退烧,脑袋烧坏就麻烦了。"

王海花说:"在熬药呢,等他喝完汤药,发了汗,也许烧就退了。"

张发强对阿宝说:"你回去把家里剩下的那点红糖拿过来,药汤苦,放些红糖好喝些。"

阿宝答应了一声,抹了抹眼睛,下楼去了。

如果说游四娣在那个浓雾的早晨的失踪,没有在唐镇人心中引起多大的震动,那么李红棠的不知去向却在唐镇引起了轩然大波。镇街上的人议论纷纷,说什么的都有。有人说,李红棠找到了游四娣,便和她在一起,不回来了。有人说,李红棠一个人进山,碰到西山里的大老虎,被吃得连一根骨头也没有剩下。又有人说,李红棠到了情窦初开的年龄,和一个外乡男子私奔了,永远也不会回唐镇来了。

唐镇人还对李慈林说三道四,说他在外面有了相好的,根本就不管那个家了……铁匠铺的上官清秋听到有人在他面前说起这些事情,边吸着水烟边说:"你可不要乱说,小心李慈林一刀劈了你!"

那人说:"他敢!难道没有王法了!"

上官清秋神秘地笑笑:"那你有胆量到他面前说去,你试试看,我说的话有没有道理!什么是王法呀?你说给我听听。"

那人听不明白他的话,摇摇头走了。

上官清秋咕噜噜吸了一口水烟,自言自语道:"唐镇的天要变了哪!"

就在这时,他老婆朱月娘气喘吁吁地跑过来,神色慌张地说:"文庆不见了!"

上官清秋瞪着眼睛说:"你说甚么?"

朱月娘泪光涟涟:"文庆不见了,昨天一天都没归家吃饭,昨天晚上也一夜未归。"

上官清秋平常是不回家住的,就住在铁匠铺里,主要原因还是不想见到侏儒儿子,他只要看到上官文庆,就怒从心上起,恶向胆边生!此时,他听说那个鬼怪儿子不见了,呵呵笑了一声:"不见了好哇,好哇!"

朱月娘和丈夫不一样,她特别地心疼儿子,无论如何,儿子是她身上掉下来的肉。儿子不见了,她岂能不失魂落魄!朱月娘痛苦地说:"你这个老铁客子,心好狠哪!好歹他也是你的儿子,你就这样恶毒地待他,你晓得他有多可怜吗?我明白地告诉你,如果文庆有个三长两短,我也不想活了,你就到姑娘潭里去捞我的尸体吧!"

朱月娘的话说得十分决绝,说完就头也不回地走了。

上官清秋咬了咬牙说:"老蛇嬷,威胁我!"

他还是动了恻隐之心，马上对正在打铁的两个徒弟说："你们先别干了，快和你们的丈母娘去找文庆吧！"

两个徒弟十分听话，放下手中的活计就走出店门，朝气呼呼的朱月娘追了过去。

上官清秋又咬了咬牙，自言自语道："这个孽障会跑哪里去呢？我前生前世真的是欠了他的债！他这辈子就是来讨债的！"

李红棠迷路了。

她不知怎么就走进了黑森林。黑森林里面藏着多大的凶险？她不知道。可唐镇方圆几十里的人，对黑森林谈虎色变，从来没听说过谁敢贸然闯进黑森林！她闯进黑森林时，也根本就不知道这阴森森的地方就是传说中的黑森林，不久之后，她才意识到自己进入了弥漫着死亡气息的黑森林。李红棠是在回唐镇时，走错了路，误入黑森林的。她闯入黑森林后，就找不到出口了，天也暗黑下来。

关于黑森林的许多鬼怪传说，在天黑后浮现在李红棠的脑海。传说很久以前，先民到唐镇开基创业时，和当地的土著人势不两立，相互打杀了好多年，那是残酷的杀戮，不是你死就是我活。先民用锋利的刀剑把土著人几乎杀光，最终把残余的土著人赶进了黑森林。在此之前，就是土著人也不敢贸然进入黑森林，在他们眼里，黑森林是被恶魔诅咒过的地方，谁进入了黑森林，就不一定能走出来，就是走出来，也非疯即残。就是连一些山里的猛兽，也不敢轻易地进入黑森林，黑森林同样会让闯入的猛兽尸骨无存。传说只有蛇可以自由进出黑森林，而从黑森林里游出的蛇都剧毒无比，伤人必亡！先民残忍地把土著人赶进黑森林后，就团团地把黑森林围住，只要有土著人冲出来，就用箭将其射杀。把残余的土著人围困在黑森林里的那些日子里，先民无论在白天和黑夜，都能听到土著人从黑森林里传出的惨叫和哀号。先民不清楚土著人在黑森林里遭遇了什么灭顶之灾，他们只知道为数不多的从黑森林里挣扎着逃出来的土著人浑身溃烂，不成人形，被射杀后，流出来的血都是黑色的，惨不忍睹……多少年来，在深夜时，黑森林里还经常传出凄厉的呼号，令人毛骨悚然。

李红棠在黑暗中迷失了自己。

她想起那恐怖的传说，惊恐万状，声音也暗哑了，想喊也喊不出来。

这是初冬时节的黑森林，寒冷随着夜雾在森林里漫起。

李红棠瑟瑟发抖，她就是干枯的枝头一枚将要冻僵的野果。

起初是一片死寂。

李红棠蜷缩在一棵巨大的松树下，睁大双眼，却什么也看不见，就是有什么东西站在她的面前，也发现不了。在极度的恐惧中，李红棠突然想，母亲会不会也误入黑森林了？母亲是不是在黑森林里尸骨无存了？想到这里，李红棠的心一阵阵地抽紧，她喊不出声，像是被一只看不见的手扼住了喉管。可她感觉到自己的泪流在面颊上，冰冷冰冷的。

渐渐地，起风了。

风仿佛从地狱深处缓缓地吹过来，夹带着一种浓郁的腥臭。

风越来越大，越来越猛烈。

整个黑森林里飞沙走石，有些干枯的树枝飞落在李红棠的头脸上和身体上，抽打得她火辣辣地痛，她用双手抱住了头，把脸埋进自己的大腿间。她面对这个黑暗的狂风四起的世界无能为力！她只能承受，承受一切苦痛和恐惧，承受命运带来的伤害和厄运。

狂风顷刻间静止下来。

黑森林里恢复了死寂。

这种死寂比狂风更加可怖，也比恶鬼凄厉的呼号还要恐怖，寂静中隐藏着更大的危险。李红棠竖起耳朵，担心什么可怕的声音会突然出现。果然,她听到一种细微的声音隐隐约约地传来,那声音越来越响,李红棠感觉到像是什么东西滑过枯叶的声音。是不是有条神秘的毒蛇朝她游来?李红棠和弟弟李冬子不一样,她从小就害怕蛇,有时,只要想到蛇滑溜溜的样子,双腿就会僵硬得走不动路,呼吸就会急促;要是在田野里劳作时见到蛇溜过,她会吓得大声尖叫,好长时间缓不过神来。而且,传说中黑森林里的蛇也是受过恶魔诅咒的,这更让李红棠心惊胆战。

那声音越来越近,在初冬的黑森林之夜压迫着李红棠脆弱的心脏。

李红棠的身体瑟瑟发抖,惊恐地闭上了眼睛。

李红棠想,自己就是被毒蛇吞噬,也不要看到毒蛇丑恶的样子,她忘记了在黑暗中,就是睁大双眼,也看不清森林中的任何东西,哪怕是树上飘落的一片枯叶。

那声音靠近了她,在她的跟前停止了。

李红棠心里哀叫道:"姆妈,女儿再也见不到你了;冬子,阿姐再也不能和你在一起了;爹——"

满脸是冰冷泪水的李红棠觉得自己就要死了。

死亡的绳索紧紧地捆住了她虚弱的身体,此时,她无法向亲人们告别,所有的亲人离她异常的遥远,穷尽她所有的精力也无法企及,这是多么绝望的事情呀,李红棠是天下最可怜最无助最悲伤最恐惧的女子!

突然,她听到一个人怯弱的说话声:"红棠,你抬起头,睁开眼,看看我,好吗?"

不可能,这里除了她自己不可能还有活着的人。这是毒蛇的声音,它在模仿人的声音,企图让她在死前看到它狰狞的样子,毒蛇用心何其险恶呀!李红棠心想,你要把我吃掉就吃掉吧,为什么要如此残忍呢,在我死前还想让我看到你恐怖的模样?

"红棠，你难道听不出我的声音来了吗？"说话声还是那么怯弱。

李红棠心里突然想到了一个人，她不相信他此时会出现在她面前。毒蛇是在模仿他的声音？毒蛇难道见过他，听到过他的声音？这简直是不可思议的事情，李红棠还是不敢抬起头，还是不敢睁开眼睛。

"红棠，我是文庆呀——"

那声音粗壮起来，像是憋足了劲。

李红棠的胸脯起伏着，一颗心狂奔乱跳。听出了上官文庆的声音，她希望真的是他，可是，他怎么会到这个地方来呢？李红棠又惊又喜，豁出去了，反正一死，怎么也要看看说话声到底出自上官文庆之嘴还是毒蛇之口。

李红棠猛地抬起头，睁开了那双秀美的眼睛。

她看到的果真是上官文庆，他的手上还举着一根点燃的松枝。

上官文庆的脸上还是那熟悉的微笑。

这种微笑让人觉得他从来没有过痛苦和仇恨。

李红棠抹了抹脸上冰冷的泪水，悲喜交加地说："文庆，你怎么会在这里？"

上官文庆坐在了她面前，脸上掠过一丝羞涩："我说出来，你可不要骂我，好不好？"

李红棠阴霾的心渐渐晴朗开来："我怎么会骂你呢，要不是你来，我不知道会怎么样，能够在这里见到你，是我的福气！你尽管说吧！我保证不会骂你的，文庆，你说吧！"

上官文庆无疑是她的救星，是她绝望中的希望和心灵的依靠，她心里对他充满了感激之情。

上官文庆说："其实，这些日子我都偷偷地跟着你，你走到哪里我跟到哪里，我不敢让你知道，怕你骂我。你一个人到处寻找你姆妈,我也很感动,如果我姆妈走了,找不见了,我不会像你这样不依不饶去寻找的。你是唐镇最让我尊敬的女子,我怕你一个人出来会出甚么事情,就跟着你,如果你真出甚么事情了,最起码我可以知道你的情况,可以回唐镇报信,让你爹带人来救你,我知道我保护不了你,我没有那个能力!今天一早,你出了镇子后,我就跟在了你后面,傍晚时,我看你走进了这片森林,我也跟进来了。没想到森林里的天那么快就黑了,还刮那么大的风。刮风时,我就在附近守着你!说实话,我也吓得要死,我还担心你会出什么问题,那样的话,我会难过一辈子。风停了,我就摸索着找到了一根干枯的松枝,这根松枝上还有松香,我闻得出来。你知道吗,我每天出来,身上都带着火镰,我家的火镰是最好的,是我爹亲手打造的。我用火镰打着了火,点燃了松枝,就来到了你面前。看到你没有出什么事情,才把心放了下来,我很担心你的,红棠!"

听完上官文庆的话,李红棠的眼泪又流淌出来,她不能不感动。在唐镇,没有一个男子对她如此关心,尽管很多后生崽暗恋美貌的她,可他们迫于李慈林的威严,谁也不敢接近她,向她表白心迹,更不敢像上官文庆这样长时间地跟着她。

李红棠哽咽地说:"你为甚么要这样做?"

上官文庆没有说话,只是朝她微笑。

李红棠说:"你这样很危险的,你要出了甚么麻烦,你姆妈会哭死的,她是那么疼你。"

上官文庆把手中的松枝递给她:"你拿着,你在这里坐着,千万不要离开,我去去就来!"

李红棠紧张了:"你要到哪里去?"

上官文庆微笑着说:"放心,我不会抛下你的,我想,今天晚上我们是没有办法走出去了,只有等天亮了再作打算。我去找些干柴过来,生一堆火,这样我们就不会冻死,森林里如果有野兽,它们看到火光，就不敢过来了。有时，我一个人寂寞难熬，就到山上去过夜，就是这样做的。"

李红棠说："我和你一起去！"

上官文庆说："不用你去，你给我好好在这里坐着，我是男人，胆子比较大，这样比较安全，你千万不要动，否则我回来找不到你就麻烦了！"

她听从了这个侏儒男人的话，坐在那里一动不动，仿佛吃了一颗定心丸。

上官文庆一次一次地往返，巨大的松树下渐渐地堆起了一座干柴的小山。他生了一堆火，不时地往火堆里添着干柴。火光照亮了他们的脸。上官文庆的脸上还是挂着微笑，好像那微笑是刻上去的，永远不会消失。李红棠苍白的脸被火光映得通红，她的眸子波光粼粼。上官文庆在火堆边铺上一些干草，对她说："红棠，你累了，睡吧，我守着你。"

李红棠说："这——"

上官文庆说："你放心睡吧，不会有事的，等天亮后，我们就出去。"

李红棠说："你呢？"

上官文庆说："我看着火，火灭了会冻死人的。你就安心睡吧，不要管我了，你忘了，我是唐镇的活神仙哪，鬼见了我也要怕三分，我三天三夜不困觉也没事的，快睡吧，红棠。"

李红棠期期艾艾地躺在了干草上面。

受过惊吓和一天劳累的李红棠很快地在松软的干草上面沉睡过去，温暖的火和上官文庆给了她巨大的安全感，在这个夜晚，上官文庆是最值得她信任的人，就是在这个晚上死在上官文庆的手中，她也心甘情愿。

柴火燃烧发出噼噼啪啪的声响，李红棠在睡梦中不停地呼唤：

"姆妈，姆妈——"

森林深处仿佛有许许多多鬼魅的眼睛在注视着上官文庆，他其实也胆战心惊。

他坐在了李红棠的身边，伸出自己的小手，放在了她摊开的手掌上，感觉到一股暖流传遍全身，李红棠的体温给了他力量和勇气。上官文庆凝视着李红棠憔悴的脸，喃喃地说："红棠，难为你了——"

他看到了李红棠头上的白发，嘴唇颤抖着，眼睛湿了。

他这种痛楚的表情，常人根本是见不到的。

在唐镇人眼睛里，上官文庆永远是个快乐的小侏儒。

他脱下自己身上的外衣，轻轻地盖在了李红棠起伏的胸脯上。

……

天蒙蒙亮的时候，上官文庆听到了清脆如玉的鸟鸣。他往火堆里添上一些干柴，从李红棠的身边离开，走到火堆的另一边，胡乱地躺下。他也困了，困得不行了，该睡一会儿了。

李红棠醒来时，看到燃烧的温暖的火，还有火堆另一边呼呼沉睡的上官文庆……她手中拿着上官文庆的那件小衣服，百感交集！

当阳光从树缝里漏下来时，她还不能断定自己和上官文庆是否安全了，毒瘴弥漫的黑森林还是令人恐惧。

又一天过去了，李红棠和上官文庆还是没有回到唐镇，朱月娘在家里不停地哭泣，眼睛都快哭瞎了，她的两个女婿还在四处不停地寻找，两个女儿陪在她身边，安慰着她。

冬子的烧竟然还没有退。王海花和阿宝他们万分焦虑。郑老郎中也束手无策。这样下去，冬子就是不死，也会烧成痴呆。李慈林也烦躁不安，认为儿子一定是碰到鬼了。

李慈林请来了唐镇的王巫婆，到家里驱鬼。王巫婆披头散发地拿着桃木剑在他家里楼上楼下不停地作法，结果还是没有用，冬子照样躺在眠床上昏迷不醒，身体烧得像炭火一般。

　　入夜，李慈林早早地回到了家，让王海花回去，自己守在儿子的身边。李慈林端详着昏迷中的儿子，担心他会夭亡，这不是他想看到的。他心如刀割，痛苦万分："细崽，爹对不住你哪！"此时，他铁石般的心变得柔软。冬子是他这一生唯一的希望，如果冬子就此夭亡，他做的一切都失去了意义。

　　他的眼前浮现出这样的情景：一个孩子站在寒风中瑟瑟发抖，眼中的泪已经流干了。地上躺着一具男人的尸体，尸体的头破烂不堪，血肉模糊。那是孩子的父亲，自从孩子母亲早死后，他们父子就相依为命。孩子怎么也没有想到，一场横祸会降临到他们头上。事情的起因就是因为一条番薯，孩子在那个深秋的午后，潜入本姓大户人家李时淮的番薯地里，偷挖了一条番薯。孩子在溪水里洗干净番薯，就坐在溪边的草地上啃了起来。番薯是红心的，很甜，汁水又多，孩子吃得津津有味。因为家贫，他总是吃不饱饭，红心番薯让他找到了填饱肚子的办法。很快地啃完那条番薯，孩子觉得肚子还是饿，他又潜入了那片番薯地里。他刚刚挖出一条番薯，就被人捉住了，那人是李时淮家的长工，长工大喝道："小贼，你狗胆包天，竟敢在这里偷番薯。"孩子挣脱了长工，在田野上没命地跑。长工在后面拼命地追，最后，长工追上了他，一脚把他踹倒在地上，他哇哇大哭起来。有人看到了这一幕，去给孩子的父亲报了讯。孩子的父亲赶过来，用锄头把长工打跑了。孩子父亲训斥孩子："你怎么能够偷人家的东西呢？打死你也活该！"孩子哭着说："爹，我饿！"父亲说："饿死也不能偷，记住没有？"孩子点了点头："记住了，我再不敢了！"父亲说："下次再发生这样的事情，把你的手指头剁了！"就在这时，他们看到一伙人气势汹汹地奔过来，他们的手上都抄着家伙。父亲看此情景，知道事情不妙，赶紧对孩子说："快跑，跑得远远的！"孩子倔强地说："我不走！"父亲朝他吼叫道："快跑！你在这里等死呀！"孩子扭头就跑。李时淮带着一伙人冲到父亲面前，他指着父亲说："打狗也得看主人面！你家细崽偷了东西不说，竟然还动手打我的人，你吃了狗屎了！"父亲想要辩解什么，话还没有说出口，李时淮就喝令手下的人："给我打，往死里打！"孩子跑出了一段路，觉得不对劲，他担心父亲会出什么事情，停住了脚步，回过身。他呆呆地站在那里，张大了嘴巴。那是阳光下的一次谋杀。父亲被打倒在地，锄头棍棒还不停地砸在他的头上、身上。父亲如一只死狗，躺在地上……那帮人扬长而去后，孩子叫喊着，朝父亲扑了过去。父亲的头脸被砸烂了，血肉模糊，嘴巴里大口大口地吐着血。孩子跪在父亲面前，哭喊着："爹，爹——"父亲颤抖地伸出手，抓住了孩子的衣服，断断续续地说："细、细崽，你、你要、要记、记住，不、不要、再、再偷、偷别、别人的——"父亲话还没有说完，就咽了气。孩子知道，这是一场蓄谋已久的谋杀，就是因为他们家的一块好地。在此之前，李时淮找过父亲好几次，要把那块好地买去，父亲没有答应。果然，在父亲死后不久，那块地就被李时淮霸去了……这个孩子就是童年的李慈林。他心底一直埋着仇恨，尽管收养他的王富贵和师傅游老武师一直劝诫他忘掉那段仇恨，他怎么能够忘记，那可是杀父之仇哇！多年来，他一直不露声色，期待着报仇的那一天。游老武师死后，他就动了报仇的念头。是妻子游四娣劝住了他。游四娣说："他们家有钱有势，你武功再好，也斗不过他的，你也该为了我们着想，安安稳稳过日子！"李慈林知道有钱能使鬼推磨，仇人有钱扔出去，就有大群的人为他卖命，自己双拳难敌四手，到时损了自己性命不说，还连累了家人，只好又把仇恨埋在了心底。李公公出现后，他看到了报仇的希望……

李慈林叹了口气。

他眼前浮现出一场大火,大火把那幢老房子吞没,无辜的人在火海中哀号……李慈林浑身颤抖,面对着昏迷不醒的儿子,他讷讷地说:"我不想要你的命,不想,可是,可是我收不住手了,收不住了……难道这是报应,报应吗?"

不一会儿,他的眼睛变得血红:"不,不,我要报仇,报仇!谁也不能阻止我报仇!我要钱,我要势!我要……"

李慈林又想起了那个已经苍老不堪的仇人李时淮。自从李慈林跟了李公公后,李时淮明显感觉到威胁,尽管李慈林不动声色。他已经拿李慈林没有办法了,他找过李慈林,要把那块好地还给他,还答应赔他一些银子。李慈林不亢不卑地拒绝了他。李慈林心里说:"老鬼,到时,我不光要你所有的家产,还要你全家的命!"

就在这时,有人敲门。

李慈林下楼开了门。

进来的是王海花。

李慈林说:"海花,辛苦你了,你要照顾好冬子,我出去办事了。"

王海花说:"大哥放心去吧,我会照看好冬子的。"

李慈林出了门,消失在夜色之中。

远处传来几声狗吠。

……

因为冬子的事情,唐镇人大为惊骇,他们都认为有厉鬼进入了唐镇,人心惶惶。

就在这天晚上,唐镇发生了一件更加让人人心惶惶的事情。

深夜,唐镇静得像一个坟墓。

几个黑影从镇东头晃进了镇街。

一条土狗发现了这几个黑影,狂吠起来,一个黑影把手中的钢刀朝土狗晃了晃，土狗呜咽了一声，惊恐地扭头狂奔而去。那几个黑影来到了青花巷大户人家朱银山的宅子门口，他们轻轻地用刀尖拨开了朱家宅子大门的门闩，悄无声息地潜了进去……

有人听到了一声女人凄厉的惨叫。

那人没有在意，天亮后，才知道朱家出事了。

朱家大门洞开，在清晨的冽风中，有血腥味从朱家飘出来。第一个进入朱家的人是王海荣，他到朱家来打短工。王海荣发现朱银山一家老小被捆绑在厅堂里，他们的嘴巴里塞满了布絮。王海荣大惊失色，连声叫道："老爷，老爷，出甚事了？"朱家的人满目惊恐，面如土色。只有朱银山老头子相对比较镇静，他不停地用眼神示意王海荣拿掉嘴巴里的布絮，王海荣按他的意思做了。朱银山喘了喘气说："海荣，快给我松绑！"王海荣就解开了绑住他的绳索，朱银山抖落身上的绳索，不顾一切地朝偏房冲过去。

王海荣没有跟过去，而是给其他人松绑。

不一会儿，王海荣听到了朱银山杀猪般的号叫。

王海荣赶紧走过去，他站在偏房门口呆了。

朱银山抱着浑身是血的小老婆号叫着，老泪纵横。床上和地上流满了血，那血已经凝固。

朱银山对王海荣说："赶快报官！"

王海荣说："老爷，到哪里报？到县衙去？那可要走上百十里山路，就是报了官，县衙的老爷还能管我们这山旮旯里的事情？以前有人到县衙里报过案，从来没有人来解决问题，还不都是我们唐镇人自己解决。老爷，你看？"

朱银山又说："那你赶快去把李慈林找来！"

王海荣答应了一声，狂奔而去。

他一路走一路喊叫："朱银山家出人命啦，朱银山家出人命啦——"

人们听了王海荣的喊叫,惊骇不已,有人就往朱家跑。

王海荣来到李慈林的家门口,猛地敲起了门:"开门,开门!"

门开了,开门的不是李慈林,而是他的姐姐王海花。王海花满脸疲惫的模样,她一夜都没有合眼,守着高烧的冬子。王海花说:"海荣,你火急火燎的,出甚么事情了?"

王海荣上气不接下气地说:"阿姐,不好了,朱银山家遭抢了,他的小老婆也被人杀了!"

王海花张大了嘴巴:"啊——"

王海荣继续说:"李慈林呢?朱银山让我来找他!"

王海花说:"他昨夜出去后就没有归家,我也不晓得他在哪里,这些天,他和你姐夫神鬼兮兮的不晓得在做甚么!他还托我看冬子呢,冬子病成这样,他都不上心,好像冬子不是他儿子。你去李公公,不,是顺德公那里看看,也许他在顺德公那里。"

王海荣匆匆走了。

王海花看着弟弟的背影,若有所思。

王海荣刚刚来到兴隆巷的巷子口,就看到李慈林和李骚牯带着几个人跑过来。王海荣神色仓皇地说:"慈林,朱银山家出事了,他让我来找你,你赶快去吧!"李慈林满脸肃杀,粗声粗气地说:"我晓得了,这不就是去朱家吗!"

……

据朱银山说,这个夜晚,他宿在小老婆的房间里。半夜时分,他的脖子冰凉冰凉的,睁开眼,发现房间里的油灯点亮了,一把锋利雪亮的钢刀架在了他的脖子上,两个蒙面黑衣人站在床前,他小老婆被捆着,缩在床的一角。蒙面人低声说:"老狗,起来!"朱银山的心沉入了冰窟,他知道大事不好,只好战战兢兢地从雕花的眠床上爬起来,那冰冷的刀锋一直贴着他的脖子,他只要轻举妄动,刀就会把他的脖子切断。蒙面人说:"老狗,我们不要你的命,只求你的财,你只要把你的金银财宝拿出来,就饶你一条狗命!否则,非但砍了你,把你全家老小也杀光!"朱银山颤抖着说:"好汉,饶命!我没有什么金银财宝,谷仓里有满满的一仓谷子,你们挑走吧!"蒙面人手一用力,刀锋压进了朱银山的皮肤,痒丝丝麻酥酥的,朱银山感觉到了危险。这时,缩在床角发抖的小老婆说:"老爷,你就把东西给他们吧,命要紧哪!"蒙面人邪恶地瞥了小老婆一眼,冷笑着说:"还是小娘子明事理,老狗,你放老实点,不要耍什么花招!"朱银山无奈,只好说:"好汉,你跟我来吧!"朱银山就浑身筛糠似的往房门外走去。一个蒙面人跟在了他的身后,刀还是架在他的脖子上。另外一个蒙面人留在了房间里,他冒着火的目光落在了小老婆美貌的粉脸上……朱银山带着蒙面人去他的主卧房取东西时,发现全家老小被捆绑在厅堂里,还有几个蒙面人持刀站在那里。朱银山从卧房的密柜里取出一个雕花的黑漆小箱子交给蒙面人,蒙面人打开来一看,里面都是金银珠宝,他的目光顿时闪光。蒙面人把朱银山绑在了厅堂里,就在这时,朱银山听到偏房里传来一声凄厉的惨叫,他心里像被插进了一把钢刀,痛晕过去……他醒过来不久,就见王海荣进来了。

李慈林听完朱银山的讲述,眉头紧锁:"你听得出那些人的口音吗?"

朱银山惊魂未定:"听不出来。"

李慈林又问:"你看得出来他们的模样吗?"

朱银山说:"我怎么看得出来,他们的头脸都用黑布包裹住了,就露出两只眼睛。"

李慈林对李骚牯说:"骚牯,你去偏房里检查一下,看看有没有劫匪留下来的物件。"

李骚牯眼神慌乱地说:"好的。"

李骚牯进入偏房后,李慈林叹了口气说:"看来顺德公还是有先见之明哪！"

朱银山问道："甚么先见之明？"

李慈林说："顺德公回唐镇不久就说过，外面的天下纷乱，难得唐镇如此安宁，可这安宁能够维持多久，谁也说不清呀！顺德公早就预料到外界的乱世还是会波及唐镇的。现在问题真的来了，我想一定是外面的流寇进入唐镇山区了，我们不能不防呀！"

朱银山说："慈林老弟，那可如何是好哇？！"

李慈林说："你是朱姓人家的族长，这两天，顺德公会召集你们这些族长商量对策。在还没有形成决议前，我会找人负责保护大家的安全的。"

朱银山说："唐镇也数你功夫好，你可是要担起重任哪！"

李慈林说："这个你放心，事已至此，我责无旁贷！"

朱银山老泪纵横："慈林老弟，你可要给我们报仇哇！"

李慈林咬着牙，恶狠狠地说："抓到那些劫匪，我一定会将他们碎尸万段！"

纵使阳光可以从树缝里漏落下斑驳的光亮，黑森林里还是阴森可怖，时不时还会飘出腥臭难闻的气味，那是腐烂的气味。李红棠闻到那种气味，就想吐，她强忍着不让自己吐出来，和上官文庆一起在黑森林里寻找出口。有上官文庆在，她心中有了依靠，也就不像刚刚闯入黑森林时那么恐惧，可心里还是焦虑不安。

上官文庆手上拿着一根树枝，在前面探着路，森林里厚厚地铺满了落叶，落叶下面隐藏着什么，他们一无所知。上官文庆每探寻几步，就回头微笑地对李红棠说："没事，走吧！"

李红棠心里着实感动，这个在唐镇被人冷眼相看的侏儒，对她竟然无微不至地关怀。她饿了，上官文庆就去森林里寻找一些野果给她充饥，她冷了，就燃起火堆，给她取暖……还给她讲很多很多没有听说过的稀奇古怪的事情，给她解闷。李红棠弄不明白，小小的他心里包藏了多少不为人知的东西，无法想象他的心灵世界有多大。

上官文庆突然喊了一声："红棠，你别过来！"

李红棠心里颤抖了一下，停住了脚步。

此时，天上的阳光仿佛被乌云遮住了，黑森林昏暗下来。上官文庆像是踩在一个烂泥潭里，他的双腿被什么吸住了，慢慢地陷了下去。李红棠清楚地看到，上官文庆的脚下冒出了乌黑糜烂的泡泡，有氤氲的气体丝丝缕缕地升起。李红棠也闻到了腥臭难闻的气味。李红棠第一感觉就是，上官文庆陷到森林里的沼泽里了，因为上面覆盖了厚厚的落叶，他没有能够看清，也因为他的力气如孩童一般，就是用树枝戳也戳不穿那厚厚的树叶子，他踏上去就陷进去了。李红棠还知道，那氤氲的气体就是瘴气，有毒的瘴气。

李红棠大骇，这可如何是好？

上官文庆要是被那烂泥潭吞噬，他就再也回不到唐镇了，他那矮小的肉身也会和枯叶一样腐烂，尸骨无存。

上官文庆惊恐地睁大着眼睛，嘴巴也张得很大。

他使劲地挣扎，越挣扎就陷得越深，烂泥潭里还发出叽叽咕咕的声响，像是恶鬼的冷笑。

李红棠大声喊道："文庆，你不要动，千万不要动！"

上官文庆急促地喘息着说："红棠，救我，救我——"

他脸上的微笑消失得无影无踪。

李红棠不知所措，她就那样茫然地看着上官文庆一点一点地陷落。他的手不停地挥舞着："红棠，救我，救我——"

李红棠有生以来第一次见到上官文庆流泪，他的眼泪在李红棠眼前的空间飞舞，她心如刀割，这个以前和她从来没有任何关系的人的生命一下子和她拉得那么近，她的心被这个可怜的生命击中，疼痛不已。

李红棠也泪流满面。

她颤抖地说:"文庆,你不要动,千万不要动,我想办法救你!"

李红棠朝他试探着走过去,她想拉住他的手,把他从毒瘴弥漫的臭泥沼里拖出来。就在她小心翼翼地迈开步子时,上官文庆大喊道:"红棠,你不要过来,你不要过来——"

李红棠含泪地说:"我要把你救出来,我不能看着你死!"

上官文庆动情地说:"红棠,你不要过来,你要是也陷进来了,你也会死的,我不要你和我一起死,不要——"

李红棠说:"我管不了那么多了!"

上官文庆突然想到了什么,他说:"红棠,你不能过来,危险!其实,你不用过来也可以救我的,你去找根长点的树枝,伸过来给我,我抓住它,看能不能把我拉出去。如果拉不出去,就算了。"

上官文庆的语调十分凄凉,他的话提醒了李红棠。

她想,自己笨死了,怎么没有想到这个办法呢?于是,她就去寻找树枝。好不容易寻找到一根比较长比较结实的树枝,跑回来时,上官文庆已经陷得很深了,烂污的泥浆已经快埋到他的脖子了,他的双手高高举起,脸憋成酱紫色,眼睛艰难地突兀出来,他就剩下最后一口气了。

李红棠的眼泪也在飞。

她把手中的树枝伸了过去,哭喊道:"文庆,你要坚持住,快抓住树枝哇,我一定会把你拉出来的!文庆,你快抓住呀,你不会死的,不会——"

上官文庆抓住了树枝,可是他觉得没有力气了,在李红棠使劲地拉时,他想松开双手,他艰难地说:"红、红棠,我、我不、不行了——"

李红棠喊道:"文庆,你不能放弃,不能,你要死死拉住树枝,我一定能够把你拖出来的！"

上官文庆没有松手，满是泪水的脸上重新露出了微笑。

……

唐镇人发现李家大宅的人渐渐地多了起来，不时有男男女女进出李家大宅，唐镇人都知道，这些人是李公公从邻近村里请来做事的人，那么大一个宅子，需要很多人来打理。让唐镇人奇怪的是，那些人的表情木然，毫无生气。

李公公在朱银山家的事发生后，郑重其事地把唐镇以及周边几个乡村的各姓族长请进了李家大宅，在最大的那个厅里，商量对策。李公公给大家讲了很多发生在外界的事情，还危言耸听地说，如果不采取措施，唐镇将永无宁日！他的话让大家面面相觑。那些族长也想不出什么好办法，他们被恐惧迷糊了大脑。这些族长都是当地的大户人家，他们害怕自己也遭受朱银山的命运。

最后还是朱银山说："大家还是听顺德公的吧，顺德公见多识广，又足智多谋，一定有什么好办法的！"

李公公咳嗽了一声说："依我看，只有一个办法可以自保！"

大家的目光落在了李公公苍白而又粉嫩的脸上。

朱银山着急地问："甚么办法，顺德公快讲！"

李公公把手中的鼻烟壶放在鼻孔下吸了吸，然后慢条斯理地说："只有一个办法，办团练！什么都没有用，只有我们拥有自己的武装才能够保唐镇平安！"

大家纷纷表态，李公公的这个办法好！

李公公又说："我是这样考虑的，办团练要钱要人，钱嘛，我来出大头，在座的各位能拿多少出来就拿多少出来；人嘛，我想让李慈林当团总，大家清楚，他的功夫在唐镇无人可敌，而且他最近也收了不少徒弟，在唐镇的威望越来越高，由他来招兵买马，训练人员，是十分妥当的。不知大家意下如何？"

那些族长议论了一会儿后，都表示赞同。

李公公接着说："关于武器的问题，我已经准备好了满满一仓库的长矛大刀，过些时日，看能不能派人出去，买些洋枪回来，那就更好了。"

大家听了满心欢喜，不明白的是，李公公的那一仓库的长矛大刀是从哪里来的？他们虽然心有疑虑，可还是没有追问这个问题。有人想起了前些日子铁匠铺子里没日没夜传出的打铁声，他也没有吭气，却对李公公这个人充满了敬畏。

李公公又接着说："我还有一个提议，不知当讲不当讲！"

朱银山第一个表态："顺德公，你讲吧，你讲什么，我都双手赞成！"

李公公说："我想哪，我们唐镇太容易进来了，四面都没有屏障，任何一个地方都可以进出唐镇，就是有了团练也很难防范，如果碰到成队的匪徒从四面八方杀将进来，危在旦夕哪！这要多少人马才能抵挡？我想了个一劳永逸的办法，那就是筑城墙！城墙建起来后，以镇街为轴心，东西各建一个城门，这样唐镇就安全了。我们唐镇不是很大，用城墙围起来，也不要花多少时日，现在是农闲时节，各家各户的劳力可以抽出来，再发动四乡八堡的乡亲过来支援，我看三两个月就可以建成。对了，建城墙的费用老夫来出！大家负责出人手就可以了！"

大家纷纷叫好，最重要的一个原因还不是因为安全的问题，而是不要他们出一分钱！

李公公说："既然大家同意，那就事不宜迟，择日动工。"

唐镇成立团练的这天，天空阴霾。这可是黄道吉日，唐镇人像过节一样张灯结彩，成立团练，是关乎唐镇人生命财产安全的大事，这种说法在唐镇以及附近的乡村，被渲染得热闹非凡，深入人心，仿佛成立了团练，人们就万事大吉了。

冬子的烧还是没有退，已经好几天了，他还是躺在眠床上说胡话。

王海花被冬子折磨得快疯了，这样下去，她也希望自己像冬子那样躺在床上发烧说胡话。白天，她两个家都要跑，照顾好自己家里的老少就跑过来给冬子熬药喂他吃东西，晚上却不能回家，守在冬子的旁边，不能入眠，冬子要是有什么差池，李骚牯饶不了她。李骚牯和李慈林同穿一条裤子，李慈林当了团练的团总，李骚牯也混了个副团总的位置。她听说团总以后在唐镇说话，比那些德高望重的老族长还管用。王海花苦是苦，累是累，想到丈夫能出人头地，也迫于李骚牯的淫威，只好忍耐。况且，冬子这孩子的确很可怜，她也不忍心放手不管。好在每天阿宝都会过来陪着冬子，给她分担了些负担。王海花希望李红棠能够回来，那样她就可以解放了。

想起李红棠，她就自然地想起了弟弟王海荣，长得一表人才的王海荣二十好几了，还没有讨老婆，她也替弟弟着急。王海荣曾经在她面前表露过心迹，说他喜欢李红棠，还央求她去找李慈林说亲。王海花自己不敢去找李慈林，把这事情对李骚牯说了。李骚牯说："这事情比较难办，李慈林不是那么好说话的。"王海花心里也不抱什么希望，果然，一天晚上，李骚牯喝得醉醺醺的回来对她说："真丢人，你让老子去和慈林提甚么亲！慈林把我骂了个狗血喷头，他说看王海荣那没出息的样子，还想娶红棠，简直是癞蛤蟆想吃天鹅肉！"王海花不敢多说什么了，否则会招来李骚牯的打骂。王海花知道办团练的事情后，就告诉了弟弟，希望他也去报名参加团练，也许这样能有点出息，说不定得到李慈林的重用，把李红棠许配给他。王海荣却不敢去，害怕耍刀弄棒，还是老老实实租地主的田种，给人家打打短工踏实些。王海花气得发抖，真的是烂泥糊不上墙，活该他打光棍。

唐镇的人们纷纷赶往李家大宅门口，观看团练的成立大会。

王海花问陪在冬子床前的阿宝："你怎么不去看热闹？"

阿宝神情悲伤地摇了摇头："有甚么好看的，冬子的病要好不了，我连饭也不想吃。"

王海花摸了摸他的头："阿宝，你真是个有情有义的孩子。"

就在这个时候，李红棠和上官文庆拖着疲惫的步子，走进了山下的那片原野。原野上空无一人，冷冷清清。不远处阴霾笼罩下的五公岭上飘着淡淡的青雾，显得诡异和凄凉。

上官文庆说："奇怪了，今天田野上怎么一个人也没有，是不是人都死光了？"

李红棠说："你不要胡说八道。"

上官文庆说："是不是唐镇发生什么大事了？"

李红棠说："你怎么会有这样的想法？"

上官文庆说："感觉。"

他们快走到小木桥的时候，李红棠苍白的脸上飞起两朵红云："文庆，你不要和我一起走进唐镇。"

上官文庆微笑着说："好，我晓得你怕人家说闲话。你一个人归家去吧，我在那块大石上坐到中午再回去，这样就没有人会说什么了。红棠，你放心，我不会告诉别人这几天我们在一起的。快归家去吧，冬子一定急死了。"

李红棠羞涩地说："多谢你救了我。"

上官文庆微笑地说："你也救了我，要不是你，我现在变成鬼了。快归家去吧，不要和我客气了。"

李红棠点了点头，走上了晃晃悠悠的小木桥。

过了小木桥后，李红棠回过头张望，上官文庆坐在石头上，背对着她，看不清他的脸。

她心里酸酸地难过。

小街上也空空荡荡的，一个行人也没有。那些小店也关着门。人都到哪里去了？李红棠的心提了起来，难道唐镇人真的都死光了？冬子会怎么样？父亲会怎么样？她不敢往深处想，深一脚浅一脚地赶到了家门口。她家的门洞开着。她心想，冬子一定在家。唐镇人在白天家里有人的话，是不会关闭家门的。她迟疑地走进了家门，试探着喊了一声："冬子——"

正在楼上给冬子喂药的王海花听到了李红棠的呼唤，又惊又喜地对旁边的阿宝说："啊，红棠回来了！"

阿宝愣愣地望着她。

李红棠又喊了一声："冬子——"

阿宝这才惊喜地说了声："是阿姐归家了！"

阿宝几乎是滚下楼梯的。他看到李红棠，瘪瘪嘴巴，哭了："阿姐，你可归家了——"

李红棠感觉到不妙，说："阿宝，冬子怎么啦？"

阿宝说："冬子病了！"

李红棠赶紧上了楼，看到高烧中昏睡的冬子，她喊了声："冬子——"然后身体一瘫，"扑通"一声倒在了楼板上。

此时，不远处传来了鞭炮的响声。

王海花和阿宝知道，唐镇团练的成立大会开始了。他们的心里却担心着李红棠和冬子的安危。

第七章

灰头土脸浑身脏污的上官文庆回到家里,两个姐姐扑过来,分别抓住了他的左右手。她们凶狠地掐他的胳臂,咬牙切齿地骂他。

"矮子鬼,你死到哪里去了,你晓得姆妈多揪心吗?你再不回来,姆妈就要哭死了!"

"我掐死你,你把我们害惨了,你死到哪里去了呀!你还晓得归家,你死在外头好了!害人精!"

"……"

上官文庆被她们掐得龇牙咧嘴,可他没有叫出来,两个姐姐从小就欺负他,他已经习惯了忍耐她们的虐待,她们和父亲一样,认为他是这个家庭的耻辱,见到他不是打就是骂,她们和父亲一样也很少回家来,就是因为讨厌他。上官文庆其实已经饿得不行了,加上体力透支厉害,连叫唤的力气也没有了。

朱月娘奄奄一息地半躺在藤椅上,听到了女儿们的咒骂,睁开了被泪水糊住的眼睛,上官文庆的影子映入她的眼帘,她立马从藤椅上弹起来,大叫道:"我的心肝——"

她揉了揉眼睛，发现两个女儿在欺负儿子，不知从哪里来的力气，抓起一把笤帚扑过去，劈头盖脸地朝她们打过去。她们赶紧松开了手，跳到一边，面面相觑。朱月娘朝她们叫喊："你们这两个短命嫲，给我死走，走得远远的，我不要看见你们——"

她们站在那里，走也不是，不走也不是。

朱月娘又喊叫道："你们还赖在这里干甚么，这不是你们的家，快给我死走，看到你们我就要呕吐！你们气死我了！"

朱月娘见她们还是不走，就把手中的笤帚朝她们扔了过去。

她们这才期期艾艾地走了。

朱月娘蹲下身子，把上官文庆抱在怀里，颤声说："我的心肝哪，你可想死姆妈了，姆妈的心都碎了哇，我的心肝——"

上官文庆讷讷地说："姆妈，我饿——"

他突然想起了李红棠，李红棠不知道饿不饿，也不知道她有没有饱饱地吃上一顿饭。

李红棠悠悠地醒转过来，王海花给她端上一大海碗热气腾腾的米粉，她接过来，稀里哗啦地吃起来。阿宝说："阿姐，你慢点吃。"她对阿宝的话置若罔闻，很快地吃完了那碗米粉。王海花说："红棠，还要吗？我再去给你煮。"李红棠摇了摇头："不要了，我吃饱了。"阿宝问："阿姐，你到哪里去了？"李红棠苦涩地笑了笑："找姆妈去了。"王海花见李红棠没事了，就急着要走："红棠，冬子就交给你了，我家里还有一大堆的活没有做呢，我该归家去了。"阿宝说："这几天多亏海花婶婶了，没日没夜照顾冬子。"李红棠心里很过意不去："海花婶婶，给你添麻烦了！你走吧，我会照顾好冬子的。"王海花如释重负，匆匆离去。

……

李红棠让阿宝回家去了后，把家门关了起来，外面的喧嚣和她没有任何关系，父亲当不当团练的团总也和她没有任何关系，她不会去关心那些事情，她关心的是母亲和弟弟的死活。她烧了一大锅水，洗了个澡，换上了干净的衣服，然后又烧上了一锅水，她要给弟弟也洗个澡，他身上都有臭味了。她想，王海花没有给冬子洗过澡，顶多就是给他擦了擦身子。

李红棠给灶膛里添了些木柴，然后拿起木梳梳头发，她的头发很长很细，却有些干枯，还发现了不少白发。以前她的头发不是这样的，黝黑油亮的，很多姑娘和媳妇都十分羡慕，夸她的头发好。李红棠有些伤感，却又万分无奈，她也有爱美之心，可如果姆妈找不到，美又有什么用。现在，她担心的是弟弟的病……她把澡盆扛到了阁楼上，然后把烧好的热水提上了楼，又打了一桶凉水上去。李红棠调好水温，给冬子脱光了衣服，把他抱到了杉木澡盆里。

李红棠一阵心酸，冬子这几天瘦了，看着他一根根突出的肋骨，她的眼睛里积满了泪水。

李红棠轻柔地说："冬子，阿姐对不住你，没有照顾好你——"

她从头到脚，一点一点地把他身体的每个部位洗得干干净净，在她细心揉搓下，冬子的皮肤泛出微红。

额头上冒着汗珠的冬子说："阿姐，你在哪里？姆妈，你在哪里？你们怎么不要我了？"

冬子还在说着胡话。

李红棠将他抱起来，用干布帕擦干他的身子，然后把他放在了床上，给他穿好衣服，又把被子捂在了他身上。冬子一直在冒汗，她不停地替冬子擦去汗水，和他说着话。

"冬子，你醒醒，阿姐归家来了——"

"冬子，阿姐再也不会让你生病了，阿姐会好好照顾你的——"

"冬子，你忍心看阿姐心疼吗？你不是说，不惹阿姐伤心的吗？冬子，你赶快好起来——"

"冬子，阿姐答应过你的，一定会把姆妈找回来的——"

"……"

李红棠边说话边流泪，她把冬子的头搂在怀里，泪水落在了冬子的脸上。整个晚上，她就那样搂着冬子，轻轻地和他说话，泪水无声无息地淌下。天蒙蒙亮的时候，李红棠看着冬子从自己的怀里抬起了头。在如豆的油灯下，冬子睁开了清澈的眼睛，他动情地说："阿姐，我听到你的呼唤了……阿姐，我在一个很黑的地方走呀走，走不到尽头，我看不到阿姐，看不到姆妈，也看不到爹……我很冷，冷得像泡在冰河里，我觉得我要死了，甚么也看不到了，甚么也听不到了，我好害怕……阿姐，我听到你的呼唤了，我看到了光亮，是不是天光了？我看到你就在河对岸呼唤我，你在哭……我想朝你跑过去，我找不到桥哇，河水很大，很红，还冒着热气，我不顾一切地跳进滚烫的河水里，朝你游过去……有很多看不到头的人在河里拖着我的脚，他们要淹死我，阿姐，你在大声呼喊，我听到了，可我就要沉下去了，就要死了……阿姐，我感觉到你跳下了河，找到了我的身体，你抱着我往岸边游呀，阿姐……"

李红棠伸出颤抖的手，摸了摸他的额头。

她不敢相信，冬子的烧已经退了。

她又伸出另外一只手，摸了摸他的额头，没错，冬子的烧真的神奇地退了，他的病竟然好了。

李红棠惊喜地把冬子揽在怀里，轻轻地说："冬子，你没事了，没事了，阿姐在，你再不会有事了——"

冬子呜呜地哭出了声。

李红棠也哭了。

他们的哭声透过窗户的缝隙，在小镇上空回荡。

他们不知道，唐镇的未来是什么样的，他们的未来又是什么样的，这是唐镇最灰色的年月。

唐镇成立团练后的第五天，就发生了一件大快人心的事情。

那天天还没有亮，冷冽的风呼呼地穿过唐镇的小街，唐镇人就听到街上传来嘈杂的声音。天亮后，人们纷纷风传着："李慈林抓到抢劫朱银山家的流寇啦，大家快去看哪，那挨千刀的流寇被绑在李家大宅门口的石狮子上……"

李红棠这几天没有出去寻找母亲，而是在家照顾冬子。冬子大病后身体十分虚弱，她不能放下冬子不管。李红棠的回归和冬子怪病神奇的痊愈，唐镇人觉得不可思议，很多人私下里猜测着李红棠几天的失踪和冬子得病的关系，这对姐弟俩走在小街上时，会引来许多莫测和疑惑的目光。

病好后，冬子每天早上睡到很晚才醒来，李红棠也不会叫醒他，让他安详地沉睡。这天早上却不一样，他天还没亮就醒来了。李红棠也被他弄醒了，她现在特别的容易惊醒，只要有什么细微的声音，都会使她醒来。

她问冬子："阿弟，天还没亮呢，睡吧！"

冬子说："我睡不着了。"

李红棠说："为甚么？"

冬子说："心里不踏实。"

李红棠说："冬子，你心里有事？能和阿姐说说吗？"

冬子沉默了一会儿说："我梦见爹死了。他在一片野草地里，被好多人追赶着，那些人都拿着刀，嘴巴里不晓得叫唤着甚么。爹的脚底被什么东西绊了一下，扑倒在草地上，他来不及跳起来，就被追上来的那些人乱刀劈死。爹惨叫着，手被砍下来了，脚也被砍下来了，那些人把爹被砍下来的手和脚扔得远远的，爹再也喊不出来了，他伤残的身体到处都在冒血，血像喷出的泉水……爹的头最后被一个皂衣人砍了下来，皂衣人怪笑着，提着爹的头走了，不晓得跑哪里去了。我眼睁睁地看着爹被人杀死，我想过去救他，可是我动不了，好像两条腿生了根，怎么也动不了。我不晓得爹的头被砍下来的时候，他有没有看到我，我离他是那么近，就是几丈远，不晓得他会不会怨恨我没能够救他。爹死后，我还看到一个尼姑站在他无头的尸体旁边……"

李红棠听得心惊肉跳，马上制止弟弟："冬子，你不要说了——"

冬子说："我很担心爹会出什么事情。"

李红棠说："冬子，爹那么好的武艺，不会出事的，你放心吧，躺下再睡一会儿。"

冬子说："那么好的武艺有什么用，舅舅的武艺不是比爹好吗，可他——"

李红棠无语了，其实，弟弟的担心也是她的担心。

街上传来了嘈杂的声音。

冬子走到了窗前，推开了窗门，看到很多人举着火把，从小街的西头吵吵嚷嚷地走过来。

冬子赶紧说："阿姐，快来看——"

李红棠从床上爬起来，也走到了窗前。那些人走到近前时，他们看到两个被五花大绑的蓬头垢面的黑衣人被推推搡搡地押过来。李红棠觉得那两个人有些眼熟，可就是不知道在哪里见过他们。押解那两个人的就是李慈林带领的团练，李慈林走在中间，路过窗户底下时，他还仰起头，望了望自己的儿女，眼神十分诡秘。

李红棠发现了父亲诡秘的目光，心突然针扎般疼痛。

冬子也发现了父亲诡秘的目光，他也感觉到什么不妙，想起梦中的情景，甚至觉得父亲活着是虚假的。

唐镇要公开杀人了！

这天上午，唐镇街上挤满了人，人声鼎沸，除了唐镇的居民，邻近乡村的人也闻讯而来。李家大宅门口也围满了人，比唱大戏还热闹。李家大宅的大门洞开，大门口有两个持着长矛的团练把守着，人们进不到里面，也看不清李家大宅里的情景，看到的只是门里的一个照壁，照壁上有一条石刻的龙。人们对那两个捆绑在石狮子上的劫匪指指点点，还有人往他们身上吐唾沫。那两个劫匪头脸脏污，披头散发，身上的黑衣被撕得褴褴褛褛，累累的伤痕暴露在光天化日之下。他们一直张着嘴巴，仿佛要说什么，却像哑巴一样。

从李家大宅里走出愤怒的朱银山，冲着那两个劫匪破口大骂："天杀的恶贼，千刀万剐也难解老夫心头之恨哪！"他边骂边抢起手中的竹拐杖，劈头盖脸地朝一个劫匪乱打，打完这个劫匪又去打另外一个劫匪。那两个劫匪浑身抽搐，喉咙里发出喑哑的呜咽，痛苦万分。

有人问："朱老族长，你敢肯定就是他们吗？"

朱银山大声说："没错，就是他们，剥了皮也认得出他们！还有几个要不是逃跑了，也要抓回来杀头的，这些不得好死的畜生！"

李慈林和李骚牯带人出来了。

李骚牯瞟了朱银山一眼，目光有些慌乱。

李慈林对朱银山说："朱老族长，不要打了，要抓他们去游街了。"

朱银山恨恨地说："就是把他们打进十八层地狱，也不解老夫的心头之恨哪！"

李慈林放低了声音对他说："顺德公有事情找你，要把你被抢走的那个百宝箱还给你，快去吧！"

朱银山一听这话，马上就换上了一副奴性十足的脸孔，兴高采烈地进门去了，他积蓄了一生的那些金银财宝能够失而复得是多么高兴的事情，至于美貌的小老婆的死，显得微不足道。

李慈林吩咐李骚牯："把人带走，游街！"

两个劫匪仿佛知道游完街就要杀他们的头，浑身瘫软，瑟瑟发抖。他们是被团练拖出兴隆巷的。

小街上人山人海，像是要把窄窄的小街撑爆，就是这样，劫匪拖到的地方，人们还是会挪出一小块地方。有人的鞋被踩丢了，大声喊叫着："鞋，我的鞋——"他怎么叫喊都无济于事，没有人会去在乎他的鞋；也有人被推倒在地，惊叫着："踩死我啦，踩死我了——"要不是他爬起来快，也许真的就被踩死了，谁的脚在这个时候都没轻没重；也有姑娘被人乘机掐了奶子，她屈辱的骂声引不起任何人的注意。人们只是疯狂地朝那两个劫匪大声咒骂，手上有什么东西都朝他们砸过去，有的东西还砸在了持着明晃晃钢刀的团练身上，他们没有什么反应，满脸的肃杀。

冬子和姐姐没有到街上去，连同阿宝，他们一起在阁楼上看热闹，这种场景，他们从来没有见过。阿宝拉着冬子的衣服说："我好怕——"冬子什么话也没有说，看到那两个饱受千夫指万人骂的劫匪，他的脑海突然出现了中秋节那个晚上的情景，还有在野草滩上看到的那只腐烂的人脚也浮现眼前。李红棠看那两个人被缓慢地押过来，脑海一遍一遍地搜索着，使劲地回忆到底在哪里见过他们。

他们三人神色各异。

李红棠心里突然一沉。

她的眼前出现了这样一幅情景：两个讨饭的外乡人在山路中一个供路人休息的茶亭里歇脚，他们穿着破烂，冻得发紫的脸上没有一点光泽，目光黯淡，用异乡的话语在说着什么。

是的，李红棠记起来了，她在前往西边山地寻找母亲时见过这样的两个人，他们中一个年龄稍微大点，另外一个年轻些。在那个茶亭里，李红棠见到他们时，心里忐忑不安，她就一个人，这里前不着村，后不着店，他们要是歹人怎么办？听他们的口音，不是本地人，她从来没有离开过这片山地，对外地人心存恐惧。她站在茶亭的门口，不知如何是好。山路是从茶亭里穿过去的，她要往前走，就必须经过茶亭。

她在茶亭外犹豫。

年轻的那个人朝她笑了笑："姑娘，你不要害怕，我们不是坏人。"

他的笑容温和宽厚，不像奸诈之人。

那人又说："我们是安徽人，今年水灾，颗粒无收，没有办法糊口，就一路往南，要饭到这里。你不要害怕，真的，我们不是坏人，不会伤害你的。"

年纪较大的那人也说："姑娘，你不用担心，我们只是要饭的灾民。外面乱着呢，来到这里倒清静许多，你们山里人还都很好的，到谁家门口了，碰上吃饭时分，多多少少总能给我们一些饭吃。你过去吧，不要怕。"

李红棠壮着胆子走进了茶亭，然后快步穿过了茶亭中间的通道。

走过茶亭后，她回头张望，发现那两个可怜的人还在里面歇脚，在说着什么。

……

想到这里，李红棠对冬子他们说："你们千万不要出门，我出去一下，马上就回来。"

她就飞快地下了楼，打开家门，冲进了密密麻麻的人群。她使出吃奶的力气挤到了那两个劫匪的面前。两个劫匪低着头，被团练们一步一步缓慢地往前拖。李红棠弯下了腰,头勾下去,看他们的脸。李慈林发现了女儿,厉声对她吼道:"红棠,快滚回家去,你出来凑什么热闹。"

李红棠看清了他们的脸,尽管脏污,但是他们脸的轮廓没有改变。她心里哀绵地喊了一声:"可怜的人——"

她想大声地对父亲说:"爹,他们不是劫匪,他们只是安徽过来要饭的灾民!我见过他们的,你放了他们吧!"可是,在如潮的人声和父亲鹰隼般目光的注视下,她什么也说不出来,只是浑身发抖。她站在那里一动不动,嘴唇哆嗦着,彻骨的寒冷。

手握钢刀的李慈林跑到她面前,把她拨拉到一边:"快滚回家去,看好你弟弟!"

游街的队伍从她身边走过去,她被疯狂的人们挤到了街边上。

此时,有个老者在街旁的一个角落里,看着这一切,他浑身瑟瑟发抖,满目惊惶。他就是李时淮。他细声自言自语:"当初把李慈林一起结果了就好了,留下了一个后患哪!这可如何是好!"在他眼里,那两个劫匪仿佛就是自己。

李红棠没有回家。

她跟在人群后面,一直往镇西头走去。

一路上,李红棠神情恍惚,宛若游魂。

李慈林指挥团练们拖着那两个人走过小桥,朝五公岭方向走去,人们还是喧嚣着跟在后面。游完了街,他们要把那两个异乡人拖到五公岭去杀头。李红棠想不明白,为什么平常老实巴交的山里人,被什么邪魔蛊惑了,要去看残忍的杀人呢?

李红棠一直想冲过去和父亲说,他们不是劫匪,而是可怜的逃荒的人。

可她一直没有这个勇气,什么话也说不出来,只是像个木头人那样跟在人群后面。

阳光惨白。

这是正午的阳光，李红棠感觉不到温暖。

那两个人瘫倒在枯槁的草地上，人们围了一个很大的圈，里三层外三层地围观着。那些被人们踩压着的枯草和那些野坟包，都仿佛在沉重地呼吸。鬼气森森的五公岭从来没有如此热闹过，那些孤魂野鬼也在狼奔豕突，纷纷躲避着冲天的杀气。

李红棠站在人群中，木然地注视着那两个可怜的人。

杀人很快就开始了。

没有什么仪式，李慈林阴沉着脸对两个团练说："动手吧！"

那两个团练额头上冒着冷汗，握着刀的双手颤抖着，面面相觑，不敢下手。是呀，这毕竟不是杀鸡或者杀猪，这是杀人哪！这两个团练连伤人都没有伤过，何况是杀人。

李慈林吼道："动手哇！你们傻站在那里做甚么！"

两个团练脸色苍白，不光是握刀的双手颤抖，双腿也筛糠般战栗。

李慈林恼怒了："还不快动手！你们被鬼迷了？"

两个团练浑身也颤抖起来，豆大的汗珠从他们的额头上滚落。

李慈林对另外两个团练说："你们上！"

另外两个团练来到两个可怜人面前，换下了刚才的那两个团练，两个新上来的团练注视着瘫在枯草上的那两个可怜人，发现他们的裤裆湿了，一股连屎带尿的臭气弥漫开来。这两个团练也不敢动手，李慈林怎么催促他们，他们也不敢把高高举起的钢刀劈下去。钢刀在阳光下闪动着瘆人的寒光，人们纷纷叫嚷："砍下去呀，砍下去呀，杀了他们——"

李红棠的心在人们的叫喊声中变得特别孤寂和沉痛。

她根本就没有办法制止这场屠杀。

李慈林真的愤怒了，吼叫道："你们这样能够保护我们唐镇的父老乡亲？你们给老子滚下去！骚牸，我们自己上！"

他冲上去推开了一个团练，那个团练退到一旁，大口地喘息，面如土色！

李骚牸也冲上去，推开了另外一个团练。李骚牸不像李慈林那么坚定，他的目光充满了惊惶的神色。

李慈林大吼了一声，把刀举过了头顶。

他手起刀落，剁下了一个人的头，一股鲜血飙起来，喷射在他满是胡楂的脸上。

李骚牸闭上眼睛，举起钢刀，钢刀划出了一道弧光，落在了另外一个人的脖子上，鲜血飙起来，喷射在他刮不出二两肉的铁青色的脸上！

李慈林刀落下去的那一刹那间，人们屏住了呼吸，现场鸦雀无声。李红棠闭上了眼睛，心里哀叫了一声："爹，你是个刽子手——"

血腥味弥漫在这个乱坟岗上。

两股浓郁的黑雾从死者的身上升腾起来，弥漫了整个天空，那白晃晃的太阳也被浓郁的黑雾遮住了。

顿时，五公岭一片阴暗。

人群中却爆发出吼声："好！好！杀得好！李慈林是大英雄，李骚牸是大英雄，为民除害！"

李慈林的目光在人群中搜寻，搜寻李时淮或者他的家人。

李慈林十分失望，没有见到他想要见到的人。

他心里说："只要杀过一个人，再杀人，就利索了，李时淮，你们等着挨刀吧！"

李红棠仿佛听到了那两个鬼魂凄厉的号叫。

这时，一只孩童般的手拉住了她冰凉的手，她低头一看，是上官文庆，他仰着脸，悲哀地望着她。

123

李红棠挣脱了他的手。

他还是站在那里，仰着脸望着她，和她一样悲伤。

唐镇人得到了一个好消息，这个晚上，李家大宅外面的那块空地上又要唱大戏了。戏班子是什么时候进入唐镇的，唐镇人却一无所知，就像对当时戏班子是什么时候离开一样一无所知。这并不重要，重要的是唐镇人又有戏看了。现在是冬天，农闲时节，能够看大戏是多么畅快的事情！加上今天李慈林他们杀掉了让唐镇人谈虎色变的流寇，可谓是一大喜事，好心情看好戏应该是唐镇人最惬意的事情。

晚饭前，李慈林破天荒地回到了家中。

他来到家门口时，看到上官文庆往他家里探头探脑。李慈林和上官清秋一样讨厌这个侏儒，看见他好似见到鬼一样，心里极不舒服。李慈林一脚朝他踢过去，上官文庆"哎哟"一声滚在地上。李慈林恶狠狠地瞪了他一眼："滚开，丧门星，少让老子看到你！"

上官文庆抱头鼠窜。

李慈林进入家门后，顺手把门关上了。

他站在厅堂里喊道："红棠，出来——"

李红棠正在灶房里切菜，锅里在煮着稀粥。冬子坐在灶膛边的矮板凳上，往灶膛里添加干柴。他们都听到了父亲的喊叫，相互看了对方一眼，心里都在想，今天太阳打西边出来了，他还知道回家。李红棠比冬子有更多的复杂的情绪，但没有在弟弟面前表露出来。

李慈林又在厅堂里喊叫："红棠，你耳朵聋啦，老子唤你出来！你到底听到没有？"

李红棠无奈，只好放下菜刀，阴沉着脸走出来。

李慈林把一个布袋扔给她："拿去烧了，让你们好好吃一顿肉。"

　　李红棠接过布袋，布袋沉沉的，默默地回到了灶房里。她打开了那个布袋，发现里面是一块猪肉。冬子走上前，看到猪肉，两眼放光："哇，晚上有肉吃了！"李红棠的表情怪异，皱着眉头，胃里翻江倒海，强忍着不让自己呕吐出来，紧抿着嘴唇，一次次地把胃里涌出来的东西压回去。她不敢相信，看到过父亲杀人的人还敢吃他拿回来的猪肉。

　　李红棠闻到的尽是血腥味。

　　她忍受着巨大的折磨，焖好了一锅猪肉，然后把焖得香喷喷的猪肉端上了桌。之后，她一个人躲到了灶房里，坐在矮板凳上，愣愣地想着什么问题。她无法面对父亲，她想不明白，父亲竟然会变得如此凶残，竟然对两个逃荒要饭的可怜人下杀手。这是多大的罪孽呀！

　　冬子根本就不知道姐姐的心思，看到香喷喷的肉，就像看到了自己的命一样，狼吞虎咽地吃着。李慈林喝了口酒，粗声说："冬子，慢慢吃，你不是饿死鬼，你是我李慈林的儿子，你的好日子就要来了，以后天天让你吃肉，天天都是过年过节。"

　　冬子咽下一口肉，擦去嘴角流出的油水："爹，你说的是真的？"

　　李慈林点了点头："真的！你现在知道爹为什么总是不回家了吧，爹做的一切都是让你们能够过上好日子呀！你要理解爹，不要总是责怪爹，爹拼死拼活还不是为了你们！你以为爹是铁石心肠呀，不是！爹做甚么事情，心里都惦记着你们！明白吗？"

　　冬子摇了摇头："不是很明白。"

　　李慈林又喝了一口酒："你以后会明白的，不和你啰唆了！"

　　冬子突然说："姆妈要是能回来就好了。"

　　李慈林叹了口气说："那是她的命！"

　　冬子无语了。

李慈林朝灶房里喊道："红棠，你出来吃肉呀，躲灶房里做甚么？"

李红棠没有回答他，她没有胃口，什么也不想吃，特别是父亲拿回来的猪肉，散发着人血的味道。

厅堂里父子俩的对话她听得清清楚楚。

此时，李红棠特别想念母亲，过几天，等冬子的身体恢复了，还是要去寻找母亲。

她在没有得到母亲生死消息之前，决不会放弃！

唱戏的声音传过来。

李红棠没有丝毫的感觉。

她早就对这些东西淡漠了。

……

戏唱完后，李慈林又离开了家。他去哪里已经不重要了，对李红棠而言，她心中的那个父亲已经陌生，或者走向了另一极，她甚至对他充满了厌恶之感，她从来没有想过自己的父亲是个杀人不眨眼的刽子手，哪怕是他在她出生时想溺死她，哪怕是他经常对母亲施暴。她不能告诉冬子她所看到的一切，他还小，没有必要像她那样承受良心的残酷折磨。

这个深夜对唐镇一个比较重要的人物来说，同样也是一种折磨。

他就是团练的副团总李骚牯。

和李慈林一样，在李家大宅里，有他单独的一间房间，不像其他团练，十几个人住在一起，而且是住在李家大宅的外宅里，那些房屋是供下人住的。他和李慈林都住在堂皇的内宅里。

夜深了，李骚牯躺在眠床上辗转反侧，难于入眠。

想到白天杀人的情景，他心有余悸。

人被杀死后，人们都散去了，只有团练的人没走，还留在五公岭上。他们挖了一个大坑，把那两具尸体埋了。埋完死人后，李慈林把王巫婆用黄表纸画好的两张符咒用石头压在了坟包上，口中念念有词。

就在他们要走的时候，那两张符咒竟然飘了起来。

那时一点风也没有。

诡异极了，李慈林分明用沉重的石头压好符咒的，它们怎么就飘起来了？

他们异常地吃惊。

那两张符咒分别飘到李慈林和李骚牯的面前停住了，像是有两张有力的手掌，生生地把符咒按在了他们的脸上。

他们被一股巨大的力量推倒在地。

他们倒在地上之后，那两张符咒分别从他们的脸上飘起来，这时，有飕飕的阴风刮过来，那两张符咒被凛冽的阴风卷走，顿时无影无踪……

想起这事，李骚牯后怕。

他不知道李慈林会不会后怕。

很多时候，你一旦踏上了一条道路，就收不住脚了，会一直走下去，想回头都很难。李骚牯想到这里，浑身冰冷。现在他是无法回头了，要不是李慈林把他拉上这条道，此时，他会心安理得地和老婆王海花躺在一张眠床上，王海花虽说不是什么标致的女子，却也什么都不缺，可以满足他的欲望。

李骚牯的内心活动起来。

此时，他想用男人的冲动来抵抗杀人带来的恐惧。

"归家去！"他轻轻地自言自语。

欲火在他的体内燃烧。

他下了床，拿上了钢刀，出了房门。他穿过几条回廊，走到了

127

大门边。看守大门的团练说:"李副团总,你要出去?"

李骚牯低声说:"别废话!快把大门打开!"

那团练就乖乖地打开了大门,李骚牯匆忙走了出去。大门在他身后关上了,仿佛把他隔开在另外一个世界,如果说李家大宅是安全的,那么外面的这个世界是不是充满了危险?李骚牯有点后悔走出来,可他还是硬着头皮摸黑回家。冬夜的风刺骨,他呵着热气,仓皇地行走。

李骚牯往碓米巷自己家中走去,走着走着就走到了青花巷。青花巷有十几户人家,其中最大的一个宅子就是朱银山的家,在巷子尽头的那家陋屋里,住着沈猪嫲。

仿佛是有人把他推进了青花巷,他意识到了后背的那股力量。

青花巷里一片漆黑。

他什么也看不见。

李骚牯不知道自己走进了青花巷,还以为到了碓米巷。

黑暗中,他手中紧握钢刀,提防着有人向他下黑手,向别人下过黑手的人心里总是担心别人报复。他摸到了一家人的门边,轻轻地敲了敲门。不一会儿,门"吱哑"一声开了。门里一片漆黑,他还是什么也看不见,李骚牯嘟哝了一声:"烂狗嫲,出来开门,连灯也不点一盏。"他这话是责备老婆王海花的,却没有人理他,要是往常,王海花会回他的话。他伸手摸了摸,什么也没有摸到。李骚牯骂了声:"烂狗嫲,和老子捉迷藏?快去点灯,老子眼睛被什么东西迷住了。"还是没有人回答。他的眼睛又痒又痛,怎么睁也睁不开。今晚到底是怎么啦,王海花像鬼一样,不言不语。李骚牯使劲地揉着眼睛,心里异常烦躁,真想抓住王海花臭打一顿。

黑暗中,他听到了娇滴滴的笑声。

这是王海花的笑声?不像,她从来没有如此娇笑过!李骚牯想。

笑声过后，他手中的钢刀自然地脱落，"哐当"一声落在地上。一只手伸过来，拉住了他刚刚还握着钢刀的手。那只手柔软而又冰冷，他的手被冰冻，他想挣脱，那柔软的手仿佛和他的手长在了一起，他怎么甩也甩不掉。李骚牯倒抽了一口凉气！这不是王海花的手，她的手不会如此柔软，也不会如此冰凉，也从来没有这样紧紧地拉住他，就是一起在眠床上做那种事，王海花也是例行公事，不会和他过分亲昵。

　　这个黑暗中拉住他手的女人是谁？

　　他的心在颤抖，因为寒冷，抑或是因为这个神秘的女人？她的血是冷的，可她的手为何如此柔软？

　　那只手牵着他走进了一个房间。

　　又一声娇笑过后，那冰凉柔软的手松开了。他闻到了一股女人的味道。那种肥腻的女人味突然令他的头脑发热，他像狗一样抽动着鼻子，寻着女人的肉味摸索过去。他摸到了床，便不顾一切地扑了上去。床上躺着一个肥胖的女人，在他野兽般的攻击下发出了呻吟。突然有道血光刺激他的眼睛，在血光中，他看到一张鲜血淋漓的女人的脸，她眼睛发出绿莹莹的光……李骚牯大叫一声，从女人的身上滚了下来，掉在了地上。

　　他听到女人说："还没有尽兴呢，你怎么滚下去了？"

　　女人下了床，点亮了油灯。

　　他从地上爬起来，看到赤身裸体的沈猪嬷。

　　沈猪嬷也十分吃惊："啊，是你——"

　　李骚牯惊魂未定，说："撞鬼了，真是撞鬼了——"

　　他落荒而逃。

　　沈猪嬷颤声说："别走——"

　　……

李红棠在李驼子的寿店里买了纸钱香烛,独自朝五公岭走去。买东西时,李驼子见她神色仓皇,长长地叹了口气,他似乎明白李红棠的心事。李红棠离开后,李驼子还自言自语道:"造恶哟!"就在昨天,那两个死鬼游街时,李驼子关闭了店门,一个人坐在店里长吁短叹。

天很冷,旷野的风凛冽。

李红棠走到五公岭山脚下时,回过了头,上官文庆站在她的身后。

她叹了口气:"文庆,以后你不要总跟着我了,行吗?"

上官文庆摇了摇硕大的头颅,微笑地说:"我做不到。"

李红棠哀怨地说:"你这样跟着我,被人发现,会说闲话的。你应该理解我的苦处。"

上官文庆听了她这句话,转过身,慢慢地走了。看着他小小的背影,李红棠觉得上官文庆特别的凄凉。他是唐镇的可怜人,应该有自己的快乐,有自己的爱恋。李红棠明白他的心意,可是……她无奈地叹了口气。

李红棠来到了昨天杀人的地方。

这地方宁静极了,枯草凄凄。

那红色的新土堆成的坟包,是那两个异乡人的归宿,他们的魂魄能否飘回遥远的家乡,他们的亲人会不会像她寻找母亲那样一直追寻……李红棠在新坟前点燃了香烛。她把香烛一根根插在坟头,轻声地说:"你们一路走好哇,以后每年清明,我会来给你们扫墓,祭拜你们的,你们在这里没有亲人,就把我当你们的亲人吧——"

李红棠又点燃了纸钱。

纸钱的火焰中出现了两双凄惶的眼睛,李红棠看见了,她没有害怕。她对那两双眼睛说:"你们要是在阴间缺钱花了,就托梦给我,我就会烧给你们的。你们一路走好哇——"那两双眼睛淌下了清亮的泪水,清亮的泪水渐渐地变成了黏稠的血水。

一阵风呜咽着刮过来,把纸钱的灰扬起来,满天都是纸钱的灰,满天都是他们破碎的眼睛。

……

李红棠做完该做的一切,站起了身。

野风把她的头发吹得凌乱。

李红棠的目光落在了远处的唐镇上,唐镇像个风烛残年的老妇,在凛冽的寒风中颤抖。她不知道唐镇还会发生什么事情,反正她心里有种感觉,唐镇被一个巨大的阴谋笼罩着。

她突然想起了上官文庆。

她知道他并没有离开,还躲在某个地方,悄悄地注视着自己,她相信自己的判断。

李红棠大声喊道:"文庆,你出来——"

她喊了几声,上官文庆没有现身。她内心有点失落,只好离开这个地方。

其实,上官文庆真的没有离开。他躲在枯草丛中,一直注视着李红棠,迷茫的眼中积满了泪水,蜡黄的脸上没有了他标志性的微笑。自打从黑森林回来后,他的脸色就渐渐变得蜡黄,而且经常肚子疼痛。他不知道这是为什么。他也没有告诉任何人,也没有去找郑老郎中。上官文庆想,唐镇的土地庙马上就要落成了,等落成后,他要去求土地爷和土地娘娘,让李红棠找到母亲,让她头上渐渐变白的头发重新变黑,让她苍白憔悴的脸重新焕发出青春的红颜……

这是上官文庆淳朴美好的希望。

第八章

天越来越冷，早晨的时候，唐溪的流水没有冰冻，小沟小圳上的水都结起了厚厚的冰，人们呵出一口热气，很快就会变成寒霜。

这天，阿宝很早就起了床。准确地说，他是被父亲张发强吵醒的。张发强做好了土地庙里的木工活，承担了打造两个城门的任务，打造城门的地点就在土地庙外面的空坪上。无论做土地庙里的活，还是打造城门，都是公益的事情，做的是义务工，拿不到工钱。而这几乎要耗尽他整个冬季的时间，他发愁呀，这样下去，没有收入，过年怎么办？连过年割肉的钱都成问题，更不用谈给孩子们添新衣服了。他去找过负责修建城墙的朱银山，希望能够适当地给些工钱。朱银山就这样对他说："修城墙可是大家的事情哪，你看顺德公都拿出那么多的钱买材料，没有说句什么，大家都来出义务工，连邻近乡村的人都来了，都表示不要分毫的报酬，你怎么好意思伸手要钱呢？如果每个参加修城墙的人都要钱，那要多少钱？这钱又该谁来出？"张发强无语，再不好意思提了。张发强成天愁眉苦脸。今天一大早起来，就要去工地，他走时愤愤地将斧头砸在地上，骂了一声："修什么鸟城墙，还让不让人活了！"

斧头砸在地上的响声把阿宝吵醒了。

阿宝醒之前，正在做一个美梦。

他梦见了一个戏台，戏台上一个美丽的女子头上插满了闪闪发亮的花簪，她明眸皓齿，秋波流转，眉目传情，甩着长长的水袖，用甜美如莺的嗓音唱着戏文……戏台下面就是他一个人。这个美丽女子是专门为他一个人唱戏哪！阿宝心里流着蜜，那时，他是唐镇最幸福的人。他的美梦就这样残酷地被父亲的斧头击破了。自从唐镇有戏唱后，阿宝就迷上了看戏，每场必到，他想不明白，为什么自己的好朋友冬子不喜欢看戏呢？

阿宝起床后就溜出了家门。

他真希望一出门就可以听到有人说，晚上又有戏看了。

小街上的人行色匆匆，没有人说关于唱戏的事情。

他看到了王海荣。王海荣穿着破烂的棉袄，挑着一担畚箕，打着哆嗦，踉里踉跄地往镇东头走去。阿宝知道，王海荣也是去修城墙的。阿宝不知道为什么要修城墙，城墙修起来后会怎么样。反正他认为城墙和自己一点关系也没有，此时心中最惦念的就是唱戏。

也许是因为那个美丽的梦，他鬼使神差地走进了兴隆巷。

来到李家大宅门口，他看着李家大宅门口那片空地，心里若有所失。李家大宅的朱门被打开了，站在两旁持着长矛的团练对他虎视眈眈。阿宝有些胆怯，不敢往里面张望。他心里却认定，唱戏的人一直没走，就在李家大宅里面。他为自己这个想法吃惊。

他真想进入李家大宅看看，那个梦中的唱戏人是否安在。

他非但进不了李家大宅，还被守门的团练大声训斥："小崽子，探头探脑的想做什么，还不快滚！"

阿宝本来胆子就小，顿时心惊胆战，瑟瑟发抖。

阿宝怀着落寞和恐惧的心情，落荒而逃。

无论如何，他坚信那唱戏的人就藏在李家大宅里面。

阿宝没有能够进入李家大宅看个究竟，冬子却在这个上午进入了李家大宅。

李红棠在给冬子做完早饭后，把长长的辫子盘在了头上，用一块蓝花布包住了头，她不想让人看见花白的头发。然后，她又走上了寻找母亲的道路，现在，她要到唐镇东面的山里去寻找母亲。

临走前，她交代冬子："阿弟，你要乖乖的，阿姐出去，晚上不一定归家，也许一两天也不会归家，你要照顾好自己，等着阿姐归来。"

冬子说："阿姐，你不要找了，姆妈不会再归来了。"

李红棠摸了摸他的头："要相信姆妈还活着，阿姐就是死，也要把她找回来的。我们不能没有姆妈，对不对？"

冬子含着泪说："那我和阿姐一起去！"

李红棠说："别说傻话了，好好看着家，阿姐走了，记住，一定要等着阿姐归来，你可不要乱跑了！"

这个上午，冬子没有见到阿宝，阿宝也没有到他家里来。

阿宝一个人坐在唐溪边上的草地上，嘴巴里叼着草根，双目痴痴地凝视着汩汩流淌的清冽溪水，忘记了寒冷，那溪水里幻化出来的是那个梦中唱戏人的影像。那个人叫赵红燕。镇上看过戏的人，都知道那个当家花旦叫赵红燕。

冬子躲在阁楼里，想起了舅舅游秤砣。

游秤砣的音容笑貌活在他的心中。游秤砣曾经说过在这个冬天教他练武的，可他骑着白色的纸马飞走了。舅母他们也不见了，不知道是不是被舅舅带走了。他也希望自己和舅舅一起骑着白色的纸马飞走，他是多么厌倦唐镇无聊而又充满血腥味的生活。

阁楼里十分阴冷，冬子手脚冰凉，流下了清鼻涕。

父亲李慈林回到家里,他也没有发现。

李慈林在楼下叫道:"冬子,下来!"

冬子从遐想中缓过神,听到了父亲的喊叫。父亲的话他不敢不听,冬子赶紧连滚带爬地下了楼,站在父亲的跟前。李慈林的目光凌厉,冬子不敢和他对视。李慈林粗声粗气地说:"冬子,你记得我和你说过的话吗,我们的好日子来了!我说过,会让你过上衣食无忧的好日子!"

冬子没有说话,父亲说的好日子,在他的眼里是多么的虚幻,而且没有一点意义。

李慈林说:"跟我走吧!"

冬子这才说:"去哪里?"

李慈林有点恼怒:"去了你就知道了,问那么多做甚么!"

冬子无语。

李慈林神气活现地走在前面,一只手按在腰间挂着的刀把上,一只手大幅度地摇摆。冬子跟在他的身后,脸色发白,嘴唇哆嗦,他实在太冷了。街两旁店铺里的人见着李慈林,都出来和他打招呼。只有寿店的李驼子没有出来,他坐在店里扎着纸马,目光冷峻地看着李慈林父子从门口经过。

李慈林把冬子带到了李家大宅门口。

李慈林停下来,转回身,对冬子说:"现在明白了吗,我带你进大宅。"

冬子轻声说:"明白了。"

李慈林说:"那走吧!"

冬子有点犹豫,李慈林拉起他的手,朝里面走去。冬子像被劫持了一般,极不情愿地被父亲拖进了李家大宅。冬子从来没有见过这么大的宅子,穿过一个院子进入一个厅堂,走出这个厅堂又进入一条廊道,从一个拱门进去,里面又是一个院子,院子后面又是一

135

栋房子。来到这栋房子的大厅里，冬子见到了穿着白绸棉袍的李公公，他坐在太师椅上喝茶，龙头拐杖放在一旁。

李公公见他们进来，站起来，走到冬子的面前，叽叽地笑了两声："好俊秀的孩子！老夫怎么看都喜欢！"说着，他弯下本来就有点弓的腰，拉起了冬子的手，轻轻地摩挲。尽管冬子自从吃了他留下的蛇糖后，对他不是那么恐惧了，可李公公柔嫩的手掌摩挲他的手时，冬子还是有些不安，心里涌起怪怪的感觉，身上冒出了鸡皮疙瘩。冬子有好些日子没有见到他了，自从李公公在土地庙动工时出现在大庭广众之后，就很少走出李家大宅的门。

李公公是个神秘莫测的人。

李公公又说："孩子，你的手好凉哟！"

他转过头责备李慈林："你这个爹是怎么当的，孩子穿这么少，冻坏了可如何是好！"

李慈林站在那里，傻笑，什么话也没有说。

李公公的手松开了，朝厅里喊了一声："来人！"

从厅后闪出了一个中年妇女，站在李公公面前，弯着腰说："老爷，有什么吩咐？"

李公公说："吴妈，快去把那件棉袍拿来。"

吴妈答应了一声，迈着小碎步进去了。不一会儿，她手中捧着折叠得整整齐齐的白色绸子面料的棉袍，小心翼翼地走到了李公公面前。李公公笑着说："冬子，把你身上的烂棉袄脱下来。你看，都打满补丁了，又黑又脏，穿在你身上多么不配哪！快脱下，换上新棉袍，这可是上好的丝绵做里子的！穿上去，又体面又暖和！"

冬子不敢相信这是真的，站在那里不知所措。

李公公说："快脱下来，换上新的袍子。"

冬子手足无措，手心都冒出了冷汗，紧张得满脸通红。母亲游四娣从小就教育他，不要随便拿别人的东西，哪怕是金子，也不要拿。现在，李公公送他如此贵重的棉袍，冬子便自然地想起了母亲的教诲。

站在一旁的李慈林朝他喝道："不知好歹的东西，顺德公让你换上，你还磨蹭什么！"

李公公瞪了李慈林一眼："怎么能这样凶孩子！"

李慈林说："我错了，顺德公。"

接着，李慈林弯下腰，替冬子脱下了旧棉袄，换上了那件袍子。

李公公乐不可支，双手摆弄着冬子，左看看，右看看，说："真好看，看来老夫的眼光不错，一看就知道你要穿多长的衣服，你看，这袖子也正好，不长也不短！这袍子穿在你身上，都变了一个人了，多俊秀的孩子哪！奴才，不，不，老夫心里好欢喜哪！"

李慈林说："冬子，还不快多谢顺德公！"

脸红耳赤的冬子嗫嚅地说："多谢顺德公。"

李公公说："谢什么哪！以后我们就是一家人了哇！"

新袍子穿在身上，的确温暖，可他心里很不舒服，一点也不自然。他想把旧棉袄换上，那样心里踏实，旧棉袄是母亲一针一线缝出来的，穿在身上感觉不一样，可他不敢换回去。冬子不知道穿上这件新棉袍后，命运将如何被改变，其实，踏进李家大宅的那一刻起，他的命运已经在悄悄地起着变化，他已经和唐镇的所有同龄人都不一样了，包括阿宝。

李公公凝视着冬子，仿佛看到了童年的自己。

在京城里做香料生意的父亲没有破产前，也给他穿体面温暖的衣裳，经常带他出去会客，客人们夸他是个俊秀的孩子，年幼的李公公得到客人的夸赞，心里甜滋滋的。父亲是因为迷恋上了赌博而破产的。他把几个香料铺子赌掉了，又把在京城里置下的宅子赌掉了，甚至还把自己的老婆也典给了别人。变得穷困潦倒的父亲无法养活童年的李公公，想起了宫内一个常在他这里买香料的老太监。

老太监每次见到童年的李公公，都会伸出手摸他的脸，还开玩笑说："跟我进宫去吧，皇后一定会喜欢你的。"

父亲就带着他到紫禁城的西华门外的厂子去净身，那是一间破旧的小屋，小屋里有股奇怪的异味。他不清楚父亲为什么要带自己到这个地方，厂子里几个人漠然地注视着他，那是专门替人动阉割手术的刀子匠。他特别紧张，感觉到了不妙。果然，父亲和他们说了些什么后，刀子匠们就按住了他，把他牢牢地按在了案板上，仿佛他是一只待宰的羔羊。

他喊叫着，挣扎着，无济于事。

父亲抹了抹眼中的泪，出门去了。

刀子匠用白布把他的下腹部和大腿上部紧紧绑牢，然后用辣椒水洗涤他的下身。他睁大了惊恐的眼睛，哭喊着。那些刀子匠面无表情，沉默无语，好像在做一件和他们毫不相干的事情。其中一个刀子匠一手握着锋利的弯刀，一手捏紧他的阴茎与阴囊，然后用刀猛然将阴茎和阴囊从根部切下。他惨叫一声昏死过去。刀子匠冷漠地把一根白蜡针插入他的尿道，用绳子拴紧，用浸过冷水的草纸覆盖在伤口上，小心地包扎好。做完阉割手术后，不能马上卧床，刀子匠架着昏迷的他在屋子里走了两个多小时，然后才让父亲把他背回去卧床。整整三天三夜，他滴水不进，从疼痛中醒来，又在疼痛中昏睡，可怜的他像是在地狱里走了一遭。三天过后，拔掉白蜡针，他的尿喷涌而出，他的阉割才算成功，他的命运从此改变……父亲把他送进宫的那天，他冷冷地问父亲："我进宫了，你去哪里？"父亲含着泪说："我一路要饭回家乡去。"他记得那个地方，他就是在那个叫唐镇的地方出生的，懂事后才被父亲连同母亲一起接到京城。他没有再说什么，默默地跟着那个老太监进了紫禁城……

李公公长长地叹了口气。

他伸出手,轻轻地摸了一下冬子的脸。

沈猪嬷神清气爽。

她挑着一担水灵灵的青菜走在小街上,逢人就给个笑脸,唐镇人也觉得她变了个人,那张猪肚般的脸似乎也开出了花,中看多了。有人对她说:"沈猪嬷,是不是余狗子把你弄舒服了,如此开怀?"沈猪嬷就面带桃花地呸了那人一口:"是又怎么样?不是又怎么样?你管得着老娘欢喜吗?"那人笑着摇头离开。

她开心是因为李骚牯。

沈猪嬷终于知道那个深夜摸进房间的男人是他,她有了个准确的目标,不用那么辛苦地寻找了,在此之前,她几乎把唐镇清瘦的男人都怀疑了一遍,没有找出答案。她也一直期待在余狗子去赌博的寂寞夜晚,那人能够再次进入她的房间,现在如愿以偿。沈猪嬷觉得自己枯萎的生命之花再度开放。

以前,沈猪嬷根本就瞧不起李骚牯。

他是个什么样的人?是唐镇一个没有出息的男人,家里穷得叮当响还不算,讨了老婆后,还经常跑到屎尿巷里听女人撒尿,偷偷地趴在地上,透过茅房门底下的缝隙,看女人屙屎。某天晚上,他偷看一个女人时,被那女人的老公抓到,他的头被按在了茅坑里,弄得满头满脸全是臭屎……这样一个男人,有哪个女人会看得起他,就连他的老婆王海花也瞧不起他,在背后咒他:"短命鬼!"

沈猪嬷发现自己错了。

以前都走了眼,看错了这个干瘦的男人。

他的床上功夫竟然这么好,她的肉体被下作的余狗子拿去还过多次赌债,就没有碰到过一个能够让她满足的男人,那些烂赌鬼都是些不中用的东西。她的命运如此悲凉,嫁给余狗子后没有过上一天好日子,如果有个男人能够让她满足,她也会觉得人生有些灿烂阳光。她早就看穿了，活着就是这么一回事，还不是为了两张嘴，上面的嘴巴吃不上什么好东西，也应该让下面的嘴满足，这样不会白活一生一世。李骚牯给她带来了希望和幻想，她相信，李骚牯还会在深夜爬上她的眠床。

李骚牯的身份可是和从前不一样了，现在是唐镇团练的副团总，谁不对他刮目相看？他还用得着去屎尿巷听女人撒尿，或者偷看女人屙屎？他想要个女人睡睡还不容易？如果沈猪嬷真的傍上了他，他难道不会保护她？就是她在屎尿巷说别人的闲言碎语，也不会有人敢随便地打骂她了……想着这些问题，沈猪嬷心里能不乐开花吗？就是在梦中，也会笑醒！

沈猪嬷的菜卖得差不多了，把给胡喜来留的菜送到了小食店里。

胡喜来在木盆里洗猪大肠。

沈猪嬷弄不明白，为什么那么多人喜欢吃臭烘烘的猪大肠，她就不喜欢吃，上次从胡喜来这里偷回去的猪大肠，她一口没吃，全部被如狼似虎的余狗子和孩子们吃光了。

沈猪嬷喜形于色的样子让胡喜来十分不爽，他没好气地说："沈猪嬷，你捡到金元宝了？你的牙齿都笑掉了！"

沈猪嬷说："比捡到金元宝还好的事情都被老娘碰到了，气死你这个老乌龟！"

胡喜来总是那么大的火气："把菜放下就滚蛋吧，不是你的菜好，老子懒得理你这个千人屌万人干的烂狗嬷！"

胡喜来如此恶毒的咒骂，她也不恼火，笑着离开了。

胡喜来恨恨地说："这妇人是疯了！"

沈猪嬷走出店门，李骚牯阴沉着脸走过来，她笑脸相迎。没想到，李骚牯压根就没拿正眼瞧她，不认识她似的，从她身边走过，扬长而去。沈猪嬷痴痴地望着他的背影，自语自言道："这官人好神气哟,是个男人!"她想,李骚牯肯定不可能和她在大庭广众之下眉来眼去,她期待着深夜和他的碰撞。

沈猪嫲根本就想不到,李骚牯是她的灾难。

李家大宅后院的一个密室里,李公公和李慈林在油灯下商量着什么重大的事情。李骚牯操着刀,带着几个团练在李家大宅里巡逻,李慈林特别交代过他,要注意安全,现在是关键的时候。

李骚牯不清楚李公公和李慈林在密谈。

李慈林说:"顺德公,唐镇基本没有甚么问题了,主要的人都控制在我们手上。游屋村是唐镇底下最大的村,游秤砣死后,村里的一些重要人物也被我控制,他们的村团练也成立起来了,会听命我们。唐镇范围内的其他乡村,也都成立了村团练,这些武装都在我们的掌控之下,不会有甚么问题了。现在,唐镇的民心都向着顺德公,我看时机成熟了。"

李公公的手托着光溜溜的下巴,沉思了一会儿说:"还是要做好各种准备,千万不要出什么纰漏……"

李慈林说:"好!"

李公公沉吟了会儿说:"李时淮捐了不少银子,你以后对他客气点。"

李慈林咬着牙说:"我恨不得一刀劈了他!"

李公公说:"克制,你一定要克制!小不忍则乱大谋!等我们完全掌控了唐镇的局面,由你怎么处置他!"

李慈林点了点头。

……

李骚牯带着两个团练来到左院外面,两个团练都一手提着灯笼,一手操着钢刀。左院是李家大宅里独立的一个院落。唯一通向这个院落的圆形拱门紧紧关闭,李骚牯来到门前,推了推,然后又拿起锁住门的铜锁看了看。李骚牯正要离开,有女人嘤嘤的哭声从左院里面飘出来。

李骚牯心里咯噔一下。

她为什么要哭呢?

李骚牯心里生起一股凉气,想起那张美貌的脸,浑身禁不住颤抖。

一个团练问他:"李副团总,你这是——"

李骚牯努力平息着自己紧张的情绪,慌乱地说:"没甚么,没甚么。我是尿急了!"

光绪二十九年十一月十五,黄道吉日,是唐镇土地庙落成后开光的日子。唐镇又像过年过节一样热闹,人们准备了猪鸡鱼三牲祭品,等请神仪式完成后,拿到庙里去祭拜祈福。这天,修城墙的工地停工一天,所有人都要参加请神仪式。李红棠这天没有出去寻找母亲,她也要去祭拜土地,希望土地公公和土地娘娘降福于她,让她早日找到母亲。她一早起来,把渐渐变白的头发梳好,扎上辫子,盘在头上,用蓝花布包上。今天,她还挑了一身平时舍不得穿的半新的衣裳穿上,这样穿戴齐整去拜土地,显得心诚,她一直认为心诚则灵。时候一到,她就带着穿着白棉袍的弟弟走出了家门。

李红棠姐弟走在镇街上,还是吸引了众多的目光。李红棠的脸色苍白憔悴,可难以掩盖她的秀美和婀娜身姿,冬子的俊秀挺拔自不必说,他们就是一对金童玉女。许多人私下里说:"你看李慈林那五大三粗的样子,怎么就能弄出如此标致的一双儿女?"许多没有结婚的后生崽也偷偷地用冒火的目光瞟李红棠,要是别的姑娘,他们会上前挑逗,对李红棠,他们不敢轻举妄动,他们害怕李慈林,谁敢动李红棠一根毫毛,李慈林还不活劈了他。他们只能在内心表达对李红棠的爱慕,他们私下里说,谁要是娶了李红棠,那是天大的福气。

在这些人中，有两个人的目光和别人不一样。

一个是王海荣。王海荣站在一个巷子口，目光紧紧地瞪着李红棠，喉头滑动着，吞咽着口水。这个时候，他做出了一个重要的决定，加入团练！这也许能给他带来一些机会，也许可以改变卑贱贫苦的人生，或者可以成为李慈林的乘龙快婿。

还有一个人就是上官文庆。他的脸消瘦了许多，脸色蜡黄，他躲在一个角落里，用无神的目光注视李红棠。他的身体越来越差，好像很快就要死了。他的母亲朱月娘也发觉不对，带他到郑士林老郎中那里看过，郑士林给他看完后，皱着眉头说："文庆的虚火很旺，先开点药给他调理一下再说吧。"朱月娘带儿子走后，郑士林对儿子郑朝中说："上官文庆中了毒，可我不知道是什么毒，这种毒会不会要他的命，我也不清楚，给他开了打毒固元的药，不知道能不能起点作用！"郑朝中点了点头。郑家父子的话，上官文庆自然听不见，可他真的有种预感，自己快不行了。他想，自己死了不要紧，希望自己死之前，能够看到李红棠的母亲归来，能够看到李红棠开心的笑脸。

李红棠对那各种各样的目光无动于衷，包括王海荣和上官文庆的目光。

焕然一新的土地庙，仿佛让唐镇人看到了希望。

土地庙里的神龛上，土地爷和土地娘娘的塑像被红布遮盖着，要等请神仪式结束后，红布才能揭开，披在塑像身上，然后，会由壮实的年轻人抬着，在唐镇的街道小巷和田野上出巡一遍。

请神仪式在正午开始。

土地庙门口的那棵古樟树，披红挂彩。古樟树前面用木头搭建了一个两米多高的坛子。正午时分，阳光绚烂，唐镇百姓都聚集到土地庙前的空坪上。李公公也来了，各族的族长也都来了，他们站在第一排。李公公穿着黄色的丝绸棉袍，面带诡秘的笑容，身后站着带刀的李慈林和李骚牯，他们的脸色凝重肃杀。

请神仪式由朱银山主持。

朱银山站在坛子前，拖长了声调说："请神仪式现在开始，放炮——"

顿时，鞭炮声噼噼啪啪响起，几杆土铳齐放，响声惊天动地，很多人用双手捂住了耳朵。

鞭炮和土铳的轰鸣声沉落下来。

朱银山又拖长声调说："王巫婆上台请神——"

大家的目光落在了坛子右侧几丈远处的王巫婆身上。王巫婆穿着一身五色的衣服，戴着一顶五角的布帽子，每个角一种颜色。她的这身打扮在冬子眼里，就是一只花蝴蝶。她松树皮般的脸是褐色的，浑浊的眼睛里透出一股摄人心魄的灵异之气。她的两手各攥着一束点燃的长香。

人们的目光里出现了惊恐的神色。王巫婆是个让人恐惧的人，基本上不和唐镇人有什么深入的交往，成天躲在家里，只是有人请她去做事，她才会出门。据说她有各种各样的符咒，那些神秘的符咒有着惊人的作用，比如，你喜欢上了某个人，王巫婆就可以给你张画满符咒的黄表纸，想办法把符咒烧成的灰放在茶里给你喜欢的人喝了，对方就会着了魔般地跟着你……没有人敢对王巫婆不敬，包括唐镇最清高的郑士林老郎中。王巫婆做法时，人们都会抱着一颗敬畏之心，生怕被她看出来不敬后降祸在自己身上。

王巫婆攥着长香的双手舞动着，不停地在原地旋转，越舞越快，越转越快，不一会儿，她就变成一团模糊的彩色幻影，头脸身体都看不清楚了，她的嘴巴里飞快地吐出一串串谁也听不懂的尖锐的咒语，尖锐的声音在阳光中打着旋子，无限地飞升……唐镇人相信，神真的附在了她苍老的身体上。

王巫婆竟然在飞速的旋转中飞了起来，那团彩色的幻影腾空而起，落在了两米多高的坛子上。

　　大家目瞪口呆。

　　王巫婆停止了旋转，跪在了坛子上，紧闭双目，口中还是念叨着谁也听不懂的咒语。

　　就在这时，有人抬头望了望天，惊呼道："天狗食日！"

　　天空中的太阳一点一点地被蚕食，一点一点地变黑……天狗食日是十分罕见的事情，而在这样重要的日子出现，像有什么惊天的预兆，仿佛有什么灾祸会降临到唐镇。人们顿时惶恐不安。连唐镇人的主心骨李公公也惊骇不已，连声说："不妙，不妙——"

　　跪在坛子上的王巫婆突然睁开了眼睛，咒语声戛然而止。

　　她缓缓地站起来，脸皮抽动着，浑浊的眼中惊恐万状。

　　她喃喃地说："要有大事发生了，不晓得是好事还是坏事……"

　　王巫婆的话说出口后，唐镇人骚动起来。

　　李公公站在了木坛下，稳定了情绪，挥着手中的龙头拐杖，大声说："父老乡亲们，大家不要慌，听老夫说几句。今天是个好日子，不会有事的，我们一起向土地爷和土地娘娘跪拜，保佑唐镇平安，风调雨顺，大家没病没灾……"李公公说完，就走进了土地庙里，揭掉了土地爷和土地娘娘头上的红布，焚香跪拜。

　　他的双膝落地，跪在了神龛下。

　　庙门外的百姓也纷纷跪下，顿时，祈祷的呼号声响起。

　　冬子也跪下了。

　　可他没有说话，头一直仰着。

　　他看着天狗渐渐地把太阳无情地吞没。

　　天地一片黑暗，从来没有过的黑暗，让人窒息的黑暗。冬子想，这是一场噩梦，比中秋节夜里那场噩梦还恐怖的噩梦！他感觉到唐镇真的要发生翻天覆地的大事了，他从来没有如此清醒地感觉

145

到唐镇的危险。

呼号声越来越响,在黑暗中冲撞。

呼号声中还夹杂着哭声。

黑暗没有持续多久,天空就亮出了弯弯的细细的一条金线。

金线发出刺眼的光芒,冬子的眼睛被灼伤,疼痛极了。

渐渐地,太阳一点一点地露出颜面,大地也渐渐明亮起来。就在太阳圆圆的脸全部露出来时,人们看到天空中飘下一块黄布。那块黄布吸引了所有人的目光,他们跪在那里,抬头仰望那块缓缓飘落的黄布,人们的表情各异……

第九章

那块黄布飘落在上官文庆的头上。他伸手把神秘的黄布抓下来，摊开来看了看，上面写着两行字。上官文庆没有上过私塾，根本就不知道黄布上面写的什么。人们都站了起来，默默地把目光聚焦在上官文庆手上的黄布上。王巫婆站在木坛子上，惊恐地俯视着唐镇唯一的面色蜡黄的侏儒。他的父亲和两个姐姐都用厌恶的目光瞪着他，在这样的场合，上官文庆给他们带来的耻辱被无限地放大了。朱月娘的目光却充满了怜爱和担心。其实，人们心里都忐忑不安。可怕的寂静使上官文庆瑟瑟发抖，仿佛手上捧着的那块黄布是一场灾祸。他突然担心自己会被邪恶的命运夺去生命，夺去心中的爱。

李公公走了过来。

他神色古怪地朝上官文庆逼过去。

李公公每迈出一步都是那么沉重，像冬子的心跳。李公公所到之处，人们纷纷闪开，让出一条过道。

李公公高大的身影像一团乌云朝上官文庆覆盖过来。

彻骨的冷！上官文庆的心被冰块划得疼痛。

李公公站在上官文庆的面前，挡住了阳光。侏儒的脸一片阴霾，牙关打战，双手发抖。李公公朝他阴恻恻地笑了声，伸出长长的手，轻轻地把那块黄布取了过来。上官文庆好像被抽掉了筋，摇摇晃晃地倒在了地上。朱月娘惊叫了一声，朝他扑过去，把昏迷不醒的儿子抱在了怀里，眼泪扑簌簌地掉落。

李公公意味深长地看了看这对母子，转过身，大声说："余老先生呢？"

余老先生是唐镇最有学问的人，他也在人群中，听到李公公的叫唤，他举着手说："顺德公，老夫在此！"

李公公走到了坛子底下，面对着人们说："大家让让，余老先生你过来。"

余老先生颤巍巍地走出人群，来到了李公公面前，毕恭毕敬地对李公公说："顺德公有何吩咐？"

其实刚开始时，余老先生也和很多唐镇人一样，心里瞧不起李公公，一个太监有什么了不起，凭什么在唐镇高人一等。自从李公公总是在唐镇请戏班唱戏，他对李公公的看法有了些许的改变，余老先生可是个戏痴，有戏看，比吃山珍海味还欢喜。

李公公把手中的黄布递给他说："余老先生，你看看这上面写的是什么？"

余老先生接过来，摊开一看，上面的字体是小篆，写字的人还是有几分功力的。余老先生看完后，浑身颤抖，大惊失色："啊——"

李公公见状，焦虑地问："余老先生，这上面到底写的是什么？"

余老先生结巴起来："这、这、这——"

大家心里也捏着一把汗。

李公公说："余余先生，你不要急，慢慢说。"

余老先生说："我、我不敢说哇，这、这可要杀头的！"

李公公说:"你说吧,没有关系的,这是上天降落下来的天书,又不是你写的,你说出来,我们都可以给你作证,没有人会杀你的头。"

余老先生看了看李公公,又看了看焦急等待的人们,额头上冒出了一层细密的汗。

李慈林粗声粗气地说:"余老先生,快说吧!谁敢杀你的头,我就砍了他的脑袋,你一百个放心,快说吧!"

李慈林的话好像起了作用,余老先生擦了擦额头上的汗,颤声说:"上面写着八个字,这八个字是——"

余老先生停顿了一下说:"清朝将亡,顺德当立——"

站在后面的一个人说:"余老先生,你大点声好不好,我没有听见!"

余老先生似乎是豁出去了,提高了声音:"清朝将亡,顺德当立——"

大家都呆了,面面相觑。这话要是传到官府,真的要杀头、灭九族的。

沉默,一片沉默。

余老先生说完后,快虚脱了,把背靠在坛子的柱子上,喘着粗气。

李公公脸上一点表情也没有,像尊塑像。

这时,王巫婆突然大声说:"这是天意哪,天意哪——"

李慈林也突然大吼道:"天意不可违啊,老天爷要顺德公当我们的皇帝——"

说完,他跑到李公公的面前,"扑通"跪下,边磕头边喊着:"万岁,万岁,万万岁——"

全场的人都呆了。

紧接着,李骚牯也跑到李公公面前,跪下来,边磕头边喊:"万岁，万岁，万万岁——"

王巫婆也在坛子上跪下，山呼万岁。

朱银山也跪了下来，山呼万岁。

几个族长也跪了下来，山呼万岁。

像是被传染了一样，黑压压的人群纷纷跪了下来，"万岁"声如潮水般响起，不绝于耳。

只有冬子和李红棠迷茫地站在那里，宛若置身梦境之中。

……

唐镇变了天，李公公摇身一变，成了唐镇的皇帝。

李公公准备在城墙修好后再择个好日子登基，唐镇人觉得有个自己的皇帝也是很好的一件事情，李公公仿佛给他们带来了新的生活，一种区别于过去平静如水的充满刺激的生活。就拿修城墙来说吧，尽管他们出的都是义务工，没有分毫报酬，可这件事情让他们在寂寞的冬天有了事情可做，而且是件有意义的事情，自从那天在土地庙门口拥戴李公公为皇帝后，他们干得就更加起劲了，他们必须拥有自己的防御工事，因为他们都成了朝廷的叛敌，假如走漏了风声，官兵杀过来，他们都会成为刀下鬼。所以，唐镇人修建城墙关系到自己的生死，士气空前高涨，速度明显加快了。李慈林的团练也加紧了操练，他亲手教他们练习刀枪剑棒，游老武师留下来的关于不轻易授徒的训诫也被忘得干干净净。李慈林觉得离报仇的日子越来越近，心里就莫名地兴奋，更让他兴奋的是，突然拥有的权力。

王海荣真的是想参加团练了。

他抽空找到了姐姐王海花。

王海荣在晚饭后来到姐姐家里。

王海花正在灶房里洗碗，见他进来，不冷不热地说："你来了。"

王海荣笑嘻嘻地走进灶房："阿姐，我帮你洗吧。"

王海花说："男人应该在外面打天下，洗碗算甚么！要向你姐夫学习，做个有出息的男人，你再这样下去，一辈子也是帮人做短工的命，有谁家的姑娘肯嫁给你？你就等着打一辈子光棍吧！"

她的口气变了许多，真是夫贵妻荣呀，如今李骚牯的地位不一样了，是皇帝手下的红人了，她对丈夫的看法也有了改变，说话底气也足了。

王海荣说："阿姐，我错了。"

王海花说："你有什么错？"

王海荣说："我后悔没有听你的话，去参加团练。"

王海花说："什么团练呀，马上就要改成御林军了，等改成御林军，你姐夫就是将军了！明白吗？不过，和你说再多，也是浪费我的口水，你那番薯脑袋想不明白的。"

王海荣说："我想明白了，这样下去真的不行。"

王海花说："你现在想明白太迟了。"

王海荣说："不迟吧。我想参加团练！"

王海花说："真的？"

王海荣点了点头说："真的，我已经下定决心了。"

王海花叹了口气："不知道他们还要不要人了，现在参加团练都要走后门，并不是谁想进去就能进去的，你姐夫说，现在可严了！"

王海荣说："我姐夫不是有权吗，进一两个人还不是他一句话的事情。"

王海花说："权是有点权，可进人他还是说了不算的，没有李慈林点头，你姐夫就是说破大天也没有用！"

王海荣说："姐夫和李慈林的关系不一般，我想只要姐夫肯帮忙，在李慈林面前美言几句，李慈林还是会给他面子的。"

王海花想到这段时间李骚牯对她也热情了些,经常半夜三更回来求欢,或许和他说说弟弟的事情,他会上心。王海花说:"我和他说说看吧,不过,我不敢给你打包票的,能成就成,不成我也没有办法。"

王海荣高兴地说:"多谢阿姐了,我就晓得阿姐心疼我。"

王海花说:"去去去,甚么时候嘴巴变得这么甜!"

就在这时,李骚牯回来了。他一进屋就把挂在腰间的刀取下来,往桌子上一放,坐在板凳上,冲灶房里喊道:"上茶!"

王海花把茶壶递给弟弟:"快给你姐夫倒茶,好好拍拍他的马屁!"

王海荣屁颠屁颠地走出去,给李骚牯筛了一杯茶,放到他的面前。

李骚牯斜着眼睛瞥了他一眼:"你怎么来了?"他对这个小舅子从来都没好脸色。

王海荣满脸堆笑:"没事就过来看看阿姐。"

李骚牯喝了口茶,冷淡地说:"有甚么好看的,再看还不是那样!"

王海花从灶房里走出来,笑着说:"今天这么早就归家了呀,我还以为你不回来了呢。吃过饭没有?没有的话,我去给你做!"

李骚牯说:"吃过了,忙了那么久了,现在事情终于有眉目了,慈林老哥让我早点回家睡个好觉,接下来还会更忙的,不好好休息休息,累都累死了,你以为做点事情那么容易!"

王海荣说:"姐夫辛苦了。"

李骚牯又瞥了他一眼:"对了,你这个人平常不登门,今天登门一定有甚么事情,说吧!"

王海荣的脸一阵红一阵白,他不好意思向姐夫开口,不住地用目光向姐姐求援。

王海花笑了笑说："骚牯，阿弟他有件事情想让你帮忙。"

李骚牯瞪了她一眼："我和你说过多少次了，一点记性都没有，不要再叫我骚牯了，我现在是唐镇有头有脸的人了，这样叫你不嫌丢人？你应该叫我'官人'，像唱戏的那样！对了，有甚么事就直说，吞吞吐吐的，憋屎呀！"

王海花笑笑："好，以后叫你官人！官人，是这样的，阿弟他想加入团练。"

李骚牯看了看王海荣，冷笑着说："嘿嘿，就你也想当团练？你敢杀人吗？你怕死吗？我看还是算了吧，你老老实实地干你的农活，比什么都好！你别看我们现在吃香的喝辣的，我们成天都把脑袋挂在裤腰带上！"

王海荣的脸憋得通红："我不怕死，姐夫叫我做甚么我就做甚么，姐夫指东我绝对不会打西，杀人，我敢，敢！"

李骚牯说："拉倒吧，就你——"

王海花说："官人，你就帮帮他吧，你不看僧面也看佛面，我就这么一个弟弟，你就忍心看他穷困潦倒？"

李骚牯喝了口茶，一手拍在刀鞘上："好吧，我和慈林老哥说说，他要同意，我也没意见，他要不同意，我也没有办法！我丑话说在前面，团练可不是那么好当的，你要是怕死，吃不了苦头，现在还来得及收回你的请求，穿上了团练的衣服，就由不得你了，你的一切，包括你的命，也都是顺德皇帝的了！"

王海花连忙对弟弟说："还不快谢你姐夫！"

不要说谢了，就是让他给李骚牯下跪，他也不会推辞，王海荣兴奋地说："多谢姐夫了！"

李骚牯挥了挥手："谢个屁！好了，你回去吧！有消息我会告诉你的！海花，去给我烧洗脚水，老子要困觉了！"

王海荣轻飘飘地走在回家的路上，充满了希望，仿佛幸福生活伸手就可以触摸到。他甚至想到了和李红棠入洞房的美好情景,李红棠还柔声地唤他官人,他的心里真的乐开了花。

他喜气洋洋地走进一条巷子,脚下被什么东西绊了一下,一个趔趄摔了个狗吃屎,下巴都快磕掉了,一阵阵地刺痛!

他恶狠狠地骂了声:"哪个乌龟崽使的绊,不得好死!"

突然,他听到了"叽叽"的笑声,那笑声阴冷诡异。王海荣脸皮上冒出了鸡皮疙瘩,恐惧而又警觉地说:"谁——"

一个无力的声音从某个角落里传来:"乌龟崽,你要是真心喜欢李红棠,如果你还是个男人,就去向她表白,陪她一起去找她姆妈!"

王海荣听出来了,这是上官文庆的声音。

他喊道:"矮子鬼,屌你老母的,给我滚出来,看我揍不死你!"

上官文庆没有再说话,巷子里一片死寂。

王海荣站了一会儿,觉得不对劲,于是,在寒冷的风中一路小跑回家,他总觉得身后有个人跟着自己。

修城墙也好,唱大戏也好,李公公当皇帝也好……李红棠都没有兴趣,那都是别人的事情,和她无关。她心里想的最多的还是母亲,还是要继续找下去。这天晚上回家后,她发现弟弟不在家,心一下子提到嗓子眼。李红棠冲出了门,刚好看到缓缓走过来的上官文庆。上官文庆是病了,不知道他得的是什么病,病了的上官文庆这些天没能跟她去寻找母亲,但他每天都在镇东头进入唐镇的路口等她,回唐镇时,李红棠总是不让他和自己一起走。

她虚弱地说:"文庆,你见到阿弟了吗?"

上官文庆摇了摇头:"没有,他不在家?"

李红棠焦虑地说:"这可如何是好,阿弟不会出什么事情吧?"

上官文庆说:"红棠,你莫急,我们分头去找。"

李红棠心想,只能如此了,便朝他点了点头。

李红棠想,冬子会不会在阿宝家。她敲开了阿宝的家门,开门的是疲惫的张发强。张发强嘴巴里咀嚼着什么东西,见到惊惶的李红棠,就把嘴巴里的东西咽了下去,说:"红棠,你怎么啦?"

李红棠说:"冬子在你家吗?"

张发强摇了摇头说:"不在。"

李红棠喃喃地说:"他会跑哪里去呢?"

张发强朝里面喊了声:"阿宝,你给我出来——"

阿宝听话地跑了出来。

张发强问他:"今天你和冬子在一起玩了吗?"

阿宝眨了眨眼睛:"上午我们在一起的,在河滩上玩堆石子,下午我就不和他在一起了,我看他回家了的。"

……李红棠在镇街上挨家挨户地问,没有人知道冬子的下落。

上官文庆也找了很多地方,没有找到冬子。李红棠和他在家门口会合在一起。上官文庆显得十分无力。

李红棠对他说:"文庆,你赶紧回去吧,你不回去,你姆妈又要着急了,我再想想办法。"

上官文庆说:"我和你一起找!"

李红棠说:"不用了,你赶快回去!"

上官文庆还要坚持,李红棠发火了:"让你回去你就回去,啰唆什么!你要不回去,我再不理你了!"

上官文庆从来没有看过她发火,吓得浑身哆嗦,转身就走了。

李红棠心里哀绵地说了一声:"可怜的上官文庆——"

李红棠突然想起了父亲李慈林,他曾经带冬子到李家大宅去过,今晚,父亲是不是把他带到李家大宅里去了呢?李红棠往兴隆巷走去。自从亲眼见父亲杀人,想到他就恶心,根本就不想看见他。现在,她却要去找他,为了弟弟冬子。李红棠内心饱受着煎

155

熬，命运把她折磨得焦头烂额，面目全非。可在大多数唐镇人眼里，她宛若幸福的公主。

李家大宅的大门上挂着两个红灯笼，大门两边站着两个高大威武手持长矛的团练。这两个团练也许是从唐镇临近乡村招来的，李红棠不认识他们，他们好像也不熟悉她。

李红棠走到门前的台阶下。

一个团练凶神恶煞地说："你是谁？这地方是你来的吗，赶快滚开！"

李红棠没有害怕，说："我是李慈林的女儿，来找我阿弟的！"

那两个团练轻声说了会儿话，然后那个团练的声音缓和了许多："哦，你是红棠吧，我们听说过，可是我们不会让你进去的，你爹交代过的，没有他的指令，谁也不能踏进皇宫！"

李红棠觉得好笑，李家大宅也叫皇宫，但是她怎么也笑不出来。

她说："我不想进去，我只是想知道，我阿弟在不在里面？"

团练说："你归家去吧，不要找了，我们团总带冬子少爷在里面和皇上共进晚餐呢！"

李红棠说："你说的是真的？"

团练说："那还有假？我敢对天发誓，我说的千真万确！"

李红棠的一颗心放了下来，只要冬子和父亲在一起，就应该不会出什么问题，虎毒也不食子！李红棠拖着沉重的步子回家。来到家门口，她又看到了上官文庆坐在门槛上，便说："你怎么还在这里呀，我不是叫你归家去吗！"

上官文庆站起来，他手中提着一个包袱。他轻声说："红棠，我归过家的，喝完药，我就出来了。"

李红棠气恼地说："出来干什么？"

上官文庆说："我给你送吃的东西，我晓得，你辛苦了一天，一定饿了，就让姆妈做了点吃的，给你送来。你看，还热着呢，你快拿进屋吃吧。"

李红棠的眼睛一热，心里十分感动，可还是凶巴巴地说："你是我甚么人哪？谁要吃你的东西，还不快拿走！你为甚么要像鬼魂一样跟着我？我和你无冤无仇的，求你不要管我的事情了，好吗？"

上官文庆什么也没说，把手中的包袱放在地上，就离开了。

李红棠看着他消失在夜色中的小背影，心里说不出有多酸楚，眼睛也湿了。她提起地上的包袱，进入家中。她把沉甸甸的包袱放在桌上，点亮了油灯。包袱里面是一个粗陶的煲，打开煲盖，一股香味随着升腾的热气飘了出来。她定眼一看，煲里盛着米粉，米粉上面还有两个煎得焦黄的荷包蛋。李红棠轻轻地叹了口气，自言自语道："文庆，你这是何苦呢？你这样做，能有甚么结果？"

起风了，寒风呜咽地刮过街道，传来噼噼啪啪的声音。

李红棠的心又一阵抽紧，她担心着什么。

那一桌的好菜，大鱼大肉，冬子看着没有胃口，他已经没有饥饿感了。他心里惦念着姐姐李红棠，不知道姐姐回家没有，有没有把母亲带回家，要是回家就能够看到姐姐和母亲，该有多高兴，那才是他想要的幸福。

饭桌上坐着三个人，李公公坐在上首，李慈林坐在右侧，冬子坐在左侧。李公公笑眯眯地看着冬子，不停地往他碗里夹菜，冬子低着头，闷声闷气地吃着东西。

李慈林说："皇上，这孩子不懂事，你老人家可不要记怪他哟！"

李公公用那阴阳怪气的声音说："一家人说两家话，老夫怎么会记怪冬子呢，你瞧他眉清目秀的，多招人喜欢哪！"

李慈林诚恐诚惶："多谢皇上看得起他！"

李公公呷了口酒，伸出手，轻轻地摸了摸冬子的脸，叽叽地笑道："慈林，老夫有个想法，不知当讲不当讲？"

李慈林说:"皇上有甚么吩咐尽管说,我洗耳恭听!"

李公公叹了口气:"唉,老夫还能活几年!在老夫百年之后,连个传宗接代的人都没有。本来嘛,想从亲房那里挑个孩子过继过来,可是那些孩子没有一个老夫看得上的,都是些歪瓜裂枣,不能大用哪!"

李慈林心里扑通乱跳:"皇上的意思是?"

李公公又伸手摸了摸冬子白里透红的脸蛋:"啧啧,还是冬子可老夫的心哪!慈林,你要是同意,就把冬子过继给老夫吧,老夫也不会亏待你们,老夫百年之后,这一切,还不都是你们的,谁也拿不走哇。"

李慈林听完他的话后,呆住了,仿佛被天上掉下来的金银财宝击晕了脑袋。他心里想的只是有了权势后能够顺利复仇,根本就没看那么远,想那么多。李公公就是这样一步一步地用些不可想象的东西,使他死心塌地。

李公公笑着注视他:"慈林,你意下如何?"

李慈林缓过神来,"扑通"跪在李公公的脚下:"谢皇上!"

李公公把他扶了起来:"那这事就这样定了!"

冬子的大脑一片空白,不清楚他们在干什么。

这个晚上,李公公让冬子留在大宅里住。冬子想着回家,被父亲训斥后,才勉强留下来。

下午的时候,李慈林就把儿子带进了李家大宅。李公公和李慈林就带着冬子四处参观。冬子没想到里面如此复杂,又如此的气派,每一幢房子都雕檐画栋,每个院子都是花园。整个李家大宅由五个部分组成,分为前院中院后院左院右院,前院叫大和院,中院叫宝珠院,后院叫藏龙院,左院叫浣花院,右院叫鼓乐院,每个院落相对独立,又有走廊和门贯通。大和院是团练居住和训练的地方;宝珠院是个大殿,是议事的地方,也是李公公登基后上朝的所在；藏龙院是李公公的居所；浣花院的圆形拱门紧紧关闭，他们没有带冬子进去；鼓乐院有个小戏台，那些房子里好像住着人，冬子没有见他们出来，好像那些人被锁在房间里。李家大宅里仿佛藏着许多秘密，这是冬子参观下来的感受。

李公公在藏龙院给冬子准备好了一个房间。吃完饭后，他们就把他送进了那个房间，然后他们就不知道干什么去了。房间里特别暖和，下人烧好了火盆，火盆里的炭火很旺。房间里都是古色古香的家具，散发出诡异的光芒，冬子想，这些东西是从哪里弄来的？那张眠床也古色古香，上面雕着许多花朵和人物。床上的被子是簇新的，青绿大花的绸缎被面。房间里还有种奇怪的气味，说不出那是什么气味。冬子躺在床上，盖上柔软的被子，不一会儿就觉得有点热了，把手放在了被子外面。冬子忐忑不安。他没有吹灭那盏油灯。在如此陌生而又神秘的地方，很难安睡。

冬子的心和姐姐李红棠一样饱受煎熬。

不知道过了多久，房间里某个角落吹过来一股阴冷的风，把书桌上的油灯扑灭了。冬子猛地坐起来，异常吃惊，密不透风的房间怎么会有阴风吹过来？紧接着，阴风在房间里鼓荡，越来越强烈，火盆里的炭灰被卷起，火星四溅。寒气刀子般割着他的脸，冬子瑟瑟发抖。

不一会儿，阴风停了下来，一个黑影站在床前。

冬子惊声尖叫。

没有人能够听到他的尖叫，甚至连他自己也没有听到自己的尖叫，喉咙都渗出血来了，就是发不出声音。

黑影阴恻恻地叫道："请跟我来——"

这声音仿佛从遥远的地方飘过来。

冬子好像在什么地方听到过这样的声音，此时，因为恐惧，他已经想不起来了，或者说，没有心思想了。

冬子鬼使神差地从床上爬起来，穿上棉袍，跟着那个黑影走到门边，黑影从门上穿了过去。冬子走到门边，打开了门，也跟了出去。

"请跟我来——"

那冰冷而又缥缈的声音继续。

冬子一直跟着黑影，走出了藏龙院，穿过一条长廊，来到了鼓乐院。黑影晃上鼓乐院的戏台后，就消失了。

呼唤声也随着黑影的消失而停止。

冬子站在戏台下，整个鼓乐院静得连一根头发丝掉落的声音都能听得见，那些房屋鸦雀无声，里面住着的人不知是因为恐惧屏住了呼吸，大气不敢喘一口，还是在沉睡。

戏台上突然出现一团白光。

白光中，出现了一个蒙面人，那个蒙面人把一根麻绳攀上了戏台的大梁，然后在麻绳的末端打了个活结，弄出一个圆圆的绳套。蒙面人把绳子的另一端拉了起来，圆圆的绳套就悬吊在了一人高的地方。紧接着，几个蒙面人把一个五花大绑的清瘦的中年男子推上了戏台，中年男子愤怒地说着什么，冬子什么声音也听不见，戏台上发生的事情就像梦幻一样。一个蒙面人把那绳套套在了中年男子的脖子上，勒紧。几个蒙面人就跑到另一边，把绳子拉起来，中年男子的双腿离开了戏台台面，被高高地吊了起来。中年男子双腿乱蹬，一会儿就动弹不得了，他的双眼眼珠暴突，舌头长长地伸出来。那些蒙面人把中年男子的尸体放下来，用一张席子把中年男子瘦长的尸体卷了起来。这时，仿佛从李家大宅的某个角落里传来阴恻恻的冷笑，听上去，像是李公公的冷笑……

冬子自然地想起了中秋节那个夜晚在小街上看到的情景，又想起了在野草滩看到的死人的脚，仿佛明白了些什么，可不知道那个清瘦的中年男子是谁，他是个陌生的人，冬子从来没有见过他。

戏台上的白光消失了。

一片黑暗。

冬子在黑暗中厉声尖叫起来。

这一回,他听见了自己尖叫的声音,真真切切地听见了。

冬子凄厉的尖叫声在李家大宅回响。

尖叫声惊动了在宅院里巡逻的李骚牯,他提着灯笼带着两个团练赶了过来。看到冬子惊恐万状的样子,连忙说:"冬子,你怎么啦?"

冬子见他们过来,心里安宁了些。

他想起了舅舅游秤砣的话,看到任何事情都不要说,谁也不要说。他就留了个心眼说:"没甚么,没甚么!"

李骚牯说:"没甚么就好,没甚么就好,你吓死人了。"

这时,李慈林也提着灯笼赶来了。

李慈林问道:"发生了甚么事情?"

李骚牯说:"没甚么,没甚么。"

李慈林看了看黑漆漆的戏台,又看了看惊魂未定的冬子,满脸狐疑:"冬子,你怎么会跑到这个地方来?你到底看见了甚么?"

冬子眨了眨眼睛:"我睡不着,就出来走走,我也不晓得怎么就走到这里来了。我甚么也没有看见。"

李慈林又说:"那你为甚么尖叫?"

冬子说:"这里阴森森的,想想就怕,就喊叫出来了。"

李慈林说:"好了,我带你回去睡觉吧,以后可别乱跑了。"

冬子说:"我要回家。"

李慈林说:"瞎说八道,这么晚了,回去干甚么!"

冬子无语。

李慈林带着冬子回到藏龙院。

李公公拄着龙头拐杖,鬼魂一般站在厅堂里。

他用阴森的目光审视着冬子,一言不发。

161

冬子走近前了，他才说："冬子，你不要怕，老夫就住在你对面的房间里，你有什么事情，可以叫我的。如果实在害怕，你也可以和我一起睡。"

冬子听了李公公的话，心里一阵阵发冷，浑身哆嗦。

他觉得自己陷入了一场巨大的阴谋之中。

冬子一夜未眠，好在房间里再没有起阴风，那黑影也没有再出现。战战兢兢地缩在被窝里过了漫长的一夜，看到窗户渐渐地发白，他才明白一个人的胆子是怎么变大的，原来是吓大的。

天蒙蒙亮时，他走出房间，跑出了李家大宅。

当他来到家门口时，看到上官文庆坐在门槛上，背靠门框沉睡，蜡黄的脸在薄明的天光中显得灰暗，像个死人。

他为什么会在冬子家门口睡觉，冬子不得而知。他没有叫醒上官文庆，而是敲起了门。

双眼浮肿脸色憔悴的李红棠把门打开。

冬子唤了声："阿姐——"

李红棠端详着弟弟："阿弟，你没事吧？怎么才回家呀？"

冬子说："阿姐，我没事，我在李公公家住了一个晚上。"

李红棠连声说："没事就好，没事就好！"她也一个晚上没有睡觉，一直在厅堂里编竹篮，等待着冬子的归来，她以为他再晚也会回来的。

李红棠刚开始没有注意到靠在门框上沉睡的上官文庆，目光落在他的脸上时，心像是被突然捅进了一把刀子，异常疼痛。她心里十分明白，上官文庆知道她一个人在家，怕她出什么问题，一直守在她的家门口。她开门没有吵醒他，和冬子说话也没有吵醒他，难道他……李红棠想，他本来身体就不好，有病缠身，夜晚那么冷，还嗖嗖地刮着冽风，他是不是冻死在这里了？

李红棠弯下腰，伸手摸了摸他的额头，像冰块一样，他的整个身体已经冻成了一坨冰？李红棠心里说："文庆，你可不能死哇！"她又把手指放在了他的鼻孔下，心里一喜，上官文庆还有鼻息，尽管是那么的微弱，重要的是这个人还活着。如果他死了，李红棠会背上沉重的枷锁，一辈子也不得安宁。

李红棠二话不说，不顾一切地抱起了上官文庆，走进家里。

她回过头对满脸迷惑的冬子说："快进来，把门关上！"

李红棠把上官文庆抱上了阁楼，上官文庆的身体轻飘飘的，没有一点重量。这些日子以来，他明显消瘦了许多。李红棠把唐镇唯一的侏儒放在了自己的眠床上，给他盖上了被子。她嫌不够暖和，又把冬子床上的被子也捂在了上官文庆的身上。

冬子不解地问："阿姐，他——"

李红棠叹了口气说："他是为了阿姐才冻成这样的！冬子，你记住，这是一个有情有义的人，以后不许瞧不起他，唐镇没有比他更好心的人，也没有比他更可怜的人！你记住没有？"

冬子不理解姐姐的话，可他还是点了点头，真诚地说："阿姐，我记住了。"

李红棠说："记住了就好，你看着他，我去熬点热粥给你们吃。"

李红棠风风火火地下楼了。

冬子看着上官文庆硕大的头颅，心里冒出一个古怪的想法，如果自己也是侏儒，那会怎么样？渐渐地，上官文庆身上有了些热量，不久，他嘴巴里呵出了一大口热乎乎的气体，睁开了双眼。他很奇怪，自己为什么会躺在这里。他看到了冬子，有气无力地说："冬子，我这是在哪里？"冬子说："你在我家里，是阿姐把你抱上来的，你现在躺在阿姐的床上。"上官文庆蜡黄的脸上露出了微笑："啊，我是不是在做梦？"冬子说："你不是做梦，这是真的！"

冬子朝楼下喊道："阿姐，他醒了——"

李红棠回应道:"知道啦——"

上官文庆说:"冬子,你姐姐真好!"

冬子说:"那当然。"

不一会儿,李红棠端了一碗热气腾腾的姜汤,走上楼来。李红棠坐在床头,让冬子拿了个枕头,把上官文庆的头垫高了些,就开始给他喂姜汤。李红棠把调羹里的姜汤放在嘴边吹得不太烫了,就一点一点地喂到他的口里。上官文庆喝着姜汤,幸福感热乎乎地流遍全身,他还是有些受宠若惊,眼神羞涩,喝下一口姜汤后,轻声说:"红棠,我自己喝吧,让你喂,不好——"

李红棠说:"别说话,好好喝。以后别那么傻了,你要是冻死了,你姆妈会哭死的。"

上官文庆说:"我冻不死的,我是唐镇的活神仙。"

李红棠叹了口气说:"你不是神仙,你是人。你看你都病成这样了,还不好好在家养病,都成甚了,还神仙呢!文庆,我知道你对我好。可是没必要这样的,我做甚么,和你没有什么关系的。你还是把病养好后,做你自己的事情吧,不要再管我了!就算我求你了,你这样做,给我的压力很大,我没有力量再承受什么压力了!好吗?"

上官文庆流泪了,可脸上还挂着微笑,苦涩的微笑。

李红棠又说:"你喝完姜汤,躺一会儿,你觉得可以走了,就回家去吧,千万不要在外面游荡了!以后你再这样,我绝对不会再管你了,你救过我的命也没有用的了。"

上官文庆点了点头。

冬子听他们说话,似懂非懂,他不清楚他们之间发生过什么事情。

……

李红棠出门去寻找母亲前,对冬子说:"上官文庆好点了,就让他回家去，你也不要乱跑，乖乖在家里等我归来。"

冬子使劲地点了点头："阿姐，你要小心哇！"

每次李红棠出门，冬子心里都充满了希望，也多了份担心和牵挂。

王海荣如愿以偿地加入了团练，这对他来说意义重大，心里十分感激姐夫李骚牯。他以为加入团练后，美好生活由此开始，没有想到，刚刚加入团练的第一天，就受到了挫折。他领到了一身黑色的衣服，还有一把钢刀。他喜气洋洋地参加训练，李骚牯看他这个样子，当头给他泼了一盆冷水："你莫要得意，有你苦头吃的，你还是做好脱掉一层皮的准备吧！"王海荣对李骚牯的话不以为然，到训练场上后，才知道李骚牯的话不是吓唬他的。

大清早，王海荣被叫醒，和其他团练一起来到了院子里。

李家大宅大和院的院子很大，几十号人排列整齐散开了站着也不会很拥挤。王海荣是新人，站在最后面一排最尾的位置。李慈林亲自给团练当教练，每天早上，都让团练们扎马步，然后再教大家刀法。王海荣第一次扎马步，显然下盘不稳，刚刚扎下来一会儿，两腿便不停颤抖。李慈林注意到了他，便走了过去，看了看王海荣，冷笑了一声："你这也叫骑马蹲裆？"王海荣大气不敢出一口，面有惧色。李慈林突然一个扫堂腿干过去，王海荣就重重地摔倒在地，痛得龇牙咧嘴。

李慈林说："就你这熊样，还来参加团练，你以为这里是混饭吃的地方哪？给老子爬起来，重新蹲好！"

王海荣顾不得疼痛，赶紧从地上爬起，重新扎好马步。

李慈林对他扎的马步很不满意，给他做了个示范，王海荣按他的动作要领站好。

李慈林说："你蹲好了吗？"

王海荣轻声说："蹲好了。"

李慈林又一个扫堂腿过去，王海荣又重重地摔倒在地……就这样，他一次次扎好马步，又一次次地被扫倒，而且摔得一次比一次重。在这样寒冬的早晨，王海荣浑身大汗，不知道是疼痛还是惊吓造成的。最后一次被李慈林扫倒后，王海荣瘫在地上爬不起来了，可怜兮兮地看着冷笑的李慈林，用哀绵的目光向李慈林求饶。

李慈林踢了他一脚，恶狠狠地说："你这样就报销了？没用的东西！老子还以为你有多大能耐呢！就这尿样，还想娶红棠！好自为之吧！"

王海荣突然觉得特别痛苦和绝望，看来，当团练并不是个好差事，并不比修城墙轻松，最重要的是，要想博得李慈林的欢心，十分渺茫，也就是说，他要得到李红棠有天大的困难，这困难不亚于上天摘星。他想退出团练，回去做个本本分分的种田人，不再幻想，可已经回不去了。每一个加入团练的人，都在李慈林面前发过毒誓，如果背叛李公公，将不得好死！他如果离开，也许就会死于非命，只好硬着头皮待下去，未来会怎么样，只有靠运气了。

李公公当皇帝的事情，唐镇最少有两个人感到了问题的严重，他们都认为这不是一件简单的事情，并且为自己的命运担忧，也为唐镇人的命运担忧，他们不像唐镇的其他人那样蒙昧和盲从甚至狂热，也不会被一些假象迷住双眼。

一个是郑士林老郎中。

唐镇的很多事情让他觉得不可思议，比如游秤砣的死，比如胡天生的亡，比如朱银山家的遭劫，比如修城墙，比如李公公当皇帝……这一桩桩事情表面上好像没有什么关系，细想起来却有内在的某种关联。胡天生死的时候，口袋里的那小半块蛇糖掉在了郑士林的药铺里。那块蛇糖是李公公给胡天生的，有人看到过这个细节，他只吃了一半就从那棵古樟树上掉下来摔死了，要不是疯子或者自寻死路的人，谁也不会冒死爬上那棵灵异之树，是不是蛇糖里有什么名堂？如果说，胡天生的死和李公公有什么关系，那么，李公公为什么要让一个孩子死于非命呢？这应该从胡天生放火烧铁匠铺来分析。上官清秋说他们那些日子不在唐镇是无稽之谈，难道真的有鬼在他的铁匠铺里作祟？明显是欲盖弥彰，后来看到成立团练，团练们手中的那些长矛大刀，郑士林就明白了许多。可怜的胡天生的死就变得合情合理，这也让郑士林对李公公产生了深深的恐惧，为了不让阴谋败露，他甚至可以让一个孩子去死……郑士林不得不为自己的命运担忧，也为唐镇人的命运担忧。

他根本就没有能力和李公公抗衡，也不会和李公公抗衡，说穿了，他是个明哲保身的人，不会把心中揣摩的事情说出去，他知道，只要透露出一丁半点的口风，下一个死的人就是他郑士林，甚至连独生儿子郑朝中的性命也难以保全。他感觉到身处在唐镇的危险之后，曾想过逃离这个地方。可是，逃到哪里去呢，这年头，天下乌鸦一般黑，哪里没有李公公这样的人？这个世界根本就没有净土，如果有的话，那也是在他的心里，心是多么遥远的地方，有时连他自己也看不到摸不着。无心的人，或者才没有恐惧，没有欲望，也没有痛苦。

……

另外一个人是李驼子。

李驼子用他沉默的目光看着唐镇的变化，虽然没有能力直起腰，真正地抬起头用正常人的目光看待这个世界，可他的眼睛能够准确地捕捉到事实的真相……这也许就是李驼子的悲剧。

他内心的想法和郑士林决然不同。

谁也不知道，孤独沉默的李驼子会做出什么让唐镇人吃惊的事情。

他没日没夜地扎着纸人纸马……好像要把一生的活计在短时间内干完！

阿宝伸手摸了摸冬子身上那袭白丝绸棉袍，黝黑的脸上泛起红晕，双目迷离："啧啧，要是我也有条这样的袍子就好了。"

他已经不止一次如此羡慕冬子了。

冬子口里呵出了一口凉气，捡起一个石子，往溪水里扔过去。

他说："阿宝，你真的喜欢我的棉袍？"

阿宝认真地点了点头："真的！我和我爹说过，很快就要过年了，能不能给我做一身这样的棉袍，你猜我爹怎么说？"

冬子说："你爹答应你了？反正过年都要穿新衣裳的。"

阿宝的脸色阴沉："答应个鬼呀，最近我爹的脾气特别不好，动不动就骂人。他朝我吼叫，说今年过年不要说新衣裳，就连年货也没有钱买！我顶了句嘴，他还要打我。"

冬子说："怎么会这样呢？"

在冬子的印象中，张发强是个很好的人，不像自己父亲，成天凶神恶煞！

阿宝说："我也不知道，我爹老是说，这样下去全家都要喝西北风。"

冬子无语了。

阿宝说："冬子，听说你以后就要搬进李家大宅去住了，听说李家大宅里有个戏台，天天晚上有戏看，是真的吗？"

冬子说："我才不要去那里住呢，不好玩，我又不喜欢看戏，况且，也没有天天唱戏呀！"

阿宝叹了口气："要是能经常看戏就好了，那我也不要新衣裳了。对了，冬子，你到李家大宅去过，我想问你，你看到戏班了吗，见到赵红燕了吗？"

冬子说："没有看到，甚么也没有看到，赵红燕是谁？"

阿宝睁大了眼睛："怎么，你连赵红燕也不晓得？"

冬子说："不晓得！"

阿宝无限迷恋的样子："就是那个长得最美、唱得最好的女戏子呀。"

冬子说："喔——"

阿宝："能够听她唱戏，比甚么都好哇，我还梦见过她呢，她单独在梦中给我一个人唱，好享受哇——"

冬子说："阿宝，我看你是被她迷住了，你是不是长大了想讨她做老婆呀？"

阿宝的脸发烫了，低下了头。

冬子笑了。

阿宝在这个冬天里，很难得看到冬子笑，冬子开心，他也高兴，于是，他也笑了。

冬子说："阿宝，不要再说什么女戏子了，我问你，我们是不是好兄弟？"

阿宝说："当然，你是我最好的兄弟！"

冬子说着就把自己身上的棉袍脱了下来，说："好兄弟就要有福同享，有难同当。阿宝，把你的棉袄脱下来，我们换着穿！"

阿宝十分兴奋，赶紧脱下了棉袄。

他们在寒风中抖抖索索地换上了对方的衣服。

冬子端详着阿宝，忍不住笑出了声，阿宝比他矮，穿上他的棉袍，显然太长了，袍子都拖到了地上。阿宝也看着冬子笑了，阿宝的棉袄穿在冬子身上，显然太小了，那袖子短了一大截，冬子的手臂露在了外面。就在他们交换衣服穿的时候，不远处的一棵水柳后面，有个人在向他们探头探脑，好像在监视他们。

他们都没有发现那个鬼头鬼脑的人。

169

寒冷肃杀的黄昏，天空阴霾，冽风卷着枯叶，在山野翻飞。李红棠拖着沉重的步履，艰难地走在回唐镇的山路上。偶尔有死鬼鸟凄厉的叫声传来，令人毛骨悚然。传说死鬼鸟可以闻到死人的气息，死鬼鸟不祥的叫声预示着什么？是不是唐镇又有什么人要死去？恶年月最根本的特征就是死亡变得频繁和正常，这和好年月的太平是相对立的。李红棠饥寒交迫，出来两天了，还是没有找回母亲，心里又记挂着冬子，只好先回唐镇再说。她的头很痛，身心十分疲惫，她不经意地摸了摸自己的脸，陡然一惊，自己脸上的皮肤竟然如此粗糙，像是摸在松树皮上面，她突然想到了王巫婆的那张老脸，十分恐慌。李红棠在恐慌中朝前路望了望，翻过前面的那个山头就可以看到唐镇了，在天黑前，她可以赶回家。回家后，她想好好照照镜子，看看才十七岁的自己到底变成了什么模样。

李红棠走上那个山头，路两边的林子阴森森的，仿佛藏了许多凶险之物。

凶险之物随时都有可能朝她怪叫着扑过来。她并不害怕，有过黑森林的经历后，她已经对这种险恶的环境淡然了许多。如果说唐镇西边的五公岭是乱坟岗，孤魂阴鬼出没其中的话，那么唐镇东面的这个叫松毛岭的地方，也不是让人心安的所在，传说这个山岭自古有狐仙出现，有些人被狐仙迷了魂就会走向一条悲惨的不归路。

李红棠站在山岭上，薄暮中的唐镇在她的眼帘呈现，这个让她又爱又恨的地方笼罩在一种诡异的黑雾之中，她心中有种莫名其妙的情绪在鼓荡。在走下坡路时，突然听到山路边的松林里传来窸窸窣窣的声音，她的心提了起来，不会是狐仙吧？传说中的狐仙都是在三种时间里出没，一是在早晨，一是在中午，一是在黄昏。现在是黄昏，正是狐仙出没的时间。李红棠往声音传出的地方瞟了一眼，那地方什么东西也没有，她加快了脚步。虽然说不是很害怕，可多一事不如少一事，她得赶紧离开这个阴森之地。

李红棠停住了脚步，突然想到了上官文庆，会不会是他在这里等她？这样的事情，他是做得出来的，尽管她一次又一次地让他不要管自己的事情了，但他是个十分执着的人，李红棠太了解他的品性了。她停下来时，那窸窸窣窣的声音也停了下来，似乎更加证明了她的猜想。李红棠突然转回身，大声地说："上官文庆，你给我滚出来！和你说了多少次了，你还是这个样子，太不像话了！"李红棠以为自己说完后，上官文庆的小身子就会从松林里的枯草丛中滚出来，微笑地用无辜的眼神望着她，结果没有，她什么也没有看到。她不甘心，换上轻柔的声音说："上官文庆，你出来吧，我不怪你，你出来好吗，天很快就要黑了，我们得赶紧回家。"李红棠说完，等了好大一会儿，还是没有看到上官文庆，这时，她心里就发虚了，脚心也发凉了，不禁心生恐惧。

　　真的要是碰到狐仙，的确不是什么好事情。前年，唐镇一个后生崽，在中午时路过这个地方，被狐仙迷了，回到唐镇后说的话都变了，本来粗声粗气的嗓门，变得细声细气，像女人一样。这还不算什么，令人惊恐的是，半夜三更时，他家里总是会传来狐狸的叫声，他的身上也充满了浓郁的狐臊味。人们看着他慢慢地变得形容枯槁，不久就郁郁而死。据说，那狐仙的道行还特别高，唐镇的王巫婆拿它也没有办法，那个后生崽的家人请王巫婆到他家去作法时，王巫婆手中的桃木剑也被它折断了，惊得王巫婆落荒而逃，回家后大病了一场。类似这样的事情两三年总是会出现一次，唐镇人对此心怀恐惧。

　　李红棠接着往山下走去。

　　没走几步，窸窸窣窣的声音又响了起来。

　　李红棠心想，自己不会真的被狐仙瞄上了吧？

　　她不敢再回头，只是加快了脚步。

　　不一会儿，身后窸窸窣窣的声音变成了脚步声。

李红棠十分惊骇,小跑起来。

后面的脚步声也变得快疾。

李红棠的双脚发软,浑身汗毛倒竖。她心里哀叫道:"狐仙哪,我和你无冤无仇,你就放过我吧,我还有很多事情要做,姆妈还没找到,阿弟又没有长大,求求你,可怜可怜我,放我一条生路吧——"

后面的脚步声离她越来越近,天色也越来越阴暗。

李红棠此时才觉得上官文庆的重要,如果他在这里,她就不会如此仓皇,如此恐惧!上官文庆虽然是个手无缚鸡之力的侏儒,可他在李红棠心中是个男人,是个可以保护她的男人。李红棠心里说:"该死的上官文庆,为甚么今天不来接我呢?你在哪里呀——"

这时,她听到身后传来了一个男人浑厚的声音:"姑娘,你别跑——"

这声音怪怪的,是半生不熟的官话。

这该不会是狐仙的声音吧?李红棠想想自己要跑也跑不脱了,无论他是谁,现在都要面对,她无法逃脱恶的命运的纠缠。李红棠停下了脚步,站在那里,一动不动,手心捏着一把汗。

她感觉到那人就站在身后,甚至可以听到他的喘息声。

李红棠缓缓地转回身,她的眼睛睁大了,嘴巴张开,惊叫了一声:"啊——"

然后身体一软,瘫倒在地,人事不省。

第十章

李红棠回转身,她看到的是人还是鬼?此人身材高大,穿着一袭黑色的袍子,头上蒙着黑色的斗篷,胸前挂着一个银色的十字架,十字架上有个裸身的小人。此人有着一张白生生的脸,突兀的额头,眼睛幽蓝深陷,高高的鹰钩鼻,宽阔的嘴巴,红色的胡楂。李红棠从来没有见过这种长相的人,难道他就是传说中的狐仙?李红棠吓得昏倒在地。

"可怜的姑娘!"黑衣人把李红棠的头抱在臂弯里,用另外一只手的拇指掐住了她的人中。李红棠悠悠地吐出一口气,醒转过来。她真切地听到黑衣人充满慈爱的声音:"姑娘,你别怕,我不是坏人,也不是魔鬼,我叫约翰,是上帝派来传递福音的人。"李红棠惊恐地望着他,她不知道什么叫上帝,也不知道什么叫福音,挣扎着站了起来,一步步地往后退。

传教士约翰笑着耸了耸肩:"姑娘,我真的不是坏人,也不是魔鬼,你误会我啦——"

李红棠想,如果他是狐仙或者坏人的话,在她昏迷过去时就加害自己了，可他非但没有加害自己，还把自己救醒，也许他真的是好人，可他身上有种奇怪的味道，唐镇人身上没有的味道。

她嗫嚅地说："你从哪里来，到哪里去？"

约翰说："我从很远很远的地方来，我去的地方就是你要去的地方。"

李红棠疑惑地说："你要去唐镇？"

约翰诚恳地说："对，我要去唐镇。"

李红棠无语，转身默默地下山。

约翰说："姑娘，你等等——"

他跑进路旁边的松林里，不一会儿，牵出一匹高大的枣红马，马背上驮着两个箱子。约翰牵着马，追了上来。李红棠看到这匹漂亮的枣红马，心里对狐仙的疑虑打消了，可她对约翰还是十分警惕，这个怪人为什么来唐镇？李红棠伸手摸了摸枣红马缎子般的皮毛，她喜欢它。约翰笑了笑："姑娘，看你很累的样子，骑马吧。"

李红棠睁大眼睛："骑马？"

约翰点了点头，二话不说，把李红棠抱上了马背。李红棠惊叫起来。约翰说："别怕，你的手抓住缰绳。"然后，他把李红棠的脚放在了马镫上。李红棠骑在马上，很是不安，连声说："放我下来，放我下来——"

约翰说："不用怕的，姑娘，我牵着马走，你坐稳，不会摔下来的。"

不一会儿，李红棠的心渐渐地平静下来，骑马的感觉还真是不错，十分的奇妙，她想，如果这匹马是自己的，就可以骑着它去找母亲了，那样就不会如此辛苦，也可以走到更远的地方。

骑在马上，李红棠对这个叫约翰的人有了些许的好感，戒备心稍微放松了些。

即将天黑的时候，一个外国人牵着高大的驮着李红棠的枣红马进入唐镇,在唐镇引起了不小的震动,唐镇人纷纷出来看热闹。李红棠羞涩地低着头,一个劲地对约翰说:"让我下来,快让我下来。"

路过土地庙门口时,约翰的脚步缓慢下来,他往土地庙里面看了看,目光意味深长。

约翰在胡喜来小食店对面的雨来客栈门前停了下来,把李红棠抱下了马。在众目睽睽之下,李红棠的脸像烧红的火炭,烫得难受,一下马,她就一溜小跑,回到了家里。

胡喜来走出了小食店。

约翰从头上摘下斗篷,露出满头浓密的红色头发。

胡喜来心里叫了一声:"啊,红毛鬼!红毛鬼来到唐镇了!"

冬子在阁楼里就听到了街上的喧哗,他打开窗户,看到了那个古怪的外国人、高大的枣红马和骑在马上羞涩的姐姐。他的目光十分迷惘,无法弄清姐姐为什么会骑着枣红马回到唐镇,也不明白为什么姐姐没有找回母亲,却带回了一个长相奇异的男人。他甚至有些不安,感觉这个长相奇异的外国人将要在唐镇发生什么祸事。

约翰的枣红马吸引了很多唐镇的孩子,大人们散去后,夜色来临,他们还在雨来客栈门口,嘻嘻哈哈地观看那匹漂亮的枣红马。阿宝也去看了,他站在那里,觉得真实的马和李驼子扎的纸马有本质上的不同。约翰在雨来客栈住下了,他把马背上的两个皮箱搬进了客栈的房间,枣红马也被客栈的伙计牵到后面的院子里去了,孩子们这才依依不舍地各自回家。雨来客栈是唐镇唯一的旅馆,很小,也就只有四五间客房,因为山高皇帝远的唐镇一年到头也没有什么人来,偶尔会来个把收山货的客商,就住在这个地方。雨来客栈老板余成并不是靠开旅馆赚钱,唐镇人都知道,唐镇的赌鬼们都会在夜色浓重后溜进雨来客栈。

雨来客栈有客人入住，胡喜来高兴，因为客人会选择到他这里吃饭，这是他多年的经验。果然，约翰收拾好东西就来到了胡记小食店。披在他头上的斗篷不见了，露出满头的红头发。胡喜来见他进来，又是兴奋又有些恐惧，心想这到底是个什么人？

约翰要了两个菜，一碗米饭，慢条斯理地吃了起来。吃饭前，约翰闭上眼睛，低着头，用手指在胸前画着十字，口里喃喃地说："主，求你降福我们，并降福你惠赐的晚餐，因我们的主基督。阿门。"

胡喜来满脸堆笑地问道："客官，你需要来点酒吗？我们这里的糯米酒味道很不错。"

约翰摇了摇头，朝他笑了笑："我不喝酒的，谢谢！"

胡喜来又问："客官，你是从哪里来的？"

约翰说："英国，你懂吗？"

胡喜来一脸迷茫："不晓得，从来没有听说过。"

约翰又笑了笑："你现在不就懂了，我是从英国来的。你一定想问，我来这里干什么，是吗？"

胡喜来点了点头，心想，这个人还挺鬼的，还明白他心里想的事情。

约翰说："我是天主的使者，来传播天主的福音。"

胡喜来懵懵懂懂地点了点头："天主——"

约翰继续说："对，天主！天上只有一个神，那就是天主，宇宙万物都是天主创造的，山川河流、一草一木、飞鸟和鱼……你和我，都是天主的产物。人类的贫穷或富贵、生或死，都由天主评定，天主惩罚恶人奖赏善人，万能的主公平正义。人都是有灵魂的，人死了灵魂也不会湮灭，灵魂得到天主的宠爱就会升上天堂，否则就会下地狱。"

胡喜来的目光呆呆地停留在约翰幽蓝的眼睛上，仿佛灵魂出了窍。

约翰不说话了,继续慢条斯理地吃饭。

这时,有个人躲在小食店的门外,往里面探头探脑。

吃完饭,约翰闭上眼睛,手指在胸前画着十字,喃喃地说:"全能的天主,为你惠赐我们晚餐和各种恩惠,我们感谢你赞美你,因我们的主基督。阿门。我们的天父,愿你的名受显扬,愿你的国来临,愿你的旨意奉行在人间,如同在天上。求你今天赏给我们日用的食粮,求你宽恕我们的罪过,如同我们宽恕别人一样,不要让我们陷于诱惑,但救我们免于凶恶。阿门。"

躲在门外的那个人神色仓皇地跑开了。

李红棠烧了一盆热水,细心地洗着脸,心里特别不安。冬子独自坐在阁楼的窗前,眼睛斜斜地窥视着胡记小食店,脸上什么表情也没有。那个奇怪的异国人走出小食店前,他看清了门外的那个仓皇跑开的人,这个人就是参加团练不久的王海荣,他腰间也挎着刀。他朝兴隆巷跑去。

姐姐在洗脸前对他说:"冬子,把窗门关上吧,冷风灌进来了。"

冬子无动于衷。

李红棠洗完脸,给油灯添了点菜油,用针尖挑了挑灯芯,灯火跳跃着明亮了许多。她拿起了家里的那面铜镜,铜镜是游四娣嫁给李慈林时,游家给的嫁妆,是游秤砣特地到很远的汀州城里买回来的。铜镜好久没人用了,蒙上了厚厚的一层灰尘,李红棠悲凉地用布帕擦了擦铜镜,铜镜顿时透亮起来。她颤抖着手,把擦亮的铜镜放在了面前。

冬子瞟了她一眼,突然喊了一声:"阿姐——"

他扑过来,抢过了铜镜。

李红棠哀怨地说:"阿弟,你这是干甚么呀!"

冬子说:"阿姐,你不要照镜的,不用照镜也很美丽——"

李红棠说:"阿弟,快把镜子给我。你不要安慰我,我晓得自己变丑了,头发也白了。给我吧,不要紧的,让我看清自己的脸,看清楚到底变成甚么样子了。就是变成鬼,我也不会难过的,这是我的命!"

冬子眼泪涌出了眼眶:"阿姐,你这是何苦呢?你不要再去找姆妈了,好吗?"

李红棠苦笑着说:"姆妈我会一直找下去的,谁也阻拦不了我。阿弟,你不必劝我,也不必担心我。快把镜子给我,听话——"

冬子无奈地把铜镜递给了姐姐。

李红棠的脸凑近了铜镜,目光落在了铜镜上,心一下子抽紧,大叫了一声,手中的铜镜"哐当"一声掉落到楼板上。

她看到镜中那张变得皱巴巴的黯淡无光的脸,仿佛看到的是一张老太婆的脸。

她才十七岁呀!

为什么会这样?

为什么?

李红棠欲哭无泪,这也就是几天的事情,脸就变老变皱了。她弄不明白这是怎么回事。自从出生到现在,她从来没有做过伤天害理的事情,和她母亲游四姊一样,是唐镇最善良的女人。可现在,她仿佛遭了灾劫,未老先衰。李红棠想起了被父亲他们杀死的那两个可怜的异乡人,难道是父亲的报应落在了自己的头上?

她喃喃地说:"不,这不可能,不可能——"

冬子哭着对她说:"阿姐,你是不是病了?明天到郑老郎中那里去看看,让郑老郎中给你开点药吃,就会好的。阿姐,你不会有事的。"

李红棠把冬子搂在怀里,哽咽地说:"阿姐不去找郎中,阿姐要找姆妈,等找到姆妈了,阿姐就好了。"

冬子在呜咽。

窗外的风在呜咽。

李红棠说:"阿弟,阿姐要是变得越老越丑了,你会嫌弃阿姐吗?"

冬子含泪说:"阿姐,无论你变成什么模样,你都是我的亲姐姐,我不会嫌弃你,你在我眼里,永远都那么美丽。"

李红棠说:"阿弟,你永远是我的好弟弟,只要我活着一天,就会像姆妈那样爱你惜你!"

下去,让我去开门吧。"

慈林走进来,带进来一股寒风,冬子打了

李慈林问:"红棠呢?"

冬子说:"阿姐在楼上。"

李慈林发现儿子哭了,粗声粗气地说:"你哭甚么?老子又没有死,等老子死了你再哭吧!"

他急匆匆地上了楼。

李红棠坐在床沿上,用手帕擦着眼睛,眼睛又红又肿,像个烂桃子。

李慈林站在她面前,她没有站起来,也没有和他打招呼,而是把脸转到另一边。李慈林很长时间没有好好打量女儿了,见到女儿变成这个样子,心一沉,冰凉冰凉的。他不明白女儿为什么会变成这样,他压低了声音说:"红棠,你这是怎么啦?"

李红棠没有吭气,不想和父亲说任何话。

李慈林见女儿无语，叹了口气说："红棠，爹晓得我对不住你，没有好好照顾你，等我忙完这一段，顺德公真正登基后，爹会好好待你的，你不要再去找你姆妈了，在家好好调养，你要什么，哪怕是天上的星星，爹也会摘给你的！"

李红棠还是不搭理他。

李慈林顿了顿，又说："红棠，爹问你一件事情，你要如实地告诉我。"

李红棠无动于衷，心情特别复杂，仿佛又闻到了血腥味，血腥味从父亲身上散发出来。

李慈林说："红棠，你怎么会和那个红毛鬼一起回来的？你是在哪里碰到他的？"

李红棠无语。

李慈林焦急地说："你开口说话呀，红棠！"

李红棠还是无语，她不清楚父亲为什么急匆匆回来问她这个问题，觉得自己和谁一起回到唐镇，和他都没有关系，从亲眼看到他杀人那天起，她就和他拉开了距离，天与地般的距离，她不敢相信这就是自己的父亲，一个曾经正直善良的人。

李慈林火了："你说话呀，哑巴了呀——"

李红棠突然躺上了床，拉过被子，蒙上了头。

李慈林被女儿的举动气得发抖，指着床上的女儿说："好，好，你不说，你不说好了——"

他没有像打老婆那样毒打女儿，还保持了一丁点儿良善。李慈林知道女儿是不会向他说出任何事情了，只好跺跺脚，悻悻而去。

上官清秋关好铁匠铺的店门，讷讷地说："死老太婆，还不送饭来！"

他对约翰的到来，没有任何的想法。他的两个徒弟过去看热闹回来后，他这样说："你们真是多事，有甚么好看的，唐镇发生任何事情，我们都不要凑热闹，打好我们的铁就行了，有我们这个手艺，什么朝代都有饭吃，饿不到我们的，你们听明白了吗？"

两个徒弟频频点头。

过了一会儿，上官清秋就让他们回家去了。

上官清秋点上一锅水烟，咕噜咕噜地吸着。

他等了很久，才等来朱月娘的叫门声。

上官清秋开了扇小门，对朱月娘说："老子都快饿死了，你怎么才来！"

朱月娘没有像往常一样把装着饭菜的竹饭笼递进去后就离开，而是从小门里挤了进去。铁匠铺后面还有一个房间，上官清秋晚上就睡在这里。朱月娘进了那个房间，把竹饭笼放在了黑乌乌的桌子上。

上官清秋发现她的眼睛红红的，眼泪汪汪，就说："死老太婆，说你两句你就哭呀，甚么时候变成哭脸婆了？"

朱月娘说："死铁客子！你以为我会为你哭哇，你就是死了，我也不会为你落半滴泪！"

上官清秋笑笑："那你这是为哪般？"

朱月娘叹了口气："说了也等于没有说。"

上官清秋又笑了笑说："死老太婆，有话就快说，有屁就快放！"

朱月娘说："我问你一句，死铁客子，文庆是不是你的骨肉？"

上官清秋说："你休要在我面前提那个孽种！"

朱月娘说："死铁客子，你真是铁石心肠哪，我当初怎么就瞎了眼，嫁给了你这个没心没肺的东西！文庆无论怎么样，也是你的种，你就如此狠心待他！他出生后到现在，二十多年了，你关心过他吗，你给过他什么吗？"

上官清秋说："你这话说出来，就太没有良心了，没有我辛辛苦苦打铁赚钱养家，那孽种早就饿死了，我怎么就没有管呢！"

朱月娘说："好，好，你有本事，你赚了金山银山，我们都过着富人的日子！"

上官清秋说："你不要说这没用的话，甚么富人不富人的，比上不足比下总有余吧，我甚么时候让你们饿过肚子，又甚么时候让你们没有衣服穿，受过冻？"

朱月娘抹了抹眼睛："好了，我不和你这个死铁客子吵了，我不是来和你吵架的，我只是想告诉你，你儿子上官文庆一天不如一天了。文庆病得十分厉害，越来越虚弱了，还有呀，他的头好像也越来越小，身体也越缩越短了……"

上官清秋的身体颤抖了一下："啊，会有这种事情——"

朱月娘说："无论如何，文庆是我们的亲骨肉，你看怎么办吧！再这样下去，文庆很快就没了！"

上官清秋不知所措："这——"

李公公悠然自得地坐在藏龙院的厅堂里喝茶。

在京城里时，哪有如此的好心情，他就是一条成天摇尾乞怜的狗。多年来，他一直提心吊胆，因为内心的那个死结。李公公自从入宫后，就希望能够在某一天回到故乡，找到父亲，尽管心里是那么仇恨他。他想象着父亲在凄风苦雨的漫漫长路中乞讨的样子，心就会莫名其妙地疼痛。他还经常做这样的噩梦：父亲在一个大户人家门口乞讨，突然从门里窜出一条恶狗，朝父亲扑了过去，恶狗咬断了父亲的喉管，鲜血汩汩流出，浸透了整个梦境……时间长了，习惯了宫里生活之后，他就渐渐淡忘了父亲，也淡忘了故乡。他在宫里小心翼翼地活着，看惯太多的阴谋和争斗、血腥和杀戮……好在他聪明伶俐，得到了主子的恩宠，日子过得还算不错。随着年岁的渐渐老迈，他又开始想念父亲了，父亲在他脑海里只是一个模糊的影子,他认为父亲还活着,像个老妖怪一样在模糊的故乡山地活着。吹南风的时候,他仿佛能够从风中闻到父亲和故乡的味道,忍不住老泪纵横。时局越来越乱,李公公产生了离开皇宫的念头。可是,他一无所有,难道像父亲那样一路乞讨回唐镇?那是难以想象的事情!皇宫里到处都是宝贝,古董字画什么的,哪一件东西都是值钱货!于是,他产生了一个大胆的念头,偷东西出去卖……时间一长,他就有了很多的银子。他必须离开皇宫,就是没有对父亲和故乡的那份挂牵,他也必须离开,否则偷东西的事情要是东窗事发,他将死无葬身之地。那天慈禧太后关心,他斗胆提出了返乡养老的想法。慈禧太后怪怪地瞪着他,长时间没有说出一句话。李公公双腿打战,弯着腰,汗如雨下。慈禧太后终于笑出了声,并且恩准他回乡,还给了他不少银子。李公公第二天一早就离开了皇宫,踏上了漫长的归乡路。离开皇宫,他卸下了沉重的负担,有逃出牢笼的感觉,仿佛一步就从肃杀的寒冬跨入了莺歌燕舞的春天。李公公以为回到唐镇,可以看到父亲,可以沉浸在温暖的乡情里。他路上所有的美好想象被现实击得粉碎。父亲根本就没有回到唐镇,不知所终,也许还没有走出京城,就倒卧街头了。李公公十分忧伤,更让他忧伤的是,唐镇人对他投来的鄙夷的目光。一次,有人在窃窃私语,嘲笑他是个阉人。听到那些话语,他陷入了一片黑暗之中,凄惶地逃回住的地方,抱着一个陶罐,潸然泪下。阉人,阉人……在皇宫里时,在他眼里,除了皇帝,所有的男人都是阉人,都是弓着腰跪着生的阉人,没有尊严的阉人!他以为走出了皇宫,自己就是个正常人了!他错了,自己到底还是个没有尊严的阉人!他想起了一个女人,一个被自己掐死的女人!因为他深得慈禧太后的恩宠,慈禧太后允许他娶妻。那个只做了他几个月妻子的女人,在他眼中是个荡妇。他经常在晚上脱光了女人的衣服,提着灯笼照她的裸体。女人的裸体令他目光迷乱,喉咙里发出叽叽咕咕的

183

声音，他伸出手，用长长的指甲轻轻地刮女人泛着白光的细嫩皮肤，女人喘息急促起来，他的呼吸也急促起来，放下灯笼，就像饿鬼般扑上了女人的肉体。可他是个阉人，只能用手和舌头发泄内心熊熊燃烧的欲火……久而久之，女人对他绝望了，用沉默对抗他的无能，他也心如死灰。偶尔，他会在半夜醒来，强行地把女人的衣服剥光，低吼着在她的身体上又抓又挠，弄得女人痛不欲生，可她咬着牙，一声不吭，报之以冷漠。某个深夜，李公公回家晚了，当他悄悄地推开虚掩的房门，就听到了女人的呻吟。他的脑袋嗡的一声，难道女人和哪个男人在做见不得人的事情？他扑过去，拉开帐子一看，女人赤身裸体，竟然自己把手放在阴部……李公公拿起一根棍子，拼命地打她，边打边说："臭婆娘，臭婆娘——"女人实在受不了了，大声说了声："阉人！你有本事打死我，我早就不想活了！和你这个阉人在一起，生不如死！"阉人这个词无情地击中了李公公的要害，他疯了，扔掉手中的棍子，扑过去，双手死死地掐住女人的脖子。女人挣扎着，两腿乱蹬……她的脸色涨得青紫，眼睛突兀，瞳仁渐渐地放大扩散，最后浑身瘫软下去，一命呜呼！女人死了，他也没有放手，双手还是死死地掐住她的脖子……李公公真的想掐死唐镇那些说他阉人的人，可他没有力量！他自言自语道："我要让你们都跪在我的脚下，让你们都成为阉人！"于是，他想到了高高在上的皇帝，是的，在皇权面前，所有的人都是阉人！没有尊严的阉人！他已经做了一辈子没有尊严的阉人，在死之前，他必须做个有尊严的人！他要让唐镇人在他面前抬不起头，让他们臣服……

现在，一切都在他的掌控之中，事情往既定的方向顺利发展，李公公能不心旷神怡吗！

李慈林急匆匆地走进来，后面跟着王海荣。

李慈林走到李公公面前，跪下说："小人给皇上请安！"

王海荣也跪下："小人给皇上请安！"

李公公瞥了他们一眼，缓缓地伸出兰花指说："起来吧——"

李慈林站直了身："皇上，唐镇来了个不速之客。"

王海荣还跪在地上，诚惶诚恐。

李慈林说："让海荣和你说吧。"

李公公鄙夷地看了王海荣一眼："你也起来吧！"

王海荣颤声说："谢皇上！"

就是当上团练后，他也很少进入藏龙院见到李公公，李公公保养得很好的白嫩的脸上有股摄人心魄之气，王海荣胆战心惊。

李慈林说："王海荣，你把你看到的一切都向皇上禀报。"

王海荣说："好的好的，我说，我说。傍晚时分，我奉命去监督修城墙。在东城门口，看到一个神秘的怪人牵着一匹高头大马走来，马上还坐着李团总的女儿李红棠……"

王海荣讲完后，觉得自己的脊背上冒着汗，他一直低着头，不敢和李公公阴森的目光相碰。

在李慈林的眼里，王海荣就是一条狗，就是一个阉人。

他冷冷地对王海荣说："你退下去吧！"

王海荣赶紧慌乱地跑了。

李公公呷了口茶，指了指旁边的太师椅，笑了笑说："慈林，坐吧，我们俩在一起，就不要那么多礼节了。"

李慈林说："谢皇上！"

李公公给他斟了杯茶说："这茶不错，入口柔滑，满嘴留香，尝尝！"

李慈林说："我自己倒，自己倒，皇上给我倒茶，雷公会响！"

李公公突然压低了声音，在李慈林耳朵边上轻轻地说了起来。李慈林神色严峻地听着，不时地点头。李公公说完后，李慈林就站起来说："皇上，您老慢慢品茶，我就下去办事了。"

185

李公公阴险地笑了笑："去吧！"

李慈林匆匆而去。

李公公望着他的背影若有所思。

突然，李公公的眼中露出了凶光，一巴掌拍在八仙桌上，低沉地说："老夫平生最恨的就是洋鬼子——"

夜渐渐深了，余狗子还没有出门。

沈猪嬷不时地催促他："你还不去赌呀，都什么时候了？"

余狗子有些恼火："烂狗嬷，你催命呀！你不是一直反对我去赌吗，今天太阳从西边出来了，还催我去赌！真是的！"

沈猪嬷脸红了，她心里有事，这些日子以来，每天晚上，她把孩子们安排睡觉后，就盼望着李骚牯的来临，当然余狗子在家是绝对不行的，余狗子把她还赌债，没有人会管，可要是被人抓住她偷人，那可是要被装进猪笼里沉进姑娘潭的。她还不敢明目张胆地和李骚牯搞破鞋。奇怪的是，李骚牯这些日子一直就没来，让她每天晚上的希望都落空，就是这样，她还是充满了希望，心里坚信李骚牯一定还会来。

余狗子捉摸不透老婆的心思，也懒得去思量，她爱干什么就干什么，只要不把这个家卖了。余狗子被沈猪嬷催得实在心烦了，就骂骂咧咧地出了门。不知怎的，他今晚就是不想出门。

余狗子一走，沈猪嬷脸上开出了一朵鲜花，她心里在呼唤："骚牯，你今夜一定要来哇——"

沈猪嬷把大门虚掩起来，这样李骚牯就可以不费任何气力进入她家，她卧房的门也没有闩上。

余狗子走出家门，冷冽的风吹过来，身体打摆子般颤抖了一下。

他路过朱银山家门口时，觉得朱家门楼底下站着一个人，定眼一看,又什么也没有。他骂了声:"见鬼了!"朦胧的夜色中,青花巷寂静极了,余狗子拖沓的脚步声变得很响。

他走出青花巷时,突然听到巷子里传来女人嘤嘤的哭声。

他回头看了看,什么也没有。

余狗子摸了摸自己心脏的那个部位,发现心没有跳出来,这才战战兢兢地往雨来客栈摸过去。

还没有来到雨来客栈,好像就到了铁匠铺门口吧,一个瘦高的黑影挡在了他面前。他差点一头撞在那黑影的身上。余狗子叫了声:"谁呀,挡在道中间,让不让人过呀!"

他的嘴巴突然被捂住了,有人在他耳边低声说:"烂赌鬼,快滚回家去,今天晚上雨来客栈不开赌局!你要是去的话,小心你的狗命!"

余狗子被捂得透不过气来。

那人一放手,他就转身往回跑,其实,他是个胆小如鼠的人,受到这样的威胁,如果他还敢去雨来客栈,那么,他就不是余狗子了。他身后传来两声冷笑。余狗子仓皇地回到家里。他推开卧房的门,已经脱得精光的沈猪嬷在黑暗中朝他扑过来,抱着他一通乱啃,嘴巴里还发出哼哼唧唧发情的声音。余狗子想,这妇人是不是疯了,猛地推开她,恼怒地说:"烂狗嬷,你作死呀——"

沈猪嬷听到自己老公的声音,心里凉了半截。她实在不明白,为什么他会突然回来。

余狗子心里冒出一股无名之火,一不做二不休,把沈猪嬷弄上了床,压在了她身上,口里不停地说:"骚货,你不是喜欢弄吗,我今天弄死你!"

这是非常意外的事情,余狗子从来没有如此疯狂过,沈猪嬷的欲火还没有熄灭,痛快地迎合着他的进攻,而且,她脑海里想的是李骚牯。可是,很快地,余狗子就不行了,沈猪嬷心里一阵悲凉,余狗子毕竟不是李骚牻,不能给她带来高潮和快乐,哪怕只是一瞬间。

约翰疲惫地躺在眠床上,被子对他来说有些短了,他的双脚伸到了被子外面。他觉得特别寒冷。在这个寒冷的冬天,进入唐镇,他心里还是没底,不清楚会发生什么事情。让他心里有些安慰的是,唐镇人给他留下了淳朴善良的印象,从李红棠到胡喜来,还有那些前来看热闹的人,他们的眼神里没有邪恶的影子。他希望唐镇人都成为天主的子民,得天主的庇护,如果这样,唐镇人就有福了。

窗外的风呜呜呜叫。

狗吠声偶尔从远处传来,不一会儿就重新回归寂静。

约翰觉得这是个宁静的夜晚,甚至有些美好,因为他心里把唐镇人想得美好,在黑暗中,他脸上也露出了微笑。他要带着微笑进入梦乡。

迷迷糊糊之中,他觉得有个人站在了床边。

他的身体动弹不得,也说不出话来。

他渐渐清醒过来,轻轻地握了握手,能够动弹了,但是他没有动弹,也没有开口说话,他在以不变应万变。他不清楚床边站着的是什么人,对他的生命会不会构成威胁。这毕竟是陌生的地方,尽管他来中国好多年了,也会说一口流利的汉语,并且了解不少中国的民情风俗,经历过许多险境。

一个低沉的声音说:"红毛鬼,你给老子乖乖地滚出唐镇,就饶了你的狗命,你要是胆敢留在唐镇装神弄鬼,一切后果你自己负责!唐镇不是你该来的地方,滚回你的老家去吧,唐镇不需要你!老子已经警告过你,听不听由你——"

约翰心里一沉。

唐镇同样也潜伏着危险。

那人鬼魅般消失后,约翰想,是留在唐镇呢,还是离开?

窗外的风还是呜呜地鸣叫。

唐镇变得诡秘,平静中隐藏着巨大的暗流。

约翰的身体蜷缩起来,寒冷令他战栗。

第十一章

　　唐镇的城墙很快就要修好了，剩下两个城门在做最后的收尾工作。这所谓的城墙，其实就是用黄黏土夯起来的土墙，土墙一米见宽，十米左右高。建好的土墙上面植上了密密麻麻削尖了的毛竹，功夫再好的人要爬进来也是相当困难的。张发强指挥众人把厚重的城门装上去时，天上飘起了牛毛细雨，寒风呼啸。张发强心想，终于干完了一件毫无意义的事情，再过半个多月就要过年了，赶快回家做些水桶木盆什么的，换点钱，否则，这个年没法过了。张发强觉得十分对不起家人，往年这个时候，他会请裁缝到家里为全家老小做过年穿的新衣裳，今年却根本就没有这个可能了，几乎整个冬天都耗在了城门上，钱没有赚到，拿什么去扯做衣服的土布。想想，那个李公公的确可恶，出这样的馊主意。张发强不敢把这个想法说出来，只是阴沉着脸，火气变得很大。

　　这个早晨，天上还是飘着牛毛细雨。
　　李红棠对冬子说："阿弟，阿姐这回出去，时间可能会长一些，你耐心地在家等我归来,我想在过年前,把姆妈带回家,我们一起过个团圆年。"

冬子含着泪说:"阿姐,你莫要去了,如果姆妈想归家,她自己会归来的,你到哪里去找呀?你都找了这么久了,也没有找到。"

李红棠目光坚定地说:"我会找到姆妈的!"

冬子阻止不了她,就像阻止不了唐镇发生的任何事情一样。

李红棠把已经完全变白的头发盘起来,包上了那块蓝花布,她又用另外一块蓝花布蒙在皱巴巴的脸上,只露出那双明亮清澈的眼睛,然后戴上斗笠,离开了家。她穿过湿漉漉的小街,一直朝镇东头走去。路过雨来客栈时,她目光不经意地往里瞟了瞟,没能够看到那个英国传教士。

李红棠穿过城门的门洞,一直朝山那边走去。

有一个人跟在她后面,跟到城门洞时,他站住了,目送李红棠的身影消失在凄风苦雨之中,眼中有泪水滚落。

此人就是唐镇的侏儒上官文庆。

他朝土地庙走去。

新建的土地庙在这灰暗的日子里仿佛透出一缕亮色。

上官文庆心怀希望走了进去。他跪在土地爷和土地娘娘的塑像下,不停地磕头,口里不停地说:"救苦救难的土地公公和土地娘娘,你们保佑李红棠尽快找到她姆妈吧;也求你们保佑她平平安安,没病没灾,让她的头发重新变黑,让她的容颜重新变得美丽;我可以用我的命去换这一切,为了她,我可以去死——"

那两尊泥塑慈眉善目地立在那里。

上官文庆的额头磕出血了,泥塑也还是无动于衷。

上官文庆的头很痛,仿佛裂开了好几条缝。他的双手抱住疼痛的头颅,企图把那些裂开的缝合回去。他觉得那些裂开的缝在弥合,弥合的过程中,头在收缩,脸上的皮肤也在收缩,甚至连头骨也在收缩,疼痛没有减轻,反而加剧。上官文庆忍耐着剧痛,大声喊道:"土地公公,土地娘娘,你们开开眼,让红棠找到姆妈吧!让她的头发变黑,让她的脸还原,只要她的美丽重现,我愿意承担一切惩罚!如果她有什么罪过,请让我来替她承担,不要让她失去姆妈,不要让她失去美丽——"

这时,约翰从外面走了进来。

他高大的身躯使土地庙显得狭小,也和上官文庆形成了鲜明的对比,他是个巨人,上官文庆就是袖珍的小矮人。约翰蹲了下来,把跪在地上痛苦万状的上官文庆扶了起来。上官文庆的额头上淌下了鲜红的血。约翰从口袋里掏出一块洁白的手帕,轻轻地擦拭着他额头上的血,边擦边说:"可怜的孩子,你病得不轻哪!你要把自己的健康托付给天主,因为我们自己都不是自己的主人,将自己的健康完全交付给天主就是对天主完全的信赖,无论以后如何,不管发生什么疾病,都全心信赖天主的照顾。通过病苦,我们才会有病苦后的喜乐,因为病苦能磨炼人,让人不再依赖自己。信主吧,主会让你获救!"

上官文庆默默地注视着他幽蓝深陷的眼睛,脸上毫无表情,他没有因为约翰的长相而惊讶,因为自己就是个长相奇怪的人,他相信这个世界上什么人都会有,无论相貌美丑,都可以存在,都可以有一颗良善之心,都能爱惜人也能够被爱惜,这也是他与众不同的地方。

过了一会儿,上官文庆讷讷地问:"天主是什么?"

约翰微笑着说:"天主是唯一的神,天主是万能的,我们都是天主的子民。"

上官文庆说:"那土地爷呢?"

约翰摇了摇头说:"土地爷不是神,只有天主才是,只有天主才能赐福于你。你要信天主,你就能得救。"

上官文庆说："你说的是真的？"

约翰点了点头："我给你讲个真实的故事。就在我到中国不久的时候，在一个村庄里，看到一个孩子，他得了肺痨，快死了，躺在床上奄奄一息。我到他面前时，他睁开了眼睛，说他信主，要我给他施洗。结果，他得救了，很快地，他的病好了，变成了一个快乐的人。"

上官文庆说："如果我信，主能够让红棠找到姆妈吗？主能够让红棠的白发重新变黑吗？能够让她……"

约翰坚定地点了点头："一切都有可能！"

就在这时，王海荣站在庙门外，大声对上官文庆说："文庆，你不要相信红毛鬼的话，皇上说了，红毛鬼来我们这里是害人的！"

约翰站起来，对着王海荣说："我不是魔鬼，我没有害过人，我是上帝的使者！"

王海荣朝地上吐了一口痰："呸！你说的都是骗人的鬼话！"

约翰激动地说："我没有骗人，没有！你没有权利污蔑我！"

上官文庆呆呆地站在那里，脑海里一片空茫。

约翰和王海荣都离开后，他喃喃地说："如果能让红棠一切都好起来，信天主又有什么不可以呢。"上官文庆记得约翰临走时，回过头，意味深长地看了他一眼。约翰的背影有些凄凉。

他走出庙门，站在细雨中，往远山眺望。

他心里牵挂的那个人此时在干什么？

一无所知。

上官文庆唯一能做的就是为她祈祷。

一个人走到他旁边，伸出粗糙的手掌，在他头上摸了摸，沉重地说："孩子，你站在这里看什么呢？"

上官文庆抹了抹眼睛，抬起头，看到了父亲上官清秋的脸，那是一张古铜色的沟壑纵横的老脸。

上官文庆本能地哆嗦了一下，从来没有见过父亲如此慈祥地看着自己，父亲也从来没有如此温暖地轻抚他的头。

上官清秋动情地说："孩子，你姆妈是对的，无论如何，你是我们的亲骨肉，我不能那样无情对待你的。孩子，走吧，我带你去郑老郎中那里，让他再给你看看，我不能看着你这样下去。"

上官文庆什么话也说不出来。

李慈林要把冬子过继给李公公的消息在唐镇的阴雨天中不胫而走。很多人都说冬子真是个有福气的人，每个人的命都不一样，都是天注定的。冬子却十分忧伤，他知道等不到姐姐回家，自己就要被送进李家大宅了，父亲李慈林已经正式和他谈过了这个事情。冬子想，凄风苦雨中的姐姐要是知道这个消息，会怎么样呢？

整个上午，冬子坐在阁楼的窗前，目光痴呆地俯视着小街，一声不吭。阿宝陪着他，也一声不吭。阿宝担心他进了李家大宅后就不会再和自己玩了，冬子是他在唐镇最好的朋友，如果冬子不理他了，该有多伤感，该会多么的孤独？

唐镇人没有料到，李公公会叫一顶四人大轿到冬子家门口接他。

轿子抬到他家门口时，人们纷纷前来围观。

李慈林走进家门，朝阁楼上叫道："冬子，快下来。"

其实冬子早就看到了从兴隆巷抬出的轿子，也看到了神气活现地走在轿子前面的父亲。

也看到了躲在一个角落里惊惶的李时淮。虽然父母亲没有讲过，冬子好像听谁说过他是杀死爷爷的凶手，冬子不相信他会做出那样的事情，在记忆之中，李时淮这个老头并不是凶恶残暴之人。冬子没有多想什么，爷爷的事情十分遥远，十分模糊，仿佛和自己没有什么关系。

冬子站起身，阿宝也站了起来。

冬子苦涩地笑了笑说："阿宝，我要走了。"

阿宝哭丧着脸，不知说什么好。

冬子说："阿宝，别难过，我又不是像姆妈那样找不到了，我还是在唐镇，还会出来找你玩的，等夏天来了，我们再一起去河里游水、摸鱼。"

阿宝眼泪汪汪地点了点头。

李慈林在楼下催他："冬子，快下来，听见没有？"

冬子在父亲面前是多么的软弱无力，他答应了一声，走下了楼。阿宝跟在他身后。阿宝下楼后，李慈林走过去，咬牙切齿地低声说："你以后不要再找冬子玩了，晓得吗？他和你的身份不一样了！"

阿宝吓得快步跑了出去，一出门，就被张发强一把拉过去，张发强双手按住阿宝的肩膀，默默地看着冬子上了轿子，被人们前呼后拥地抬走。李慈林怪异地瞟了张发强一眼，张发强发现这个曾经和自己相处得不错的邻居变得异常陌生，他们已经不是一路人了。

冬子乘坐的轿子被抬走后，阿宝哭出了声。

张发强心里也十分难过，他是替李红棠难过，李红棠回家后就孤身一人了，她会怎么想呢？李红棠是多么好的一个姑娘。张发强轻声对儿子说："阿宝，莫哭，冬子不会忘记你的！"

李驼子走到他们身边，叹了口气说："造孽呀！"

沈猪嫲刚刚好路过，听到了李驼子的话，笑着说："驼背佬，你莫要乱说哟，小心被人用鞋底抽嘴巴。"

李驼子说："只有你才会被人用鞋底抽嘴巴！"

沈猪嫲没脸没皮地说："我愿意被抽，气死你！"

李驼子淡淡一笑："我生什么气，要生也不会生你这种人的气。不要以为自己傍上了谁，就没有人敢抽你的嘴巴了，你记住我的

195

话,好自为之吧!很多事情不是你想的那么简单的!"

李驼子说完就走了。

张发强叹了口气,拉起儿子的手,回到了家里。

他还要继续干木工活,过年一眨眼的工夫就会到来。

冬子坐在轿子上被抬向李家大宅时,约翰也站在街旁,用迷离的目光注视着轿子上的冬子,仿佛这是一件神奇的事情。李慈林经过他身边,恶狠狠地瞪了他一眼,嘴巴里说了句什么,约翰根本就没有听清楚。约翰是个执着的传教士,不会因为威胁而妥协,他坚信天主的力量,也坚信自己的力量。他来唐镇的两天里,走访了好多贫苦的人家,给他们讲天主的神圣,也给那些贫苦的人家送去了一些铜钱,告诉那些贫苦人,这些铜钱是天主赐给他们的。

冬子进入李家大宅的这天下午,天气骤变,一下子变得十分寒冷,天空中飘下的牛毛细雨很快就变成了飘飞的雪花。雪越来越大,天空和大地不久就白茫茫一片。

鹅毛大雪一直不停地飘落。

傍晚时,约翰来到小街上,看到很多孩子在小街上堆雪人。阿宝也在堆雪人,他脸上呈现出忧郁的表情,看得出来,他并不快乐。雪花在约翰的眼里是那么的圣洁,他自然地想起故乡过圣诞节的情景,心中的那份童心被激发得淋漓尽致。他也跑过去,和阿宝一起堆起了雪人。阿宝从他的幽蓝的眼睛里看出了某种可以亲近的东西,就接纳了他。

阿宝说:"要是冬子在就好了。"

约翰微笑地问他:"冬子是谁?"

阿宝忧郁地说:"是我最好的朋友。"

约翰说："是你兄弟？"

阿宝点了点头。

约翰说："他现在在哪里？"

阿宝说："他到李家大宅去了，不晓得他现在在干什么，是不是也在堆雪人？"

约翰想起来了："是不是下午被轿子抬走的那个漂亮男孩？"

阿宝点了点头。

约翰说："看得出来，你很不快乐。"

阿宝说："冬子也不会快乐的。"

约翰无语了。

……

约翰踩着小街上的积雪，来到了胡记小食店的门口。小食店里，两个佩刀的人在喝酒，其中一个就是在土地庙门口骂过他的人。王海荣面向店门口坐着，他瞥了约翰一眼，目光中充满了莫名其妙的仇恨和厌恶。约翰感觉到了他目光中包含的内容，他没有恐惧，直接就走进了小食店。

约翰对在灶台前忙碌的胡喜来说："胡老板，给我弄点吃的吧。"

胡喜来面露难色，看了看王海荣，又看了看约翰，不知所措。

约翰好像明白了什么，笑了笑说："胡老板，你随便给我弄点吃的，我加倍付你饭钱。"

胡喜来为难地说："不是钱的问题，而是晚上小食店全被王团练包下了。"

约翰说："没关系，没关系，我不吃了，不吃了。"

他回转身，朝对面的雨来客栈走去。王海荣脸上浮现出一丝冷笑。这种莫测的冷笑出现在他的脸上，在胡喜来眼中十分的奇怪，原来他不是这样的人，这个在唐镇历来都是老实巴交的人，怎么会变得如此阴险？胡喜来感觉到，很多从前很老实的年轻人，当上团练后就变得不一样了，这些人的目光里都有一种寒光闪闪的杀气，这种杀气让胡喜来不安和恐惧，他真切地认识到，这是一群得罪不起的人，是一群被洗过脑的人。

唐镇也许真的要变天了，胡喜来这样想。

王海荣的目光一直注视着对面的雨来客栈。

约翰刚刚踏进雨来客栈的门，客栈老板余成就满脸堆笑地迎上来，说："客官，你回来了，洗脚水我也替你烧好了，一会儿就让伙计给你端上去。"

约翰说："谢谢，谢谢！"

余成突然面露难色，欲言又止。

约翰笑了笑说："余老板，你有什么吩咐吗？"

余成无奈地说："我们皇上传下话来了，让你在这里住最后一个晚上，明天你就离开这里，好吗？今天晚上的房钱就不收你的了。"

约翰疑惑："皇上？你们北京的皇上知道我？知道我在唐镇？"

余成说："不是，是我们唐镇自己的皇上。"

约翰若有所思地说："哦，你告诉你们皇上，我可以不住客栈，可是我不会离开唐镇的，唐镇人需要获救，需要蒙主的福音。"

余成点头哈腰："好的，好的！"

约翰上楼去了。

余成吩咐一个伙计："快把洗脚水送楼上去！"

入夜了，唐镇到处都是白雪的光亮。这个晚上，唐镇人突然听到了"咿咿呀呀"唱戏的声音。怎么，今夜有戏唱也没有人通知大家？许多唐镇人这样想。有些人睡下了，就不想起来了，也有些戏迷，不顾天气的寒冷，穿衣起床，冒雪往李家大宅门口赶去。这时，修好的东西两个城门已经关闭，还有团练把守，街巷上偶尔还有团练在巡逻，唐镇仿佛真的成了一个独立的王国。

阿宝也听到了唱戏的声音。

他喃喃地说："赵红燕，赵红燕——"

阿宝眼中闪烁着渴望的迷离光泽，很快地穿好衣服，悄悄地溜出了家门，"咔嚓""咔嚓"地踩着街上厚厚的积雪，走向兴隆巷。有三三两两的人从兴隆巷子里走出来，垂头丧气地回家。阿宝不明白他们为什么会这样，也没有向这些人问个究竟。阿宝来到李家大宅门口时，那里空空荡荡的，看不到戏台，也看不到人。唱戏的声音还是不绝于耳。阿宝注视着李家大宅紧闭的大门，断定唱戏的声音是从里面飘出来的。

天上还在飘着雪花，阿宝的脸冻得通红，两只手掌也冻僵了，嘴巴里却呵出热乎乎的气息。一定是赵红燕在唱，她的声音穿透寒冷的夜色，直抵阿宝的内心，阿宝获得了温暖。他靠在李家大宅的朱漆大门上，闭上了眼睛，赵红燕波光流转的明眸和红唇皓齿浮现在他的脑海，那么的真切，仿佛就在他的眼前，一伸手就可以触摸到。

阿宝感觉自己幸福极了，幸福得自己的身体要如雪花般飘飞。

冬子和李公公还有唐镇最有文化的余老先生一起坐在鼓乐院戏台正对面的二楼包厢里看戏。冬子记得阿宝说过，戏班子没有离开唐镇，还在李家大宅里，当时冬子不以为然，戏班子走没走和他没有多大的关系。现在想起来，他为阿宝的准确判断惊讶，他不知道阿宝独自一人在大门外如痴如醉地听戏，要是知道，一定会对李公公说，让阿宝也进来看戏。冬子进入李家大宅后，就像一只被关进笼子里的小鸟，心情很难愉悦起来。让他奇怪的是，戏班的这些人就住在鼓乐院的这些房子里，怎么平常就没有一点动静传出来？李公公和余老先生看戏都十分入迷，如痴如醉，余老先生摇头晃脑，时不时还跟着哼上一两句。在别的包厢里看戏的还有朱银山等族长，都是唐镇有头有脸的人物，他们在晚宴上见证了冬子成为李公公继承人的仪式。李公公让冬子拜余老先生为师，从此和余老先生学文断字，他要让冬子成为一个知书达理的唐镇的未来统治者，而不是一个阉人。在李公公的潜意识里，冬子就是童年的他，通过冬子，他要让自己重新活一次。这场戏有两层意思，一层是庆祝冬子成为李公公的继承人，另外一层意思是答谢余老先生，只要有戏看，李公公让余老先生做什么事情，他都乐意，他也搬进了李家大宅，和李慈林他们这些李公公的心腹一起住在宝珠院的偏房里。

戏一直唱到深夜。

这让许多唐镇人难以入眠，他们真切地感受到了李公公的贵贱高低之分、皇帝和小老百姓的根本区别，唱戏的声音无疑强烈地吊着他们的胃口，在对李公公心存敬畏之时，渴望他能够施恩，让大家看上一场大戏。

要不是唱完戏后，那些族长们出来，看到在门口冻僵了的阿宝，阿宝也就一命呜呼了。就是这样，阿宝被人救回家后，还是大病了一场。这个雪夜，赵红燕金子般的嗓音并没有给阿宝带来真正的快乐和温暖，也没有给唐镇带来任何喜庆的气氛。

约翰也听到了赵红燕如莺的嗓音。

他躺在床上，闭着眼睛想象着唱戏人的模样，那该是什么样的一个美人？他也本想去看看的，可是他不敢在晚上出门，担心遭到袭击，这种事情并不是没有的，在别的地方，他也曾经被袭击过，还差点被夺去生命。睡觉前，他把房门和窗门闩得紧紧的，还用房间里的桌子顶在了门上。约翰平常睡觉都要熄灭灯火，才能睡得安稳，今夜，却没有吹灭那盏小油灯。如豆的灯火飘摇，透出一种苦难岁月的温情。

约翰并不怕威胁，他总是能够从天主那里获得力量。

他并不想离开唐镇，他要在这里给很多苦难的人洗礼，让他们诚心地信天主。他甚至想在唐镇建一所教堂，让教民们有做礼拜和告解的地方。当然，要实现这些，难度很大，充满了挑战。这两天，约翰走访了几个贫苦人家，从他们怀疑而又好奇的目光中，他看到了希望的火星。那细微的火星令他兴奋不已，他必须找到一个突破口。约翰把目标锁定在那个患病的侏儒上官文庆身上，据了解，唐镇的名医郑士林也诊断不出上官文庆得了什么病，他的身体连同他本来硕大的头颅一天天渐渐地缩小。很久以前，约翰听说过有种可怕的病症，叫作缩骨症，传说得了此病的人，身体会一点点地缩小，最后变成一小团，然后痛苦死去。约翰断定上官文庆得的就是这种病，他希望上官文庆能够接受他的施洗，然后得到天主的庇护，让他得到解救。他已经说服了上官文庆，并且要在唐镇的街上给上官文庆洗礼并且祈祷。这样，或许唐镇人会从上官文庆身上看到天主的神示以及爱和力量，会有更多的人接受他的洗礼。

　　他的脸上浮现出安详的微笑。

　　他在微笑中沉睡。

　　约翰的手紧紧地握着胸前的那个十字架。

　　三更时分，打更人从镇街上走过，口里一遍遍地拖长声音喊着：“三更咯，三更咯，年关将近，风干物燥，小心火烛——"

　　打更人歌唱般的喊叫并没有吵醒约翰。

　　打更人的喊叫声过后，几个蒙面的黑衣人潜进了雨来客栈，雨来客栈里面静悄悄的，赌徒也不知道跑哪里去了，或者根本就没来。

　　约翰睁开眼时，看到了那几条人影站在床前。他猛地坐起来，厉声说：“你们是谁？"

　　有人冷笑道："红毛鬼，你莫要问我们是什么人，你是给脸不要脸，让你乖乖离开，你偏偏不走！这叫天堂有路你不走，地狱无门你自来！我们要带你到一个极乐的世界里去，让你和你的天主见面！弟兄们，把这个红毛鬼捆起来！"

约翰想要喊叫，那几个人扑上来，按住了他，把一块布帕塞进了他的嘴巴里，不一会儿，约翰就被捆了个严严实实，无法动弹，他深感自己凶多吉少。那几个人把他装进了一个巨大的黑麻布袋子里，他陷入了万劫不复的黑暗，油灯散发出的温暖光芒远离了这个叫约翰的英国传教士。

……

唐镇传出了马的嘶叫。

被惊醒的唐镇人都知道，那是约翰的枣红马发出的撕心裂肺的嘶叫……

李公公给冬子准备的房间就是他上次住的那个房间，藏龙院的那栋房子只住着三个人，一个是李公公，另外一个是冬子，还有一个就是保姆吴妈。李公公住在厅堂右边的厢房里，冬子住的是左边的厢房，吴妈则住在一间偏房里，其实这里还有很多房间，都空在那里，没有人住。冬子想，那些空房间要是给姐姐和阿宝他们住该有多好。

看完戏，李公公拉着冬子的手在一个提着灯笼的团练引领下，走进了藏龙院。李公公把冬子送进了房间，房间里的铜盆里，木炭烧得正红，暖烘烘的气息把冬子包裹住了。李公公笑着说："冬子，喜欢这里吗？"李公公的目光有种无形的威慑力，冬子不知道说什么好，不敢说出心里的真实想法，只好慌乱地点了点头。他心里真实的想法就是，回到那个虽然寒冷但还存留着温情的家里，等待姐姐回家。李公公伸出手，轻轻地摸了摸他的脸，他的手特别柔滑，却没有温度，冬子觉得有条冰冷的蛇从脸上滑过。

李公公说："冬子，不早了，歇息吧。有什么事情可以叫吴妈，也可以叫我,以后这里就是你的家了。"

冬子朝他鞠了个躬:"皇帝爷晚安!"

这都是下午李慈林教他的,他都记在心里了。为什么叫李公公"皇帝爷",这里面也有说道的,按辈分,李慈林还要叫他叔,冬子过继给他,只能做他的孙子,要是冬子把他当爹,那就闹笑话了。无论如何,李公公也算有后了。

李公公满意地笑了:"好孩子!"

李公公走后,冬子环顾了一下这个给他留下过恐怖记忆的房间,心脏扑扑乱跳。房间里的油灯换成了两个铜烛台,铜烛台上两根粗壮的红蜡烛燃烧着。烛光和炭火使房间里充满了温暖的色调,可是冬子还是担心阴风会从某个角落里飘出来,还有那冰冷的叫唤声……冬子躺在床上,心里想念着姐姐李红棠和下落不明的母亲。

姐姐是不是还在厚厚积雪的山路上艰难行走?冽风把她的皮肤吹得越来越皱,她明亮的眸子里积满了泪水,悲凄地一路走一路喊:"姆妈,姆妈——"突然,一个巨大的黑影朝她扑过来,把她推倒在雪地里,狞笑着说:"你姆妈死了,你永远也找不到她了!"姐姐惊恐地看着他,大声地说:"不,不,姆妈没死,没死——"黑影突然变成一只豺狼,张牙舞爪地扑到姐姐的身上……

冬子闻到了血腥味。

是的,浓郁的血腥味。

他尖叫着从床上坐起来,大口地喘息。

他浑身是汗。

房间里静悄悄的,他环顾了一下四周,什么也没有发现,只有烛光在默默燃烧,铜盆里的炭火还散发出热气。冬子的膀胱胀得要爆炸,几乎要尿到裤子上。他不顾一切地跳下床,来到角落里的马桶前,打开马桶盖,撒出了一泡热乎乎的尿。

这泡尿是被噩梦吓出来的。

冬子喘着粗气。他是不是该回到床上去？身上被汗水湿透的内衣冰冷地贴在皮肤上，十分难受。他蹑手蹑脚地来到门边，真想打开门，冲出李家大宅，回到自己的家里去，说不定姐姐已经回来，正在小阁楼里等待他的归来。冬子想起了父亲白天里阴沉着脸和自己说的话，心里就越来越寒冷。李慈林是这样对他说的："冬子，从今朝起，你就不是我的儿子了，晓得吗，你不是我李慈林的儿子了！你现在是顺德皇帝的皇孙了！你在唐镇的地位不一样了，你就是唐镇未来的皇帝了！你要记住，你不能轻易地走出皇宫的大门，也不可能走出去的，没有顺德皇帝的允许，谁也不可能放你出去，包括我！另外，你在这里应该老老实实地和余老先生识文断字，不要瞎跑，应该晓得的事情你自然会晓得，不该晓得的事情你也不要去探寻。就是看到什么事情，你也不要乱讲，把它埋在心里烂掉，装作什么也没有看见，什么也没有发生。对待顺德公，要尊重他，他现在是你爷爷，亲爷爷！他说什么话，你都要听，都要记在脑子里，就像从前听我的话一样！记住我的话了吗？"

冬子不敢打开这扇门。

突然，有细微的哭声传来。

女人的哭声时而尖锐，时而缥缈。冬子屏住呼吸，竖起耳朵，仔细辨认着传出声音的位置。

啊，女人的哭声竟然是从床底下传出来的。

冬子走到雕花的床边，弯下了腰，侧耳听了听，是的，女人的哭声是从床底下传出来的。他浑身的鸡皮疙瘩冒了出来，轻轻动一下，鸡皮疙瘩就会抖落一地。难道他的床底下藏着一个女人？或者说是一个女鬼？冬子在惊骇之中，强烈的好奇心促使他做出了一个大胆的决定。他用双手把桌上烛台上的蜡烛取了下来，放到了床底下，他蹲在那里，借着烛光，往床底下张望。床底下空空荡荡的，什么也没有，女人的哭声还是断断续续地传出。

冬子想，难道床下的地下还藏着什么？

这个想法使他的好奇心又强烈了许多。

冬子拿着蜡烛，钻进了床下。

他仔细地观察着床底下的任何一个微小的细节，探寻着隐藏着的秘密。恐惧而又好奇，十分刺激。

冬子挪动了一下脚，发现脚下的青砖有点松。这块砖下面有玄机？冬子伸出手，手指插进了砖缝里，取出了这块青砖。这块青砖取出后，女人的哭声真切了许多，他惊讶地发现青砖下面是木板。那么，木板下面是什么呢？要揭开木板看个究竟！此时，冬子心中只有这个愿望，把一切都抛到脑后了。冬子把周围的青砖一块一块地取出来，堆放在旁边……终于露出了一米见方的一块木板。

如果揭开这块木板，他会看到什么？

他的心狂跳着，快要破胸而出。

李家大宅隐藏了太多的秘密，必须一个一个地把这些谜团解开！冬子仿佛不是来当李公公的继承人，而是来这里探秘的。他也是唐镇第一个进入李家大宅的探秘人！

木板揭开了，露出一个黑洞。

女人的哭声更加真切了，果然是从这里面传出的。冬子看到，有个木头梯子通向黑洞。

他毛骨悚然。

冬子努力地克制着自己的恐惧情绪，他心里说："别怕，别怕，你见过野草滩上死人的脚，你看到过戏台上上吊的人……你还有什么可怕的，你很快就接近真相了，你不会放弃的，冬子，你从小就是个勇敢的人，你绝对不会放弃的——"

他蹑手蹑脚地走下了楼梯。

冬子下到黑洞里，地洞里十分沉闷，有种难闻的浊气，仿佛是死老鼠腐烂的气味。他手中的蜡烛随时都有可能熄灭。借着烛光，冬子发现有两条地洞,两个洞的深处都黑漆漆的,不知通向何方。女人的哭声还在继续,他该往哪个地洞里走,继续探寻女人泣哭的秘密?

李慈林和李骚牯在喝酒。

李慈林的眼睛血红,端起一碗糯米酒,几口就喝见了底。

李骚牯也喝干了一碗酒,瘦脸上紧绷绷的脸皮抽动了一下,试探性地说:"堂兄,你喝完酒是不是还要去浣花院?"

李慈林瞥了他一眼:"没出息的东西,成天就想着裤裆里的那点事情!我去不去浣花院和你有什么关系呢?你喝完就赶紧归家去吧,和你老婆想怎么搞就怎么搞!"

李骚牯说:"我不是这个意思。"

李慈林冷笑道:"那是甚么意思?你能有什么意思!告诉你,李骚牯,老子把你当人,你就是老子堂弟,是团练的副团总,也可以吃香的喝辣的;要是老子不把你当人,你就甚么也不是,连狗也不如,你明白吗?所以,老子的事情你不要管那么多,老子的女人,你也不要打主意!"

李骚牯神色慌乱地说:"堂哥,你误会了,我岂敢管你的事情,我的意思是,这么晚了,喝完酒就早点歇息吧,我是替你的身体着想哪!"

李慈林冷笑道:"嘿嘿,替老子身体着想!你不会是巴望我早点死吧,这样你就可以接替我的位置?想当年,老子被李时淮欺负时,你们这些亲房一个个躲得远远的,好像我是瘟疫!没有一个人出来说句公道话,要不是好心的王富贵把我收留,我早就饿死了!"

李骚牯额头上冒出了冷汗:"堂哥,你今夜怎么啦?我可从来没有这样想过,冤枉哪!"

李慈林又喝了一碗酒说："好啦好啦，老子今天心情不好，说的都是酒话，你不要记在心上，好自为之吧，到时少不了你的好处。"

李骚牯鸡啄米般点着头："我会好自为之的，绝不会辜负堂哥的栽培，你对我的大恩大德，永生难忘！"

……

李骚牯走出了李慈林的房间，没有回自己的房间，而是来到了院子里，冷风灌过来，他清醒了许多。天上还飘着雪。他朝雪地里吐了口浓痰，心里说："呸！老子为了你拼死拼活，连个戏子也舍不得让我碰一下，就是自己独吃，夜夜做新郎！"

不一会儿，他听到了脚步声。

他躲到了假山后面。

李慈林摇摇晃晃地走出来。

李骚牯悄悄地跟在他的后面。

李慈林走出了宝珠院，进入了浣花院。他来到浣花院的圆形拱门前，打开了那个铜锁，推开门，走了进去。

李骚牯的眼中冒着火，那门被重重地关上后，他咬着牙低声说："李慈林，你独食呀，戏班里好几个女戏子呐，你怎么就不留一个给我，你一个人弄得了那么多吗！赵红燕我想都不敢想，你独霸好了，那些演丫鬟的小戏子发配一个给我也可以呀！李慈林，你太狠啦！"

他突然觉得背后站着一个人，朝他的脖子上吹了一口凉气。

李骚牯惊骇地回过头："谁——"

什么人也没有。

冬子选择了一个地洞，朝里面钻进去，因为他感觉女人的哭声是从这个地洞里传出来的。他在地洞里走了一会儿，看到前面透出了一缕亮光。冬子的心提了起来，他相信，女人的哭声就是从那亮光之处传过来的。冬子突然有些害怕，他不知道自己会看到什么，或者说会不会有什么危险。他想退回去，可又不甘心，想了想，还是硬着头皮往前走，大气不敢出一声，悄悄地往亮光处摸了过去。

地洞里十分闷热。

冬子身上又流汗了，这是因为紧张，还是闷热？

来到亮光处，才发现这是一扇木门，那亮光就是从门缝里透出来的，女人的哭声顿时变得如此真切。这里面到底是什么地方，到底是什么人在哭？带着这些折磨着他心灵的问题，冬子把眼睛凑近了门缝。

冬子倒抽了一口凉气，差点惊声尖叫出来。

第十二章

那是地下的一个密室。

密室里摆设十分简单,一面墙上挂着一幅画像,画的是个雍容华贵穿金戴银的盛装老女人。另外一面墙下放着木头神龛,神龛上放着个红布封口的陶罐,陶罐前有个小香炉,小香炉里焚着檀香。

李公公穿着一身宫廷里的太监服,跪在画像下的蒲团上哭泣,哭声尖厉而又伤悲,好像是死了亲人。

李公公边哭边说:"老佛爷,奴才对不住您呀,奴才该死!不能伺候您了!"

说完后,李公公沉默了,哭声也停住了。

过了一会儿,李公公突然站起了身,眼睛里没有一滴泪水,哭了那么久,竟然没有流一滴泪水。

他目光哀怨,翘起兰花指,指着画像中的盛装老女人,像个怨妇一样说:"你这个老妖婆,老夫一直伺候着你,你高兴了,给我一个甜枣吃;你不高兴了,就大发脾气,把我当一条狗!老妖婆,你给我睁大眼睛看看,老夫现在也是皇帝了,你奈我若何!"

紧接着，李公公把身上的太监服脱下来，狠狠地扔在地上。然后，他从神龛的抽屉里取出一条黄色的长袍，"哗"地抖开，穿在了自己身上。黄袍的正反两面都绣着一条张牙舞爪的龙。穿上龙袍的李公公在密室里走来走去，神气活现的样子，嘴里不停地说："老妖婆，老夫现在也是皇帝了，你奈我若何！老夫从此再不伺候你了，不伺候了！你一定会被我活活气死吧！老夫就是要气死你，气死你——"

李公公边说边扯下了盛装老女人的画像，扔到地上，用脚踩着画像中老女人的脸。

他喃喃地说："我不是阉人，不是！我现在也是皇帝了！老妖婆，老夫再不会在你面前低三下四了！老妖婆，你求我呀，求我我就放了你，否则，老夫永远把你踩在脚下，让你永世不得翻身！老妖婆，你求我呀，求我呀——"

突然，李公公浑身颤抖。

他的眼神慌乱而又惊恐，好像是鬼魂附身。

他跪倒在地，在画像中老女人的脚下，不停地磕头。

他哭着说："老佛爷，奴才该死！奴才不应该冒犯你老人家的，奴才该死，奴才愿意一辈子伺候你，奴才舔你的脚，奴才给你当马骑，奴才是你脚下的一条狗……"

冬子看着李公公在密室里的表演，心中一阵阵地发冷。

他不知道那画像中的盛装老女人是谁，只是觉得李公公特别地瘆人。

冬子无法再看下去了，也害怕被李公公发现他在偷窥，那是李公公的秘密，一定不想让任何人知道，冬子无法预料如果李公公发现了他，会对他怎么样，这样一个活人，比鬼还可怖。

冬子赶紧退了回去。

回到房间里，冬子躺在床上，心里还七上八下的。

李公公还有什么不可告人的秘密？
　　还有，另外一个地洞通向何方？

　　年关将近，唐镇热闹起来。每天都有不少人从周围的乡村里进入唐镇，把一些土产拿到镇街上卖，然后换些自己需要的年货回去，准备过年。城门每天清晨打开，晚上关闭，这让一些人很不习惯。不过，唐镇人还是觉得这样十分安全，睡觉也比从前安稳了。从前这个时候，还是会有些外乡的土匪在黑夜里闯进来，抢东西回山寨里去过年，那些土匪大都是心狠手辣的人，弄不好，非但把东西抢了，还要人的命。唐镇邻近的那些乡村，都拥戴李公公当皇上，每个村都筑起了土围子，还成立了保安队，保安队都是李慈林的人，这样就形成了联防，土匪也不敢轻举妄动。
　　这个时候，还是有些外乡人进入唐镇收山货，准备把收来的山货倒腾到别的地方去卖，他们几乎都住在雨来客栈。奇怪的是，这些陆陆续续住进雨来客栈的异乡人都没有再从客栈里面走出来。
　　胡喜来看得最真切，每当有异乡人住进雨来客栈之后，都会在他的小食店里用餐，酒足饭饱后，就回客栈的房间里睡觉。胡喜来异常地纳闷，就是没有见他们出来过，水雾般在太阳底下蒸发得干干净净。
　　胡喜来会问余成："那些住店的人怎么不见了？"
　　余成说："有人来住过店吗？"
　　胡喜来认真地说："有呀，他们昨天晚上还在我这里吃过夜饭的。"
　　余成说："那可能是鬼在你店里吃了饭吧！反正我的客栈没有人来住过。"
　　余成的话把胡喜来弄得丈二和尚摸不着头脑。
　　唐镇人都知道，新年的正月初一是个好日子，李公公要举行登基大典。又是过年，又是登基大典，一定会有遭不散的热闹。唐镇人期待着，因为他们从来没有见过皇帝登基，就是他们的祖上、祖上的祖上也没有经历过如此重大的事件，还有许多人期待的是有大戏好看，这么重要的日子，李公公不可能不请大家看大戏，那个夜晚不应该寂寞，应该普天同庆。

上官文庆对李公公的登基大典漠不关心。

他心里牵挂的是李红棠。

李红棠出去几天了，也没有回来。他本来想让那个叫约翰的传教士给自己洗礼，希望天主给自己以及李红棠带来好运，可在一夜之间就找不到那个自称是上帝派来救苦救难的外国人了。

上官文庆想，他是不是上天去找上帝了？

他还会想，上帝到底是什么样子的，上帝能够看到自己吗，能够知道自己内心的伤感和爱恋吗？

上官文庆心里特别忧伤，脸上已经没有那标志性的微笑了，而且，身体在一天一天缩小，连同他的头颅。

他的头颅和身体每缩小一点，他就痛不欲生，疼痛得在地上翻滚，没有人能够拯救他，哪怕是他慈爱的母亲！恢复正常后，他坐在地上，汗如雨下，目光迷离，气喘如牛。

为什么自己的身体会缩小？

本来他的身体就够小了呀！

在跟随李红棠之前，他仿佛从来没有生过病，也没有任何的痛苦。

他十分明白自己是什么人，不可能有谁会爱他同情他，他也不需要谁的怜悯，他明白活着只能自己让自己快乐，所有的忧伤和痛苦都没有用，不可能让他变成一个正常的人。唐镇很多很多隐秘或者浮在水面的事情，他都知道，他总是用微笑看待发生在唐镇的任何事情，仿佛自己是一个超然的局外人，他的活着和唐镇无关，他只是大地的孩子。

他想问问不可企及的上帝，是不是因为自己动情了，身体才有了变化，内心才会如此痛苦，像是在油锅里煎熬；是不是自己注定不该去爱，不该去接触美好的东西？

找不到约翰，他只好到土地庙里去跪拜，祈祷李红棠平安回来，带着她的母亲平安回来。到了下午，他就会站在城门外，一直往东面的山路眺望，期待着李红棠窈窕的身影出现在自己的视线之中。路过的人，有的根本就看不见他，仿佛他是个不存在的人；有的人只是向他投来冷漠的一瞥，觉得他是个多余的人，生下来就是一个多余的人。

唐镇并不是上官文庆一个人忧伤，还有阿宝，他也十分忧伤，自从冬子进入李家大宅的那个晚上他冻得半死后，他就郁郁寡欢，不太爱说话了。

有时，他会站在冬子的家门口，呆呆地望着门上的那个铁锁，想象着冬子把门打开，笑容满面地把他迎进去。有时，他会孤独地走出西城门，踏着厚厚的积雪，来到唐溪边上，望着汩汩流淌的清冽的溪水，泪水迷蒙了他的眼眸，感觉冬子的声音穿过这个冬天的雾霭，清晰地进入他的耳孔。有时，他会走向兴隆巷，站在李家大宅门口的那片空地上，耳畔传来婉转亮丽的唱戏声，少年的心沉浸在莫名的伤感中，无法自拔……

没有人在意他的忧伤，没有人在乎他的孤独，连同他的父母亲。张发强还是在家里不停地做着木工活，为了让家人吃上一顿丰盛的年夜饭而辛苦劳动；母亲忙着把丈夫做好的东西拿到街上去卖，对于儿子的变化，漠然视之。

王海花成天喜形于色，这个往昔极为平常的妇人，如今走在小街上也一摇三晃的了，人们见到她，也会笑着和她打个招呼。她还会时不时停下来，和别的女人聊上几句，动不动就说："我家骚牯……"

李骚牯给她做了一身新衣裳，没有等到过年那天，她就穿出来显摆。人们都知道，她十分嘚瑟，是因为有个出人头地的丈夫，于是都心照不宣地笑笑，夸上她几句。

这天，王海花碰到了在街上卖菜的沈猪嫲。

李骚牯一直没有找过她，沈猪嫲心里不免有些怨气。

王海花招摇地走过来。

沈猪嫲心里骂了一声："什么东西，以为自己家鸡变凤凰了！有什么了不起的！"

沈猪嫲没有给她笑脸。

王海花注意到了她怨恨的眼神。

她走到沈猪嫲的面前，装模作样地说："哟，沈猪嫲呀，是不是余狗子昨天晚上赌输了呀，那么不高兴。"

沈猪嫲冷笑道："余狗子是赢是输，你管得着吗？老娘高兴不高兴，又关你甚么事？告诉你吧，就是李骚牯再神气，你也当不上皇后娘娘！大不了，李骚牯每个晚上多弄你两次，你就了不得了，也不撒泡尿照照，自己是什么货色！还管老娘高兴不高兴。"

旁人听了沈猪嫲的话，捂着嘴偷笑。

王海花的面子扫了地，脸红耳赤，一时语塞。她本来就不是个能说会道的妇人，本来只是出来显摆一下，没想到碰到了沈猪嫲这样没脸没皮的女人，一顿抢白就切中了王海花的要害。王海花无地自容，十分后悔惹了她，这都是自找的。王海花想想，如果在街上和她吵起来，占不到任何便宜，只会让自己陷入更尴尬的境地，只好悻悻而去。

沈猪嫲出了一口恶气，对着王海花的背影大声说："晚上让李骚牯再多弄你两回,明天再出来抖毛——"

说着,她呵呵笑将起来。

有人对沈猪嬷说:"你不要这样,小心有人抽你的嘴巴。"

沈猪嬷说:"抽就抽嘛,又不是没有被抽过!"

那人摇了摇头走了。

……

深夜,李骚牯潜回了家。脚都没洗,他就摸上了床,迫不及待地脱王海花的内衣裤。王海花紧紧地拉住裤带,不让他脱。

李骚牯欲火攻心,焦急地说:"老婆,你今晚怎么啦?"

王海花抽泣道:"我今朝被人欺负了,没有兴趣做。"

李骚牯说:"狗屁的!谁敢欺负你呀,他吃了豹子胆?"

王海花边哭边说:"就是那个多嘴婆沈猪嬷,她骂我还不算,还说你——"

李骚牯的手捏住了老婆松软的奶子:"她说我甚么?"

王海花说:"他说你是个没用的东西!"

李骚牯愣了一下,然后笑着说:"她说我没用,我就没用啦?我有没有用,你最清楚了!"

王海花娇嗔道:"亏你还笑得出来,你还是不是男人!"

李骚牯伸手扯下了她的内裤,上了她的身,气喘吁吁地说:"好了,老婆,我到时候把这恶妇的舌头割掉,看她还胡说八道!"

王海花破涕为笑:"这还差不多,不过,不要割她的舌头,把她的牙敲掉就行了。"

李骚牯剧烈运动起来,王海花嘴巴里发出了快活的呻吟。

李骚牯突然喊出了一个女人的名字:"红燕,红燕——"

王海花停止了呻吟,不解地问道:"谁是红燕?"

李骚牯意识到了错误,赶紧说:"你听错了吧,我喊的是你,海花,花——"

王海花这才继续呻吟,不过,好像不那么快活了。这时,李骚牯听到窗外传来阴冷的叽叽的笑声。李骚牯浑身颤抖了一下,身下的那家伙马上就软了,心里悲鸣:"你怎么就不能饶了我呀!"

……

李红棠回到唐镇的这个黄昏,夕阳把唐镇人家屋顶的积雪染得血红。

她的身影远远地出现在山道上时,等候在那里的上官文庆情不自禁地说了一声:"多谢土地爷,多谢天主——"

他想跑过去迎接她,可双腿灌了铅一般沉重,怎么也迈不动。

他站在那里,突然觉得身体又要缩小了。

他的头和身体像是被什么东西压榨着,浑身的骨头嘎嘎作响,肌肉紧绷绷的,仿佛要爆裂。

疼痛,无法抑制的疼痛。

他倒在地上,不停地翻滚,嗷嗷叫唤。

他不希望自己这个样子被李红棠看到,也不晓得她看到这个情景,会怎么样。

终于,疼痛消失了。

他又矮了一截,身体又缩小了一圈。

他可以感觉得到身体的变化,可怕的变化。

上官文庆不敢面对李红棠,在她将要临近时,拖着沉重的步履进了城门,找了个地方躲了起来。他不想让李红棠见到自己日益缩小的身体,也不想让她难堪,如果被人看到他们在一起,李红棠会害羞的,她毕竟还是一个十七岁的少女。

其实,李红棠早就看见了他。

她可以感觉到上官文庆的焦虑和关爱。

她试图去接受他的爱,可是——

如果上官文庆不躲起来,她也不知道如何面对这个可怜的男人。他是个善解人意的男人,这样的男人在唐镇又有几个?

李红棠觉得特别对不住他。

她走进了城门。

这时,夕阳沉落了西山,唐镇阴风四起。

守城门的团练目不转睛地审视李红棠。

面对团练芒刺般的目光,李红棠加快了脚步。

上官文庆在一个角落里注视着她,心随着她的脚步而动。

游四娣还是没有和李红棠一起回来,上官文庆心里有说不出的酸楚。

一阵狂风刮过小街。

李红棠头上和脸上的蓝花布被狂风吹落。

她头上的白发和枯槁的容颜顿时暴露在黄昏的天光中,众目睽睽之下,李红棠无地自容,本能地用双手捂住脸,又慌乱地捂住头发,双眸闪烁着无助而又屈辱的泪光。街上的人也目瞪口呆,他们怎么也想不到李红棠会变成这个样子,宛若一个老太婆,在很多唐镇人眼里,她根本就不是李红棠,而是一个陌生人!

上官文庆心中哀叫了一声,不顾一切地冲出去,去追逐那被狂风刮跑的蓝花布,等他气喘吁吁地把那两块蓝花布捡在手上,准备还给李红棠时,她已经跑回家里去了。上官文庆决定把两块蓝花布给她送回去。他在走向李红棠家的过程中,听到许多人在街旁议论她。有的话还说得十分难听,说李红棠是狐仙附身了,说不定很快就会死掉。

上官文庆心如刀割。

他的身体每天都在缩小,李红棠的容颜每天在变老,他们都得了一种奇怪的病,无药可救的病,他们是唐镇最可怜的人。上官文庆不知道为什么自己会这样,他想了很多,想不出个头绪,是不是和在黑森林的时候陷入腐臭的烂泥潭里有关？他无法确定。上官文庆宁愿把自己的病理解成思念所致，也许是心被李红棠带走了，他就一点点地缩小了。李红棠为什么会这样？上官文庆想，她的病是忧伤所致，自从她母亲失踪后，她就没有快乐过。忧伤是世间最残酷的毒药！

上官文庆来到她的家门口，面对紧闭的门扉，颤声说："红棠，开开门，我把蓝花布还给你。"

路人都用怪异的目光瞟他，可没有人驻足观看，上官文庆和李红棠在这个年关里瘟疫般让人躲避，谁也不想沾上什么邪气。只有阿宝站在上官文庆的身后，和他一起忧伤。

上官文庆轻轻地敲了敲门："红棠，我晓得你心里难过，你把门打开吧，我把蓝花布还给你，然后就走，我不会给你添任何麻烦的。"

李红棠哀绵的声音传来："文庆，你是个好心人，你走吧，蓝花布我用不着了，真的用不着了，你快走吧，天就要黑了，你要不归家，你姆妈会心焦。快归家去吧，不要管我了，让我自己静静，我不想见到任何人。"

上官文庆抹了抹眼泪，手里攥着蓝花布，悲凉地叹了一口气，他了解李红棠的脾气，她说不给他开门，就一定做得到的。他无奈地离去，边走边回头张望，希望李红棠会突然把门打开。

上官文庆走后，阿宝朝门里说："阿姐，阿姐——"

李红棠来到门边，轻声说："阿宝，你也归家去吧，阿姐没事的，你莫要担心。"

阿宝伤感地说："阿姐，我想告诉你冬子的事情。"

李红棠的声音变了："阿宝，你快说，冬子到哪里去了？发生什么事情了？"

阿宝呜呜地哭了。

李红棠把门打开了，把阿宝拉了进去，然后又关上了门。李红棠用手擦了擦阿宝脸上的泪水，焦虑地说："阿宝，莫哭，莫哭，你快说，冬子到底怎么啦？"

阿宝说："冬子搬到皇宫里去住了，是被四抬大轿抬走的，他不会再和我玩了，也不会再回家住了。大家都说，冬子去做皇孙了，要享尽荣华富贵了。"

李红棠呆了，她从来没有听说过弟弟会搬到李家大宅里去住，会去做什么皇孙，会和自己分开，成为另一个世界里的人，她不要什么荣华富贵，只要和亲人相依为命。

阿宝说："阿姐，你会不会也搬到皇宫里去住呢？皇宫里有戏看的。"

李红棠忍住内心的悲痛，轻声说："我不会搬到那里去，这里是我的家，我哪里也不去。"

阿宝伸出手，摸了摸李红棠皱巴巴的脸，眼中掠过一缕阴霾："阿姐，你这是怎么啦？"

李红棠苦笑着说："阿宝，阿姐变丑了，你会不会害怕？"

阿宝摇了摇头："阿姐，我不怕，我怎么会怕阿姐呢，你是我心中最好的阿姐！你不丑，谁要说你丑，他就不是人！"

李红棠叹了口气。

阿宝说："阿姐，你莫叹气，我这就去告诉冬子，你归来了。"

阿宝说完，就离开了她的家。

李红棠在支离破碎的家中，无限凄凉。

……

阿宝走出李红棠家时，天已经黑了。阿宝没有回家，而是摸黑朝兴隆巷走去。李家大宅大门上挂着喜庆的红灯笼，大门还没有关上，两个团练站在门的两边，虎视眈眈地瞪着站在台阶下的阿宝。

一个团练说："这个孩子又来了，那天晚上差点冻死！"

另外一个团练对阿宝吼道:"你这个细崽,又来干甚么,还不快滚回家去!"

阿宝嗫嚅地说:"我是来寻冬子的。"

那个团练笑了,是冷笑:"你是甚么人呀?我们小皇孙的名字也是你叫的?笑死人了,你以为你可以进入皇宫里去吗?别在这里做梦了,快滚蛋吧!否则我把你抓起来,关进黑牢里!"

另外一个团练悄声说:"兄弟,你说漏嘴啦,李团总怎么吩咐我们的,不能说皇宫里有黑牢的!这事要是被李团总知道了,恐怕关进黑牢的就是你咯!"

那团练顿时面如土色,连声说:"兄弟你可不能告我的状呀!"

"不告可以,总得表示表示吧,嘿嘿!"

"没有问题,没有问题,改天我请你喝酒。"

"一顿酒就可以打发我?"

"那你要怎么样?"

"请我喝一顿酒,外加一吊铜钱,如何?"

"你可真是心狠手辣哪,你这是要我的命呀!"

"……"

阿宝对这两个团练心生厌恶,他想,就是你们杀了我,也要把阿姐回来的消息告诉冬子。于是,阿宝扯开嗓门喊叫:"冬子,阿姐归家了,你快归家去看看她吧——"

他一连喊了几声,就被扑过来的两个团练抓住了。

"放开我,放开我!"阿宝挣扎着,"冬子,阿姐归家了,你快归家去看看她吧——"

这时,李慈林满脸肃杀地出现在大门口。

他断喝道:"你们两个浑蛋!快放了阿宝!"

那两个团练松开了手,面面相觑地站在那里,李慈林让他们恐惧。李慈林走到阿宝面前,低下头,轻声问道:"阿宝,你在这里喊什么?"

阿宝眼泪汪汪地说:"慈林叔,我是来告诉冬子,阿姐归家了,让他归家去看看她,阿姐现在很不好!"

李慈林的眼皮跳了跳:"阿宝,你说甚么?红棠怎么啦?"

阿宝的泪水流了出来:"阿姐病了,病得很严重。"

李慈林的脸色有些变化,眼睛快速地眨了几下,像是有沙子进入了眼睛。停顿了一会儿,李慈林说:"阿宝,多谢你来告诉我们红棠的事情,好了,你现在归家去吧,你也该归家去吃饭了。"

阿宝点了点头:"慈林叔,别忘了告诉冬子,阿姐一定很想他的,阿姐好可怜!"

李慈林沉重地点了点头。

阿宝就期期艾艾地走了。

看着阿宝的背影,李慈林咬了咬牙!

他粗重地叹了口气。

他身体摇晃了一下,头脑一阵眩晕。

冬子正和李公公一起吃晚饭。

李公公吃饭的样子十分斯文,他告诉冬子吃东西要细嚼慢咽,不能狼吞虎咽,那是下等人的吃法,冬子现在不是一般人,而是唐镇未来的统治者。冬子不敢和他的眼睛对视,内心抵触,他不想做什么上等人,只希望自己是一个快乐自由的人,内心存留善良和本真,不需要像李公公那样复杂,拥有多副面孔和许多可怕的秘密。

冬子的心应该是只自由飞翔的鸟。

冬子听到了阿宝的喊叫。

他的心顿时鲜活起来,阿宝来找他了,冬子以为阿宝再也不会来找他了,白天里,余老先生教他念《三字经》时,他心里还在想念着阿宝,枯燥无味的《三字经》令他难以忍受。平常看上去温和儒雅的余老先生其实是个凶恶的老头,见冬子不好好读书,走神时,就会让冬子把手伸出来,恶狠狠地用戒尺抽打他的手掌,痛得他龇牙咧嘴。

冬子站了起来,想跑到大门外去找阿宝。

李公公冷冷地说:"坐下!"

似乎有种魔力在控制着冬子,他身不由己地坐下了。

阿宝的喊声消失了,冬子的心也就飞出了李家大宅。阿宝在这个时候叫他,一定是有什么重要的事情找他,不会是叫他去玩那么简单。冬子没有听清阿宝说的是什么,心里充满了疑虑。

吃完饭,冬子趁李公公和李慈林密谈什么事情,偷偷地溜出了藏龙院,来到了大和院,他知道守门的团练是不会让他出去的,果然,他被拦在了大门里面。冬子十分讨厌这些狐假虎威的团练。

他气愤地说:"你们凭什么拦住我?快让我出去!"

团练可怜兮兮地说:"皇孙,不是我们不放你出去,是皇上和李团总不让你出去的呀。你替我们想想,没有他们的指令,要放你出去了,怪罪下来,如何是好,我们在这里干也是赚口饭吃,你就可怜可怜我们吧!如果你真的要出去,你去求皇上和李团总,他们要让你出去,我们岂敢不放你哪!"

冬子想了想说:"我可以不出去,可是你们要如实告诉我一件事情。"

团练点头哈腰:"你说,你说,只要我们晓得的事情,一定告诉你!"

冬子说:"那好,你告诉我,刚才阿宝说了些什么?"

团练笑着说:"也没有什么重要的事情,他来就是告诉你,你阿姐回来了,还说你阿姐病了!"

"啊——"冬子睁大了眼睛。

这事情还不重要？他一直担心着姐姐和母亲，现在姐姐回来了，而且又病了，他心急如焚，便不顾一切地冲了出去。那个团练吓坏了，赶紧追上去，一把从后面抓住了冬子。冬子在他的手上狠狠地咬了一口。那团练痛得杀猪般嚎叫，手一松，冬子就飞快地跑了出去。

那个团练朝另外一个团练喊道："快去禀报李副团总——"

冬子哭了，看到姐姐，眼泪就情不自禁地滚落，李红棠衰老的容颜刺痛了他的心。

李红棠眼中也含着泪，哽咽地说："阿弟，莫哭，阿姐不是好好地归来了吗，只是没有找到姆妈，阿姐对不起你！"

冬子哭着说："阿姐，你莫说了，你归来就好了。"

李红棠擦了擦冬子脸上的泪水，难过地说："阿弟，你在那里还好吗，我归来就听阿宝说了你的事，阿姐要是在家里，死也不会让你去的。"

冬子说："阿姐，我再也不回去了，我不喜欢那个地方，我要和阿姐在一起。"

李红棠把冬子的头揽在怀里，抚摸着他的头，轻柔地说："阿弟，你不用再回去了，阿姐把你抚养成人！"

突然，门外响起了猛烈的敲门声，厅堂里的姐弟俩都吓了一跳。

紧接着，传来李慈林的吼叫："开门，给老子开门！"

冬子说："阿姐，你坐着，我去开门。"

他刚刚把门闩抽开来，李慈林就一脚把门踢开，冬子躲闪不及，往后一仰，倒在了地上。门口站着两个提着灯笼的团练，其中一个就是王海荣，他不停地用贼溜溜的目光往里面瞟，他也听说李红棠变丑了，像个老太婆那样了，他想看个究竟。李慈林进屋后，顺手把门关上了,王海荣就把眼睛凑在门缝往里面张望。

李慈林弯下腰,把倒在地上的冬子一把抓起来,恶狠狠地说:"屌你老母的!你跑甚么跑,放着好日子不过,你跑回来干甚么?你晓得吗,如果顺德皇帝不理我们了,我们甚么也不是!老子一片苦心就全栽在你身上了!走,给老子回去!"

冬子倔强地说:"我不走,就是不走,我要和阿姐在一起!"

李慈林气得浑身发抖:"不走也得走!"

他抓着冬子往门口拖。

冬子哭喊道:"爹,放开我,我不走!"

李慈林说:"你不要喊我爹,我已经不是你爹了,你现在是顺德皇帝的孙子!你以后再不要喊我爹了,这里也再不是你的家了!"

李红棠跑了出来,泪流满面地说:"爹,你放了阿弟吧——"

李慈林扭头看到了女儿,女儿的样子使他十分吃惊,他放松了抓住冬子的手,愣愣地注视着李红棠。他不敢相信自己花骨朵般的女儿会变成这个样子。冬子趁机躲到了李红棠的身后,抓住她的衣服不放。

李慈林喃喃地说:"你是红棠吗?你真的是红棠吗?"

李红棠哭着说:"我是红棠,爹,求求你,不要让阿弟走——"

李慈林说:"对,你是红棠,你的声音没有变,你怎么会变成这个样子?"

李红棠无语,她也不知道自己为什么会变成这个模样。

李慈林突然走进了卧房,他们听到父亲在卧房里翻箱倒柜的声音,默默地来到了厅堂里。冬子还是躲在李红棠的身后,双手紧紧地抓住她的衣服,浑身瑟瑟发抖。

父亲在卧房里干什么?这是他们共同的疑问。

李慈林抱了一个黑漆小木箱走到厅堂里。这个黑漆小木箱从来没有在姐弟俩的记忆里出现过。李慈林把小木箱放在桌子上,对他们说:"你们过来,我给你们看样东西,就会明白我为甚么会那样做!"李红棠对冬子说:"阿弟,莫怕,虎毒也不食子,爹不会伤害你的!"

李红棠领着冬子靠近前去。

李慈林打开了那个小木箱。

李红棠张大了嘴巴:"啊——"

他们看到的是一箱子金元宝。

李慈林的眼睛也被金子照亮,他想,没有人见到这些东西会不心动的,包括自己的儿女,这些东西会改变人的命运,会让人从贫困的泥潭里拔出来,过上美好幸福的生活。李慈林低沉地说:"现在你们明白了吗,我为顺德皇帝出生入死为的是什么,这些东西都是我们的,我们的!有这些金子,我们甚么事情办不到?告诉你们吧,只要冬子听话,乖乖地回去,以后我们就会有更多的财富!顺德公还有几年的活命?他那么老了,就是一段将要腐朽的枯木了!现在你们明白我的一片苦心了吗?"当然,他心里还有最重要的一件事情没有说出来,那就是报杀父之仇,李时淮的头已经捏在他的手中,时机一成熟,他就会让那老狗的头落地。

李红棠突然讷讷地说:"有这么多金子有什么用?有什么用?姆妈也走了,找不到了——"

李慈林说:"红棠,今天晚上,我就把这些金子交给你!你爱怎么花就怎么花,我不管,你只要答应冬子和我一起回去。"

冬子说:"我不回去,我要和阿姐在一起——"

李慈林恼了:"老子把话都说到这个地步了,你还不明白!"

李红棠说:"爹,你把这些金子拿走吧,我不要!姆妈说过,不是我们辛苦赚来的钱财,怎么也不能要的!你也不要把阿弟带走!你自己走吧,我会把阿弟养大成人的!"

李慈林气得发抖:"你们,你们这是要气死我!我做的一切还不都是为了你们！没良心的东西！"

李红棠说："爹，你做的一切都是为了你自己！姆妈失踪了那么久，你竟然像没有发生任何事情，不闻不问！我变成这个样子，你又关心过多少？早知如此，当初你就应该把我塞到马桶里溺死！金子有什么用？能换回姆妈吗？能换回我的黑头发吗？不能，金子现在在我眼里就是一堆狗屎！"

李慈林愤怒地推开了李红棠，伸出粗壮的手朝冬子抓过去。

冬子一闪，李慈林没有抓到他。冬子趁机跑进灶房，从案板上抓起了那把菜刀。他提着菜刀走了出来！

李红棠惊叫道："阿弟，你要干甚么！"

李慈林也呆住了，站在那里一动不动。他搞不清楚，儿子是要拿菜刀砍他，还是？冬子把自己的一只手放在桌面上，另外一只手高高地举起了刀，他一字一顿地说："爹，你如果再逼我，我就把自己的手剁了！"

李慈林瞪着双眼，什么话也说不出来。

李公公像头困兽，气呼呼地在藏龙院的厅堂里走来走去。吴妈给他泡了壶茶，毕恭毕敬地对他说："皇上，请喝茶吧。"

李公公瞪了她一眼："喝什么茶，你没看见老夫烦吗？去去去——"

吴妈低着头，退了下去。

李公公不时焦急地往厅堂外张望。

等了许久没有等来李慈林和冬子，他气恼地飞起一脚，踢翻了一个凳子。他"哎哟"了声，脚尖一阵钻心的疼痛，他以为自己是练武出身的李慈林，忘记了自己是个从小被阉割掉了的太监！

吴妈听到动静，幽魂般从壁障后面闪出来，扶起那个凳子，然后走到痛得直皱着眉头哼哼的李公公面前，关切地问道："皇上，您赶快坐下，赶快坐下！"

李公公生气地说："你这个人好没道理，出来先扶凳子，也不先扶老夫！哼，我重要还是凳子重要！哎哟，哎哟——"

吴妈诚惶诚恐地说："奴才该死，奴才该死！当然是皇上重要，下回奴才一定先扶皇上！"

她扶着李公公坐在太师椅上，连声问道："皇上，您哪里痛？哪里痛？"

李公公说："右脚的脚趾痛，你快给老夫看看，出血了没有，老夫最怕出血了！"

吴妈跪在地上，把李公公的脚抱在怀里，用力地脱去了他脚上厚厚的靴子。

李公公倒抽了一口凉气说："你就不能轻点脱吗，痛死老夫了！你不要总是粗手粗脚地做事情，老夫教你几百遍了，你就不听！想当初，老夫给老佛爷脱鞋，她是多么的舒坦哪。哎哟，哎哟——"

吴妈说："奴才一定改，一定改，下回给您脱鞋，一定轻轻地脱，让您也舒坦！"

吴妈轻手轻脚地脱掉了他脚上的布袜，双手托起他的脚，眼睛凑近前，仔细观察。

李公公说："哎哟，你看清楚了，出血没有？哎哟——"

吴妈说："奴才看清楚了，没有出血，就是大脚趾有点青。"

李公公说："没有出血就好，老夫最怕出血了！哎哟，哎哟——"

吴妈把嘴巴凑近了他的大脚趾，呵出温热的气息，轻轻地吹着。

吹了一会儿，李公公"扑哧"地笑出来，翘起兰花指，指着吴妈说："讨厌，你弄痒老夫了——"

吴妈的脸上一点表情也没有，像刻版一样，轻声说："皇上笑了就好，笑了就好！"

李公公说："好啦，好啦，快给我把鞋袜穿上！我的孙儿哟，怎么还不回来哪，老夫的心都碎了呀！"

吴妈边给他穿袜子边说："皇上千万不要焦心，皇孙会回来的，您尽管放心，可千万不要急坏了身子！皇上的龙体可金贵着呢！您要是急坏了身子，奴才会心疼死的！"

李公公说："老夫能不急吗！"

吴妈给李公公穿好鞋，还没有站起身，李慈林就火烧火燎地走进来。吴妈感觉到不妙，给李公公请了安，便退了进去。他们说话的时候，吴妈从来不敢在场的，除非李公公叫唤她出来做事。

李慈林走到他面前，跪下，颤声说："皇上，在下该死！"

李公公的脸色阴沉，没有叫他平身，冷冷地说："到底怎么回事？"

李慈林还是跪在地上，嗫嚅地说："皇上，恕在下无能，今天晚上不能够把皇孙带回来。不过，请皇上宽心，明天我一定会把他带回来的！我已经派人在家门口守着皇孙，皇孙不会有什么闪失的！皇上恕罪！"

李公公捶胸顿足："孙儿呀，老夫的孙儿呀！你要是有什么差池，可如何是好，老夫就不活了呀！"

李慈林的脑门冒出了一层汗珠："皇上，请你安心，皇孙不会有事的，他和他姐姐在一起，门外又有人把守，不会出任何差错的。皇上，你安心哪，如果有什么问题，在下提头来见你！"

李公公气愤地说："要严惩那两个放走老夫孙儿的家伙，不然，以后还会出更大的乱子！你下令把那两个家伙吊在大和院的树上，饿他们一天，让其他人看看，不好好做事，后果是什么！"

李慈林磕了一下头说："皇上，我马上去办！"

李公公缓过一口气说："能不能把皇孙的姐姐也接进宫来，这样就可以稳住皇孙的心了！"

李慈林面露难色："这，这恐怕办不到。她的脾气像她妈，柔中带刚，处理不好，容易出大问题。况且，她现在病得很重，在下怕她进宫后会吓着皇上，那样在下可担当不起！"

李公公若有所思："哦——"

李慈林还是跪在地上，头上还在冒着汗。

李公公站了起来，冷冷地说："你起来吧，跪着够累的。"

李慈林赶紧站了起来，吐出了一口闷气。

李公公接着说："你要好好解决你女儿的问题，实在不行，要采取一些手段，老夫不希望皇孙老是跑出宫去，他现在可是老夫的心头肉哪！你明白吗？这是老夫的一块心病！"

李慈林心里骂了一声：心狠手辣的老东西！表面上，他低着头说："皇上放心，在下会尽快处理好这个问题的。"

李公公叹了口气说："好吧，你现在陪老夫去黑牢看看那个红毛鬼！"

这是潮湿黑暗的牢房，冽风从任何一个缝隙中透出，浸骨的寒冷。黑暗中，约翰在心里祷告，希望上帝把他从苦海里解救出来，他知道自己所受的一切的苦难都是为了得到救赎。

一扇门被打开了，那不是上帝之门，而是这黑牢之门。

一阵阴冷的笑声传了进来，然后，约翰看到了光，不是上帝之光，而是灯笼的光亮。

李慈林提着灯笼走在前面，李公公拄着龙头拐杖走在后面。

他们来到一个巨大的铁笼子前，冷冷地看着铁笼子里面的约翰。约翰躺在铁笼子里，奄奄一息，他半睁着眼睛，李慈林和李公公在他的眼里模糊不堪。他想开口说什么，可说不出来，喉咙在冒火，还堵着一团黏糊糊的东西。约翰又饥又渴，浑身瘫软。他不明白他们为什么要把自己关在这个地方,还把自己装在铁笼子里,仿佛自己是一头野兽。

李公公冷笑着说:"给他一点水喝吧。"

李慈林把手中的葫芦递进了铁笼子里:"红毛鬼,接着!"

约翰使尽全身的力气颤巍巍地伸出手,接过了那个葫芦,往嘴里倒水。水冷浸浸地进入他的口腔,顺着他的喉咙,流到胃里,五脏六腑都被生命之水渗透。葫芦里的水很快就喝完了,他把空葫芦递还给李慈林,李慈林接过葫芦,随手把它扔到了牢房的某个阴暗角落,发出一阵凌乱的响声。

约翰的身体渐渐有了力量,那是上帝给他的力量?

他睁开了眼睛,李慈林和李公公的脸面渐渐清晰起来。

他们是什么人?约翰一无所知,但他可以猜得出来,这两个人的其中一个,就是威胁和绑架他的幕后操纵者。他们两人,一个满脸横肉,凶神恶煞;一个脸色苍白,阴险狡诈。约翰断定,这个脸色苍白的老者就是那个幕后操纵者!他张了张口,想问他为什么要如此对待自己,却什么话也说不出来了,他的嗓子哑了!约翰心里明白了,刚才那水一定有问题,他们在水中放了毒哑他的药!

这两人都是魔鬼!

李公公见他想说话又说不出来,阴恻恻地凑近他说:"红毛鬼,你的报应到了!你还想说什么?想继续欺骗和愚弄我们中国人?传教,让大家相信你的鬼话?哼哼,晚啦!你只有等到下辈子才能说话了。可是,你有来生吗?不一定有咯!你知道吗,我这一生最恨的是什么人?老夫告诉你吧,那就是你们这些洋鬼子!你们要让全中国人都成为阉人,跪在你们的脚下!你等着吧,你不要说上天堂,你就连地狱也入不了了,你的未来就是飘在唐镇上空永不超生的孤魂野鬼!"

约翰的喉咙里发出叽叽咕咕的声音,那是他的语言。

李公公他们什么也听不见。

李公公笑了笑:"红毛鬼,你不要浪费精神了,你就等着审判吧!"

就在这时,他们听到外面有人在喊叫。

喊叫声十分凄厉。

李公公浑身哆嗦了一下,手中的龙头拐杖一下没有拿稳,掉在了地上。李慈林的目光惊惶,把龙头拐杖捡了起来,递给李公公。李公公惊魂未定,声音颤抖:"快走!"

第十三章

大清早，李红棠打开了家门。

她拉着冬子的手，走了出去。

早起的人惊讶地发现，李红棠的头上和脸上都没有蒙上蓝花布，她是那么的坦然，不像昨天黄昏风吹掉蓝花布时那么惊慌失措，她的目光坚定，仰首挺胸，仿佛对一切都不以为然。

李红棠边走边对冬子说："阿弟，你要笑，不要拉着脸，要笑着走进李家大宅！不要让人把你看轻了！你要记住，姐姐永远都和你心连着心，你得空了就回家来看我。你要记住阿姐昨天晚上和你说的话，一定要记住！"

冬子点了点头。

李驼子刚刚打开店门，就看到他们经过。

李驼子目光悲悯，轻轻叹息："造恶哟！好端端的一个姑娘，就这样毁了！李慈林哪，你着了甚么魔？就这样把好端端的一个家给毁了！"

……

李公公万万没有想到，李红棠会亲手把冬子送回来。

李慈林也十分意外，对女儿越来越捉摸不透。

昨天晚上，他和李公公从黑牢里出来，什么也没有看见。

李公公战战兢兢地对他说："一定是他的鬼魂出来作祟了，明天你把王巫婆请来，让她把这地方弄干净。"

想到李公公的话，他就把李骚牯叫到了面前："骚牯，过年没两天了，你一定要把我交代的事情做好，甚么事情都和朱银山以及几个族长商量好，也要督促他们把皇上登基准备工作做好，千万不能出什么纰漏，这可是头等大事！"

李骚牯拍着胸脯说："慈林老哥，你放心吧，保证万无一失！"

李慈林说："话不要说太满，把事情做好最重要！对了，你现在去把王巫婆请来，就说是皇上叫她来的！"

李骚牯说："好的，那我去了！"

李慈林好像想起了什么："等等！"

李骚牯说："慈林老哥，还有甚么吩咐？"

李慈林的眼珠子转了转说："那两个家伙还吊在大和院的树上？"

李骚牯点了点头。

李慈林说："冬子也回来了，他们也吊了一个晚上了，把他们放下来吧，给他们弄点好酒好肉压压惊！"

李骚牯说："好的，好的，我照办！"

李驼子坐在寿店里长吁短叹，从辈分上讲，李慈林是他的堂侄儿，有些事情，他是可以说李慈林的。可是，李驼子不会去说他什么，他父亲被杀后，留下他这个孤儿，李驼子也没有收留他，也没站出来主持公道，还能说什么？说不准，李慈林还记恨他呢！李驼子想起那天晚上的事情，心里就很不舒服，他认为那事情一定和李慈林有关。

那天,有两个到唐镇收山货的外乡人住进了雨来客栈。

也就是这天晚上,李驼子不知吃什么吃坏了肚子,半夜三更爬起来屙屎。

他在屎尿巷里待了老长时间,才把屎屙完。他用干稻草擦完屁股,走出了茅房。他还没有走出屎尿巷,就听到小街上有细微的脚步声传来。李驼子觉得奇怪,就趴在巷子口的一个角落里,看个究竟。他发现几个蒙面人抬着两捆用席子包裹的长条形的东西朝西面走去……

第二天,他就听胡喜来说,昨天住进客栈的两个外乡人不见了。

李驼子心里明白了什么,身上的汗毛倒竖,他们这是在干什么呀?那毕竟是两条人命哪!这不是李慈林他们干的,又是谁干的?只有他们才能打开城门,把那两个人的尸体抬出去!包括那个外国人的失踪,李驼子也认为是李慈林他们干的!

李驼子感觉到,唐镇很快就要大祸临头了。

李驼子越想越不对劲,突然想做点什么事情。

李驼子取了许多纸钱,装在一个竹篮里,然后提着竹篮朝镇西头走去。

守城门的团练问李驼子:"驼背佬,你拿着纸钱干甚么去哪?"

李驼子的嘴巴里吐出一句话:"去烧给你们!"

团练生气地说:"你这个死驼背佬,好没道理,我好心问你一句,你如此恶毒地咒我!"

李驼子没有再理他们,自顾自地走了。

团练朝他的背影吐了一口痰:"呸,什么东西!被老子抓住机会,看弄不死你!"

李驼子来到河滩上,望着远处的五公岭,讷讷地说:"原谅我这个驼子吧,我要走到五公岭,最少要半天的时间,我就在这里把纸钱烧给你们吧！你们莫要害唐镇的好人，要报仇的话，就去找那些害死你们的恶人吧！他们的确丧尽天良，不得好死！"

他点燃了纸钱。

纸钱烧出的袅袅青烟和纸灰都一起朝对岸下游的野草滩飘去，李驼子骇然地看到，野草滩涌起一团浓重的黑雾，那团黑雾翻滚着升腾，渐渐在天空中弥漫开去……

王巫婆在李家大宅驱完鬼，就被李慈林请到了他的房间里。

李慈林把一个金元宝递给她，王巫婆浑浊的眼睛里放出了亮光。

她嘴角抽搐，喃喃地说："这、这——"

李慈林笑着说："王仙姑，拿着吧，这是皇上赏你的！"

也许她一生也没有见过这么大的一坨金子，她还是不敢相信："这是真的？"

李慈林说："当然是真的，拿着吧，到了你手上就是你的了。"

王巫婆颤抖地接过那个金元宝，放在嘴边，伸出舌头舔了舔。

李慈林说："这又不是吃的东西，你这是？"

王巫婆说："我想尝尝金子甚么滋味。"

李慈林说："你舔出甚么滋味来了？"

王巫婆摇了摇头："甚么滋味也没有，舔块石头还能够舔出泥尘味，怎么金子就没有味道呢，这是不是假的！"

李慈林呵呵一笑："你真风趣，这怎么会是假的呢，你放心收着吧！"

王巫婆说："你们给我太多了，我承受不起哪！"

李慈林说："皇上说了，你为我们做了那么多事情，这还给得少了呢，以后还会有更多的赏赐的！"

接着，李慈林把嘴巴凑到她耳边，轻轻地说了些什么。

王巫婆连连点头说:"好,好,我照办!"

李慈林交代完什么,又说:"王仙姑,我想请教你一件事情。"

王巫婆笑着说:"有甚么事情你就尽管说,莫要和我客气。"

李慈林的脸色阴沉下来,叹了口气说:"小女红棠是我一块心病哪!她的事情,你应该也有所耳闻吧,她变成这个样子,真是怎么也想不到的呀!郑士林老郎中去看了,也毫无办法。他也从来没有见过这样的事情,好好的一个细妹子会变老太婆!你说,我可怎么办才好?"

王巫婆听他说李红棠的事情,眼神慌乱起来,李红棠的事情她也知道,唐镇就这么一丁点大,放个屁全镇都能闻到臭味。有传闻说,李红棠是被狐仙上了身,如果是这样,她也没有办法,想起两年前的那桩事情,她还心有余悸,她是斗不过狐仙的,也就是说,她王巫婆也不是万能的,不是所有问题都能够用她的桃木剑和符咒解决。

王巫婆想了想说:"以前听道上的一个仙姑说过,像红棠这种情况,有个办法能够让她复原。但是,不知道是不是真有用!"

李慈林像是抓住了一根救命稻草:"你快说!不管有没有用,现在只能死马当活马医了,你说是不是这个理?"

王巫婆点了点头说:"理是这个理!我就直说了吧,以前道上的那个仙姑说,碰到这样难办的事情,结婚冲喜有用。我看呀,红棠也该有十七八岁了,早就该嫁人了,你还不如给她找个人家,嫁了,这样不就万事大吉了!如果把她的病治好了,对她也有了交代,实在治不好病,你不也少了个拖累?"

李慈林拍了一下自己的脑门:"是个好主意,我怎么就没有想到呢!我真是笨哪!"

重要的是,李红棠要是嫁出去了,就不会再带走冬子了,这对李公公也有了交代,李公公也不会逼自己对李红棠下毒手了,他又岂能对自己的亲生女儿下手呢？李慈林这样想。

看到被吊在树上的那两个团练凄惨的样子，王海荣心里就直打鼓，如果自己被吊上一个晚上，能不能受得了？

那两个团练放下来时，都瘫掉了，好长时间没有缓过劲来！

伴君如伴虎哪！还有一个问题令王海荣心惊肉跳，那就是他日思夜想的李红棠变成了老太婆，如果自己真的得逞，娶了她，能一生面对她而不会心生恐惧和厌恶吗？这的确是个难题，这个难题让他心里在打退堂鼓。他想自己怎么鬼迷心窍要来当团练，本本分分出点苦力赚口饭吃，也心安理得，没有那么多顾忌。

越是怕碰到鬼，鬼就越会找上门！

王海荣正在后悔加入团练，李骚牯走过来，笑着对他说："海荣，好事来了！"

王海荣疑惑："什么好事？"

李骚牯拍了拍他的肩膀说："你睡死了都会笑活的好事！跟我走吧，莫问那么多了，到了那里，你自然就会知道了。"

王海荣忐忑不安，现在不需要有什么好事降临到自己头上，只希望自己平安无事。跟在李骚牯后面，他心里拨动着小算盘：借个时机回去和姐姐说说，让她说服李骚牯，不当这个团练了，不知道姐姐还会不会帮这个忙。

李骚牯把他带进了李慈林的房间。

李慈林坐在太师椅上，跷着二郎腿。

王海荣见到李慈林，单腿跪在地上说："小的拜见团总。"

李慈林挥了挥手："好了好了，起来吧！"

王海荣站起来，低着头，战战兢兢的样子。

李慈林的目光瞟了瞟李骚牯："骚牯，你先出去吧，我想单独和他谈。"

李骚牯出门去了。

李慈林站起身，走到门边，往外面左右两边看了看，关上门，回转身用柔和的语气对王海荣说："海荣，你今年多大年纪了？"

王海荣局促不安："我，我今年二十五岁了。"

李慈林说："坐吧，坐吧，莫要站着。"

王海荣小心翼翼地坐了下来。

李慈林也坐下来，笑着说："我二十五岁的时候，红棠都五岁了，可你现在还是光棍一条！"

王海荣的脸红了，无地自容，什么也说不出来。

李慈林又笑了笑说："我记得以前骚牯对我讲过，说你喜欢红棠，有这事吗？"

王海荣点了点头："有这事，有这事。"

李慈林说："你喜欢红棠是正常的，唐镇哪有不喜欢红棠的后生崽。当时骚牯和我提这事时，我没有同意。你也知道，我瞧不起你，不是因为你家穷，我们家也不富，要是嫌你家穷，没有道理。说实话，我瞧不起你，是因为你这个人没有血性！红棠要是嫁给你了，非但一辈子受穷，还会在别人面前抬不起头，她就是被人欺负了，你也保护不了她！你说，我能把红棠嫁给你吗？"

王海荣连声说："不能，不能！我配不上红棠，根本就配不上，我是癞蛤蟆想吃天鹅肉！我该死，我该死，我本来就不应该起这个念想的！"

李慈林呵呵笑道："人是会变的，事情也会改变的。你那个时候的确配不上红棠，我可没有说你现在配不上。你想想，你现在是我们团练中的一员，比以前强多了，这些日子以来，你练功也十分努力，做事情也非常认真，尽职尽责，我都看在眼里记在心上。"

王海荣浑身哆嗦了一下，顿时明白李慈林找他来的目的了，也明白了李骚牯说的"好事"指的是什么。他的心冰凉冰凉的，这可如何是好！

李慈林说："海荣哪，你也晓得，红棠也十七岁了，早就到了婚嫁的年龄了，你要是有意，我就把她嫁给你，你看怎么样？红棠是个很顾家的女子，你要娶了她，她会把你那个家打理得很好的！"

王海荣吞吞吐吐地说："这、这——"

李慈林的脸色有点变化："海荣，你有什么话就说出来，是同意还是不同意，你给我一个明确的说法！"

王海荣脑门上的汗都急出来了，要是当着李慈林的面表示不愿意娶李红棠，李慈林会不会一刀把他砍了？要是应承下来，李红棠现在那个样子让他不知如何是好。他心里十分为难，不明白为什么李慈林非要把女儿嫁给他，为什么不找别人呢？王海荣后悔哪，后悔不应该加入团练，如果自己不加入团练，李慈林也不会找他，这分明是柿子捡软的捏嘛！

李慈林眼睛瞪了起来，脸上的笑容消失了，一拳砸在桌面上："王海荣，你要是个男人，就给老子一句痛快话！"

王海荣站了起来，双腿发抖："团总，你、你让我考虑考虑可以吗？这么大的事、事情，我、我必须回去和我爹，和我姆妈商量、商量——"

李慈林咬了咬牙："滚吧！"

李红棠实在太累了，肉体和精神都疲惫不堪。送冬子去李家大宅回家后，她就一头倒在眠床上，胡天胡地睡将起来。外面小街上的热闹和她无关，过年也和她无关，李公公当皇帝也和她无关，李慈林给她张罗婚事更和她无关……她只想好好睡几天，养好精神后，继续踏上寻找母亲的道路，这次休整好后，她要到更远的地方去，她相信自己一定能够把母亲找回家！

李红棠很快就进入了梦乡……

239

……她穿着镶有花边的衣裳，拉着弟弟的手，欢快地在一条开满野花的山谷里行走，因为有个白胡子老头告诉他们，母亲在山谷的尽头等待他们，要把他们带到另外一片乐土。冬子挣脱她的手，在小溪旁的草地上采了一束雏菊，回到她的身旁，笑着对她说:"阿姐，你蹲下！"她按照他的意思蹲下了，冬子就把一朵一朵美丽的花插在她乌黑油亮的头发上，冬子边插花边说:"阿姐，好香！"李红棠笑着说:"什么好香呀？"冬子说:"阿姐好香！姆妈看到你这样，她会很欢喜的！"他们继续往前走，遍地的野花芬芳，许多美丽的蝴蝶在花丛中纷飞。冬子又跑过去追逐蝴蝶，李红棠喊道:"阿弟，莫贪玩啦，我们快去找姆妈吧，姆妈一定等得着急啦——"她的话音刚落，突然乌云满天翻滚，不一会儿，天就黑了下来，伸手不见五指。她听到冬子尖锐的喊叫:"阿姐，阿姐——"冬子的喊叫声渐渐远去，直至消失。李红棠在黑暗中跌跌撞撞地奔走，凄声喊着:"阿弟，阿弟——"她听不到冬子的回答，只听到铺天盖地而来的狂风的怒号。她哭了，大声地哭了，边哭边说:"姆妈，我把阿弟弄丢了，姆妈——"

李红棠醒来，浑身无力，大汗淋漓，不一会儿又昏昏沉沉地睡去。

她睡过去后，又重新做那个梦，一模一样的梦，重复着。

……

就在李红棠反复在沉睡中做那个梦的时候，上官文庆正在经历一场前所未有的苦难。

昨天晚上，上官文庆觉得身体的某个部位有只蚂蚁在爬，痒丝丝的。他伸出手，抓挠了几下。过了会儿，还是觉得有只蚂蚁在那个部位爬，而且更加痒了，痒得有些疼痛。他又伸出手，抓挠起来。一次比一次痒，一次比一次疼痛。上官文庆使劲地用指甲抠进皮肤里，狠狠地抓挠。

那块皮肤不管他怎么抓挠,还是奇痒无比,而且钻心地疼痛。他还是继续抓挠。

不一会儿,那块皮肤就溃烂了,流出暗红色的黏液。

这块皮肤还没有停止瘙痒和疼痛,另外一块皮肤又开始出现同样的症状……很快地,浑身上下,从头到脚,都瘙痒起来。他每抓一块皮肤,那块皮肤就会溃烂,流出暗红色的黏液。

上官文庆被瘙痒和疼痛无情地折磨。

他口干舌燥,喊叫着:"痒死我啦,痛死我啦——"

朱月娘走进他的房间,看到赤身裸体的儿子在眠床上翻滚,那抓挠过的溃烂的地方惨不忍睹。

朱月娘心如刀割,儿子的痛苦就是她的痛苦,如果可能,她愿意替儿子去死,只要儿子健康快乐。他曾经是多么快乐的人,尽管他是个侏儒,就是在她面前,他也经常微笑地说:"我是唐镇的活神仙!"她会被他的快乐感染,自己也快乐起来,面对别人的闲言碎语,一笑置之。可是现在,儿子不快乐了,还被莫名其妙的病痛纠缠。老天怎么不长眼,他生来就是个残废了,还要让他承受如此的痛苦!难道是他上辈子造了什么恶孽,要在今生受到惩罚?朱月娘无法想象,现实为什么会如此残酷!

上官文庆见到母亲进来,坐在床上,背对着她,喊叫着:"姆妈,我痒,好痒,背上我挠不到,你快给我挠呀——"

朱月娘赶紧伸出手,在他的背上抓挠起来,抓挠过的地方马上就溃烂。

她害怕了,心疼了,眼泪汪汪地说:"文庆,你痛吗?"

上官文庆咬着牙说:"我不痛,姆妈,就是痒,痒死了,痒比痛更加难熬,你快给我抓呀——"

朱月娘无奈,只好继续在他的背上抓挠,手在颤抖,心在淌血!

上官文庆喊叫道:"姆妈,不行,这样不行,你的手太轻了,这样挠不解痒呀——"

朱月娘悲伤地说:"那怎么办呀——"

上官文庆说:"姆妈,你去把锅铲拿来吧,用锅铲给我刮,痛快些,快去呀,姆妈——"

朱月娘泪流满面:"这怎么可以,怎么可以!"

上官文庆说:"快去呀,姆妈,我受不了了哇——"

朱月娘无奈,只好到厨房,拿来了锅铲。

她用锅铲在上官文庆的背上刮着,每刮一下,他背上就渗出血水,朱月娘的心也烂了,流淌出鲜血。

……上官文庆终于安静下来,不喊了,不痒也不痛了,可是他体无完肤,从头到脚,每寸皮肤都溃烂掉了,渗出暗红的黏液和血水。

朱月娘要给他穿上衣服。

他制止母亲:"姆妈,不要,我热——"

这可是数九寒冬哪,窗外还呜呜地刮着冷冽的风。

这可如何是好?

朱月娘担心可怜的儿子会在这个寒夜里死去,就决定去找上官清秋。

上官清秋还没有睡,咕噜咕噜地抽着水烟,这个黄铜水烟壶成了他的宝贝。李公公要当皇帝后,上官清秋更加神气活现,成天手中捧着水烟壶,指挥着两个徒弟干活。他沉浸在某种得意之中,朱月娘就哭着告诉了他关于儿子的事情!上官清秋叹了口气,把黄铜水烟壶锁在了一个铁皮箱里,就跟朱月娘出了铁匠铺的门。他们在冽风中抖抖索索地朝郑士林家走去。

郑士林不太情愿地和儿子郑朝中来到了上官家。

上官文庆面朝上,赤身裸体地躺在床上,像一只剥掉了皮的青蛙。他睁着双眼，目光空洞，嘴巴里喃喃地说着谁也听不懂的话。在这个人世间，有谁能够真正理解他心灵的忧伤和快乐？

朱月娘流着泪说："你们看看，这如何是好！"

上官清秋背过了脸，儿子的惨状让他恐惧、心痛。他不知如何是好，甚至想逃回到铁匠铺里去，看不到儿子，心里或者会平静些。但这个时候他不能溜走，这样对不起朱月娘，也会在郑家父子面前落下骂名。他左右为难，出钱为儿子治病，这没有问题，可要让他面对儿子，实在艰难！

郑士林给上官文庆把脉，眉头紧锁。

郑朝中脸色焦虑地问父亲："爹，怎么样？"

郑士林过了良久才吐出一句话："摸不到脉呀！"

上官文庆分明还活着，睁着眼睛，还在喃喃地说着谁也听不懂的话。

郑朝中也替他把了脉，最后也摇头说："摸不到脉。"

朱月娘哭喊道："郑老郎中，你们一定要想办法救救文庆哪！他可是我的心肝哪！"

上官清秋也说："郑老郎中，你就救救他吧，无论怎么样，他也是一条人命！你们要多少钱，我都会想办法给你的！"

郑士林叹了口气说："唉，不是钱的问题，我们做郎中的，就是悬壶济世，可文庆这病，我们是从来没有见过呀，不知如何医治！唐镇现在有两个人的病，我都毫无办法，一个是文庆，另外一个是红棠！"

郑朝中说："爹，看文庆的表征，像是中了什么无名毒，我看这样吧，先给他抓几服内服外用的草药，打打毒，看有没有效果！"

郑士林捋了捋胡须："只能这样了！"

上官清秋把药抓回来，交给朱月娘去熬。

朱月娘说："清秋，辛苦你了，你去睡吧，这里有我。"

243

上官清秋面露难色:"我看我还是回打铁店里去,那里还有那么多东西,没有人看着,被人偷了怎么办!"

朱月娘叹了口气说:"你就是个没心没肺的臭铁客子!我当时就是鬼迷了心窍,嫁给了你,你甚么也靠不住,你回去吧,那堆破铜烂铁比你的命还重要,走吧,反正你也不把文庆当你儿子。早知道这样,还不如一生下来就把他塞进尿桶里浸死,这样就称了你的心如了你的意,文庆也不会遭受如此的苦痛!走吧,走吧,我现在看你也厌烦,以后文庆是死是活,我也不会再去找你了!"

上官清秋黑沉着脸,走进了卧房,没有回铁匠铺。

其实,他也心如刀割。

……

朱月娘一直守在儿子的床头,一夜都没有合眼。昨晚,她给儿子用汤药洗完身子后,儿子的身体也渐渐干燥起来,天亮后,她惊讶地发现儿子溃烂的皮肤结了痂。整个夜晚,上官文庆都在喃喃地说着什么,她好像听清楚过两个字:"红棠。"他为什么会叫红棠?朱月娘一无所知。她忽略了一个问题,上官文庆也是个有血有肉的男人,也有七情六欲,尽管他是个侏儒!

天快亮的时候,上官文庆闭眼睡去,并且停止了喃喃自语。

儿子睡后,朱月娘就去做早饭。

上官清秋也一夜没有合眼。很早,他就起床了,进儿子的卧房看了看,早饭也没吃,就到铁匠铺去了。

响午时分,上官清秋看到了从李家大宅出来回家的王巫婆。王巫婆满脸喜气,像是捡到了什么宝贝,双手把一个布袋子死死地捂在胸前,生怕被人抢走。她路过铁匠铺门口时,上官清秋叫住了她:"王仙姑,请进店里来说话,我有事相求。"

王巫婆迟疑了一下,脚还是踏进了铁匠铺的门槛。

上官清秋把她领进了后面的房间里,把儿子的事情向她说了一遍。

王巫婆说:"怎么会这样呢,李红棠也得了奇怪的病,听说是狐仙上了身!你儿子是不是也被狐仙上了身?如果这样,我可帮不了你的忙,我的法术对付不了狐仙的!不过,我听以前的道中的一个仙姑说过……"

上官清秋为难地说:"你也晓得,文庆这个样子,有谁会把好端端的姑娘嫁给他,这——"

王巫婆悄声对他说:"你可以按我说的去做,这样……"

王巫婆捂着那个布袋走后,上官清秋就去李家大宅找李慈林。

守门的团练禀报过李慈林后,李慈林就从里面走了出来,笑脸相迎:"清秋老哥,你找我有甚么事情哪?"

上官清秋的力气很大,把他拉到了兴隆巷一个偏僻的角落,神色慌张地说:"慈林老弟,我从来没有求过你,对吧?"

李慈林点了点头,不知道老铁匠要干什么。

上官清秋又说:"你们让我打的那么多刀矛,我是不是没有走漏一点风声,如期地交货,还保质保量?"

李慈林又点了点头:"没错,皇上也很满意,清秋老哥,你有甚么事情就痛快说出来吧,我还有很多事情要去做呀,现在我都忙得火烧屁股!"

上官清秋挠了挠头说:"我想、我想——"

李慈林焦急地说:"你就赶快说吧,我都快被你憋死啦!"

上官清秋说:"我就直说了,管不了那么多了!我想让你把红棠嫁给我儿子……"

李慈林睁大了眼睛:"你说甚么?你再给我说一遍?"

上官清秋又把刚才的话重复了一遍。

李慈林咬着牙,瞪着眼睛说:"上官清秋,你给我听着,你不要拿什么打刀矛的事情要挟我,我不吃你这一套!你想让我女儿嫁给你儿子,你打错算盘了,我就是把她养在家里变成老姑婆,一辈子不出阁,也不会嫁到你家里的!"

李慈林气呼呼地扬长而去。

上官清秋悲凉地叹了一口长气。

他从来没有感觉到如此寒冷,浑身筛糠般发抖。

就在这个时候,上官文庆在眠床上痛苦挣扎。他的身体蜷缩着,双手死死地抓住头发,两个眼珠子暴突,像是要蹦出眼眶,喉咙里发出嗷嗷的叫声。不一会儿,他的双腿使劲地伸展开来,双手还是死死地抓住头发,两个太阳穴的血管蚯蚓般鼓胀起来,口里还是发出令人毛骨悚然的嗷叫。他的身体又蜷缩起来……听到上官文庆的嗷叫,朱月娘赶紧走进了他的卧房。

她惊呆了!

她不敢相信眼前发生的事情。

挣扎中,上官文庆头上的一层皮爆裂开来,爆裂处的皮往两边分开,然后一点一点缓慢地往下蜕,就像是蛇蜕一般,也像是有一把无形的刀在剥他的皮。

上官文庆喊叫着,痛不欲生。

刚开始,他喊着:"姆妈,姆妈——"

过了会儿,他喊道:"红棠,红棠——"

他的喊声渐渐喑哑,当整个头的头皮和脸皮蜕到脖子上时,他完全喊不出来了,喉咙里发出叽咕叽咕的声音,仿佛在吞咽着头脸上流下来的血水。

上官文庆的身体波浪般在眠床上翻滚。

他身上因为瘙痒溃烂刚刚结痂的皮肤,现在又被蜕下来。

他身上的皮一点点地蜕下来,一直蜕到脚趾头。

蜕变后的上官文庆浑身上下光溜溜的,毛发全无,仿佛很快就长出了一层粉红色的新皮。

他停止了挣扎,闭上了眼睛,像个熟睡的婴儿。

朱月娘伸出颤抖的手,拿起了从他身上蜕下的那层皮,就像蛇皮一样,十分干燥。

"怎么会这样?怎么会这样?"朱月娘傻傻地说,"我儿子不是蛇,怎么会像蛇一样蜕皮呢?"

这是多么不可思议的事情!

如果不是她亲眼所见,她怎么敢相信这是活生生的事实!她又讷讷地说:"文庆,你真的是活神仙吗?真的吗?是不是神仙不会死就像蛇一样蜕皮?是不是?文庆,你告诉姆妈,告诉姆妈哪!"

又过了一会儿,上官文庆的身体抽搐了一下,睁开眼,惊奇地看着母亲:"姆妈,我怎么了?"

朱月娘说:"你不晓得你自己怎么了?"

上官文庆晃晃脑袋:"不晓得,姆妈,我甚么也不晓得,我好像在做梦,梦见自己掉到油锅里了,很烫很烫——"

朱月娘被儿子吓坏了,她的目光痴呆,一时不知道说什么好。

上官文庆接着说:"姆妈,我现在好冷,好饿——"

儿子的话猛然让她回到了现实之中,她听出来了,这才是儿子说的人话。她赶紧扔掉手中的蜕皮,拿起一床被子,捂在了儿子的身上。儿子注视着她,眼睛特别清澈和无辜,宛如幼儿的眼睛。这种眼睛让她心里特别疼痛,她说:"孩子,你忍耐一会儿,姆妈去给你弄吃的去——"

说着,她朝卧房外面走去,

走到门口时,她想起来了什么事情,又折回身,捡起地上的蜕皮,走了出去。她不知道儿子有没有看到从他自己身上蜕下来的皮,看到了又会怎么样。她不想让他知道,也不想让上官清秋和女儿女婿知道,更不想让唐镇的任何人知道!这是她的秘密,死也不能说的秘密!如果让人知道了,会把儿子当成妖怪活埋的!于是,她在生火做饭时，把上官文庆的蜕皮放进了灶膛里焚烧，蜕皮在燃烧的过程中噼啪作响，还散发出浓郁的焦臭。

沈猪嫲和李骚牯狭路相逢，在青花巷。

李骚牯要去找朱银山，沈猪嫲要去田野里拔萝卜。

李骚牯进入青花巷的时候，沈猪嫲还没有走出家门。空荡荡的青花巷，让李骚牯想起深夜里女人诡异的笑声，顿时浑身发冷。如果不是非要去找朱银山，他永远也不想再次踏进这条巷子。

沈猪嫲走出家门时，脑海里闪过一个念头：天杀的李骚牯为什么不来了？她走出家门后，却看到了挎着刀的李骚牯迎面走来。她心中一阵狂喜，这家伙为什么晚上不来，难道是改成白天来了？沈猪嫲内心突然有了一种冲动，如果他愿意，就是在白天，也可以为他献身。

沈猪嫲的脸上开出了花。

她的目光一直没有离开过李骚牯的脸。

李骚牯的脸上没有任何表情，内心却恐惧到了极点，但不是因为沈猪嫲而恐惧。

沈猪嫲无法理解他的心情。

李骚牯没有拿正眼瞧她，对她投来的热切目光，无动于衷。

李骚牯和沈猪嫲狭路相逢。

他们都停住了脚步，都好像有话要说。

谁也不想先开口，仿佛谁先开口，谁就会死。

沉默。

青花巷突然变得如此沉寂，李骚牯觉得沉寂中有双眼睛在窥视着他们。

他希望沈猪嫲什么也不说就和他擦肩而过，沈猪嫲却希望他什么也不说就把她拉回家里去，不管余狗子还在死睡。

他们僵持在那里，一点意义都没有，似乎又很有意义。

沈猪嬷的胸脯起伏，呼吸急促。

李骚牯浑身冰冷。

此时，他没有欲望，欲望被一个死去的女人扼杀，那个死去的女人在青花巷的某个地方恶毒地瞪着他。他产生了逃离的念头。可朱银山还在家里等着他，说不定还沏好了香茶等着他呢，朱银山是连李公公也不想得罪的人，他必须硬着头皮去见他。

沈猪嬷受不了了。

她先打破了沉寂："你要去哪里？"

李骚牯冷冷地说："我去哪里和你有甚么关系？"

他真不是个东西，装得像个正人君子，沈猪嬷想。

沈猪嬷又说："你不是来找我的？"

李骚牯说："我又没疯，找你干甚么！"

沈猪嬷咬着牙说："你是个乌龟王八蛋！"

李骚牯想起了王海花在枕边和自己说过的话，伸手拉住了正要走的沈猪嬷，咬着牙说："沈猪嬷，我警告你，以后不要再骂我老婆，否则和你不客气！听明白没有？"

沈猪嬷冷笑了一声："李骚牯，我好怕哟，我沈猪嬷是吓大的哟！李骚牯，我也告诉你，让你老婆不要太张扬了，那样对你不好！以后她还要在嘚瑟，我还是要说她的，我是替你教训她！把你的手拿开，老娘要走了！这年头，谁也靠不住，靠你们男人，老娘早饿死了！"

李骚牯松开了手。

沈猪嬷气呼呼地走了。

李骚牯没有料到她的反应会如此强烈，像是被踩着尾巴的蛇，回过头来咬了他一口。

李骚牯的心在颤抖。

他努力地让自己平静下来，胆子壮起来，可自己的身体还是不听使唤，哆嗦起来。

他弄不清楚自己为何会如此恐惧。

仿佛大难临头。

第十四章

　　阿宝也不明白,为什么李红棠会把冬子送回李家大宅。在阿宝眼里,李家大宅就是一个巨大的坟墓,那些从李家大宅进进出出的人,都是一些鬼魂,冬子除外。

　　这是大年三十的早晨。

　　阿宝被鞭炮声吵醒。

　　他迷迷糊糊地穿好衣服走出卧房时,看到了父亲张发强的笑脸。好长时间,他没有看到父亲脸上露出笑容了,而且,父亲今天没有做木工活的意思,那些木匠家伙都收拾起来了。也是,没有谁会在过年的时候干活的,也不会有人在过年的这天做生意,唐镇街上的所有店铺在昨天晚上以前就停止了营业。

　　过年是唐镇人一年中最重要的节日。

　　厅堂里放着一个很大的红灯笼。

　　阿宝的目光落在灯笼上,想,这个灯笼怎么和李家大宅门上挂的灯笼一模一样的呢?

　　张发强笑着对他说:"儿子,走,跟爹到门口挂灯笼去。"

阿宝和父亲来到了家门口。

张发强踩在竹梯子上，把灯笼挂在了门楣上，笑着对儿子说："好看吗？"

阿宝点了点头："好看。"

整条小街上的人都在兴高采烈地挂灯笼，那红灯笼都是一模一样的。

张发强从梯子上爬下来，摸了摸阿宝的头说："阿宝，你是不是想问我，这灯笼是哪里来的？"

阿宝说："是呀！"

张发强说："今年不一样了，明天大年初一，顺德皇帝要登基，他说要让大家过上一个好年，就派人每家每户发了个灯笼挂挂，这样显得有气氛。这都算小事情，顺德皇帝一大早就派人送来了鸡鸭鱼肉，还有一坛糯米酒！每家都送的！这要花多少钱哪！可见顺德皇帝是个大方的人哪，为我们老百姓着想，真不容易！我从出生到现在，没有见过像顺德皇帝这样的好人。看来我是小人之心了，修建城门也是为我们自己好，我还心生怨恨，不该呀！做人还是要有公德心！"

阿宝觉得父亲今天特别啰唆。

冬子家的门楣上也挂了一个红灯笼，不知道是不是李红棠挂的，这两天，他都没有见到她，她家的门也紧紧地关闭着，现在还是那样。每家每户的烟囱上都冒出了缕缕的炊烟，李红棠家屋顶的烟囱冰冷地矗立在晨光之中，不见有炊烟飘出。

阿宝想去敲李红棠的家门，可他没有这样做，走到她门前，就缩回了伸出的手。他想，也许她还在睡觉，她太辛苦了，应该让她多睡一会儿，也许她休息好了，头发就会变黑，脸蛋就会变回从前俏丽的模样。

阿宝痴痴地想。

张发强扛着竹梯子进屋去了，进屋前，对阿宝说："儿子，不要跑太远了，别忘了回家吃早饭！"

阿宝没有答应父亲，突然又想起了好朋友冬子，去年过年时，他们一早起来就在一起玩，一起放鞭炮，一起淘气。可现在呢，他不晓得冬子在干什么。阿宝显得特别孤单，像秋天天空中孤凄飞翔的大雁，那是离群的孤雁。

阿宝心里一点也不快乐，就是他听到有人说晚上有大戏看，也高兴不起来，只是脑海里会突然浮现出赵红燕的影子。阿宝神色凄迷地在唐镇喜庆的小街上漫无目的地行走。没有人会在意他的忧伤。

阿宝惊讶地发现，只有李驼子的寿店门口没有挂红灯笼。

阿宝看到了王海荣，他神色仓皇，不像往常那样神气活现。

阿宝想，他是不是碰到什么麻烦了。

王海荣提着一个灯笼，来到寿店门口。

李驼子寿店的门紧闭着。

王海荣伸出手，使劲地拍门："驼背佬，快开门！"

过了会儿，门开了一条缝，李驼子在里面没好气地说："你乱敲什么门呀，吵死人了！"

王海荣说："我腿都跑断了，你晓得吗！为了给你送灯笼，我都跑了两趟了。"

李驼子冷冷地说："你给我送灯笼做甚么？谁要你送？"

王海荣说："这是皇上的恩典，你到底要不要？"

李驼子说："你看清楚没有，我这是寿店，专卖死人用品的！我挂一个红灯笼算什么？"

王海荣挠着头，不知道说什么好。

李驼子用力地关上了门。

王海荣浑身颤抖了一下，无奈地提着那个红灯笼回李家大宅

253

去了。

阿宝突然莫名其妙地想,如果自己死了,冬子会不会买匹纸马烧给自己?

这是个不祥的想法。

冬子穿上了簇新的袍子,是绣着青龙的黄袍。

李公公笑眯眯地给他戴上一顶黄色的帽子,然后翘起兰花指,喜形于色地说:"真好看,我孙儿真好看!"

冬子脸上没有一丝笑容,心里说:"谁是你的孙子!"

冬子的心情比阿宝还灰暗,心里一直念叨着母亲和姐姐,也想着阿宝。

他的眼珠子转了转,对李公公说:"皇爷爷,我想,我想——"

李公公说:"我的乖孙儿,你想说什么就说,爷爷都答应你!"

冬子说:"真的?"

李公公摸了摸他的脸说:"那还有假,你说吧!"

冬子低下头说:"我想回家去看看阿姐,她一个人在家,一定很难过的!"

李公公的眼睛里掠过一丝阴霾:"这不就是你的家吗,那已经不是你的家了。不过,你要是想她,我可以派人去把她接到宫里来和你相见!你看如何?"

冬子的心里哀叹了一声,明白这个老东西是不会答应他这个要求的,也不相信老东西会把姐姐接进来相见。

李公公笑了笑说:"孙儿,陪爷爷到院子里走走,如何?"

冬子突然说:"皇爷爷,我没有睡醒,还想困觉。"

李公公无奈地说:"那你去睡吧。"

冬子扭头走进了卧房,把门关上,反闩好。他不想见到李家大宅里的任何人。这是他有生以来最无趣、最惨淡、最悲凉的春节,尽管在唐镇人眼里,他过上了荣华富贵的生活。

此时,冬子的脑海浮现出一匹马。

那是纸扎的白马,出自李驼子之手的纸扎的白马。

冬子真希望这匹白色的纸马把自己带走,带他到一个纯净美好的地方;还要把姐姐也带走,他相信,在那个天堂般的地方,可以见到疼爱他的舅舅,也可以见到在浓雾中走失的母亲。

那匹白色的纸马在何方?

现在,他就像是关在牢里的囚徒。

冬子十分伤感,蹲在火盆边,蜷缩成一团。

他想流泪,却流不出来,泪水仿佛已经流干。一个人悲伤到连眼泪都流不出来了,这是多么绝望的事情。冬子知道,姐姐也已经流干了眼泪。他们最后相聚的那个晚上,姐姐和他都流了一晚的泪,姐姐和他说了很多很多的话,仿佛生离死别。他很清楚,姐姐送他回来,是为了保护自己,如果他不回来,也许他们都会遭到毒手,他们都晓得,父亲已经不会保护他们了,他已经变成了一个歹毒的杀人不眨眼的魔鬼!那个早晨来临的时候,姐姐的话也说完了,泪也流干了,平静得像无风的树,拉起他的手,走出家门。……冬子心中喊了声:"阿姐——"他不知道姐姐还在沉睡,还在做那个梦。

冬子往床底下望去。

他的心颤抖了一下。

过了一会儿,他钻进了床底。

冬子进入了地洞,沉闷得可怕的地洞。

有两条地洞呈现在他的面前,一条通向李公公的密室,另外一条通向未知的地方,也许是地狱,也许是天堂。

冬子犹豫了一会儿,然后朝那条通向未知地方的地洞爬过去。

沈猪嬷今天也穿戴齐整,再邋遢的女人也会在过年这天将自己打扮得利索些,希望过年的喜庆之气能够给自己带来好运。李公公也让人送来了红灯笼和鸡鸭鱼肉,她还是心怀感恩之情,要是靠余狗子,这个年不知道该怎么过。沈猪嬷还有一种想法,团练送来那么多东西,说不定还是李骚牯的功劳,别看他对自己表面上冷淡,内心还是向着自己的。这种想法,使她心中又充满了某种欲望,不禁飘然起来,走在小街上,脸上开着花,眼睛散发出迷醉的光泽。

王巫婆的目光审视着她,迎面走来。

沈猪嬷看着这个平常很少在街上走动的神秘老女人,心里有点发怵。她想躲避王巫婆,可是来不及了。沈猪嬷给自己壮胆,为什么要怕她呢!

王巫婆站在她面前。

沈猪嬷心虚地笑了笑:"仙姑过年好!"

王巫婆也朝她笑了笑:"你也过年好!"

沈猪嬷发现她的笑容比平常慈祥多了,应该不会有什么恶意,给自己下个毒咒什么的。

王巫婆突然说:"我们借个地方说话。"

沈猪嬷想,她有什么话要和自己说?

她捉摸不透这个老妇的心。她不敢拒绝王巫婆,唐镇又有几人敢对王巫婆说个"不"字呢?沈猪嬷不想得罪她,只好乖乖地跟在了她后面,来到一条巷子里。她们在巷子里一个僻静的角落面对面地站着。沈猪嬷心里忐忑不安,被她这样的人找上,总归不是什么好事情,平常大家都对她敬而远之。

王巫婆脸上慈祥的笑容消失了,浑浊的眼睛里飘过一丝阴影。

沈猪嬷看着她这样的表情,浑身发冷,觉得凶多吉少。

王巫婆的声音阴冷:"沈猪嬷,你不要怕,我不会吃了你的。不过,我和你说的这件事情,可不是开玩笑的……"

接着，王巫婆的嘴巴凑在了沈猪嬎的耳朵上，细声地说着什么。

沈猪嬎听完她的话，睁大了惊恐的眼睛。

王巫婆说完后，没有再理她，若无其事地走了。

沈猪嬎注视着她苍老的背影，不禁打了个寒噤。

她为什么要和自己说这事？沈猪嬎百思不得其解。

……

还没有到中午，唐镇里里外外就风传出这样一条消息：土地娘娘托梦给王巫婆，说有个恶鬼进入了唐镇，这个恶鬼附在了一个人身上，那个人就变成了红头发，蓝眼睛，鼻子也变成秤钩一般；这个恶鬼如果不除，会给唐镇人带来大灾大祸，李红棠和上官文庆的怪病都和这个恶鬼有关；好在这个恶鬼被李慈林捉住了，关在一个秘密的地方，要真正除掉这个恶鬼，可不是件简单的事情，要把他千刀万剐，而且是把他的肉煮熟，分给大家吃掉，恶鬼的魂才会被消灭，才不会重生……

每个听到这个消息的人，都会自然地想到一个人，这个人就是传教士约翰。

上官文庆也听到了这个消息。

上官文庆不相信自己的怪病和那个叫约翰的人有关，而且认为他是个可以信赖的人。他不知道约翰被关在什么地方，并且为约翰的命运担忧。今天早上，朱月娘给他穿上了新衣服，还在他光溜溜的头上戴上了一顶崭新的瓜皮帽。蜕皮后，他没有感到什么不适，只是身体又变小了一圈，粉红色的新皮很快就变黑了，如果他赤身裸体躺在床上，就像是一截黑炭。

街上人来人往，很是热闹。这个消息并没有影响过年喜庆的气氛，只是在人们的心中投下了一丝阴影。

上官文庆在人流中钻来钻去，没有人会注意他，或者根本就注意不到他。

他来到了李红棠的家门口,坐在门槛上,等待着什么。

阿宝看见了他。

阿宝已经认不出他来了。

阿宝想,唐镇怎么又多出来一个侏儒,比上官文庆还矮小的侏儒。而且这个侏儒比他还黑,阿宝的脸已经够黑的了。这个黑炭般的侏儒为什么坐在李红棠的家门口?阿宝心里警惕起来。他走到上官文庆面前,瓮声瓮气地说:"你是谁?"

上官文庆抬起头:"阿宝,你不认识我了?"

他的眼睛十分清澈,比阿宝还要忧伤。

阿宝疑惑地说:"不认识,我从来都没有见过你。"

上官文庆悲哀地说:"你连我的声音也听不出来了?"

阿宝的脑子里搜索着这个人的声音,却没有半点关于他声音的记忆:"听不出来,我从来没有听过你的声音。"

上官文庆明白了,自己的容貌改变了,声音也改变了。他想,要是李红棠也认不出自己了,那是最悲哀的事情。

上官文庆说:"我是唐镇的活神仙哪!"

这不是上官文庆常常挂在嘴边的话吗?难道他就是上官文庆?阿宝不敢相信。阿宝说:"你、你——你要是上官文庆,怎么会变成这个样子?"

上官文庆无奈地说:"我自己也搞不清楚。"

阿宝的心冰冷冰冷的。

他感觉到了恐惧。

相信唐镇大部分人家的年夜饭都是十分丰盛的,而且一家人团聚在一起的心情是愉悦的,吃完年夜饭,还有大戏看,人们更加觉得这个年过得真的是和往昔不同。

李红棠却和别人不一样,孤独凄冷地过年。

她在黄昏的时候醒来。

她听到唐镇此起彼伏的鞭炮声,就起了床。

唐镇人有个习惯,吃年夜饭前,要放鞭炮。

李红棠的嘴巴苦涩,肚子空空的,不知道自己在床上躺了多长时间。

起床后,她本能地喊了声:"阿弟——"

她喊完后才缓过神来,冬子已经不在家里了,说不准现在正和那个老太监在一起吃年夜饭呢。

她希望冬子快乐,能够多吃点好东西,不要想着自己,要难过就让自己一个人难过吧,反正也不是难过一天两天了,她的心早就被痛苦之石砸得稀巴烂了。

李红棠的双脚就像是踩在棉花上,软绵绵的,下楼梯时,一脚踩空,差点滚下楼去。她来到灶房里,发现灶台上放着很多年货,她没有感到惊奇,这一定是那个可恶的父亲送过来的。想起往年过年时,虽然没有如此丰盛的年货,一家人在一起,却充满了人间的天伦之乐,谁能想到,现在会变成这个样子,好端端的一家人,剩下孤独一人。

李红棠打开了家门。

她把父亲李慈林拿回来的年货都扔在了门外的街上。

满街的红灯笼在李红棠眼睛里变成了一个个血淋淋的人头。

她使劲地揉了揉眼睛,定睛再看,每家每户门楣上的确挂着血淋淋的人头。

自家的门楣上也挂着一颗血淋淋的人头。

李红棠疯狂地操起一根扁担,把门楣上的红灯笼挑落,然后使劲地关上了家门。

这个大年三十的晚上,李红棠只是熬了一锅稀饭,什么菜也没有炒。她一碗碗地吃着稀粥,直到肚子撑得圆鼓鼓的,喉头要涌出米浆,才把碗放下。她默默地坐在饭桌前,目光呆滞。唱戏的声音在唐镇的夜色中响起之后,李红棠听到了敲门声。

敲门声很轻,却那么清晰。

敲门声把她从痴迷中唤醒。

敲门的人是谁?一定不是父亲,他不会敲门,只会砸门!难道是母亲?母亲如果在这个晚上悄然回归,那她会幸福得死掉!难道是冬子,他偷偷跑出来了?她知道冬子的心里放不下自己,可她不希望他回来,只希望他能够平平安安,不要有任何危险……敲门的人到底是谁?

李红棠走到了门边。

她轻声问道:"谁在敲门?"

传来陌生的声音:"红棠,是我。"

她又轻声问:"你是谁?"

陌生的声音:"我是唐镇的活神仙。"

李红棠打开了门,低头看到了变得不敢相认的上官文庆。

李红棠惊诧极了:"你怎么会变成这样?"

上官文庆说:"你都可以变,我怎么不能?"

李红棠说:"进来吧,外面冷。"

上官文庆进了屋,李红棠关上门。

李红棠说:"我让你不要再来找我,你怎么又来了,你不怕我生气把你扔出去?"

上官文庆说:"我不怕,我都快要死的人了,还有甚么可怕的。"

李红棠说:"呸!大过年的,不要说不吉利的话!"

上官文庆说:"过年不过年又怎么样呢,我已经不在乎。"

李红棠说:"你妈能让你出来?"

上官文庆说:"他们都在看戏。"

他们坐在饭桌前，在飘摇的油灯下，相互审视着对方。他们什么话也没说，什么也不用说，就这样默默地对视。李红棠想伸出手去握他孩童般的手，可她没有这样做。

　　上官文庆感觉自己是这个世上最幸福的人，哪怕是蜕一万次皮，经历一万次痛苦的煎熬，只要能够在这样的夜晚和自己心爱的人在一起，也是值得的。也许他经历那些常人不可想象的痛苦折磨，就是上天在考验他，而李红棠是上天在他饱经劫难之后最好的礼物。

　　能够和李红棠在一起，哪怕是一瞬间，也像过了一生。

　　李红棠感觉到了温暖，一个男人，唐镇最丑陋最渺小的男人给予自己的温暖，这种温暖是安慰，也是爱，最真切的刻骨铭心的爱。

　　戏散场后，阿宝一个人还坐在台前的矮板凳上，久久不愿意离开。

　　他清楚地看到，赵红燕和戏班的人被团练们簇拥着走进李家大宅前，哀怨地朝他瞟了一眼。

　　那一眼让阿宝的灵魂出了窍，今夜她刚刚在舞台亮相时，阿宝就发现了她眼中的哀怨，虽然扮的是英姿飒爽的花木兰，可在他的心里，她和自己一样忧伤。

　　阿宝在她走的时候，发现从她的袖子里飘落了一片白云，他捡起了那片云，那是一块白色的罗帕，罗帕上画着个女子的头像，画中人就是赵红燕。

　　罗帕上存留着一股淡淡的香味，好像是茉莉花的香味。

　　他赶紧把那块罗帕藏进了口袋里。

　　阿宝一个人坐在空坪上，冷风鼓荡，一颗少年的心，沉浸在无边无际的感伤之中。

红灯笼烘托得喜庆和温暖的唐镇之夜，被阿宝的忧伤拖得无限漫长。

夜深了，张灯结彩的李家大宅沉寂下来。

明天是登基的日子，李公公早早地进入了卧房。

李家大宅戒备森严，所有团练都没有回家过年。

冬子吃完年夜饭后就回到自己的卧房去了，除了思念母亲和姐姐，还想去探索那神秘的地洞，白天里，他往那地洞走了很长时间，也没有走到头，后来害怕了，就返了回来，地洞通向何处，是个谜。

冬子仿佛胆子越来越大，好奇心也越来越强。

冬子甚至希望那个冰冷的呼唤声再次出现，能够再次见到那个黑影，也许他会带冬子去找到更多隐秘的东西，就像看到鼓乐院戏台上的那一幕，或者他会告诉冬子，那个被蒙面人吊死的人到底是谁，究竟是不是在中秋夜里被蒙面人抬出唐镇，是不是冬子在野草滩发现的那只腐烂的脚掌的主人。可是，这个黑影自从那个晚上之后，就一直没有出现。难道他真的是鬼魂？真的被王巫婆驱赶出了李家大宅？

冬子突然想，李公公现在在干什么？

他不会已经进入梦乡了吧，这一天里，他显得异常激动。是呀，天亮后，他就是唐镇真正的皇帝了，吃年夜饭时，冬子可以感觉到他的心情，每每夹菜的时候，他们手都微微发抖。

冬子想到了那个密室。

他想了想，钻进了床底下。

……

冬子看到了那密室门缝里漏出的亮光，他断定李公公一定在里面。他心里忐忑不安，却又充满了好奇。他摸近前，眼睛凑在门缝上。冬子屏住了呼吸,他不能让李公公发现自己,如果发现,后果也许不堪设想。

今夜,李公公没有泣哭。

他穿着那身太监服,跪在那盛装的老女人的画像底下,边磕头边说:"老佛爷,奴才该死,奴才对不住您哇!"接着,李公公用巴掌抽打自己的脸,那声音十分清脆。李公公收手后,又磕头,磕完头,面对着画像阴森森地说:"老佛爷,奴才心里也恨自己,怎么做出如此大逆不道的事情来呢?可是奴才已经踏上了一条不归路,想回头也难了,奴才没有办法再服侍您了,等来生吧,来生奴才再好好服侍您!老佛爷,明天我就要举行登基大典了,您要知道,一定会气得吐血的!奴才不能让您知道,您也永远不会知道了。不过,奴才知道您心里最恨的是什么,您恨洋鬼子,告诉您吧,奴才也恨,奴才和他们不共戴天!奴才抓住了一个洋鬼子,奴才不会放过他的,奴才要把他的肉剐下来,放到油锅里去炸,要把他的骨头熬成汤……"

李公公站起,脱下了那身太监服。

他穿上了黄色的龙袍。

李公公叽叽地笑出了声。

他的笑声像老鼠的尖叫。

"没想到哇,没想到哇,老夫有生之年还能当上皇帝!唐镇就踩在老夫的脚下,老夫想干什么就干什么!唐镇所有的人,都是老夫的奴才!他们在老夫眼里,都是阉人!爹,不孝子已经原谅你了,没有你,也没有我的今天哪!爹,我要给你建造一座陵墓,让你的魂魄在此安息。我还要追封你为太上皇,让你也享受百姓的跪拜!你再也不用乞讨为生了,再也不用四处漂泊了,爹——"

李公公停止了说话。

他侧起耳朵,仿佛听到了什么细微的声音。

冬子屏住了呼吸，一动不动。

李公公又发出了叽叽的笑声。

他又用怪异的声音说："爹，你在和我说话，是不是？是的，我听到你的声音了，你在恨我母亲吧？她不该在你落难之际，抛下我们父子，和别的男人私奔，不该呀！爹，女人都是贱货，贱货！"

李公公浑身颤抖。

说话的声音也颤抖着："爹，你、你等着，等造你的陵墓时，我要挑几个漂亮女人给你陪葬，让你享受到生前没有的快活！爹，你不也喜欢听戏吗，我还要让戏子给你陪葬，让你天天都可以听戏……"

李公公的双手不停地比画着，表情十分可怖，冬子感觉他就是在剐自己的肉，熬自己的骨头汤。冬子毛骨悚然，浑身瑟瑟发抖！李公公在他眼中，是一个比鬼还可怕的人，鬼是缥缈无形的，而李公公是个活着的魔，他是那么实在地让人恐惧，让人战栗。

第十五章

光绪三十年大年初一,噩梦真正降临唐镇。

东边的天际出现血红的朝霞,早起的唐镇人惊讶地看着血红的朝霞渐渐地浸透了大半个天空。在他们心里,这是祥瑞的气象,今天是李公公登基的日子,也是唐镇诞生第一个皇帝的日子。

李红棠迎着血红的霞光,走出了唐镇。她没有用蓝花布包裹白发,也没有把脸蒙住,从她坚定和忧伤的眼神中已经看不到羞愧,别人投来复杂的目光已经影响不了她的情绪。她头上的白发编成了一条长长的辫子,自然地垂在后背上,皱巴巴的脸上没有丝毫表情,手臂上挽着一个包袱。

谁都知道,她又踏上了寻找母亲的艰难道路。

王海荣和另外一个团练去巡逻,还没有走出兴隆巷,就看到了李红棠。李红棠站在巷子口,目光往巷子里眺望,她是想临走时能看冬子一眼,可这个愿望很难实现。

王海荣看到她的脸,心里一阵恶心,慌乱地扭过了头,要是往常,他的目光会苍蝇般黏在她俏丽的脸上,恨不得扑上去咬上一口。不一会儿，李红棠就走了，至于王海荣的痛苦表情，她根本就不屑一顾，连同李公公在唐镇称帝，她也不屑一顾。她选择这一天重新去寻找母亲，并不是逃避什么，而是她认为自己休息好了，体力也恢复了，应该上路了，在她心里，没有比寻找母亲更重要的事情。

　　王海荣十分恐慌，还没有回李慈林的话呢，他心里异常明白，等忙完李公公登基的大事，李慈林还会找他。到时，他该如何回答李慈林？如果他真的娶了李红棠，也许会过上荣华富贵的日子，也许一生都会在噩梦中度日，李红棠就是他的噩梦。

　　李红棠走出了唐镇洞开的城门，朝东边的山路走去，把唐镇抛在了身后，血红的霞光包裹住了她。

　　太阳从东边的山坳露出了头，唐镇开始了这非常日子的喧闹。唐镇人看到一面杏黄旗从李家大宅门口的盘龙石旗杆上升起来，杏黄旗上写着两个遒劲有力的大字："顺德。"顿时，李家大宅里面鼓乐齐鸣，鞭炮声不绝于耳。唐镇人纷纷跑出了家门，朝李家大宅门口的空坪上涌去。

　　几声土铳的轰响过之后，李家大宅的大门被打开了。

　　从李家大宅里面走出了庆典的队伍。

　　走在最前面的是大鼓奏乐的人，唐镇人都知道，这些都是戏班的乐手，他们面无表情，卖力地吹打。

　　鼓乐队后面跟着十几个举着杏黄旗的人。他们腰上挂着刀，都是些团练。

　　旗队后面是一个有着华盖的八抬大轿，上面坐着身穿黄色龙袍的李公公，他的脸上挂着诡秘而又威严的笑意。李慈林和李骚牯面色严峻地挎着刀跟在八抬大轿的左右侧。

　　八抬大轿后面是个四抬大轿，轿上坐着惶恐的冬子。他无论如何也快乐不起来，这种莫名其妙的事情降临在他的头上，无趣极了，极度的不自由，没有一点安全感。

四抬大轿后面，是盛装的朱银山等一干族长和唐镇的绅士，还有唐镇周边各个乡村的头脸人物，他们的脸上喜气洋洋，像是捡到了宝贝一样。

在这些人的后面，就是手持十八般兵器的团练队伍。

庆典的队伍走出兴隆巷，来到了镇街上，然后朝镇东头的土地庙鱼贯而去。唐镇的男女老少嘻嘻哈哈地跟在后面，他们非但是看热闹，也是庆典队伍的一部分，李公公要在李家大宅门口的空坪上摆上几十桌，请全镇的人吃流水席，从中午吃到晚上，边吃还要边唱大戏。

李公公率众在土地庙里拜祭完土地神，庆典的队伍又原路返回，缓缓地穿过小街朝西门走去，到唐镇外的田野上巡游一圈，李公公是在巡视他的国土。一路上，不断有人加入庆典的队伍，喧闹声越来越厉害。

阿宝听到喧闹声，走出了家门，父亲张发强和母亲早就出去看热闹了，他本来不想出去的，可他想到了好朋友冬子，希望能够见到冬子。

阿宝真的看到了冬子，拼命地挥着手喊着："冬子，冬子——"

他的声音很快地被唐镇空前的喧嚣淹没，身体也被人潮推到了小街的边角上。

冬子的目光在街边的人群中寻找姐姐和阿宝的身影，没有发现姐姐，却看到了阿宝，便喊道："阿宝，阿宝——"

阿宝还在喊："冬子，冬子——"

阿宝被人流淹没，冬子心里酸溜溜地难过。

这个时候，有一个人默默地坐在家里，不停地叹气。

他就是李驼子。

李驼子没有像其他人一样感觉到兴奋，他心里充满了悲哀和恐惧。他十分清楚，唐镇将要大难临头。他不知道自己会怎么样，能不能躲过即将来临的大灾大劫。
　　……
　　庆典的队伍来到田野中央时，人们看到五公岭上升腾起一团浓重的黑雾，那团黑雾升到半空中，突然变成了黑压压的一片死鬼鸟，死鬼鸟怪叫着朝人们的头顶飞掠过来，顿时遮天蔽日。
　　有人发出了惊叫。
　　有人大声地说："是红毛鬼在作怪了，杀死红毛鬼，喝他的血，吃他的肉，唐镇才能太平——"
　　还有人高声呼喊："顺德皇帝万岁，万岁，万万岁——"
　　人们纷纷喊叫："顺德皇帝万岁，万岁，万万岁——"
　　喊叫声犹如潮水一般，铺天盖地。
　　遮天蔽日的死鬼鸟怪叫着朝五公岭方向涌回去。
　　当太阳光重新照射在人们脸上时，大家才松了一口气，可是，那些不祥的死鬼鸟还是在唐镇人心里留下了阴影，他们从来没有见过如此之多的死鬼鸟，而死鬼鸟要是出现在谁家的屋顶，那谁家就要死人，这是报丧之鸟。李公公的心里也极不舒服，难道遮天蔽日的死鬼鸟在他登基的这天出现，昭示着什么？
　　在田野里巡视完后，庆典的队伍返回了李家大宅。
　　庆典队伍从李家大宅的大门鱼贯而入，唐镇百姓则被挡在了门外，他们也不敢进去，只是在外面候着，有的人则到各家各户去搬桌凳，摆在空坪上，准备让人们吃流水席。
　　人们还发现，在盘龙的石旗杆下支起了两口大锅，一口大锅里装满了菜油，另外一口大锅里，装满了清水，锅底下架好了木柴，只要点上火，木柴就会燃烧成熊熊的烈火。许多人在想，这两口锅是干什么用的呢？因为宴席的厨房是在李家大宅里，连小食店的胡喜来也被请进李家大宅去做菜了。

两口大锅一定会派上它的用场,人们拭目以待。

加冕仪式在李家大宅宝珠院的大厅里进行着。

李公公坐在大厅正中的宝座上,目光炯炯地注视着正前方。

朱银山和那些族长以及唐镇的头面人物列队面向李公公站着,冬子站在他们的前面。

李慈林双手捧着一顶镶嵌着珠宝的黄色皇冠走到李公公面前,双腿跪下,双手献上了皇冠。

李公公站起来,弯下本来就有点佝偻的腰,接过了皇冠,戴在了头上。

这时,朱银山跪下,高呼:"万岁,万岁,万万岁——"

众人也跪下,高呼:"万岁,万岁,万万岁——"

冬子觉得这像是一场经过精心策划的闹剧,没有跪下。

李公公向他投来凌厉阴森的目光。

朱银山伸出手,拉了拉冬子的裤脚,轻声说:"皇孙,快跪下——"

冬子还是无动于衷。

李慈林听到了朱银山的话,回过头看了一眼,他赶紧掉转头,爬到了冬子的面前,立起上半身,把冬子按倒在地上。冬子跪在那里,愣愣地看着李公公,心想,难道皇帝就是像他这个样子的吗?大厅里的气氛异常的肃杀,紧张而又沉闷。

李公公这才说:"众卿家平身!"

大家又山呼万岁,一个个站起来。

……

李公公真正地当上了唐镇的皇帝,定国号为"顺德",这一年也就是顺德元年。李公公封朱银山为文丞相,封李慈林为武丞相,其他几个族长以及各个乡村的首脑为王爷，李骚牯也成了掌管御林军的将军，御林军的前身就是团练……

皆大欢喜。

铁匠上官清秋回到家里，朱月娘正在着急，因为上官文庆不见了，她找了一个上午都没有找到。

她对兴高采烈的丈夫说："你嘚瑟什么呀，文庆又不见了！"

上官清秋说："这两天他的精神不错，也许病快要好了，他这个人的品性你应该知道的，喜欢乱跑，跑累了总会回家的，你担心甚么呢？"

朱月娘说："话是这么说，可我这心里总是不安稳，好像他会发生甚么不好的事情。"

上官清秋笑了笑，从口袋里掏出一张红纸，在她面前晃了晃说："你就放一百个心吧，文庆不会有事的！你看看，这是甚么？"

朱月娘叹了口气说："他要有个三长两短，我就不活了。我哪知道是甚么，是甚么又怎么样呢，也不会比儿子重要！"

上官清秋得意地说："你晓得吗，这是皇上差人给我下的请帖，要请我们到皇宫里去吃酒宴，你想想，我一个打铁的，能被请到皇宫里去吃酒宴，皇上给了多大的面子呀，一般的人都只能在皇宫外面的空坪里吃，你说我的面子大不大？"

朱月娘根本就不在乎他在说什么，只是不停地叹气："唉，文庆，你会到哪里去呢？你可不要吓我呀，我的心都烂了！"

上官清秋十分扫兴，骂了声："不识抬举的东西！"

郑士林老郎中的中药铺没有开门，他和儿子郑朝中在家里面对面地坐着。

郑士林脸色阴沉，长吁短叹："唉，到底去好呢，还是不去好？"

原来，他们也接到了李公公送来的请帖，要他们一家到李家大宅里去吃酒宴。

郑朝中说："我看还是去吧，看得出来那个太监心狠手辣，要是不去的话，这不是表明我们和他作对吗？现在全镇人的心都被他收买了，还有李慈林和他的团练帮他看家护院，如果得罪了他，还不晓得会弄出什么事情来呢。"

郑士林叹了口气说："你说的话不是没有道理，可是，多一事不如少一事，他这个皇帝不晓得能当多久，要是被官府知道了，那是要诛九族的，说不定唐镇人都毁在他手上了，他一个太监死就死了，唐镇那么多人可不能给他陪葬哪！最起码，我们一家人不能做他的殉葬品！如果我们去吃了他的酒宴，那不证明我们和他同流合污吗？到时逃脱不了干系的！"

郑朝中说："左也不是，右也不是，这可如何是好哪！"

郑士林说："还是要好好想想，想清楚了再做决定！"

郑朝中说："我们甚么都想过了，还能怎么想？我是懒得想了，我觉得还是得去，眼前的事情都顾不了，还顾得了甚么将来的事情。爹，你拿主意吧！反正我听你的。"

郑士林盯着儿子："你真的决定去？"

郑朝中点了点头。

李时淮也接到了请帖，要他赴李家大宅的酒宴。

他惊惶万状。

想起近来李慈林飞扬跋扈的样子，他就胆寒，总觉得有把钢刀架在脖子上，架在一家老小的脖子上。为了讨好李公公，也是讨好李慈林，他已经送了很多银子出去了，就是这样，也没有博得李公公的欢心，李慈林还是用仇恨的目光对待他。

对李时淮而言，这无疑是一场鸿门宴。

沈猪嬷兴冲冲地走进了卧房，使劲地推了推死猪般在床上沉睡的余狗子："死赌鬼，还不快起床，去得晚了就没有地方坐了，很多人都去等着吃酒宴了！听人说呀，去晚了就要等下一拨了，第一拨的菜是最好的，以后就越来越一般了！死赌鬼，你听到没有呀！还不快起来！"

大年三十晚上还去赌博的余狗子被老婆吵醒，十分不耐烦："死开，死开！吃甚么鬼酒宴哪，老子没有兴趣，要吃你带孩子们去吃，老子困觉要紧！饿死鬼投胎的呀，成天就晓得吃，吃死你这个烂狗嬷！"

沈猪嬷听了他的话，脸色变了，压低声音说："死赌鬼，隔墙有耳呀！你说皇上的酒宴是鬼酒宴，小心被人听见，传到皇上耳里，割你的舌头！还有呀，皇上让大家去吃酒宴，就你一个人不去的话，不是故意要和他作对吗？你看皇上手下的那些人，如狼似虎的，你惹得起吗？你要是识相，就赶快起来，早点去，还能占个座，多吃点好东西，靠你呀，我们一家子得吃屎！"

余狗子这时清醒过来，马上坐起来："好，好，我马上起床！"

沈猪嬷用手指戳了他的额头一下："这还差不多，你没有看到呀，皇上坐在八抬大轿上，神气得很哪！就连李骚牯那个下三滥的东西，也变得人模狗样的！唉，你就晓得赌，你甚么时候要像李骚牯那样神气，我们就有好日子过啦！"

余狗子慌忙穿着衣服，一声不吭，不知道为什么沈猪嬷最近老是在自己面前提李骚牯。

中午时分，乌云从四面八方围拢过来，把天空捂得严严实实，唐镇顿时变得十分晦暗。唐镇四周的树上以及城墙的竹尖上，站满了黑乌乌的死鬼鸟，死鬼鸟的叫声尖锐而又凄惨，和唐镇人的喧嚣形成了鲜明的对比。

李慈林听到了死鬼鸟的叫声，便吩咐李骚牯："今天怎么会有这么多死鬼鸟呢？奇怪了！你带几个人，去驱赶死鬼鸟，否则皇上脸上挂不住。"

李骚牯说："那么多死鬼鸟，怎么赶得过来！"

李慈林厉声说："让你去就去，怎么赶是你的事情，你以为将军是那么好当的！"

李骚牯想了想，就带着几个人，扛了几把土铳，走出了李家大宅，他看到大门口的空坪上摆满了桌凳，上面坐满了吵吵嚷嚷的人。李骚牯知道，酒宴分三个层次安排人员座席的，第一个层次是在宝珠院的大厅里，那些封王的人和头脸人物在一起，李公公亲自和他们一起共进午餐。第二层次是唐镇的一些中层阶级，在大和院的院子里就餐，这些人里有郑士林、上官清秋、李时淮、张发强等等。最后一个层次的人就是唐镇的普通百姓，比如沈猪嫌这些人……因为天冷，坐在空坪上的人在翘首盼望开席，有些人冻得发抖，脸上都起了鸡皮疙瘩，有的孩童还流下了清鼻涕。

过了一会儿，唐镇的四周响起了土铳的轰响。大群的死鬼鸟惊飞起来，可不一会儿又聚拢在一起，飞回到原处，怎么也驱赶不走，这令李骚牯十分头痛，他心里在念叨着什么。他想起了那些恶死在唐镇的异乡人，心里不安而又恐惧，那些鬼魂此时是不是在唐镇阴霾的天空下游荡，或者就跟在他的身后，随时都有可能朝他的脖子上吹一口冷风？

李骚牯还想，今天无论如何，他也不会亲手去杀那个红毛鬼，杀人并不痛快，相反，那是一件十分折磨人的事情。

负责上菜的人听到了土铳的轰响后，就吩咐厨房出菜，他以为那是开席的信号，因为朱银山交代过他，听到铳响就上菜。

厨房里的一干人早就等得不耐烦了，纷纷把盆盆碗碗的大鱼大肉端了出来。宝珠院大厅里的人们还在嘻嘻哈哈地相互交流着什么，这些唐镇的王公大臣们个个喜形于色。菜上来后，李公公皱了皱眉头，朱银山赶紧过去，跪在他脚下："皇上息怒，皇上息怒！"

李公公哼了一声："既然这样，那就让大家入席开宴吧！"

朱银山站起来，大声说："大家入席，准备开宴！"

他又走到李慈林面前："怎么搞的，李骚牯呢？我没有吩咐开宴，铳怎么就响了？"

李慈林"哦"了一声，马上走出宝珠院，对一个兵丁说："快去叫李将军回来，鸣铳开宴。"

兵丁像离弦的箭般射出了李家大宅。

宝珠院大厅里的人规矩地等候着，在没有鸣开宴炮之前，不敢举杯动筷。可大和院和大门外空坪上的人就不管那么多了，菜一上来就稀里哗啦地抢吃起来，

有人嘴巴里边嚼着大块的肥肉，边大声说："都开席了，戏怎么还不开始唱呀！"

很多人附和道："是呀，戏怎么还不开唱？"

他们的目光都落在空坪边上临时搭建的戏台上，那个叫赵红燕的戏子还没有登台呢。

等李骚牯带着那些人回到李家大宅，大和院和门外的空坪上已经乱成一团了。

土铳轰了十二响，戏台那边也响起了鼓乐声，赵红燕走上了戏台，一亮相，就博得了全场的欢呼，她今天唱的第一出戏是《贵妃醉酒》。

除了那些负责守城门和警戒的兵丁，唐镇只有四个人没有参加李公公的登基酒宴。

一个是李红棠，她一早就踏上了寻找母亲的道路，就是在家，她也不会来凑这个热闹。

一个是李驼子,他独自在家里温了一壶糯米酒,悲凉地自斟自酌。

一个是上官文庆,他不晓得跑到哪里去了。

还有一个是朱月娘,她在唐镇四处寻找儿子,连屎尿巷每个茅房的角落都不放过,她想过,上官文庆会不会在茅房里屙屎时,突然发病,掉到屎坑里去。

找不到儿子,就是山珍海味放在她面前,她也不会瞄上一眼!上官文庆是她的心肝,是她的宝贝,是她的命!

午时三刻,李公公朝李慈林使了个眼色。

李慈林点了点头,走出了宝珠院大厅。

正在大和院吃饭的王巫婆突然浑身哆嗦,口吐白沫,倒在地上,两手乱抓,双腿乱蹬,不停地抽搐,口里说着谁也听不懂的胡话。大和院吃饭的人纷纷站起来,用惊惧的目光注视着王巫婆。

李慈林走过来,对大家说:"莫慌,莫慌,王仙姑可能是神仙附体了。"

郑朝中和父亲郑士林面面相觑,他们心里都十分清楚,李慈林和王巫婆又要搞什么阴谋诡计了。不过,他们不敢把心里想的说出来,借一百个胆给他们,他们也不敢说。

李时淮恐惧地坐在那里,提心吊胆。

王巫婆突然镇静下来,从地上爬起来,怔怔地站了一会儿,然后用很奇怪的腔调说:"我是土地娘娘——"

土地娘娘附在王巫婆身上了。

大家一听,赶紧跪下。

只有郑士林父子没有跪,王巫婆手指着他们厉声说:"你们为何不跪?"

他们无奈,只好跪下。

王巫婆接着说:"红毛恶鬼入镇,必诛!食其肉,喝其汤,方能保太平,否则灾祸横行,鸡犬不宁——"

王巫婆说完就直通通地倒在地上,不省人事。

好大一会儿,她才悠悠醒来,站起身,对着大家疑惑地说:"我这是怎么啦,这是怎么啦?"

李慈林说:"王仙姑,刚才土地娘娘附你身上了。"

王巫婆说:"有这事?"

李慈林诡异地笑了笑:"真的,大家都看在眼里的!"

接着,李慈林的目光落在了战战兢兢的李时淮脸上:"你说,对不对?"

李时淮面如土色,慌乱地说:"是的,是的!"

王巫婆吃惊地"啊"了一声。

……

李家大宅门口盘龙石旗杆下的那两口大锅底下的松木干柴点燃了,熊熊烈火冲向锅底。人们看着戏,喝酒吃肉,兴奋地大声说话,却不知道那两口锅派什么用场。

李慈林出现在了门前的台阶上,环顾了一圈,目光落在对面戏台上的赵红燕身上。他伸出舌头在厚厚的嘴唇上舔了舔,脸上露出了邪恶的笑容。

他突然大吼了一声:"大家静一静!"

他的吼声很快就起了作用,全场顿时寂静下来,连戏班的鼓乐也停了下来,赵红燕也停止了表演,愣愣站在戏台上,目光凄迷而又惊惧。

李慈林又大吼了一声:"把红毛鬼带上来!"

这时,有人在底下小声地说着话。

几个兵丁把被折磨得奄奄一息的约翰拖了出来。

一片哗然。

几个兵丁七手八脚地把约翰绑在了旗杆上。

李慈林大声说:"刚才土地娘娘显灵了,要我们诛灭这个红毛恶鬼,要吃他的肉,喝他的汤,这样才能消灭他的鬼魂,让他永不超生,不再出来害人!"

约翰耷拉着脑袋,大家看不清他的脸,不知道此时的他脸上会呈现什么表情。约翰已经说不出任何语言,喉咙里只能发出喑哑的呻吟。

约翰听清了李慈林的话,期待着天主把他从死亡中解救出来,心里在说:"只有仁慈的天主能为我们克服痛苦的压迫和死亡的残忍。天主对我们的死亡,不是他的本意。天主不高兴我死。按照天主的意愿,我们是应当活着的!耶稣愿意把安全、快乐赠送给我们,把我们从人世的沉沦中解救出来。耶稣是让我们得到救赎,得到幸福的门。因为天主预定了我们,并不是让我们受他泄怒的审判,而是让我们借着我们的主耶稣基督,获得救赎和幸福。但是,天主——也只是天主——能把我们从死亡中救出来!只有天主能为我们克服人生的重载……"

李慈林看着那两口锅里的油和水渐渐沸腾,发出咕咕的声响,翻滚起来。他从一个兵丁手中接过一把雪亮的匕首,走到了约翰的面前。他的脸上一直挂着邪恶的笑容,眼神冷酷坚定,心已经变成了坚硬冰冷的铁!

李慈林野蛮地用匕首在约翰的衣服上一阵乱划。

约翰的衣服变成一块块碎布,从身上飘落,肉体裸露在光天化日之下,呈现出青紫的颜色。

鸦雀无声。

人们的眼睛里充满了恐惧,有些人还不停地哆嗦。

李慈林用刀剥光了约翰身上的衣服后,面对着群众,大声说:"大家说,我们该如何对待这个红毛恶鬼?如果放过他,我们大家都没有好处,要不是王仙姑借着土地娘娘的神威捉住他,我们当中有些人早就被这个红毛恶鬼害死了!大家说,怎么对待他?"

大家面面相觑,不知说什么好。

在他们眼里,约翰无论如何也还是个人,尽管他长相十分怪异,和唐镇人不一样,但杀人毕竟是残忍的事情,和杀一头猪或者一条狗有本质的不同。而且,在李公公登基的这个大好日子,杀一个人,是不是太不吉利?

人们集体沉默。

死鬼鸟的叫声在唐镇的四周响起,死鬼鸟似乎闻到了死亡的味道。

李慈林冷酷的目光掠过一张张惊恐的脸,落在了沈猪嬷的脸上。沈猪嬷的嘴巴里还含着什么东西。她的目光和李慈林的目光碰在了一起,她浑身打了个激灵,像是中邪了一般。她努力地吞下了嘴巴里的东西,突然举起一只手,大声呼叫:"剐了他,剐了他,为了我们的安全,剐了他——"

沈猪嬷的话有一种魔力,调动了人们的情绪,蛊惑了麻木不仁的唐镇人。

一刹那间,人群中爆发出潮水般的喊叫:"剐了他,剐了他——"

盲从和愚昧无知是那灰暗年代普通唐镇人最重要的特征,大多数人没有自己的思想,只是行尸走肉。

一群可怜的人。

李慈林转过身,在约翰的胸膛上划了一刀,暗红的血流了出来。约翰挣扎着抬起头,张大嘴巴,什么也说不出来,眼神幽深而又无辜。

那是一种什么样的眼神!

人们又寂静下来,呆呆地看着那个垂死挣扎的人。

李慈林轻轻地对他说:"你不要怪我,要怪怪皇上,是他要我这样做的,君要臣死,臣不得不死,我不可能违抗他的旨意,你就多多包涵了!"

说着,他从约翰的胸脯上割下一小块肉,转身扔进了油锅里。

对面戏台上呆立的赵红燕看到这一幕,顿时花容失色,歪歪斜斜地倒了下去。此时没有人关注吓晕的赵红燕,所有人的目光都集中在李慈林和约翰的身上。

李慈林不停地把从约翰身上割下来的肉扔进油锅里。

每被割掉一块肉,约翰都会把头抬起来一下,仿佛是要让唐镇人记住他各种各样的痛苦表情。不久,他的头就抬不起来了,只是"呼哧""呼哧"地沉重喘息。残破的身体不停地抽搐,汗水如雨,从头上淌下,和身上的血水混杂在一起,流到地上。

两个兵丁面无表情地站在油锅的旁边,一个手中端着笸箩,另外一个拿着长长的竹筷子,不时地从油锅里夹起炸得焦黄的人肉,放进笸箩里。

有个人意识到了什么,赶快用手去捂住孩子的眼睛,没有想到,孩子使劲地推开了他的手,目不转睛地盯着那残忍的场景,孩子的眼睛仿佛被约翰的血映得通红。那人禁不住心惊肉跳,偷偷地看了看其他人的眼睛,发现他们的眼睛也变得血红,他看不见自己的眼睛,不知是否和他们一样。

这时,一个满脸铁青的汉子突然大声说:"李丞相,让我来吧,你的手艺不行,你看我的!"

他朝李慈林走去。

李慈林回过头看了他一眼,发现是唐镇的屠户刘五,人们都叫他老五子。他没料到老五子会主动上来,帮他剐人肉,本来他想让手下干的,又怕像在五公岭杀人那样他们不敢动手影响了局面,就自己动手了。动手时,他已经忘记了自己武丞相的身份,觉得自己就是个刽子手。

老五子走到他跟前，李慈林闻到了一股浓郁的酒气，浓郁的酒气和血腥味混杂在一起，形成了一种奇怪的味道。

老五子从他手中接过匕首，说："这样的事情怎么能让你这个大丞相亲手做呢，你早叫我不就行了，干这样的活我轻车熟路，和杀猪没有什么两样。"

李慈林笑了笑："那就你来吧！"

老五子不愧是个屠户，干起这事情来果然干净利索，一块块人肉如雨般飞进翻滚的油锅。油锅里发出让人头皮发麻的"吱吱"声，不时地冒出淡青色的轻烟。

油锅里飘出一种奇怪的肉香。

这种肉香越来越浓烈。

有人开始反胃，可他们强忍住，不让自己吐出来。

约翰昏死过去，前胸血肉模糊，肋骨一根根地呈现在人们眼中。

老五子的身上溅满了约翰的血。

王海荣站在那里，仿佛要窒息，如果李慈林要让他上前去剐约翰的肉，他会吓得尿裤子昏倒过去，因此，他对李慈林更加地害怕了。王海荣想，如果自己不答应娶李红棠，李慈林会不会把自己活剐了？他可是个什么事情都干得出来的人！

就在这时，李骚牯走到了他跟前。

李骚牯把嘴巴凑在他的耳朵边，轻声地说："感觉怎么样？害怕了吧？我看你是不识抬举！那么好的事情你还考虑甚么？我要是像你现在这样，巴不得赶快娶了红棠呢！看在你是我小舅子的分上，奉劝你一句，你就答应了李慈林吧，否则……到时发生甚么事情，你可不要怪我没有提醒过你，李慈林要对你怎么样，我可是帮不上甚么忙了！"

王海荣顿时面如土色!

他的一泡尿差点撒在裤裆里。

李时淮的一泡尿也差点撒在了裤裆里,感觉下一个被李慈林活剐的人就是他,他为几十年前的那件事情忏悔,肠子都悔青了,可现在后悔又有什么用!如果有来生,他希望自己做一个善良的与世无争的人。

……

冬子知道门外在杀人,可他不知道父亲亲自操刀剐人。他就坐在李公公的旁边,和他们一桌的人,除了朱银山,其他都是被李公公封王的人。这些人不停地奉承李公公,也不时地拍冬子的马屁。

冬子一言不发,什么也不想吃,什么也不想喝,觉得自己是个被绑架的人。他真的希望自己变成一只鸟儿,飞出牢笼般的被他们称为皇宫的李家大宅,还幻想着,舅舅游秤砣骑着白色的纸马从天而降,把他带离这个充满阴谋和血腥的鬼地方。他不要这样的荣华富贵,他需要回到从前清贫的生活,那一碗稀粥都可以吃出甜味的生活,他想念着母亲、姐姐,还有舅舅一家,当然,还有他最好的朋友阿宝。

冬子想,阿宝一定也来参加酒宴了吧,可不知道他坐在哪里,冬子想去找他,却无法脱身。

冬子只要挪动一下身子,李公公僵尸般冰冷的手就会死死地抓住他!

李慈林端了一盘热气腾腾的东西上来,好像油炸的肉,是什么肉,冬子不清楚。他没有想到这是约翰的肉,有些肉上,还有被炸焦了的毛。冬子闻到炸人肉的香味,胃部就一阵翻江倒海。

李慈林把那盘东西放在了桌子上后,就出去了。

李公公的眼中掠过一丝可怕光芒,拿起了筷子,阴森森地说:"各位请动筷,尝尝这新鲜的油炸鬼!"

桌上的人，除了冬子之外，谁都知道这是油炸人肉。

他们表情各异。

朱银山怪怪地笑了笑："皇上，您先品尝，皇上不动，我们岂敢动筷。"

李公公冷冷地笑了笑，咬了咬牙说："好，朕先品尝，看看这油炸鬼的味道到底如何！"

李公公夹起一块油炸人肉，放在眼前看了看，塞进嘴巴里。他慢慢地咀嚼了一会儿，然后吞咽下去。

李公公若无其事地笑了笑："不错嘛，这油炸鬼不错！你们吃呀，吃呀！"

在他咀嚼油炸人肉时，有些人额头上冒出了冷汗。

李公公的话一出，他们手中的筷子一齐伸向了盘子。

他们把油炸人肉放进了嘴巴里，每个人的神情都异常古怪，脸上保持着笑容，谄媚地看着李公公。

李公公冷冷地微笑着，鹰隼般的目光审视着他们。

朱银山最先吞下油炸人肉，说："好吃，真的好吃！"

李公公看盘子里还有两块油炸人肉，夹起了一块，放在冬子的碗里："孙儿，你也尝尝吧，吃了这块油炸鬼，你就和朕一条心了！"

接着，李公公看了看朱银山："你觉得好吃，把剩下的那块也吃了吧！"

朱银山说："这——"

李公公说："吃吧，你就不要推让了。"

在座的人都说："朱丞相，你就吃了吧！"

朱银山虽然面露难色，还是夹起了那块油炸人肉："谢皇上厚爱！"

冬子趁他们不注意，偷偷地抓起碗里的那块油炸人肉，塞进了裤袋里,他的内心强烈地拒绝吃这种东西。

李公公见朱银山咽下那块油炸人肉后,回过头来对冬子说:"孙儿,你也吃吧!"

冬子说:"皇爷爷,我吃完了!"

李公公笑着说:"味道如何?"

冬子说:"好极了!"

李公公伸出冰冷的手摸了摸冬子的脖子,说:"真是朕的好孙子!"

不一会儿,李慈林又端了一盆散发出奇怪味道的汤上来,放在桌子上,二话不说就走了出去。

汤是清汤,冒着热气,上面飘着一层油花。

他们都用手帕抹额头。

除了李公公和冬子,他们的额头上都渗出了冷汗。

李公公伸手给自己舀了一小碗汤,放在嘴边吹了吹,一小口一小口地喝了起来。他喝完后,对大家阴笑着说:"这汤也不错,你们趁热喝了吧,凉了就发腥,不好喝了!"

于是,每个人往自己碗里盛上了汤。

他们低着头喝汤时,李公公给冬子舀上了一碗汤:"孙儿,你也喝吧,喝完这碗汤,你以后就什么也不怕了!"

冬子的胃部翻腾着,反应十分强烈,他用颤抖的手端起了那碗汤,快要送到嘴边时,那碗突然从他手中脱落,掉在地上,碎了,热汤洒了一地。

李公公的脸色变了。

朱银山马上打圆场:"好哇,好哇,这碗打得好呀,以后就岁岁平安了哇,好兆头,好兆头——"

大家也附和着说:"好兆头,好兆头——"

……

大门口旗杆上的约翰已经不见了,只剩下地上一摊暗红的血以及那根脏污的捆绑约翰的绳子。两口大铁锅里的油和水还在翻滚,只不过油锅里已经没有了人肉,那翻滚的汤锅里,可以看到约翰的头颅和骨头……阴风四起,空坪上的人们都沉默着。

两口大锅里还在发出咕噜咕噜的声音。

唐镇四周死鬼鸟还在凄凉地哀叫。

两个兵丁,一个端着装满油炸人肉的笸箩,一个提着一个盛着人骨汤的木桶,在李慈林和李骚牯的带领下,挨桌挨桌地去送那两样东西。每到一张桌前,他们就每人分一块油炸人肉,每人舀一碗人骨汤,看着桌上的人吃喝干净后,他们才会走到另外一张桌前……所有的人脸上都没有表情,中邪了一般,木然地吃着油炸人肉,喝着人骨汤。

天空中乌云翻滚,狂风四起,飘起了鹅毛大雪。

所有的人在狂风大雪中瑟瑟发抖。

这个夜晚,唐镇到处都有人在呕吐,不过人们呕吐的声音被狂风的怒号吞没了。每家每户门楣上的红灯笼全被狂风刮得稀巴烂,有的落在地上,又被旋风卷起,不知道飘到哪里去了。唐镇沉入一片万劫不复的黑暗之中,谁也不敢在夜里打开门,生怕在黑暗中被狂风卷走。就连那些皇家的兵丁,都不敢出门巡逻,龟缩在屋子里,睁着惊恐的双眼。李家大宅失去了白昼间的热闹,变得死气沉沉,偶尔会从浣花院飘出女人凄凉的哭声,那哭声很快就被浓重的夜色吞没。

李慈林也许是唐镇最疯狂的一个人。

晚上,李慈林和李骚牯等几个心腹喝酒,告诫他们都不要喝多了,要搞好李家大宅的警戒,自己却拼命地喝酒,一口气喝了好几坛糯米酒。

李骚牯十分吃惊，从来没有见他喝过那么多的酒，也没有见他如此疯狂地喝酒。

李骚牯劝不住他，只好随他喝去。

喝完酒，李慈林就摇摇晃晃地朝浣花院摸去。

李骚牯要搀扶他过去。

他一把推开李骚牯："你给老子滚！"

通向浣花院的甬道铺满了积雪，这天的雪显得灰暗，没有那种白莹莹的雪光。

李慈林一路上不停地摔倒在雪地上，又不停地爬起来，嘴里嘟哝着什么。

李骚牯悄悄地跟在后面，眼睛在黑暗中冒出怨恨的火焰。

李慈林打开了浣花院的圆形拱门，走了进去。

李骚牯走到那门前，伸手推了推，门紧紧的，推不开。他咬着牙，心里说："李慈林，你这个吃独食的王八蛋，喝醉了也知道把门反锁上！看来还真是要好好提防你，这个连自己的大舅哥都可以下毒手的人，说不定哪天也会对我下手……"

李慈林摸到了浣花院一间房间的门口。

他推了推门，推不开。

房间里有女人的哭声传出来。

李慈林使劲地用拳头砸了砸门，低声吼道："臭婊子，还不快给老子开门！"

女人的哭声还在继续，没有人给李慈林开门。

李慈林火冒三丈，一脚把门踢开了。

赵红燕坐在床上，泪流满面，宛若梨花带雨，她的手中拿着一个什么东西，见李慈林冲进来，赶紧把手中的东西塞到了枕头底下。

她这个动作被李慈林看在了眼里，他走过去，从枕头底下掏出了那个东西，那是一块蝴蝶玉佩。

李慈林说："你不要以为老子喝醉了，甚么也看不清楚，不就是一块玉佩吗，你藏甚么？难道怕老子抢走！"

赵红燕的身体往后缩着，李慈林让她浑身发冷，他就是一个恶魔！

李慈林把那个蝴蝶玉佩扔还给她，冷笑道："还给你，老子还真看不上这东西！老子哪天高兴了，打个金蝴蝶给你！"

赵红燕浑身发抖，睁着惊恐的眼睛："我不要你的金蝴蝶，什么也不要，只求你放我们走，好不好？"

李慈林咬着牙说："你们想走？嘿嘿，老子早就告诉你了，自从你们踏进唐镇的那天，就注定走不了了。你们要是走了，皇上怎么办，你可晓得，皇上平生最喜欢看戏了；你要走了，我又怎么办，明白告诉你吧，老子已经被你这只骚狐狸给迷上了，过几天，老子要禀报皇上，要他把你赐给老子，老子要娶你！"

赵红燕手中紧紧地攥着那块蝴蝶玉佩，哀伤到了极点。他们戏班进入唐镇，就像是一群绵羊进入了虎穴，那是自投罗网。这是一个没有王法的地方，李慈林他们是一群杀人不眨眼的恶魔！

赵红燕什么话也说不出来了。

李慈林看着悲凄的赵红燕，狞笑着脱光了衣服，嘴巴里说着含混不清的话语，疯狂地朝她扑了过去。

赵红燕就像是狂风暴雨中的花朵，被无情地摧残！

她的手里还是死死地攥着那个玉佩，木然地任凭李慈林蹂躏。

她的心中在呼喊着一个男人的名字，她希望他还活着，把她救出这个魔窟。她手中的玉佩就是那个男人送给她的定情之物，她曾经发过誓，人在玉佩在，这个玉佩是她在这个世界上唯一的安慰和幻想！她仿佛听见那个男人说："无论如何，你要活下去，哪怕是像畜生一样，也要活下去！"

赵红燕明白他话中的含义，就是要活下去为他报仇！可是，凭她现在的力量，报仇谈何容易！她已经快崩溃了，这样活，还不如死了！死是那么的容易，可死了，也是白死！活下去，活下去，只要活着，总会有报仇的机会！

就在这时，一阵阴风把房间里的油灯吹灭了。

李慈林听到风中夹带着凄厉的号叫。

李慈林怒吼了一声，从赵红燕身上翻滚下来，摸到了桌子上的刀，迅速地把钢刀抽出了鞘，在黑暗中一阵乱砍乱劈，口里吼叫道："老子劈烂你的魂魄，让你永世不得超生！你以为老子这样一个大活人就怕你这个死鬼吗，你有种就过来呀，老子劈烂你的魂魄，让你永世不得超生……"

赵红燕在床上悲凄地喊叫道："林忠，你快走，不要管我，你斗不过他的，林忠，你不要管我，赶快去投生吧——"

阴风悲号，有什么东西窜出了房间，消失在茫茫的夜色之中。

房间里沉寂下来。

李慈林手上的钢刀"哐当"一声掉落在地上。

赵红燕听到了一声沉重的叹息。

冬子在这个落着黑雪的晚上，头特别的昏特别的沉。中午在酒宴上不知道父亲把约翰剐了，那油炸鬼就是约翰的肉，还有那汤……下午时，他就知道了真相，怎么想都觉得恶心，找了个偏僻处，拼命呕吐，苦胆水都吐出来了。

整个下午，冬子浑身都在颤抖，晚饭他也一口没有吃，看着李公公他们若无其事地吃吃喝喝，说一些莫名其妙的话，冬子很难想象他们吃了人肉如何还能如此坦然！入夜后，他没有和那些人到鼓乐院去看戏，早早地躺在了床上。

冬子昏昏沉沉地睡去。

不知道睡了多久，冬子迷惘地从床上爬了起来，走出了房间。

厅堂里静悄悄的，宫灯散发出的光芒像暗红的迷雾。

他在暗红的迷雾中穿行，没有人引导他，也听不见任何声音，哪怕是幻想中的呼喊。

他什么也没想，像个傻子一般，朝鼓乐院走去。

那些手提着灯笼在李家大宅中巡逻的兵丁从他面前无声无息地走过，竟然没有发现他，仿佛他根本就不存在。

冬子走进了鼓乐院，鼓乐院里也挂着许多宫灯，那些宫灯同样散发出暗红色的光芒，整个鼓乐院同样弥漫着暗红色的迷雾。鼓乐院那些房子里住着的人如同死了一般，没有任何声响，甚至连鼾声也没有，那是戏班的男人，脸色苍白沉默着的一群男人。他看不见他们，他们真的像死掉了一样。冬子站在戏台下，朝戏台上眺望，戏台上空无一人，也没有蒙面人，更看不到上吊的清瘦男子。他们都在沉睡，在各种不同的地方沉睡。死亡也是沉睡的一种，只不过睡过去后就永远不会再醒来了，肉体也就腐败了，变成了泥土。

冬子鬼使神差地走到了戏台的背后。

他从来没有来过这里。

冬子发现了一扇铁门，厚实的铁门，仿佛可以闻到铁门散发出来的铁腥味，那也是铁匠上官清秋身上散发出的气味。每个人身上都有气味，每个人身上的气味都不一样。比如父亲李慈林，他身上充满了血腥味。比如母亲游四娣，她身上总是飘着一股奇异的奶香。比如姐姐李红棠，身上有种芬芳，兰花那样沁人心脾的芬芳……冬子相信自己身上也有独特的气味，可他闻不到自己身上的气味，也许每个人都无法闻到自己的味道，就像无法触摸到自己的灵魂。

那扇沉重的铁门突然打开了。

288

门里也散发出暗红色的光芒。

冬子走了进去，铁门在他的身后轰然关上。

他不清楚还能不能出去，内心却没有一丝恐惧，只有好奇。

冬子看到长长的楼梯通向地下，也许是通向一个密室，李家大宅里究竟有多少密室？李公公为什么要建造这么多的密室？他沿着楼梯走了下去。在楼梯的尽头，冬子果然看到了一个偌大的密室，密室里也挂着好几个宫灯，如果没有这些宫灯，冬子会认为自己进入了地狱，或者说地狱也是这个样子的，阴冷，与世隔绝，还有很多刑器。

这个密室的中间，放着一个巨大的铁笼子。

铁笼子里竟然关着一个赤身裸体的血肉模糊的人，根本就看不清他的脸容，也分辨不出他是何人。

他坐在那里，目光如电，头上罩着一圈奇妙的光环。

冬子走过去，双手抓住冰冷的铁笼子的栏杆。

冬子对这个人说："你为什么会被关在这里？"

那人说不出话来，只是摇了摇头。

冬子又说："你冷吗？痛吗？"

那人又摇了摇头。

冬子再说："你到底是谁？告诉我，好吗？"

那人还是摇了摇头。

冬子十分迷惘。

这个陌生人根本就满足不了他的好奇心。他注视着冬子，眼睛里淌下了泪水，暗红色的泪水，和血一样，也可以说他的眼睛里流下了血水。冬子无法理解他为什么要流泪，也无法理解他内心的忧伤和悲痛。陌生人突然朝他伸出手，他的手掌上放着一个银色的十字架，十字架上面有个裸身的歪着头双手展开的人，其实，这个人本身就是个十字架。十字架串在一条银色的链子上。

这个十字架让冬子痴迷。

他喃喃地说:"你想把这东西给我?"

陌生人点了点头。

冬子伸出手,把银色的十字架抓在了自己的手中。

他像被闪电击中一般,浑身战栗。

……

冬子睁开了眼睛。他发现自己就躺在宽大温暖的眠床上,哪里也没有去,难道是做了个梦?不,不是梦!他发现自己的手上紧紧地攥着一样东西,摊开手掌,赫然看见了那个银色的十字架,十字架散发出迷人的光泽,他被深深地吸引,仿佛有种神秘的力量在驱散心中的阴霾。

就在这时,他听到了脚步声。

他赶紧把银色的十字架藏在了枕头底下。

脚步声在他房间门口停了下来,冬子的心提到了嗓子眼上……

第十六章

　　冬子想喊，因为李公公交代过他，有什么事情就喊，喊他也可以，喊吴妈也可以。他突然不想喊了，因为他压根就不想见到李公公，也不喜欢那个吴妈，她成天板着一张冷冰冰的脸，鬼魂一般，有时会突然悄无声息地站在冬子身后，吓他半死。
　　冬子的心脏受到了压迫，狂乱地跳动，他双手捂着胸口，企图让它平静。如果房间门没有悄然打开，也许他狂蹦乱跳的心脏就真的平静下来了。有人蹑手蹑脚地走进了房间，冬子屏住了呼吸，大气不敢出一口，捂住胸部的手在颤抖。
　　进来的是谁？
　　冬子突然闻到了一股怪味，见不得阳光的腐朽酸臭的气味。他对这种气味异常的敏感，他准确地判断出，进来的人就是被他称作"皇爷爷"的李公公。
　　李公公为什么要在这个夜晚潜进他的房间？
　　冬子不想搭理李公公，赶紧闭上了双眼，装作熟睡的样子，还装模作样地发出细微的鼾声。冬子想，好在自己今晚没有进入到地洞里探寻什么秘密，要是被李公公发现，不知道会有什么后果。

在李家大宅里，什么事情都有可能发生。

进来的果然是李公公，此时，他穿的不是龙袍，而是白色的睡衣睡裤，刚刚进来时，因为外面寒冷，他白生生的脸上还起了鸡皮疙瘩。房间里暖烘烘的，很快地，他恢复了正常。

李公公走到床边，借着蜡烛的光亮，看清了冬子白里透红的脸。

李公公轻声地叫唤："孙儿，孙儿——"

冬子装作没有听见他的叫唤，睡得很安稳的样子。他本以为李公公见自己熟睡就会离开，没有料到，李公公竟然爬上了床，钻进了被窝。

李公公左手掌托住左腮，肘撑在床上，侧着脸端详着冬子白里透红的俊秀的脸。冬子感觉到他的脸离自己很近，可以听到他的呼吸声，可不知道他的眼神是什么样的。李公公呼吸出来的气息特别难闻，像是发馊的臭肉，冬子马上联想到他吃油炸人肉时的情景，就想呕吐。他强忍着不让自己吐出来，心里希望他赶快离开。

李公公用右手轻轻地抚摸冬子的脸，冬子的脸上仿佛有冰凉的蛇滑过，那种冰凉一直渗透到他的心上。接着，李公公的食指指尖轻轻地划着冬子红润的嘴唇，他觉得有蚂蚁在嘴唇上爬，奇痒无比。

冬子真想一把推开他。

李公公口里轻轻地说着什么，有种奇怪的魔力控制住了冬子，他顿时浑身瘫软无力，想动也动不了，连反抗的情绪也被消解得干干净净。本来异常清醒的冬子渐渐地变得迷迷糊糊的，仿佛真的进入了睡眠的状态。

李公公脱光了他的衣裤，把嘴唇凑到了他的嘴唇上，亲吻着冬子。

冬子无法动弹，任凭李公公摆布。

老太监的双手在冬子少年细嫩饱满的皮肤上游动着，口里喃喃地说着什么，双眼散发出狼般兽性四射的光芒。

老太监的呼吸沉重起来，他的手摸到了冬子的下身。

李公公的身体突然抽搐了一下，双手把玩着冬子鲜嫩的小鸡鸡，激动地说："多好的宝贝呀！"

他眼中突然流下了泪水。

脸部肌肉抽搐。

他脑海里浮现出被阉割时的情景……他的双手抓住了自己的头发，喉咙里发出了绝望的呜咽。

李公公的呜咽是那么的悲凉。

不一会儿，李公公把惨白光溜的脸埋在了冬子的下身上，舔着他的小鸡鸡，边舔边流着泪说："多好的宝贝呀，多好的宝贝呀，我的宝贝呢，我可怜的宝贝呢？"

老太监也许想起了遥远的童年，想起了曾经那个灵秀的少年，也是如此的干净，一尘不染……可当他在京城里做生意失败的父亲无情地把他阉了后，一切都改变了……想起来，像做了一个梦，满眼辛酸泪！人一生就是一个梦，可怕的梦哪！

李公公抬起了头，舌头舔着嘴唇。

他仿佛是在回味着某种特殊的味道，这种味道已经离开他很久很久了。

李公公的目光迷离。

他呆呆地注视着冬子的身体，好像是在注视着自己童年的身体。

良久，他颤巍巍地伸出手，一把把冬子的小鸡鸡握在了手中，低声说："不会的，不会的！你不会被阉割的，永远也不会被阉割的！多好的宝贝呀，不会和你的身体分离的，不会的，永远不会的！谁敢夺走你的宝贝，我就活剐了他，让他死无葬身之地，把他

293

的命根子剁碎了，拿去喂狗！这是我的宝贝，我的宝贝，谁也不能将它夺走，谁也不能……"

……

迷迷糊糊的冬子大汗淋漓。

对冬子而言，这也是一场噩梦。

李公公走出了冬子的卧房。

他站在空空荡荡的厅堂里，内心突然有了某种冲动。

那是一股欲望，在他体内冲撞。

其实，他早就没有了这种欲望。

可在今夜，欲望之火重新燃烧，也许这是个奇迹，也许他真的不是个阉人了，也许他成了唐镇的天子，老天爷给了他力量，让他返老还童！他伸手摸了摸下身，感觉阉割过的地方长出了一截命根子。

李公公的呼吸变得沉重。

他的身体在燃烧。

厅堂里的灯笼高悬，透出暗红色的光。

此时，他迫切希望自己有个女人！

也许他真的需要一个皇后！

李公公来到吴妈的房门前，敲了敲门。

吴妈在里面警惕地说："谁——"

李公公颤抖地说："是老夫——"

吴妈听清了李公公的声音，赶紧下床打开了房门。

李公公朝徐娘半老的吴妈扑了过去！

吴妈惊叫了一声："皇上——"

李公公把她推到床上，喘着气说："吴妈，老夫要你——"

吴妈仰面倒在床上，恐惧地看着李公公，顿时不知所措。

李公公饿狼般扑在她身上,撕扯她的衣服。

吴妈明白了他要干什么。

她的脸色渐渐地平静。

李公公还是不停地撕扯吴妈的衣服。

吴妈笑了:"皇上,你真要我?"

李公公说:"要,要,要你——"

吴妈笑着说:"皇上,你行吗?"

李公公说:"行,行,我行——"

吴妈说:"我自己脱吧。"

说完,她利索地脱光了衣服。

吴妈的裸体很白,白得刺眼。

李公公揉了揉眼睛,看到的仿佛是少女的身体。他迫不及待地扑倒在吴妈的身上,双手抓住了吴妈松弛的奶子,使劲地揉搓。他下身重新长出的命根子进入了吴妈的体内,不停地冲撞。吴妈躺在那里,脸上挂着笑意,却一点感觉也没有,不兴奋,也不冷漠。

李公公毕竟老了,不一会儿就喘不过气来了。

吴妈把他放在一边,轻声对他说:"皇上,你不行呀,以后别这样了,好不好,怕伤了你的龙体呀!"

李公公体内的火被吴妈的话浇灭了。

他伸手摸了摸自己的下体,空空荡荡的,什么也没有。

李公公内心无比的凄凉。

他心里说:"你就是当了皇帝,你还是个无用的阉人!"

李公公突然伸出手,恶狠狠地抽了吴妈一记耳光,咬牙切齿地骂道:"贱货!"

吴妈挨了打,还赔着笑脸:"皇上,只要你心里舒坦,你就打吧,我承受得起。"

李公公默默地穿好衣服,走出了吴妈的房间。

吴妈说:"皇上,我送你回房吧。"

李公公冷冷地摆了摆手。

吴妈看他走出门后,就关上了门。她摸了摸火辣辣的脸,牙缝里蹦出一句话:"阉人,还打我,没有用的东西!"

李公公没有听到这句话。

如果他听到了,也会把她掐死!

回到卧房后,李公公无法入睡。

他突然想起了什么,从自己的卧房里进入了地下通道。李公公提着灯笼,在地道里往某个方向摸去。他没有去那个常去的地下密室,而是来到了浣花院的一个小房间里。他从地道爬上了那个隐秘的小房间,就听到了一个男人粗壮如牛的喘息和女人痛苦的哀叫。

李公公颤抖着取下了墙上两块松动的砖。

一缕亮光从另外一个房间里透过来。

李公公把脸朝那墙孔里贴过去。

他看到了这样的情景:赤身裸体的李慈林把同样是赤身裸体的赵红燕压在身下,疯狂地强暴着……

李公公的眼珠子冒着火,嘴唇发抖,浑身抽搐。

此时,在李公公的想象中,压在赵红燕身上的仿佛不是李慈林,而是他自己。他不知道多少次,通过偷窥,达到心理的平衡。

突然,从某个角落里飘出一个声音:"你是个阉人!"

李公公的脸扭曲了。

他颓然地坐在地上,讷讷地说:"我不是阉人,不是阉人,我是皇帝,至高无上的皇帝!我要阉了你们,李慈林,李骚轱……我要阉了你们,我要把全唐镇的男人全部阉了,唐镇所有的女人都是我的,都是我的!"

说着,他站了起来,把那两块砖嵌好。

之后,李公公泪流满面。

他回到了地洞里,边走边哭,开始是嘤嘤的哭声,不久,就变成了号啕大哭。

儿子一夜未归,朱月娘一夜未眠,心急如焚。

上官清秋端着黄铜水烟壶,边吸烟边安慰她说:"文庆也不是一次两次不回家了,你放心吧,他跑不了的,迟早会回来的!你急也没有用,反而伤身体,你呀,多少年来都一样,为儿女操心,这有什么用呢?还是学学我吧,把心放宽,这样还能多活几年,否则死得快!"

朱月娘的双眼红肿得烂桃子一般,哀怨地说:"我不听你这个臭铁客子的话,你是个狼心狗肺的人,你连吃了块人肉还回家来嘚瑟,你恶不恶心呀,你这样的人还有什么良心,你想的都是你自己,从来不考虑别人的死活,自私透顶了!你活得再长寿又有什么用?都活到屁股沟里去了!"

上官清秋笑了笑说:"人不为己,天诛地灭!我凭甚么要为别人考虑,人生一世,草木一秋,等两腿一蹬死后,甚么也没有了,谁也不会和我有任何关系了!甚么儿女,甚么钱财,都见鬼去吧!活着一天,就让自己舒坦一天,其他事情我是不会管那么多的了。死老太婆,想开一点吧!你已经对得起文庆了!是死是活,都是他的命!难道我们管得了他一辈子?"

朱月娘抹了抹眼睛说:"我不想和你这个臭铁客子说话了,你过你逍遥自在的生活去吧,那老太监不是赏了你铜烟壶和人肉吗,你再去找找他,让他再赏你一个女戏子,你就真的快活了,我们娘俩是死是活都和你没有任何关系!"

上官清秋脸色变了:"死老太婆,我看你真的是不想活了,也不怕隔墙有耳,你这样说顺德皇帝,要是传到他的耳里,你晓得后果有多严重吗?"

297

朱月娘没好气地说:"我管他什么皇帝不皇帝,你去告我状好了,让他也把我抓去活剐了,你们不就又有人肉吃了吗!还在这里干甚么,快去告我的状呀,我等着他们来抓我呢!我可不像你那么没有骨头,一点小恩小惠就把你收买了,恨不得叫那老太监爹呢!"

上官清秋神色惊惶:"我求求你就别胡说八道了好不好,说不好真的要出人命的!"

朱月娘叹了口气说:"唉,我这条老命要不要都无所谓了,可怜我的文庆呀,你在哪里?"

这是个冷漠的清晨,雪停了,风也停了,唐镇人家的屋顶和街巷都铺满了厚厚的积雪。朱月娘走出了家门,看到灰暗的雪,心想,儿子会不会被如此灰暗的雪埋葬?

她又返回家,拿了一把锄头,去找上官文庆。

朱月娘还是选择一些比较偏的角落,看儿子会不会躲在那些地方。特别是看到积雪很厚,有鼓突起来的地方,她就更加小心了,用锄头轻轻地刨开积雪,看个究竟。

在某个角落里,朱月娘刨开一堆积雪后,顿时惊叫了一声,扔掉了手中的锄头。积雪里竟然埋了一根灰白的死人骨头,死人骨头的表面已经没有光泽!这是谁的骨头,不会是儿子的吧?不对,儿子的骨骼没有那么大。

朱月娘瑟瑟发抖,惊魂未定。她捡起地上的锄头,落荒而逃。

接下来,在不到半炷香的时间里,她在不同地点的积雪中刨出了十几根灰白的死人骨头,有锁骨,有琵琶骨,有肋骨,还有股骨……这是朱月娘有生以来最恐惧的一个早晨,每刨出一根死人骨头,她的心就会被恐惧击中一次,最后,她不敢再找下去了,慌乱地逃回了家中。

这是不是那个被称为红毛鬼的人的骨头?

如果是，那么又是谁把他的遗骨扔在唐镇的每个角落？

其实，并不只是朱月娘看到那些死人骨头而心生恐惧。唐镇许多早起的人也看到了被朱月娘刨出的死人骨头，也吓得半死。这件事情，给唐镇人心中蒙上了一层阴影。

有人把这个事情报告给了李骚牯。

李骚牯大骇，如果那些死人骨头是约翰的，真的是不可思议！他昨天傍晚分明带着几个手下把约翰的骨头从那口大锅里捞出来，送到五公岭去埋葬了的！怎么会散落到唐镇的各个角落呢？要是李公公和李慈林知道了这个事情，那还了得？说不准李公公会撤了他这个御林军将军，甚至……他们特地交代了，要把约翰的骨头弄到五公岭去烧掉的，可他贪图方便，就埋了那死人的骨头。李骚牯惶恐不安，一面派人去五公岭查看，一面派人去把散落在唐镇各个角落的死人骨头收集起来。

李骚牯犹如热锅上的蚂蚁，在李家大宅门口走来走去。

去五公岭察看的人还没有回来，捡死人骨头的人抬着一个箩筐走过来。

李骚牯知道那箩筐里装的是死人骨头，顿时面如土色，冲过去，咬牙切齿地说："你们这些笨猪，我不是让你们把这东西放到镇外头去吗，你们抬到这里干甚么？要是皇上晓得了，还不砍了你们的狗头！还不快抬出去！"

李骚牯看他们走出了兴隆巷，才稍微松了口气。

李慈林满面怒容地走出来，腮帮子上的每根胡子都倒竖着。

李骚牯明白大事不好，只好硬着头皮迎了上去，讪笑着说："丞相，您早！"

李慈林没面没目地说："早你老母！你这个狗屁的东西！老子昨天是怎么交代你的，你竟然自作主张！你以为老子是瞎子和聋子，那么好蒙蔽？实话告诉你，老子可以把你扶起来，同样也可以把你踩下去！你给老子听好了，赶快去把红毛鬼的烂骨头给我烧掉，否则，老子让你们把那些烂骨头全部嚼下肚子里去！"

李骚牯吓出了一身冷汗，点头哈腰说："小的听命，听命！"

李慈林恼怒呵斥道："还不快滚！"

李骚牯仓皇而去。

他还没有跑出西城门，那些去五公岭察看的人迎面跑过来。

前面的那个兵丁上气不接下气地说："李将军，不、不好了——"

李骚牯气呼呼地说："有话就说，有屁就放！"

兵丁接着说："我、我们埋、埋下去的骨头，都、都不见了，那里现在是一个坑，好、好像是有人把骨头挖出来的！"

李骚牯的心凉透了。

怎么会这样？怎么会这样？谁会在昨天晚上摸黑到鬼魂出没的五公岭乱坟场去挖出死人骨头？就是有人这么干，那他又怎么能够进得了唐镇？两个城门都关闭起来了的，还有兵丁把守，李骚牯百思不得其解！

李骚牯心中充满了恐惧。

他带着兵丁飞快地跑出城门。

这时，有个人看着他们的背影冷笑。

这个人就是李驼子。

王海荣听到了李慈林训斥李骚牯的声音，心里有说不出的恐惧。

他躲了起来，等李慈林进了李家大宅，才从阴暗角落里闪出来，逃出了兴隆巷。

他现在不敢和李慈林打照面，如果李慈林见到他，问起他和李红棠的婚事，那可如何回答？如果他答应娶李红棠，那会郁闷至死,如果不答应,那死得会更难看!王海荣这是一失足成千古恨哪!他想过逃跑,远离唐镇这个是非之地,可他从来没有出过远门,加上本身的懦弱,根本就不知道能够跑到哪里去,要是被抓回来,那就彻底完了!

实在走投无路了,他只好去找姐姐王海花。

王海花正在灶房里做早饭。

王海荣愁眉苦脸地走进灶房。

王海花因为昨天吃了油炸人肉,吐了一个晚上,脸色寡淡,眼圈发黑,无精打采。

她没好气地说:"你不好好地当你的御林军,来我这里做甚么?"

王海荣叹了口气说:"我都快死了!"

王海花冷笑了一声说:"你的愿望很快就要实现,马上就要当李慈林的乘龙快婿了,还说什么死呀死的,是不是存心在我面前装相呀?唉,你就是以后当上皇帝,我也不会找你要甚么好处的,尽管放心吧,你困难时,我会帮你,你发迹了,我不会靠你的!要说靠得住,还得是自己的老公!"

王海荣哭丧着脸说:"阿姐,你误会我了!我现在真的是走上绝路了哇!"

王海花用怪异的目光瞟了瞟他:"你说的话我是越来越不明白了,当了几天的御林军,说话也深奥了哇,真的是出息了,狗屎也变金元宝了!你说说,谁逼你走绝路了?是我还是你姐夫?"

王海荣用拳头使劲砸了砸自己的脑袋,悲凉地说:"阿姐,你不要再挖苦我了,我真的不知道怎么办才好了,才来和你商量的。"

王海花说:"你的事情我清楚,你姐夫也和我说过了。我很明白你心里在想甚么。你想想,我和你姐夫为了你的事情操了多少心!当初你说喜欢红棠,我就让你姐夫去和李慈林提亲,没想到,你姐夫被他骂了个狗血淋头!搞团练的时候,我们好心让你去,你不去，事后，你又死活要去，我只好说服你姐夫，让他去求李慈林，费了九牛二虎之力，才把你塞进去！现在，李慈林终于看上你了，不嫌弃你了，要把红棠嫁给你，这是打着灯笼也难找的好事呀，你却说要考虑考虑，你的架子好大呀，比山还大！人有脸，树有皮，你让你姐夫的面子往哪里放？你晓得李慈林怎么说你姐夫的吗？他说你姐夫瞎了狗眼，看上了你这么一个狗东西！他不但骂你是狗，连你姐夫也被他骂成狗呀！为了你的事情，你姐夫做人有多难？你也不替他想想！"

王海荣讷讷地说："这、这——"

王海花接着说："我不晓得你是怎么想的，你有甚么好犹豫的！我要是你呀，早就痛快答应李慈林了，你跟着他，吃香的喝辣的，我和你姐夫也沾光。我晓得你心里打的甚么小算盘，不就是嫌红棠现在有病，变得难看了一点吗！这有甚么要紧的，说不准你们结婚后，她的病就好了，重新变得漂亮了呢！话说回来，要不是红棠得了怪病，李慈林还看不上你呢！你这是走了狗屎运，白白占了个大便宜，还有甚么好说的呢？"

王海荣流下了眼泪，颤声说："阿姐，我求求你别说了，别说了！我不要什么荣华富贵，也不想讨老婆了，我只想过以前的日子，再苦再累也心安理得！阿姐，我求求你，你再和姐夫说说，让他和李慈林说，我不当御林军了，哪怕是给人当一辈子的长工，打一辈子的光棍，我也心甘情愿，再也不敢有甚么非分之想了。我晓得，命中八尺，难求一丈！我认命了！"

他"扑通"跪在了王海花面前。

王海花无法理解他，气得发抖："你、你这个没用的东西！我和你姐夫再不想为你的事情操心了，你想干甚么，自己找李慈林说去！你给我走吧，就算我没有你这个弟弟！"

王海荣可怜巴巴地仰着头，看看自己的亲姐，她是他最后的救

302

命稻草。

王海花突然大声喊叫道:"你给我滚出去,我再不想看到你了,你真是糊不上墙的烂泥!我怎么会有你这样一个不争气的弟弟呢!你滚吧,我们以后桥归桥路归路,你再也不要踏进我的家门了,也不要认我这个姐姐了!滚吧,快给我滚吧——"

王海荣无话可说了,站起身,默默地耷拉着头,走出了她的家门。

他抬头望了望阴霾的天空,脑海一片昏糊。

李公公在考虑一个问题。他希望自己也有一幅上好的画像,可以挂在宝珠院大厅自己宝座后面的壁障上,供唐镇的臣子们朝拜,就是自己以后死了,也可以把自己的容貌留下来,让后人怀想。于是,他让李慈林去找画师。

唐镇那时没有画师,这可急坏了李慈林。

如果派人到外地去找,那些画师不一定会到唐镇来,要是派出去的人走漏了李公公自立皇帝的风声,那可是麻烦事,唐镇必有血光之灾!现在的唐镇人,都不让出远门,只能在规定的范围活动,也就是唐镇周边方圆几十里地的地方。

李慈林绞尽脑汁地想,认识的人中,谁能够胜任这个差事。

想了很久,他还是没有想到一个具体的目标。

奇怪的是,李慈林的脑海里总是浮现出赵红燕哀怨的眼睛。

为了赵红燕的事情,他找过李公公。

他不会忘记自己和李公公的那段对话。

"皇上,臣有件事情向您禀报。"

"爱卿,你有什么话就尽管说吧!"

"我想,皇上是不是得有个皇后?"

"唉,这个嘛,这个嘛……"

"如果皇上有这个意思的话,臣去安排。"

"你有什么人选呢?"

"皇上,我看戏班的几个女子长得都不错,皇上中意哪个,我就——"

"你说什么?让那些戏子当皇后?笑话,笑话哪!你别看朕喜欢看戏,可是,戏子在朕心中,是下贱的人哪!"

"那臣去物色个良家女子,皇上意下如何?"

"算啦算啦,女人是祸水,你就让朕过几天安生的日子吧,现在有冬子在朕的身边,已经足够了,以后休要在朕面前提立皇后的事情!这很无聊,朕不想听,不想听——"

"请皇上息怒,臣再也不提此事了!"

"这还差不多!"

"皇上,臣有个请求,不知当不当说?"

"慈林呀,朕不是和你说过吗,没人的时候,你不要和朕如此客套,有什么话你尽管开口。"

"您也晓得,我老婆她失踪那么久了,估计也回不来了,而且,冬子也过继给皇上了。我想再讨个老婆,再生几个儿子。"

"这是人之常情,应该的,应该的!朕支持你!对了,你心中有人了吗?"

"有是有,可说出来怕皇上见怪。"

"说吧,说吧,别吞吞吐吐的,这可不是你的做派。"

"我、我想娶赵红燕为妻——"

"啊——"

"皇上——"

"不是朕说你,你现在是我们唐镇国堂堂的武丞相,实际上,你就是一人之下,万人之上,朱银山也只是个摆设,做样子给别人看的。以你现在这样的地位和身份,讨个戏子做老婆,你也不怕人耻笑？你自己不怕，朕的面子也挂不住，也有辱国体哪！慈林哪，你三思哪！你现在要娶个良家女子，还不易如反掌，你又何苦要娶个戏子呢！"

"皇上，您别生气，就当臣甚么也没有说过。"

"慈林，你不要怨恨朕，朕是为你好！不过，那个叫什么燕的戏子的确有几分风情，也难怪你动心，呵呵——"

"臣岂敢怨恨皇上。"

"……"

李慈林想，老东西，看你能活多久，等老子取代你后，老子就立她为皇后，什么戏子不戏子，老子不管这一套，老子就是喜欢赵红燕，这天下没有比她更好的女子！老子娶定她了！……李慈林突然想起一件事，他好像在赵红燕的房间里看过一幅画像，是画在一块白色罗帕上的，画中人就是赵红燕。

那是谁画的？

李慈林赶忙走进浣花院……很快地，从赵红燕的口里得知，在罗帕上画像的人就是戏班里的化妆师胡文进。

李慈林找到了胡文进。

这是个脸色苍白目光黯淡的男子。

李慈林注意到，他的手指纤细而又修长，和他的男人身份极不相称。

第一感觉，李慈林就不太喜欢这个人，可是，为了让李公公高兴，还是把胡文进带进了藏龙院。

胡文进跪在李公公的面前。

李公公把精美的鼻烟壶放在鼻子底下深深地吸了一下，抽动着鼻歙说："听说你会画像？"

李慈林带走胡文进时，没有和他说清原委，所以，胡文进吓坏了，两腿发软，他以为李慈林要吊死他。

305

胡文进战战兢兢地说:"回皇上,奴才不敢,奴才以前学过,但只学得一点皮毛,为了谋生,已经很久没有画了。皇上叫奴才进来,有何吩咐?"

李公公淡淡地说:"也没有什么特别要紧的事情,只是想让你给朕画像。"

胡文进大惊失色,连忙磕头:"皇上,奴才不敢,不敢——"

李公公笑了:"你为何如此惶恐?朕又不会吃了你!有什么不敢的,你真要会画,那就不妨试试吧!画好了,朕重赏你,画不好,朕也不会怪罪你!你看怎么样?"

胡文进还有选择画和不画的权利吗?没有!只要不是吊死他,或者剐了他,让他干什么他都愿意。他现在是一只惊弓之鸟,或者说是一只看见过杀鸡的猴子。

胡文进应承了下来。

当下,李公公就吩咐吴妈去取来纸和笔,要试试胡文进的画功。

李公公端坐在太师椅上,胡文进看着他挥起了笔。

胡文进很快就进入了角色,双眼一扫刚才的惊惧,聚精会神地画了起来。

冬子一直坐在旁边的太师椅上,漠然地看着眼前的一切。

李慈林站在胡文进的身后,眼睛盯着胡文进不停甩动的手。

过了一会儿,李公公笑着对李慈林说:"慈林,你带冬子出去走走吧,我看他很闷的样子,让他到外面去透透气,就是养在笼子里的鸟也要拿出去遛遛的,否则会闷死的。"

冬子没想到李公公会说出这样的话,他的眸子里有点火星在闪烁。

他是多么渴盼冲出牢笼般的李家大宅!

可不一会儿,冬子的目光又黯淡下来,因为李公公交代李慈林,一定要看好冬子,不要让他自己一个人乱跑!这样,冬子还是没有自由,自由对他来说是多么的宝贵。

唐镇人又一次看到了那匹高大健壮的枣红马。

谁都知道,那是传教士约翰的马。

一个兵丁牵着枣红马走在前面,后面跟着两抬轿子,上面分别坐着李慈林父子。轿子的后面跟着一队全副武装的兵丁。唐镇人看到李慈林父子,都驻足朝他们低头鞠躬,表示尊敬和问候。

只有李驼子坐在寿店里,头也不抬地扎着纸马。

冬子的轿子经过寿店门口时,他往里望了望,没有看到李驼子的头脸,只看到他背上那团山一般沉重的死肉,那团死肉压迫了李驼子一生。

冬子突然想起来,自己还欠李驼子买纸马的钱,心里顿时涌过一阵酸楚。他心里说:"驼子伯,我一定会还你钱的,加倍地还你,你放心!我一定不会赖账的!"

他们一行人很快地走出唐镇的西门,朝空旷的还有积雪的河滩走去。

他们到来之前,阿宝独自坐在唐溪边的枯草上,手中拿着画着赵红燕美丽头像的白手帕,凝视着汩汩流淌的清冽的溪水,溪水中幻化出赵红燕模糊的影子,仿佛有天籁之音从阴霾的天空中传来,他还闻到了丝丝缕缕的茉莉花的香息,那应该是赵红燕身上散发出的香味。

冬子不知道父亲带自己到这里来干什么。

他看到了阿宝,尽管阿宝是背对着他,他还是一眼认出了他。

阿宝凄清的背影在微风中显得那么无辜和无望。

冬子心里酸酸的,大喊了一声:"阿宝——"

阿宝慌乱地回过了头,最先看到了那匹马,枣红马的眼睛里充满了悲伤。然后才看到轿子上的冬子，他觉得冬子的脸白了许多，也胖了些。他没有像往常一样兴高采烈地站起来，朝冬子扑过去，而是把手中的白手帕放进了裤兜里，缓缓地站起来，面对着冬子，一言不发。

李慈林沉着脸对儿子说："冬子，不要理他，你要晓得，你现在是皇孙了，和他的地位不一样了，你们不能再在一起玩了，明白吗？"

冬子无语。

父亲的话深深地刺痛了他的心，他还是目不转睛地望着自己最好的朋友，心中想起了那句话："你是我的好兄弟，最好的兄弟！"

那是阿宝对他说过的话。

阿宝看上去脸黑了些，消瘦了些。

冬子想，阿宝最近都在干些什么，他有没有想念自己，就像自己想念他？

阿宝怔怔地站了一会儿，挥了挥手，喊了声："冬子——"

阿宝朝冬子跑过来。

李慈林冷冷地对手下的兵丁说："不要让他靠近皇孙！"

两个兵丁就冲过去，拦住了阿宝，他们不知和阿宝说了些什么。

阿宝站在那里不动了，张着嘴巴，口里不停地呵出热气，眼神迷茫而又无奈，忧伤而又苍凉。

阿宝站了一会儿，然后转过身，远远地走开，不一会儿，就消失在河边的一片水柳后面。

冬子心里难过到了极点，在他和阿宝之间，已经出现了一道鸿沟，可怕的鸿沟。也可以这样说，他和唐镇人之间，也出现了一道可怕的鸿沟。父亲和李公公为什么要把他和唐镇人，甚至连同自己的亲姐姐隔离开来？

冬子百思不得其解。

他真想跳下轿子，朝阿宝消失的地方跑过去，可他没有这样做。

他们在河滩最空旷的地方停了下来。

李慈林在两个兵丁的搀扶下，走下了轿子。

他那么一个五大三粗身强力壮的汉子，竟然也要人搀扶，冬子无法理解。

李慈林走到冬子的轿子跟前，伸出双手，笑着说："来，我抱你下来！"

冬子冷漠地说："你带我到这里来做甚么？"

李慈林说："你下来就晓得了，我今天要让你开开眼界。"

冬子还是冷漠地说："我自己有脚会下来，不要你抱！"

他弓着身子，走下了轿子。

冬子心里难过，对李慈林爱理不理，目光总是在阿宝消失的那片水柳丛中搜寻。

冬子看不到阿宝的踪影，心里多了一份担心，他该不会出什么事吧？

李慈林带冬子到河滩上来，是为了学骑马，和冬子根本就没有什么关系。就是李公公不让他带冬子出来散心，他也要出来学骑马，因为李公公登基的事情抽不出时间，否则他早就出来了。

李慈林特别地喜欢这匹枣红马。

他走到枣红马的跟前，用粗糙的手掌抚摸马身上油光水滑的皮毛，眼睛里充满了一种欲望，征服的欲望！他的手摸着的仿佛是赵红燕的皮肤。他想象着自己骑着高头大马招摇过市的情景，那是多么威风，多么刺激，等自己学会了骑马，就再也不坐轿子了！

李慈林在抚摸马时，枣红马悲怆地抖了抖美丽的鬃毛，仰天长嘶。

冬子被枣红马的长嘶震惊了，张大嘴巴，久久没有合上。

枣红马的长啸刺激着李慈林征服的愿望。

李慈林一脚踏上马镫，翻身骑上了马。

刹那间，李慈林发出一声吼叫。

那时，冬子在想，枣红马和自己一样，也被囚禁了，没有自由了。他希望枣红马像舅舅骑的纸马一样飞走，飞得远远的，到永远看不到唐镇的地方。他也希望枣红马把自己带走，带他到一个没有阴谋和杀戮，没有贫穷和哀伤的极乐世界里去，那里鲜花满地，阳光灿烂，和平安乐……那应该是他的救赎之地。冬子在想象之际，手中紧紧地攥着那个银色的十字架。

枣红马在奔跑。

李慈林在马上狂笑。

突然，枣红马又仰头长嘶，前蹄收起，直立起来，身体剧烈地抖了一下，把李慈林的身体摔了出去。

冬子惊呆了。

所有在场的人都惊呆了。

突然间，狂风四起，风声尖锐地呼啸，旷野上漫起滚滚的黄尘，天地之间，一片迷茫。

枣红马嘶叫着，扬起四蹄，在旷野中飞奔，身上罩着一圈迷人的光环。

仿佛有种苍凉的声音破空而来，召唤着枣红马。

不一会儿工夫，枣红马就消失在滚滚的黄尘之中，再也见不到它的踪影。

就像一个美丽而伤感的梦，留在了冬子的记忆之中。

李红棠背着上官文庆，在坎坷的山路上行走。

上官文庆的头无力地耷拉在她的肩膀上。

他轻轻地在李红棠的耳边说:"红棠,你放我下来,我自己能走。"

李红棠柔声说:"你刚才都昏过去了,全身都软软的,怎么走哇!文庆,你放心,无论如何,我会把你带回家的!"

上官文庆流下了泪水:"红棠,我真没用,给你添麻烦了。"

李红棠笑了笑说:"文庆,莫哭,谁说你没用了,你在我心中就是个大英雄!你晓得吗,我心里只有两个男人配称得上英雄,一个是舅舅,另外一个是你!"

上官文庆哽咽道:"我不是英雄,我是唐镇的侏儒,是这个世界上最丑最没用的人。"

李红棠又笑着柔声说:"你是英雄!你心地善良,而且又十分勇敢,敢于担当!你不丑,真的,你在我眼里,最英俊了!莫哭,文庆,你不是我们唐镇的活神仙吗,神仙是不会哭的,是快乐的。你晓得吗,我最喜欢看你微笑的样子,看到你的微笑,我心里特别安稳。"

上官文庆含泪地微笑了一下。

李红棠轻声说:"文庆,我感觉到你笑了,真的感觉到了。我们都是苦命的人,我们不能哭,我们要笑着活下去,再苦再难也要笑着活下去!"

上官文庆重复了一遍她的话:"再苦再难也要笑着活下去!"

这又是一个黄昏,他们却离唐镇还很遥远。

苍茫的群山显得那么的寂静,那么的不谙世事,不顾人间的冷暖。

上官文庆说:"红棠,又一天过去了,我们找个地方过夜吧。"

李红棠说:"这前不着村后不着店的,找什么地方过夜呢?"

上官文庆艰难地抬起了头,在山上寻找着什么。

不一会儿,上官文庆说:"红棠,前面那山底下好像有个山洞。"

李红棠说:"在哪里？我看不见。"

上官文庆说:"往前走点，不远的，到了那里我会告诉你的。"

李红棠说:"好的，你的眼睛要放亮点，不要错过了。"

上官文庆说:"我一直盯着呢，放心。"

那里果然有个山洞，李红棠背着他走了进去。

山洞很大，里面黑乎乎的，不知道有多深，也不知道隐藏着什么危险的东西。

她不敢走得太深，把他放了下来。

上官文庆挣扎着要起来。

李红棠说:"你要干么？"

上官文庆说:"我去找些干柴回来，生火，否则晚上会冻死的。"

李红棠按住了他:"你身体这样虚弱，还是好好躺着休息吧，我去！听话，一定在这里等我归来，我没归来，你千万不要乱动！"

上官文庆躺了下来，他实在是没有气力了，弄不清楚自己为什么会如此疲软，像是被抽去了筋一样。

李红棠关切地问道:"伤口还痛吗？"

上官文庆说:"不痛，真的不痛，你莫要担心。"

提起他的伤口，李红棠心里十分难过，觉得很对不起他。那个伤口本来应该是在她身上的，是上官文庆替她挡住了那条恶狗的进攻。在那个村子里，李红棠挨家挨户地问，有没有见到过一个叫游四娣的女人。就在要离开那个村子时，一条恶狗狂吠着朝李红棠扑过来，她惊叫着，吓得站在那里不知所措。千钧一发之际，上官文庆跳跃过来，挡在了她的前面，恶狗照着他短小的大腿上狠狠地咬了一口，恶狗尖锐的牙齿穿透了他的裤子……

李红棠说:"文庆，我走了，你一定要乖乖地等我回来。"

李红棠走出了山洞。

山上很多枯枝败叶，要找到干柴并不是困难的事情。

李红棠抱着一大捆干柴进入了山洞,喊了声:"文庆,你在吗?"
没有人回答她。

山洞里很黑,她看不到上官文庆。她想,也许他睡着了,得先把火生起来,让他暖和点,然后再出去找干柴,她必须找到足够的干柴,度过这个漫漫长夜。李红棠点燃干柴后,就开始在山洞里寻找上官文庆。

上官文庆的衣服散落在地上。

李红棠看到那个角落里,有一团东西。

她走近了那个角落,顿时惊叫了一声:"啊——"

第十七章

李红棠像是挨了当头一棍,蒙了。

缓过神来后,她一步一步往后退,浑身颤抖,神情惊惧,喃喃地说:"为甚么会这样,为甚么会这样——"

上官文庆浑身赤裸,面目狰狞,黝黑的皮肤变成枯树的皮一般。

他沙哑地喊叫着:"红棠,红棠——"

李红棠停住了后退的脚步,苍老的脸扭曲着,撕心裂肺的痛楚。

上官文庆痛苦地挣扎,头皮爆裂开来。

李红棠听到了上官文庆头皮爆裂的声音。

上官文庆又在蜕皮。

李红棠看着他痛苦地蜕皮,感觉有个无形的人手持一把利刃在剥上官文庆的皮,刀法是那么的纯熟,不会伤到皮下的任何一条血管。

她突然想起那个饥饿的春天,父亲李慈林剥癞蛤蟆皮的情景。李慈林抓了很多癞蛤蟆回家,游四娣吃惊地说:"你捉癞蛤蟆回家干甚么?"李慈林说:"吃!"游四娣说:"癞蛤蟆能吃吗?"在唐镇人眼里,癞蛤蟆不同于青蛙,是有毒的,不能食用的。李慈林说:"怎么不能吃,有癞蛤蟆吃就不错了!"李红棠看到癞蛤蟆的皮就害怕,躲在了母亲身后。李慈林抓起一只癞蛤蟆,左手的拇指和食指掐住癞蛤蟆的肚子,右手拿着锋利的小刀。他用小刀在癞蛤蟆的头上轻轻地划了一下,癞蛤蟆头上的皮就裂了开来。紧接着,他用手捏住癞蛤蟆头上裂开的皮,用力地往下撕,一点一点地,李慈林剥掉了癞蛤蟆身上难看的皮,露出了鲜嫩的肉。剥掉皮的癞蛤蟆还在动,李慈林就用小刀挑开了癞蛤蟆的肚子……

上官文庆蜕皮的过程,就像李慈林剥癞蛤蟆的皮。

可上官文庆不是癞蛤蟆,也没有人剥他的皮,他身上的皮是自己蜕掉的。

像蛇蜕那样。

上官文庆蜕皮的样子惨不忍睹。

他痛苦地挣扎,嘴巴张着,就是发不出声音,身体波浪般在地上翻滚……他身上枯槁的黑皮一点点地蜕下来,一直蜕到脚趾。

李红棠看到这样的情景,心中充满了恐惧。

蜕变后的上官文庆浑身上下光溜溜的,很快就长出了一层粉红色的新皮,他停止了挣扎,闭上了眼睛,像个熟睡的婴儿。

蜕过皮的上官文庆又小了一圈。

如果说被李慈林剥了皮的癞蛤蟆还会动弹,那么,蜕皮后的上官文庆像是死掉了一样,一动不动。

蜕下一层皮,耗尽了他所有的精力。

李红棠真的以为他死了。

她又恐惧又悲伤。

眼泪情不自禁地流淌下来。

如果上官文庆不跟着她,怎么会蜕皮死掉呢,他以前是个多么快乐的小神仙！

　　李红棠努力地让自己接受这个现实，梦幻般的现实。她站在那里，心里的恐惧感被一点点清除，渐渐地生发出对上官文庆的怜爱之情。她缓缓地朝上官文庆走过去，心里说："文庆，你这么好的一个人，为甚么会遭到如此厄运？这不公平，老天，这太不公平了！"

　　李红棠弯下腰，抱起了婴儿般的上官文庆，凝视着他的脸，轻柔地说："文庆，我不会放弃你的，无论如何，我会带你回家！你就是死了，我也要带着你的尸体回家，我不会把你丢在这个山洞里！"

　　这时，黑漆漆的山洞深处吹出一股阴冷的风，火苗飘摇，火堆里飞出纷乱的火星。

　　山洞深处仿佛传来呼吸的声音。

　　那里面似乎隐藏着一个恶鬼，随时都有可能把他们拖进一个万劫不复的世界！

　　李红棠抱着上官文庆，浑身瑟瑟发抖。

　　她轻声地说："文庆，我不怕，不怕——就是死，我也会和你在一起。"

　　其实，她的话也是对自己说的，让自己不要怕。

　　上官文庆突然睁开眼，无力地说："红棠，我冷——"

　　李红棠又惊又喜，上官文庆竟然活着，只要活着，就有希望！

　　上官文庆的身体轻微抽搐了一下，又说："红棠，我冷——"

　　李红棠说："文庆，别怕，我抱着你呢，火也生好了，我不会让你受冻的！"

　　上官文庆的眼角渗出了泪水。

　　他的皮肤渐渐地变黑，就像是被氧化的铜，失去了表面的光泽。

　　李红棠见状，心想，一定是因为寒冷，他身上的新皮才会如此变化。

她轻柔地说:"文庆,你先忍耐一下,马上就好了!"

上官文庆睁开了眼睛:"我没事,我忍受得了,再大的痛苦我也可以忍受,只要和你在一起,死又何惧!"

李红棠把他轻轻地放在了地上的衣服上,然后脱下了自己身上的棉袄,铺在地上,接着,她又抱起了他,把他黑乎乎的小身体放在了棉袄上,裹了起来。李红棠往火堆里添了干柴,干柴噼噼啪啪地燃烧,火越来越旺。李红棠重新抱起了用棉袄裹着的上官文庆,把他搂在怀里。

李红棠坐在火堆旁边,凝视着上官文庆黑炭般的小脸,心尖尖在颤抖。

泪水从她眼角滑落,滴在了他的脸上。

上官文庆的眼睛有了些许的亮光。

他轻声说:"红棠,不哭,我死不了的,我是唐镇的活神仙哪。"

李红棠哽咽地说:"我没哭,没哭。你当然不会死,不会的,你会好起来的,会像从前一样健康快乐的!"

上官文庆脸上漾起了一丝笑意:"红棠,我蜕皮,你害怕吗?我在蜕皮时,什么也不怕,就担心你看着害怕。"

李红棠说:"我不怕,我不怕!你现在是我最亲近的人,我怎么会害怕!"

上官文庆说:"蛇每蜕一次皮,都会长大一圈,为什么我蜕皮,却越来越小呢?"

李红棠说:"文庆,你会长大的,我看着你长大。"

上官文庆说:"红棠,说真的,我现在死也甘心了。能够在你的怀里死去,是我的福分!也许上天根本就不让我得到你,就惩罚我,让我慢慢变小,然后从尘世上消失。我不怕,只要能够和你在一起,哪怕是一刻,死又如何!用我的生命换你的情,我心甘情愿！"

李红棠抽泣起来。

她紧紧地抱着这个可怜的人，内心充满了爱意和感激。

……

因为给赵红燕画过一个头像，胡文进因此改变了自己的命运。他给李公公画完一幅简单的肖像后，就被认可了，李公公认为他有这个能力给自己画好一幅像老佛爷那样的画像。李公公把他从鼓乐院阴暗的房间里解放出来，让他可以自由地在李家大宅行走，重要的是，每天要有一个时辰和李公公在一起，给他画像。

胡文进给李公公画像时，冬子就坐在一边看着，眼神怪怪的。

胡文进捉摸不透冬子的心情。

每次给李公公画完像，李公公就要到卧房里去休息。李公公进卧房后，冬子就会对胡文进说："你为甚么会画画？"

胡文进很难回答他这个古怪的问题，只是淡淡地说："你喜欢画画吗？"

冬子摇了摇头："我为甚么要喜欢？如果我会画画，我绝对不会给皇爷爷画的。"

胡文进心惊肉跳，李公公要是听到这样的话，会不会把冬子吊死？胡文进还是好奇地问："为什么？"

冬子觉得这个人和自己一样拥有强烈的好奇心，于是，对他有了些好感。冬子叹了口气，悠悠地说："我要是会画像，谁也不画，就画我阿姐，我要把阿姐美丽的模样画下来，天天看着她，就像阿姐天天陪着我。"

胡文进说："你阿姐很美？"

冬子黯然神伤地点了点头。

胡文进的眼睛里焕发出了难得一见的光彩："比赵红燕还漂亮？"

冬子点了点头说:"她怎么能够和我阿姐比?阿姐是天下最美丽的女子。"

胡文进兴奋地说:"能给我讲讲吗,你姐姐如何美丽?"

冬子说:"可以,但是有个条件,你要给我阿姐画一幅画像,不要像皇爷爷的那么大,一小幅就可以了。"

胡文进笑着说:"没有问题!"

冬子瞟了瞟李公公房间紧闭的门,轻声说:"你到我卧房里来吧,我讲给你听。"

胡文进说:"好的好的!"

他们进了卧房后,冬子把门反闩上了。吴妈阴沉着脸,走到冬子的门外,把耳朵贴在门上,眯着眼睛,在偷听什么,可是,她什么也没有听到,不一会儿,就悻悻地离开了。

冬子讲述姐姐李红棠的时候,胡文进的目光痴迷,他的脑海里幻化出很多美丽的景象:带露的兰花的花朵、山林里清澈的泉水、轻柔的风在池塘里吹拂出的涟漪、月光下的草地、雨后的彩虹……这个世界上所有的美好事物仿佛都和她有关,最让胡文进心动的,是她不依不饶地寻找母亲的故事,他的眼睛里闪烁着泪光。

胡文进听完后,激动地对冬子说:"皇孙,我一定会把你姐姐画好的!"

冬子突然哀怨地说:"可是,可是阿姐现在变丑了……"

胡文进也黯然神伤:"怎么会这样呢?皇孙,你莫要伤悲,你姐姐在你心中永远美丽,对不对?"

冬子点了点头,突然觉得胡文进是一个善良的可以信任的人。他说:"我叫你画阿姐的事情,你不能告诉任何人,好吗?"

胡文进认真地说:"我答应你!"

正月初六这天,按唐镇的老规矩,要把土地公公和土地娘娘的神像抬到镇上游街，接受唐镇人的祭拜，保佑唐镇一年风调雨顺，唐镇人乞求土地神带给他们平安和福气，远离灾祸疾病。

李公公在这天早上对前来请安的李慈林说："慈林，我一大早醒来，右眼一直不停地跳，不知道是不是有什么事情要发生。今天这个日子有点不同寻常，我看要加强警戒呀！"

李慈林笑了笑说："皇上，你是洪福天子，不会有什么事情的，你就放一百个心吧！"

李公公皱了皱眉头说："话不能这样说，小心行得万年船，千万不能掉以轻心哪，一定要防患于未然！我看这样，今天这个日子不同寻常，你多派些人手出去，加强警戒，特别是对外来的人口，要……"

李慈林点了点头："臣明白！"

李慈林受命而去后，李公公还是坐立不安。

……

小街上人山人海。很多人在街两旁摆了香案，香案上放着香炉和三牲祭品。就是不住在街上的那些人家，也来到街旁摆上香案，每年的这一天，都是他们祈福的最重要的日子。

这天，多云的天上有了些日影，天气也温暖了许多，吹起了南风，有些春意了。那些残留在瓦楞上的积雪开始融化，屋檐上淅淅沥沥地滴下珍珠般透亮的雪水。雪水自然地落在人们的头上和身上，可他们并不在意，虔诚地等待土地神的到来。

晌午时分，有人大声吆喝："土地公公和土地娘娘出巡啦——"街上的人就准备接神，他们手拿焚香，翘首以盼。

土地公公和土地娘娘的神像分别由四个系着红腰带的壮汉抬着，缓缓地从东门走进唐镇的小街。前面有个老者在鸣锣开道，后面跟着一群嘻嘻哈哈吵闹的孩子。

土地神每到一处，都要稍作停顿，接受街两旁的人祭拜，而且祭拜的人除了焚香烛，都要放一挂鞭炮。顿时，鞭炮声嘈杂声响成一片。

李骚牯带着几个兵丁在人群里钻来钻去。

他们的目光在人们的脸上掠来掠去。李骚牯的心理特别复杂，他出来时，又看到李慈林往浣花院去了。他想，老子给你卖命，你自己却去找女戏子快活，真是不够意思！如果李慈林给他一个女戏子，他就会心安理得了。内心充满了欲望的李骚牯实在没有办法，只好频繁回家和老婆王海花做那事情，他和王海花的夫妻关系也空前的良好，他们夫妻生活达到了最高潮部分。

李骚牯希望在摩肩接踵的人群中发现陌生人的面孔，这样，就可以到李公公那里去邀功领赏；可他又不想陌生人出现，因为内心还是有种恐惧感，这些日子里，那些死人的面容总会不时地在他的眼前浮现，令他毛骨悚然，心惊肉跳，他做不到忘乎所以，在这一点上，李慈林的心理承受能力的确要比他强大。

这个时候，真的有个戴着一顶破毡帽背着一个包袱的中年男子，从东城门挤了进来，钻到了人流之中。如果这个人不煞有介事地走进胡喜来的小食店，或许李骚牯就不会那么快发现他。陌生人走进胡记小食店时，土地神还没有抬到店门口，胡喜来一家人还在等待，不时地往土地神的方向眺望。

陌生人坐在一张桌子旁，把包袱放在桌子上，大声说："老板，有什么吃的吗？"

胡喜来回过头，朝他笑了笑："客官，你稍微等一下，我拜完神就来招呼你！"

陌生人大大咧咧地说："好吧！"

胡喜来心里一沉，又回过头看了陌生人一眼，这可是个外地人哟！他突然想起了过年前来到唐镇后莫名其妙失踪的外地人，特别不安。现在这个外地人和那些莫名其妙失踪的外乡人不一样，那双暴突的牛眼有股杀气，举手投足间有种唐镇人没有的特别的神气，好像不是一般的客商或者过路人，尽管他的穿着打扮看上去十分寒酸。

无论如何，胡喜来还是替这个陌生人的命运担忧。

李骚牯来到了胡记小食店门口，胡喜来心里陡然一惊，觉得大事不好。

李骚牯发现了这个陌生人。

陌生人也发现了带刀的李骚牯。

他们四目相碰，火花四溅。李骚牯心里发寒：这个陌生人不简单！李骚牯没有进去，而是找了个他可以看见陌生人的地方，监视着他，陌生人却看不见他了，陌生人脸上挂着一丝冷冷的笑意。

……

陌生人吃完饭，唐镇街上的人也渐渐散去了。陌生人的饭量十分惊人，竟然吃下去了九碗白米饭，还有三盘红烧肉，外加一盆鸡蛋汤。陌生人吃饭的时候，问了胡喜来很多问题，胡喜来支支吾吾的，没有全部回答他。让胡喜来心惊的是，陌生人问到的一个人，好像就是年前在他小食店里吃过饭的一个收山货的客商。陌生人付了饭钱，就在对面的雨来客栈住了下来。

阿宝无心和其他孩子一样跟在土地神后面凑热闹。他独自地来到了河滩上，南风暖暖地吹拂过来，潮湿中夹带着些许暖意。河滩上水柳树下的一块块积雪渐渐地融化，变成一摊摊水迹。阿宝坐在溪边的一块石头上，从口袋里掏出那块白手帕，放在鼻子下深深地呼吸着，仿佛闻到了一股幽香，他眼前浮现出赵红燕回头那悲凄的一瞥，阿宝深深地为她担忧，和担忧在外面寻找母亲的李红棠一样，却又有些不同。

就在这时，有个人朝河滩这边跌跌撞撞地跑过来，他目光迷离，脸色铁青。

他就是王海荣。

早上，李慈林把他拖到了大和院的一个角落，微笑地问他："海荣，你考虑好没有哪？都么么长时间了。"

这一天终于到来，本来就心怀恐惧的王海荣吓得瑟瑟发抖，牙关打战，一句话也说不出来。

李慈林没有表露出凶神恶煞的样子，轻声说："海荣，你只要回答我一句话，答应还是不答应，我不会强迫你的！"

李慈林越是如此平静，王海荣心里就越不安，战战兢兢，不知如何回答李慈林："我、我——"

李慈林笑了笑说："你是不是嫌红棠现在变丑了？"

王海荣吞吞吐吐地说："不、不——"

李慈林突然冷冷地说："那是为甚么？"

王海荣额头上冒出了豆大的汗珠，他吓坏了。

李慈林目露凶光，咬着牙说："你这个软蛋！滚——"

王海荣抱头鼠窜。

他感觉到大难临头。他走出了李家大宅，茫然四顾，天仿佛要塌下来，地也好像要陷下去。他仓皇地朝李骚牯家走去。一路上，每个碰到他的人都仿佛向他投来鄙夷的目光，都好像在说："你这个软蛋，活该被李慈林千刀万剐！"他来到了李骚牯家，直接就闯了进去。

王海花刚刚拜祭完土地神回来，正准备做午饭，见到王海荣脸色铁青地走进来，没好气地说："你来做甚么？"

王海荣木讷地说："阿姐，救救我——"

王海花用鄙夷的目光盯着他："到底发生甚么事情了？"

王海荣想到凌迟约翰的情景，心中想象的那句话脱口而出："李慈林要活剐了我，我完了，完了——"

323

王海花冷冷地说:"你是不是拒绝了娶红棠?"

王海荣慌乱地是:"是、是……不、不——"

王海花叹了口气说:"你真是个没出息的东西,多大一点事就把你弄成这个鬼样子!我要是你,还不如自己找个清静的地方死了算了!你走吧,我救不了你,你姐夫也救不了你!"

王海荣的目光变得迷乱:"阿姐,你真的救不了我?你真的让我去死?"

王海花气得咬牙切齿:"是,我救不了你,谁也救不了你,你去死吧,去死吧,死了你就安生了,就没有那么多麻烦了!"

王海荣木然地转过了身,朝门外走去。穿过巷子,走到了街上,他喃喃地说:"好,好,我去死,去死——"

李骚牯看见了他,叫了他几声,他都充耳不闻。李骚牯正带人监视那个神秘的外乡人,王海荣的样子让他十分恼怒:"你是不是发癫了?"

王海荣根本就感觉不到他的存在,也感觉不到任何人的存在,喃喃自语着朝西门外走去。路过李驼子寿店门口时,李驼子抬起头瞄了他一眼,目光中充满了悲悯。

阿宝听到了脚步声,赶紧把手中的白手帕塞进了口袋里,这是他的秘密,不能让任何人知道的,连同自己的父母亲也不能知道。他回过头,看见了神经病一般的王海荣。

阿宝也听到了他口中重复着的那句话:"好,好,我去死,去死——"

阿宝听到他的话,顿时毛骨悚然。

死是一个令人恐惧的字眼。

这些日子里来,唐镇总有人死去,阿宝一听到死字,就不禁浑身冰冷。他对王海荣没有什么好恶感,只是觉得他是个平常得不能再平常的人,就像河边的一块石头或者是一蓬枯草。阿宝还是动了恻隐之心，站起来，迎上去，对他说："你不要想不开呀，快回去吧——"

王海荣停住了脚步，愣愣地用可怕的目光盯着他。

阿宝嗫嚅地说："你不要这样，不要这样。"

王海荣铁青的脸抽搐着，突然抽出腰间的佩刀，用刀尖指着阿宝的鼻子，声嘶力竭地喊叫道："你给我滚开，不要阻挡我去死——"

阿宝惊呆了，站在那里什么话也说不出来，一动不动。

他不明白，是什么事情让王海荣如此绝望，而且，他连死的决心都如此坚定，为什么还怕活着呢？

王海荣手中的刀低垂下来，拖着寒光闪闪的钢刀朝那片水柳丛中走去。

水柳丛中传来了死鬼鸟凄厉的叫声。

不一会儿，阿宝听到了一声惨叫，随即传来钢刀掉落在石子地上的"哐当"声。他心里哀鸣了一声："王海荣完了——"

阿宝想都没想地朝唐镇跑去，边跑边喊叫："王海荣自杀了，王海荣自杀了——"

王海荣用手中锋利的钢刀抹了自己的脖子。

他倒在水柳丛中的石子地上，血从他的脖子上喷涌而出，他抽搐了几下，瞳孔便放大了……那时，太阳钻出了云层，发出惨白的光亮。

王海花没有想到弟弟真的会死，就因为自己的一句气话。

她哭得死去活来。

李骚牯对她说："你哭有甚么用，人都死了！"

王海花说："都是我害了他哇，都是我害了他哇——"

李慈林听说此事后，对李骚牯说："让张发强给他打一副上好的

325

棺材,将他厚葬了吧!这可怜的东西!"

这天晚上,住在雨来客栈的那个外乡人没有到胡记小食店吃饭。

入夜后,胡喜来看到余成走出来,就迎上去对他说:"那位住店的客官走了?"

余成慌慌张张地说:"没有呀,还在楼上的客房里吧。"

不远处两个兵丁朝雨来客栈探头探脑。

余成发现了他们,就轻声对胡喜来说:"喜来,你不要问东问西了,多一事不如少一事,明白吗?"

胡喜来茫然地摇了摇头:"我不明白。"

余成叹了口气说:"以后你会明白的!"

胡喜来傻傻地说:"奇怪了,为甚么住进客栈的人都会不见了呢?"

夜深沉。

朦胧的月光使唐镇更加的诡秘莫测。

几个蒙面人出现在雨来客栈的门口。

门悄无声息地打开了,蒙面人鱼贯而入。

他们摸上了楼,在一间房间外停了下来。

房间的门缝里透出微弱昏红的光线,其中一个蒙面人把眼睛凑近门缝,往房间里窥视。

床上的被子隆起,像是有个人在蒙头大睡。

蒙面人用刀轻轻地挑开了门闩,朝房间里扑过去!

领头的蒙面人用刀挑开了被子,惊呼:"我们上当了,床上根本就没有人,只有一条板凳!"

他们在房间里搜寻,根本就没有找到人的踪影,窗户门也关得好好的，难道此人会插翅而飞？

……

李骚牯提着灯笼，匆匆地来到浣花院的圆形拱门口，心里骂了一声："狗屁的李慈林，这个时候还有心情睡戏子！就晓得让我们去给你卖命！甚么东西！"

他对一个手下说："给我敲门！"

那个兵丁有些犹豫，迟疑地看着李骚牯。

李骚牯低沉地说："我让你敲门，你听见了没有？"

兵丁只好伸出手，敲起了门。

李骚牯又说："你是不是三天没有吃饭了，就不能用力敲，你这样敲门，李丞相能听得见吗？"

兵丁就使劲地用拳头砸门，砸得"咚咚"作响。

过了一会儿，李骚牯听到了脚步声。

他知道是李慈林出来了。

李慈林来到门前，说："谁在敲门？吵死人了！"

李骚牯说："丞相，不好了，那个外地人跑了！"

门开了，李慈林阴沉着脸走出来，一把拎起了李骚牯的衣领："你说什么？人跑了？"

李骚牯说："丞相，你放、放开我，勒得太紧了，我喘不过气来。"

李慈林狠狠地推了一下，李骚牯一个趔趄，倒在地上。

李慈林恶狠狠地说："你说，到底怎么回事？"

李骚牯的屁股摔得很痛，龇牙咧嘴地爬起来，战战兢兢地说："丞相，那个外乡人不见了！"

李慈林恼怒地说："你们这帮饭桶，连一个人都盯不住，你们还能干甚么大事！你们晓得吗，要是被他跑掉了，到官府去告了状，我们都得被诛九族！看来唐镇今夜不会太平了！骚牯，你多带些人

327

去挨家挨户地搜,就是挖地三尺也要把那个人给我找出来,我就不相信他长了翅膀,能飞出唐镇!我坐镇皇宫,保护皇上!"

李骚牯皱了皱眉头,带着人走了。

李慈林冲着他们的背影,恼怒地骂道:"这些吃屎的狗东西,要是抓不住他,看我不活剥了你们的皮!"

这的确是个不安稳的夜晚,李骚牯带着兵丁,挨家挨户地搜人,把唐镇弄得鸡飞狗跳。

唐镇大部分人家都比较配合,开门让他们进去搜查,搜查完后,李骚牯就会对屋主说:"如果你们发现有什么情况,赶紧向我们报告,否则十分危险,这个人是杀人不眨眼的江洋大盗。"

听了他的话的人被唬得面如土色,大气不敢喘一口。

那些唐镇的王公大臣也十分配合,让他们搜查,李骚牯在他们面前说得更堂皇了:"我们是为了你们的安全着想,否则在家睡大觉多舒服!"

李骚牯带着人从朱银山家出来时,朱银山还客气地把他们送到门口。

李骚牯说:"朱丞相,实在抱歉,打扰你一家休息了!"

朱银山说:"哪里,哪里,你们是为了我们好,辛苦了,辛苦了!"

朱银山家的下人把大门关上后,李骚牯觉得有人在自己的耳垂上吹了口冷气:"你不得好死!"

李骚牯大惊失色,要不是有那么多手下跟着他,给他壮胆,他会没命地跑出青花巷的。

他们来到了沈猪嬷的家门口。

听到兵丁的喊叫和敲门声后,沈猪嬷穿着睡衣睡眼惺忪地开了门,当她看到李骚牯的时候,浑身颤抖了一下,马上就清醒过来,眼睛放出亮光,可是,她发现来的不是他一人,心里有些失落:"李将军来了,请问有何贵干?"

李骚牯的目光在她半露的奶子上瞟了一眼,说:"我们唐镇进了个江洋大盗,我们奉皇上之命捉拿,看看有没有潜到你们家里来!"

沈猪嬷吃惊地说:"江洋大盗呀,吓死人了,吓死人了,你们可一定要捉住他哟!"

李骚牯挥了挥手,兵丁们就涌了进去。

他们没有在沈猪嬷家搜到陌生人。

沈猪嬷偷偷拉了李骚牯的手一下,朝他抛了个媚眼:"李将军好走,有时间来呀!"

李骚牯挣脱了她的手,二话不说地带人走了。

沈猪嬷关上门,双手放在胸前,自言自语道:"我的心跳得好厉害哟,该死的李骚牯,你害死我了,看来,这个晚上我又睡不好觉了!"

唐镇也有人不配合他们搜人的。

他们遭到了李驼子的抵制。无论他们怎么敲门,怎么说,李驼子就是不打开寿店的门。李驼子在里面生气地说:"我们家没有江洋大盗,只有一些烧给死人用的东西,你们要的话,改天我烧给你们!"因为李驼子和李骚牯是本家,辈分又比李骚牯大,开始时,李骚牯还是好言相劝,让他开门。但李骚牯怎么说,李驼子就是不理他。

最后,李骚牯火冒三丈:"老不死的驼背佬,老子好歹也是掌管御林军的将军,让你开个门就那么难!老实告诉你,今天你开也得开,不开也得开,要是被老子发现你窝藏江洋大盗,你吃不了兜着走!"

李驼子也火了:"你是什么狗屁将军!你就是一个无赖!你要怎么样,我奉陪到底,我就不相信没有王法了!我看你们才是江洋大盗!"

李骚牯气得发抖!

他气急败坏地说:"弟兄们,给老子把这老东西的门撞开!"

门很快被撞开了。

李驼子站在那里,仰着头,对进来的人怒目而视。

李骚牯斜斜地瞥了他一眼,一脚把他踢翻,用刀指着他说:"你这个老不死的,要不是看在本家的分上,我一刀剁了你!"

李驼子躺在地上气得瑟瑟发抖,什么话也说不出来。

他们搜查完后,李驼子才愤怒地憋出一句话:"你们作恶多端,会遭报应的,老天总有一天会开眼的!"

……

他们折腾到快天亮,几乎把唐镇翻了个遍,也没有找到那个陌生人。

这个神秘的陌生人成了李公公他们的一块心病!

也就在这个晚上,冬子毫无睡意,他不知道唐镇被李骚牯他们闹得鸡犬不宁。

下午余老先生教他读书时,他一直在想着胡文进会把姐姐李红棠画成什么样的一个人,根本就读不进去,老是走神。这让余老先生十分生气,让冬子伸出手掌,用戒尺狠狠地抽打了一阵,打得他钻心地痛,手掌很快地红肿起来。一上完课,冬子就飞快地回到藏龙院,发现胡文进还在给李公公画像,于是心急火燎地坐在一旁,等待着。李公公今天的兴致好像特别高,坐在那里让胡文进画了很久也不说累。要不是李慈林匆匆走进来,和他有要事相商,李公公或许要让胡文进画到黄昏。

李公公他们进入房间后,冬子也把胡文进叫进了自己的卧房。

冬子反闩上门,就迫不及待地说:"我阿姐的像画好了吗?"

胡文进笑了笑说:"看把你急的,画好了。"

说着，他就从怀里掏出一块白绸布，递给了冬子。

冬子把白绸布摊在桌面上，吃惊地睁大了眼睛："啊——"

白绸布上画着一个美丽女子的头像，冬子一眼就认出来了，这不就是姐姐李红棠病前的模样吗！简直太神奇了，胡文进连姐姐的面都没有见过，竟然画得如此传神。

胡文进有点得意地说："冬子，画得如何？"

冬子兴奋地说："太好了，我阿姐就是这样的！"

胡文进微微叹了口气说："如果我见过她真实的容貌，会画得更好的！可惜呀，今生不知道能不能见到这个唐镇最美丽的女子！"

听了他的话，冬子的心弦被拨动了，顿时黯然神伤："阿姐不晓得现在在哪里，也不晓得找到姆妈了没有，可怜的阿姐——"

胡文进说："冬子，你对你姐姐的感情真的很深，我想，她会好的，你不要如此伤心。你是个善良的重感情的孩子，你姐姐有你这样的弟弟，是她的福分！你和这里的人都不一样，真的不一样！我实在想不出来，他们为什么会如此残暴，一个个都像恶魔。像我们戏班的人，真是生不如死哇！"

冬子的脑海里突然浮现起戏台上蒙面人吊死那个清瘦汉子的情景，心想，也许胡文进知道这个秘密。于是，冬子轻声问道："你晓得戏台上吊死的那个人是谁吗？"

胡文进变了脸色："这——"

冬子拉了拉他的手，他的手冰凉冰凉的。

冬子凝视着他惊恐的眼睛："你一定晓得的，对不对？"

胡文进抽回了手，慌乱地说："冬子，我该走了。"

冬子诚恳地说："你告诉我，好吗，我不会说出去的，我发誓！如果我说出去，被雷劈死！"

胡文进叹了口气说："你真的想知道？"

冬子点了点头："真的！"

胡文进说:"那你真的不能说出去,否则我就必死无疑,下一个被吊死的人就是我了!"

　　冬子的好奇心被他的话撩拨得难以忍受,心里痒酥酥的:"你放心,我一定不会说出去的,我会把这个秘密烂在肚子里的!"

　　胡文进往门那边瞟了一眼,冬子明白了什么,蹑手蹑脚地走过去,打开门,往外面看了看,然后又关上门,回来对他说:"鬼影都没有一个,你就放心说吧。"

　　胡文进十分紧张,压低了声音说:"我们来到唐镇,是大错特错的事情。如果不来唐镇,就什么事情都没有了。可是,我们唱戏的人,就像浮萍一样,没有根,漂到哪里算哪里。我们如此辛苦奔波,只是为了一口饭吃,不敢奢望什么荣华富贵,这世上,就是这样的不公平。八月十五那天,我们来到唐镇后,李公公,不,是皇上,他对我们还是很客气的,我们都以为碰到了一个好东家,他让我们吃好住好,还答应给我们丰厚的报酬!我们戏班的班主叫林忠,是一个很好的人,他还和我们说,李家如此厚待我们,我们一定要尽最大的力气唱好戏,可不能偷工减料。我们都是通情达理的人,你敬我们一尺,我们还你一丈,戏班上上下下都充满了热情,要把最好的功夫展现给唐镇人。是的,那个晚上,我们都尽了十二分的力,也博得了唐镇人的喝彩!我们心里也很高兴。那天晚上唱完戏,皇上设宴请我们,很难得有东家和我们这样的人一起吃饭,而且宴席是那么的丰盛。可是,我们万万没有想到,事情会一下子变得不可收拾。我记得酒宴快结束的时候,皇上对我们班主林忠说:'你们是不是可以长久地留在唐镇?'林忠多喝了两杯,如果他听赵红燕的话,不要那么高兴地贪杯,或许事情不会变得那么糟。对了,赵红燕是林班主的新婚妻子,他们相好了几年,才在夏天成亲。林忠听了皇上的话,反问他:'你这是什么意思?'皇上说:'老夫这一生没有什么爱好,就是喜欢听戏,以前哪,也没有好好地听过几场戏，都伺候别人了。所以呀，老夫想，把你们留下来，老夫什么时候想听，你们就唱给我听！老夫包你们衣食无忧，你们也免了四处奔波之苦！你意下如何？'林忠这个人是个好人，平常十分照顾我们，把我们当亲兄弟，可是，他的脾气不好，特别是酒后，更难控制自己的情绪，如果他好好地和皇上说，说不定皇上就放过我们了。林忠听了他的话后，就把心里话直说了：'你是要我们单独为你一个人唱戏？这恐怕办不到，况且，我们四处流浪惯了，要在一个地方长久待下去，更办不到！我不是怕你养不起我们，而是我们不习惯被包养，你就不要打这个主意了！'当时，皇上十分难堪，脸色都变了，我看出他的眼中露出了凶光。皇上冷冷地说：'我现在想办到的事情，就必须办到！'林忠的倔脾气一下就上来了，赵红燕拉都拉不住他。他冲着皇上吼道：'这事恐怕由不得你，要我们留下来伺候你，没门！你想都不用想！我们马上就离开唐镇！'皇上的手在哆嗦，我感觉到要发生什么事情，强龙难斗地头蛇哪！果然不出我的所料，皇上并不是那么简单的一个人。只见他从桌子上抓起一个碗，砸在了地上。我们还没有缓过神来，外面就冲进来十几个蒙面人，把刀架在了我们的脖子上。皇上凑近了林忠，冷冷地说：'老夫说过了，现在老夫想做什么事情，没有人可以拦得住我，顺我者昌，逆我者亡，你现在明白了吗？你现在答应老夫还来得及，你想想吧！'林忠是个刀架在脖子上也不会服软的人，他愤怒地朝皇上脸上吐了一口唾沫，大声吼道：'你就是杀了我，我也不会留下来的！我不伺候你这个阉人！'这下真的把皇上惹恼了，他阴笑着用手帕擦掉脸上的唾沫，挥了挥手，就走了。那些蒙面人就把我们捆了起来，带到了鼓乐院，我们看着他们把林忠吊死在戏台上……我们知道，这是杀鸡给猴看哪，我们还敢再说什么？听从命运的安排……"

冬子听完他的讲述，脸色苍白，喃喃地说："原来是这样，原来是这样——"

　　这时，房间里阴风四起，仿佛有人在悲凄地喘息。

　　那该是林忠悲凄的喘息。

　　……

　　这个晚上，冬子一直在想，李公公为什么会如此残忍？他的心为什么如此歹毒？冬子在床上翻来覆去，就是无法入眠。他甚至想，哪天李公公要是不喜欢他了，会不会把他也吊死在戏台上？……冬子想到了床底下的地洞，他翻身下床，点起蜡烛，钻进了床下。

　　冬子进入了地洞。

　　他向通往未知方向的那个地洞爬过去。

　　不知爬了多久，他终于来到了地洞的终点。冬子发现头顶上有一块木板，他站起来，推了推那块木板，有点松动，他断定这是一个出口。他想出去，可是很快打消了这个念头，因为现在是深夜，出去了会不会有危险？他觉得，此时的唐镇，危险无处不在！以前不是这样的，一切都因为李公公的到来而改变。李公公不知道会把唐镇祸害成什么样，冬子深深地担忧。

　　冬子原路返了回来。

　　到地洞分叉处时，他看到密室那边的门缝里透出亮光，那个密室里点着长明灯，他什么时候进来，都可以看见门缝里透出的亮光。李公公在不在里面？如果在，他又在干什么？冬子的好奇心又驱使他爬了过去。他把眼睛凑在门缝上，往里面窥视。里面没有李公公，也没有其他人，门缝里只是透出一股腐朽的气味。

　　冬子十分好奇，密室的神龛上供奉的那个红布蒙着的陶罐里装的是什么？

　　他伸手使劲推了一下密室的木门，那木门竟然被他推开了，他不明白，为什么李公公不在里面上锁或者门闩。也许是为了从任何一个地方进去都方便吧，这个解释让冬子停止了对这扇杉木门的想象。

密室的空气沉闷,弥漫着腐朽的臭味。

他走到神龛边,眼睛死死地盯着那个蒙着红布的陶罐。

冬子伸出了双手,抱起了那个陶罐。

他的心莫名其妙地颤抖,仿佛陶罐里装着某个死者的鬼魂,那个盛装的雍容华贵的老女人在画像上冷冷地盯着他,她仿佛是这个陶罐的守护者。

就在这时,冬子听到身后传来一声惊叫:"你给我放下——"

冬子回过头,睁大了惊恐的眼睛。

第十八章

　　李公公穿着白色绸缎睡衣潜进了冬子的卧房。

　　他惊讶地发现，冬子不在床上。

　　李公公十分迷惘，这三更半夜的，冬子会跑到哪里去呢？他突然想到了什么东西，弯下腰，往床底下看了看，天哪，这个秘密怎么被冬子发现了？其实，就是他不发现床底下有个地洞，李公公往后也会告诉他的，只是被他提前发现，李公公觉得不可思议。

　　冬子一定在地洞里！

　　李公公钻进了床底下，进入了地洞。

　　他看到密室的门洞开，心里"咯噔"了一下，冬子在密室干什么？

　　李公公看到冬子抱着那个陶罐，大惊失色，喊叫道："你给我放下——"

　　冬子回过头，睁大了惊恐的眼睛，手一松，那个陶罐掉落在地，"啪——"的一声，碎了。

　　李公公惊叫着，张牙舞爪地朝冬子扑了过去。

冬子吓坏了，从来没有见过李公公如此紧张，心想，完了，李公公会把自己撕碎的。

李公公没有扑到冬子的身上，而是扑倒在地上。地上是陶罐的碎片和封口的红布，还有一个小小的黄布包裹着的东西。李公公的手颤抖地捧起那个小黄布包，老泪纵横，悲凄地喊叫："我的宝贝啊，我的宝贝啊——"

冬子呆呆地站在哪里，不知所措。

他不知道那是什么宝贝，可他清楚，那东西对李公公来说，是多么的重要！冬子明白自己犯了一个巨大的错误，可以让李公公吊死他的巨大错误。冬子感觉自己的末日即将来临，此时，谁也救不了他，连同他武艺高强的父亲李慈林也无能为力！

他心里一遍遍地喊着："姆妈——阿姐——"

李公公哭得十分伤心，浑身不停地抽搐。

冬子突然又对这个杀人不眨眼的恶魔产生了同情，作为一个耄耋老人，如此悲伤地痛哭，一定是到了伤心处，而让他伤心的人就是冬子！冬子想过去把他搀扶起来，安慰他几句，可他站在那里一动不动，什么话也说不出来。

"我的宝贝哟，我的宝贝哟——"

李公公还在不停地哭喊。

冬子毛骨悚然。

李公公有他生命中不合常理的东西，冬子无法理解，包括他的欢乐和悲伤，其实，李公公也是个可怜人，尽管他是那么可恨。

李公公从地上爬起来，把那被他称为宝贝的东西放在神龛上，然后转过身，哽咽着朝冬子一步一步逼过来。

冬子往后退缩，他的嘴唇翕动着，想说什么又说不出来。

他退到了那幅画像的下面，再无路可退。

李公公苍白的脸抽搐着，浑浊的眼睛里喷出阴冷的火："你为什么要毁我的宝贝,为什么——"

冬子闭上了眼睛。

李公公扑上来,双手抓住了冬子的头,往墙上撞去。

冬子发出了一声撕心裂肺的惨叫。

"啊——"李公公的手松开了,他看着冬子的身体瘫软下去,还看到了血,从冬子的后脑勺上流出的鲜血。他呆呆地站了一会儿,然后蹲下来,抱着冬子流血的头,喃喃地说:"我怎么能这样,怎么能这样,孙儿,我的孙儿,我不应该这样,不应该——"

冬子脑袋嗡嗡作响,后脑勺剧烈地疼痛。

他企图从李公公的怀里挣扎开去,可浑身瘫软无力。

李公公会不会把自己杀了?冬子迷茫而又惊恐。此时,他多么希望姐姐李红棠能够带自己回家。

李公公用一块布给冬子包扎伤口。

包扎伤口的过程令冬子的心渐渐地平静下来,认为李公公并不会杀死自己,如果他要杀死自己,是不会替自己包扎伤口的。相反地,冬子还感觉到,李公公还有慈爱的一面。

李公公坐在地上,抱着冬子。

他伸出冰冷的手在冬子的脸上轻轻抚摩。

冬子闭上了眼睛,不想看李公公忧伤而痛苦的脸。

李公公的眼神凄凉,落下了泪水,泪水滴在冬子的脸上。

他用手抹去掉落在冬子脸上的泪水,就像是抹去自己脸上的泪水。

李公公长长地叹了口气。

他用一种哀伤的语调说:"孙儿,你知道那宝贝对我多么重要吗?它是我的命根子哪!如果没有了它,我的魂就没有了,我死后就不能超生了呀!也不能去见列祖列宗了!你不能毁了它呀!"

冬子突然问:"你说的宝贝是什么?"

李公公说:"那、那是……"

冬子不再问了,心里产生了一个问题:李公公没有那东西,怎么撒尿呀!他没有把这个问题说出口,也不能说出口。

李公公说:"孙儿,你一定会问,我为什么会这样?"

冬子无语。

李公公就一五一十地把自己被阉割以及进宫当太监的事情告诉给了冬子。叙述的过程中,冬子感觉到了他声音和身体的颤抖,感觉到了他扭曲的灵魂和没有归依的孤独心灵。

说到最后,李公公哽咽了。

冬子的心像是被什么击中,伸出手,摸了摸他的手。

这个细微的动作让李公公百感交集,多年来,没有人这样摸他的手。

李公公说:"孙儿,我的心里像黄连一般苦哇,世间有几人能够理解!我们这些阉人,无论在宫里能否得到恩宠,是否出人头地,都是受人白眼,遭人蔑视,没有尊严,做人的尊严!我曾经娶过妻室,希望能够有个人和我相互依靠,可是……我杀了她,亲手杀了她!她不能给我带来安慰,却一次次地撕开我内心的伤口。我,我本不想杀她的,是她、她……我不能过正常人的生活,活一天就是多一份折磨,我经常会无缘无故地哭泣,会为一点小事无故发火,发怒时又会突然火气全消,喜怒无常。我看到比自己强的人便会摇尾乞怜,卑躬屈膝地去迎合,我是多么的自卑和软弱!我生不如死地过了一生哪!"

李公公抹了抹眼睛。

冬子睁开了眼睛,看着他。

李公公的眼睛里出现了一点光亮:"孙儿,你理解我吗?"

冬子微微地点了点头。

李公公说:"现在好了,好了!在我孤独的时候,有你陪伴我,看到你，我的心里就有了安慰。孙儿，你答应我，和我相依为命，不要离开我，千万不要离开我！"

冬子突然说："你为什么要当皇帝？"

李公公愣了一下。

接着，他狂笑起来。

李公公的狂笑声使冬子打了个寒噤。

狂笑过后，李公公一扫刚才的悲伤，目光中冒出了烈火："孙儿，老夫当皇帝了，就不会有人说我是阉人了！就没有人敢用冷眼瞧我了！我就有尊严了！放眼唐镇上下，都得朝我跪拜，都得服从我的意志！我是他们的主子，不是那个逆来顺受、低眉顺眼的太监了！孙儿，你说，我为什么要当皇帝！"

冬子幽幽地说："你为了自己的尊严，可以当皇帝。可是，为什么要烧人家的房子？为什么要杀那么多的人？难道他们就没有尊严？难道为了你一个人的尊严，就可以牺牲那么多人的尊严和性命？"

李公公愣住了。

他没有想到头靠在自己臂弯里的这个孩子，会说出这样的话语。

这完全不是孩子的语气。

可这话偏偏就从这个孩子的口中说出来了。

李公公能不惊愕？

李红棠抱着奄奄一息的上官文庆回到了唐镇。

她神情疲惫地来到东门口时，发现城门紧闭，她不明白，为什么天还没有擦黑，城门就关起来了。唐镇发生了太多的事情，他们一无所知。可李红棠还是闻到了一股血腥味，从厚重的城门的缝隙中渗透出来。

上官文庆睁开了无神的眼睛，李红棠微笑地说："文庆，我说过要把你带归家的,现在我们已经归来了。你不要怕,我抱着你呢,不会放手的。"

上官文庆微微地张了张嘴,好像在说什么,却发不出声音。

李红棠还是微笑地柔声说:"文庆,你不要说话,节省体力,你会恢复的,你永远是我们唐镇的活神仙。"

上官文庆把眼睛闭上了,脸上十分安详。

李红棠大声地喊:"开门,开门——"

有个兵丁在城楼上看到了她,十分吃惊,赶紧下来给她开了城门。李红棠走进唐镇后,人们纷纷朝她投来惊诧的目光。许多人以为她怀里抱着的是个孩子,她走的这些天里就生下了一个孩子?那些知道她怀抱里是谁的人,也觉得不可思议,上官文庆怎么会被她抱着回来,这到底发生了什么事情?李红棠的目光十分坚定,松树皮般苍老的脸上毫无表情,这更加让唐镇人胆寒。李红棠径直走到了上官文庆的家门口。

上官文庆家的门楣上挂着一个白灯笼,白灯笼上面写着一个"丧"字,李红棠心里涌过一阵酸楚,她知道,他家里死人了。这时,从里面走出了上官文庆的姐姐上官文菊,她看到他们,就像见到瘟神一样,赶紧把门关上了。

李红棠在门外说:"阿姐,我是送文庆归家来的,他病得很厉害——"

上官文菊说:"红棠,你把他带走吧,我姆妈已经被他克死了,我们不想让这个灾星再进家门了!你随便把他扔在哪里,让他自生自灭吧!"

李红棠说:"阿姐,文庆不是灾星,他是个好人!你开开门,让他归家,好吗?"

上官文菊说:"红棠,你把他弄走吧,打死我也不会开门让他进来的!"

上官文庆的泪水涌出了眼眶。

李红棠无语，默默地抱着他回自己家去了。

病倒在床上的上官清秋听到了女儿说的话，喊道："文菊，文菊——"

上官文菊走进父亲的卧房，关切地说："爹，你怎么啦？是不是哪里又不舒服了，我给你捶捶背吧！"

上官清秋说："我不要你给我捶背，我只问你一句话，你是不是把文庆给赶走了？"

上官文菊说："哪里来的文庆呀，我看他是不会回来了！"

上官清秋怒道："你胡说！我还没有病到连话都听不清的时候，我分明听到你说文庆是灾星！我看你才是灾星！他无论如何也是你的亲弟弟呀！"

上官文菊说："这话不是你说的吗，你还说是他把姆妈克死的。"

上官清秋叹了口气说："是我说的，我承认我说错了，可以吗！你赶快去给我把他找回来，找不回来你就不要来见我了，让我一个人死在家里好了！"

上官文菊无语，不明白为什么一生都讨厌儿子的父亲怎么突然关心起他来了。

上官清秋叫喊道："你还不快去——"

上官文菊只好出门去了。

上官清秋躺在床上，老泪纵横："都怪我呀，月娘，我没有尽到一个父亲的责任，要不是我对他漠不关心，他也不会走，你也不会这么早离开我，我心里明白，你是哭死的，为了文庆哭死的呀！"

那个寒冷的清晨，朱月娘去寻找上官文庆，从积雪下刨出死人骨头惊惶回家后，就卧床不起了。上官清秋开始还不以为意，因为郑老郎中也来看过，说是受了风寒，吃几服中药就能好。他还责备她："谁让你那么早就出去找那个灾星了？啊，现在病倒了，你知道厉害了吧！我看你就是不想让我过几天安稳的日子！"

朱月娘只是默默流泪，什么话也不说。没几天，朱月娘就瘦成了皮包骨，什么也吃不下去，连那治病的药汤，灌下去又吐出来。

郑老郎中再次来到上官家，给朱月娘把完脉后，大惊："不可能，不可能！怎么这么快——"

上官清秋明白了什么。

果然，郑老郎中临走时留下了一句哀伤的话："准备后事吧——"

在此之前，上官清秋没觉得朱月娘有多重要，可当知道她要死后，突然发现自己即将失去一生中最宝贵的东西。他变得惶恐不安，没日没夜地守在她的身边。

朱月娘死的前个晚上，不停地说着这样的话："不，那不是文庆的骨头，不是……是，那是文庆的骨头，文庆死了，变成骨头了……可怜的文庆，姆妈陪你去了，文庆，你来接我……"

上官清秋紧紧地握着朱月娘的手，流着泪说："月娘，你不会死的！文庆也会归家的！月娘，你不能死，你不能就这样抛下我，你还要给我做饭，这一辈子，我就喜欢吃你做的饭，只有你给我送来的饭，我吃得才香，才舒坦！你不能走，你走了，就没人管我了，我怎么办？月娘，这些年来，多亏了你，没有你，这个家就散了！我不该恨你生了文庆，也不该那样对待文庆，我有罪啊！你不能死，月娘，等文庆归来，我们好好地过日子，我再不会像从前那样对待文庆了……"

上官清秋悔悟已经晚了。

那个清晨，形容枯槁的朱月娘睁开了双眼，对他说："清秋，我要走了，你要好好待文庆，等他归来，多给他点温暖，这孩子一生

343

受尽别人的白眼和凌辱，你要让他活得像个真正的神仙。我不能再陪你了，来世有缘的话，再做夫妻吧……"

上官清秋泪流满面，这个铁匠知道她是回光返照了，哽咽地说："月娘，我答应你，答应你——"

朱月娘喘了几口粗气，就闭上了那双一生不知流了多少泪的眼睛。

朱月娘死后，上官清秋眼中的世界突然就改变了，他不想去铁匠铺了，也不再得意地端着李公公赏给他的那个黄铜水烟壶到处炫耀了。他甚至找到了胡喜来，对他说了声"对不起"。在那段日子里，没日没夜打铁的声音吵得胡喜来快变成疯子，还害死了他的儿子。这是上官清秋的过错。现在，他觉得一切都不重要了，在死亡面前，一切是那么不值一提！那个晚上，上官清秋梦见了朱月娘，朱月娘一直拉着他，对他说："这一辈子你没好好陪我，现在来陪我吧，来吧——"

从那以后，上官清秋就病倒在床上，连爬起来的力气也没有了。

……

上官清秋躺在眠床上想，上官文菊出去有多久了？她会不会把上官文庆带回来？上官清秋心里十分清楚，自己的两个女儿对上官文庆都恨之入骨，都说朱月娘是他害死的！其实，她们对上官文庆的恨还有另外一个至关重要的原因，那就是铁匠铺的这份产业，她们不想在上官清秋死后落入上官文庆手中！这是多么恶毒的打算！上官清秋自言自语道："你们不好好对待文庆的话，你们将什么也得不到，我就是送给外人，也不会给你们！"

这些天，李家大宅里并不宁静，每个进出这里的人都神色诡异，各怀心事。

冬子的头受伤之事，在李家大宅也掀起了不小的波澜，人们私下里都在嘀嘀咕咕，猜测着他受伤的真相。还有王海荣的自杀，也在人们心中投下了阴影。其实，冬子的受伤和王海荣的自杀，不是他们最大的心病，他们最担心的就是那个从雨来客栈神秘消失的陌生人。

每天上早朝的时候，李公公都会神情怪异地重点提这件事情。

这天也不例外。

李公公刚刚坐在他的宝座上，坐在大厅两边太师椅上的王公大臣们就站起来，来到大厅中央，列队站好，然后齐刷刷地跪下，高声呼喊道："万岁，万岁，万万岁——"

此刻，李公公心潮澎湃，异常激动，眼睛里燃烧着熊熊烈火。也只有在这一刻，他才真正感觉到自己是个君临天下的皇帝，这种感觉让他的心理得到了充分的满足，这和那个太监的角色决然不同，他再也不是太监了，再也不是了！李公公希望这样的日子能够无限持续下去，不会受到任何外力的动摇。

李公公高高在上，用皇帝的腔调说："众爱卿平身！"

众人齐声说："谢皇上——"

大家坐回自己的位置，开始议事。

今天，朱银山有个提议。他站起来，面对着李公公说："承蒙皇上的洪福，举国上下，风调雨顺，百姓安居乐业。可有一事，值得警惕哪！"

大家都盯着他，这个家伙溜须拍马的一流功夫是众所周知的，可他今天说出这样的话，不知道他葫芦里卖的什么药。

李公公笑了笑说："什么事情值得警惕？"

朱银山说："回禀皇上，近来臣发现了一个问题，就是唐镇现在赌博的人越来越多，赌博的危害大家都晓得，那些输光了的赌徒甚么事情都干得出来，轻则小偷小摸，重则杀人越货，对我们唐镇国可没有好处。臣的意思是请皇上颁布个法令，严禁赌博，对那些滥赌者严惩不贷！"

李公公马上接着说："朱爱卿的这个提议很好，准奏！此法案就由朱爱卿办理吧！众爱卿都应该效仿朱爱卿，多为朕分忧，为社稷着想！"

朱银山得意地坐回了他的位置。

李公公突然想起了什么："对了，慈林爱卿，那个江洋大盗的事情怎么样了？"

李慈林站起身，走到大厅中央，朝李公公跪下："回禀皇上，臣罪该万死！"

李公公的脸色变得晦暗，目光阴冷："此人可是事关重大，如果抓不住此人，后果不堪设想！你下去一定要亲自办理此事，早日把那个江洋大盗捉拿归案！"

李慈林心想，事情都过去几天了，那个陌生人也许早就逃了，他知道我们要抓他，还留在唐镇干什么，他就是逃出了唐镇，也不一定会报告官府，就是报告官府又如何，兵来将挡，水来土掩！怕他个屁！

想归想，李慈林还是这样说："皇上，您放心，臣一定照您说的办！"

……

退朝后，李公公又回藏龙院画像去了。

那些王公大臣也嘻嘻哈哈地走了。

李慈林脸色阴沉地找到了李骚牯，踹了他一脚，恼怒地说："狗屁的东西！一开始就让你给老子把人盯死了，你却让他跑了，你干甚么吃的！老子说了你多少遍了，做事情要上心，不要成天就想着看女人的屁股！你晓得老子因为这事，多丢面子吗！你害得老子好苦哇，老子怎么就瞎了狗眼，收了你为徒呢！"

李骚牯心里十分委屈，又不敢反驳他，只好点头哈腰地说："丞相，小的该死，该死！"

李慈林又踹了他一脚，恶狠狠地骂道："你要是不把那王八蛋给老子抓回来，你就像王海荣那样去死吧！"

提起王海荣，李骚牯一肚子气，因为王海荣的死，王海花又悲伤又生气，已经好几个晚上拒绝和他同房了。李骚牯心里说："王海荣还不是被你逼死的，现在又要逼我去死了，李慈林，老子替你做了多少见不得人的事情，你还对我如此狠毒！把老子惹火了，就到县衙里去告发，要死大家一块死！"

李骚牯怎么也想不到，自己真的离死不远了。

李红棠把上官文庆抱回自己家后，就一直没有出门。

她回到家后，发生了一件事情。

她把上官文庆抱上了阁楼，那时，天已经完全黑了，阁楼里黑漆漆的一片。她想把上官文庆放到床上后，再点灯。李红棠还没有摸到床边，就有什么冰凉的东西贴在了她的脖子上，然后，她听到了一个陌生男人低沉的声音："别动，你要是动一下，我就杀了你！"

李红棠此时一点也没觉得害怕，淡淡地说："你杀死我好了，我这样活着也没甚么意思。"

她的话音刚落，脖子上冰凉的东西就离开了。

她又听到男人低沉的声音："姑娘，你别怕，我不是坏人。"

李红棠把上官文庆放在了床上，叹了口气说："你是好人也好，坏人也好，和我都没有任何关系。"

说着，李红棠摸黑点亮了灯。

她看到一个长着一双暴突牛眼的陌生中年男子提着刀，站在自己的面前。

牛眼男子看到她松树皮般苍老的脸，异常地吃惊："听你的声音是个年轻的姑娘，可是你——"

李红棠凄惨地苦笑道："年轻也好，苍老也好，这都是我的命，我抗不过命的！我不想问你为甚么会藏在我家里，我只想告诉你，我现在归家了，你可以走了。"

牛眼男子说："对不起，我马上走，马上走！"

李红棠看他要下楼，叹了口气说："我看你也有难处，现在走也许会有麻烦，你要是愿意，就留下来吧，楼下还有一个房间，没有人住，你可以住在那里，你甚么时候觉得安全了，再走也不迟。"

牛眼男人感激地说："你真是个心地善良的女人，好心会有好报的！"

李红棠淡淡一笑："但愿如此！"

……

阿宝吃晚饭时听父亲张发强哀叹着说李红棠已经回家后，就马上放下碗筷，朝门外奔去。

他站在李红棠的家门口，敲着门，喊叫道："阿姐，阿姐——"

过了一会儿，他听到了李红棠柔美的声音："是阿宝吗？"

阿宝激动地说："阿姐，是我，是我！阿姐你好吗？"

李红棠说："阿宝，我很好，你不用担心。"

阿宝十分奇怪，为什么李红棠不开门让自己进去，要是往常，她早开门让他进去了。阿宝心里有些难过："阿姐，我想看看你，好吗？"

李红棠说："阿宝，听话，快归家去吧，等有时间，我再让你到家里来，做好吃的给你吃。"

阿宝低下了头，心里充满了忧伤，这无边无际的忧伤到什么时候才是个尽头？在这灰暗的岁月里，阿宝已经丧失了他这个年龄特有的天真和快乐。

唐镇的这个深夜，刚开始时是那么的平静，连一丝风也没有，那些土狗也无声无息，像被催眠了。月亮挂在没有一丝云的天上，静穆地俯视苍茫的大地。李家大宅也静悄悄的，那些兵丁鬼魂般在里面游动，无声无息。

李骚牯一直站在浣花院的围墙外面，月光把他的身影拖得很长。

李慈林吩咐过他，在没有抓到那个陌生人之前，晚上不能离开李家大宅，要加强警戒，自己却跑到浣花院去和那个叫赵红燕的女戏子睡觉，李骚牯心里特别气愤和嫉妒。人和人真的不一样？为什么李慈林就比自己高出一头呢，什么好事都让他占了？李骚牯叹了口气。

今天怎么没有听到浣花院里传来女人的哭声？

每次听到女人的哭声，李骚牯就知道李慈林又在凌辱赵红燕了，心里就一阵阵地抓狂，恨不得翻墙进去，把李慈林一刀剁了，然后把赵红燕带走。想是那么想，就是没有那个胆量，他还是十分惧怕李慈林的。

听不见女人的哭声，李骚牯的内心更加地难熬。

赵红燕是不是顺从李慈林了，不哭不闹了？

李骚牯想起赵红燕美貌的容颜，雪白柔嫩的肌肤，蠢蠢欲动，欲火焚身。越是这样，他就越恨李慈林，越觉得李慈林不是个东西。欲火和怒火，这双重火焰烧得他的头脑昏昏乎乎的。

他突然想，凭什么你李慈林可以搂着女戏子睡觉，我就要在李家大宅里守夜！这太不公平了！想着想着，他就不顾一切地走到大门口，让守门的兵丁打开了大门。

兵丁问："李将军，你这是去哪儿呀？"

李骚牯训斥道："你问那么多做甚么，看好你的门，要是有甚么闪失，我砍了你的狗头！"

兵丁吐了吐舌头，不敢多嘴了。

李骚牯走出李家大宅的大门，大门很快被关上了。大门关上的一刹那间，李骚牯突然觉得不妙，但这个理智的想法瞬间就被双重火焰焚灭。他想到了老婆王海花，咬着牙说："今天无论怎么样，都要你和老子睡觉！老子实在憋不住了！"

他飞快地走出兴隆巷，朝碓米巷自己的家里奔去。走到碓米巷巷子口时，他突然放慢了脚步，回头望了望，小街鬼影都没一个，只有月光的清辉洒满鹅卵石街面。

就在这时，李骚牯觉得有人在他耳垂边吹了口凉气。

耳边传来一声女人的冷笑，李骚牯浑身打了个寒噤，然后傻傻转过身，僵尸般朝青花巷飘过去，双脚仿佛浮在地面上。

他进入了清幽的青花巷，不一会儿就飘到了沈猪嫲的家门口。一阵阴风过后，沈猪嫲的家门无声地打开，李骚牯就飘了进去……

王海花这些天的晚上都失眠，因为王海荣的死，她又悲伤又自责。她总是想，如果自己不要那样对待他，他也许就不会去死了，一个人要去死，要下多大的决心，正是她使王海荣下了自杀的决心，她负有不可推卸的责任！她就是个杀人犯，而她杀死的是自己的亲弟弟，这是多么残忍的事情！

这个晚上，王海花却沉沉地睡去了。

可她还是从噩梦中惊醒。王海花梦见浑身是血的王海荣哭着跪在她的面前，凄厉地喊叫："阿姐，救我，救救我——"……很多人说，噩梦醒来是早晨，王海花从噩梦中醒来时却是寂静的深夜。她浑身汗淋淋的，觉得特别冷，从皮肤一直冷到内心。她想，此时要是李骚牯在，那她会好受些，也不会如此恐惧和寒冷，是不是因为自己这些天没有和他同房，他心生怨气，故意不回家来了？或者，他在外面有了姘头？想到这里，王海花心里酸酸的，怨恨地说:"李骚牪,如果你真的在外面有了别的烂女人,我就剪断你的子孙根!"

这时,王海花听到了一声女人的冷笑。

她惊叫道:"谁——"

卧房的门突然被打开了,一股冷风透了进来,王海花浑身一激灵,像中了什么邪,痴痴地下了床,外衣也没有穿,只穿着睡衣睡裤飘了出去……王海花也飘进了沈猪嬷的家里。当她站在沈猪嬷的床前时,突然清醒过来了,她看到了李骚牪和沈猪嬷那不堪入目的一幕。王海花受到了强烈的刺激,狂叫一声冲了出去!她的那一声狂叫,撕破了这个夜晚的宁静!

李骚牪也突然清醒过来,愣愣地看着满面桃花的沈猪嬷,喃喃地说:"我怎么会在你这里,我怎么会在你这里——"

沈猪嬷娇笑着说:"骚牪,快来呀,快来呀,不要停下来——"

李骚牪恶狠狠地骂了声:"臭婊子!"

接着,他扬起手,在她桃花般灿烂的脸上狠狠地捆了一巴掌……

李骚牪心里充满了恐惧。

为什么会这样?

他仓皇地往家的方向奔走,他要向老婆王海花解释清楚,否则以后家里就鸡犬不宁了,他不希望因为这事,毁了自己的家庭。他本以为回家后,王海花会和他大吵大闹的,没想到,王海花竟然笑脸相迎,仿佛什么事情都没有发生过一样。

李骚牪满脸通红,心里忐忑不安。

王海花端了杯茶递给他:"骚牪,你喝多了吗?脸这样红!"

李骚牪慌乱地接过那杯茶,迫不及待地喝了一口,企图用茶水缓解自己紧张的情绪,没想到茶太烫了,刚刚喝进嘴里就喷了出来,烫得他的舌头火辣辣地痛。

王海花娇嗔道:"莫急,莫急,慢慢喝。"

李骚牯实在受不了了,说:"海花,对不起,我本来想回家来的,可——"

王海花笑着说:"你有甚么对不起我的呀,应该是我对不起你,没有让你满足,你才会在外面偷腥。我不怪你,真的不怪你,你是老公,你迟早会归家的,你这不是归来了吗,证明你心里还是有我的!"

李骚牯十分感动,把茶杯放在桌子上,握住她的手说:"海花,你真是我的好老婆!"

王海花顺势倒在了他的怀里,伸出手在他的大腿上轻轻地摸着,然后摸到了他的裤裆里。李骚牯紧紧地抱住了她。

王海花轻声说:"骚牯,上床吧,今夜我给你,让你弄个痛快!"

说着,她不知哪来的那么大力气,把他抱到了床上。

李骚牯要脱自己的衣服。

王海花说:"骚牯,你别动,我来给脱,我会好好伺候你的。"

王海花帮他脱光了衣服,又脱光了自己的衣服。她趴在他的身上,亲吻着他的脖子,又亲他的耳垂,她的手在他的腹下轻轻地抚摸……李骚牯感觉舒服极了,他从来没有如此享受过,稍微有点遗憾的是,王海花的嘴唇和手都冰凉冰凉的,和往常不一样。

王海花突然坐起来,伸手从枕头底下摸出一把剪刀,狞笑着盯着他。

"啊——"

李骚牯惊叫了一声,然后睁大惊恐的眼睛,嘴巴也久久没有合上。

他看到的不是老婆王海花的脸,而是另外一个女人的脸。

这张女人的脸他死也不会忘记。他眼前浮现出这个女人惊惧的神情!

女人阴森森地说:"李骚牯,你也有今天!"

李骚牯企图挣扎,却动弹不得,身体像块凝固的石膏。

他嗫嚅地说:"三娘,你饶了我,饶了我呀——"

朱银山在那个晚上被杀的小老婆就叫三娘。

三娘冷笑了一声便消失了。

李骚牯又看到了老婆王海花的脸。

王海花愤怒地说:"你这个没有良心不知廉耻的狗东西,连沈猪嬷那样的烂货你也要!"

说着,她手中的剪刀放到了他的子孙根上。

李骚牯浑身是汗,喊叫道:"海花,不要——"

王海花狂叫了一声:"我要让你变成李太监——"

只听"咔嚓"一声,李骚牯的子孙根就被剪断了。

这个深夜在李骚牯杀猪般的嚎叫中躁动起来。唐镇人都听到了他杀猪般的嚎叫。可谁也没有出门,只是躲在门后面,透过门缝,或者在阁楼上,悄悄地打开窗,看着赤身裸体双手捂着血淋淋下身的李骚牯在唐镇的街巷上奔走呼号。

李骚牯跑到了郑士林老郎中的家门口,大声喊叫:"郑老郎中,救我,救救我——"

郑士林家里一点动静也没有,门紧闭着,久久没有打开的迹象。

天上的月亮充满了血色。

鲜红的月亮像一面涂满了鲜血的镜子,令唐镇人惊惧。

李骚牯绝望了,狂叫着,朝西门奔去……

第十九章

天蒙蒙亮,李慈林带着兵丁来到了西城门底下。
他朝守城门的兵丁吼叫道:"快给老子把城门打开!"
守城的兵丁赶紧打开了城门。
李慈林又吼道:"李将军跑哪里去了?"
那兵丁浑身哆嗦:"小的不晓得,李将军让我把门打开后,他就跑出去了。丞相,你看,地上有李将军的血迹,根据血迹应该可以找到他。"
守城门兵丁的话不无道理。
李慈林带着兵丁们循着血迹而去。
一路上,李慈林心里十分沉痛,要是李骚牯有什么三长两短,那么他就失去了一个不可多得的好帮手,他为自己经常训斥李骚牯而感到后悔。要不是王海花天还没亮就到李家大宅门口哭喊,他还不知道李骚牯出事了。究竟出了什么事,他也没有问清楚,王海花已经是疯癫状态。李慈林顾不了许多,最要紧的是要找到李骚牯,找到他后一切真相都会显现。

他们一直走到唐溪的小木桥上。

过了小木桥，又一直顺溪流而下，最后来到了枯草凄清的野草滩。

春天其实已经悄悄来临，野草滩的枯草下面，已经冒出了草的嫩芽。

站在此地，李慈林心里一阵阵发冷，脸皮上也起了鸡皮疙瘩。

兵丁们在枯草丛中找到了赤身裸体的李骚牯。

他们找到的不是个活人，而是死人！

李骚牯灰褐色的尸体静静地蜷缩在枯草丛中，身体里的血已经流干，绿头苍蝇扑满了他的下身，嗡嗡作响，野草滩上弥漫着一股浓郁的尸臭。

最让李慈林惊骇的是，李骚牯额头上贴着一张画满符咒的黄表纸。

李慈林想起来了，这张黄表纸当初是贴在被他们杀死在五公岭上的那两个外乡人额头上的其中一张。

那么，另外一张画满符咒的黄表纸呢？

李骚牯死后，唐镇人心惶惶。

有传闻说，是李骚牯假扮劫匪抢劫了朱银山家，李骚牯见朱银山的小老婆三娘美貌，心生歹意，强奸了三娘。三娘在挣扎中抓下了蒙在李骚牯脸上的黑布，他见事情败露，为了灭口就杀了三娘。三娘的冤魂不散，为了报仇，附在王海花身上，剪掉了他的子孙根，李骚牯流光了血死亡……这个传闻在唐镇秘密流传着，没有人敢在大庭广众之中说出来，害怕会突遭横祸。

传闻再隐秘，也会传到李家大宅里去，就像纸包不住火。

李家大宅藏龙院的一间密室里，李公公、李慈林和朱银山三人围着一个八仙桌，坐在那里说话。

李公公用怪异的眼神审视着朱银山："关于李骚牯抢劫杀人的事情，你听说了吗？"

　　朱银山低着头说："回禀皇上，臣听说了。"

　　李公公试探性地问道："那你信吗？"

　　李慈林用鹰隼般的目光盯着朱银山。

　　朱银山如坐针毡，嗫嚅地说："臣不相信。"

　　李公公阴恻恻地笑了笑："不信就好，简直是一派胡言！慈林，你要好好查一下，一定要找出这个制造谣言的人，以正视听！"

　　李慈林阴沉地说："皇上放心，我会查出这个人来的！"

　　李公公说："你们看看，有没有什么怀疑的对象？"

　　朱银山说："会不会是李驼子造的谣呢？此人一向对皇上不敬，皇上登基大典那天，让他挂红灯笼，他不挂，请他来参加宴会，也不来；那天晚上，李将军带人去搜查江洋大盗，他也不配合……我看他的嫌疑最大！说不准那个江洋大盗也是他藏起来了！"

　　李公公瞟了李慈林一眼："慈林爱卿，你说呢？"

　　李慈林说："回禀皇上，这事情不太好说，李驼子那个人我了解，他从来都是这样怪里怪气的，要说他会造这个谣，我看未必！我想会不会是沈猪嬷，这个人是唐镇第一号的碎嘴婆，那张烂嘴巴一天不造谣，就会死一般！如果被我查出来是她，我要割了她的舌头！"

　　朱银山说："可是，自从上次在土地庙前收拾过她，她老实多了。"

　　李慈林说："屁！狗改不了吃屎，她要能改，母猪也会上树！"

　　李公公说："你们不要争了，好好查查，查出是谁，决不姑息！否则就乱套了！"

　　李慈林说："皇上放心！我一定查个水落石出！"

　　朱银山没有说话。

李公公说:"你们是我的左膀右臂,你们可是要团结一心啊!近来唐镇不太安稳,你们一定要以社稷为重,好好做事,什么事情都马虎不得,出点什么纰漏,就有可能覆水难收!这可关系到整个唐镇人的身家性命哪!所以,开不得半点玩笑的!我们走到这一步,想回头都难了,明白吗?"

李慈林说:"明白!"

朱银山也说:"明白!"

李公公又说:"李骚牯死了,可惜哪!他可是个忠心耿耿的人,以后你们对他的家属要多照顾一点,要保证他一家人衣食无忧!我看,在没有找到合适人选之前,御林军还是由慈林爱卿兼管吧!"

……

冬子郁郁寡欢。

他很想回家去看看姐姐到底怎么样了,也不知道找到母亲没有。他心里总是牵挂着姐姐和母亲。他希望姐姐的病好起来,也希望母亲能够在春天来临之前回到唐镇,那样,他拼死也要走出地狱般的李家大宅,和她们在一起无忧无虑地生活!他也想和阿宝出去玩,春天很快就要来临,柳树的枝条返绿的时候,河滩上到处都是学飞的小鸟。他多么希望自己是一只自由的鸟,无拘无束地在天空中飞翔。

李公公在他心里是个恶魔,又是条可怜虫,他那么残忍,却并没有因为当了皇上而快乐,相反的,他一天比一天恐惧和不安,原来保养得很好的脸皮也起了皱纹。

冬子不明白他为什么放着好好的生活不过,非要当什么狗屁皇帝。

冬子心里对他又厌恶又怜悯。

每次见到他,冬子就反胃,想吐。特别是他在夜里摸进冬子房间的时候,冬子就觉得自己生不如死,他走后,冬子就会趴在马桶上狂吐不已，连胃都差点要吐出来。冬子也日渐消瘦，红润的脸也日益黯淡，他担心自己会不会像姐姐那样，变成一个小老头。

冬子对那个天天教他念三字经的余老先生也讨厌到了极点，他总是想，天天念"人之初，性本善"有什么用处，如果这个老头再用戒尺打自己的手心，自己就再也不理他了。这老头不就为了看戏吗，就如此折磨自己！他很不喜欢陪他们在鼓乐院看戏，因为他看到在戏台上的不是唱戏的戏子，而是吊在梁上长长地吐出舌头的林忠。或者说，赵红燕她们不是在唱戏，而是在为林忠哭丧！这些感觉压抑着他的心灵，经常让他透不过气来。李公公和余老头他们却看得津津有味，他们的快感究竟从何而来？

在李家大宅里，唯一让冬子觉得有意思的是每天有些时间和胡文进在一起。不是因为他给姐姐画了头像，而是他每天都会给冬子讲戏班在流浪的过程中发生的许多趣事，包括各地的风情。胡文进讲这些时，眼睛里会闪烁着金子般的光泽，他在缅怀过去的光辉岁月的同时，也给自己的心灵找一丝安慰。冬子清楚，他心中同样有一种渴望，渴望自由和快乐的生活，而他和冬子都一样是李家大宅的囚徒！

冬子没有料到，在一个月黑风高的晚上，他和胡文进的命运都会被改变。

因为一个人，一个贸然闯进唐镇的陌生人。

那同样是一个辗转难眠的夜晚。风在窗外呼啸。突然，李家大宅里响起了嘈杂的喊叫声："有刺客，有刺客——"

冬子也听到了外面的喧嚣。

谁是刺客？这个刺客要刺杀谁？

冬子心里怦怦乱跳。

好奇心促使他想出去看个究竟。冬子刚刚把门闩打开，门就被推开了，闪进来一个黑影，那个黑影赶紧把门重新闩上，低声对吃惊的冬子说："孩子，你不要怕，我不是坏人！"

冬子呆呆地望着他，此人用黑布蒙着面，一身黑色的短打装束，手提着一把寒光闪闪的腰刀，浑身上下最让人能够记住的就是那双暴突的牛眼。外面院子里乱成了一锅粥，喊叫声和脚步声敲打着冬子敏感的神经。冬子缓过神，轻声地问他："你就是那个刺客？"

牛眼男人说："孩子，我不是刺客，我只是来找人的。"

冬子说："那你找到人了吗？"

牛眼男人沉痛地说："我要找的人都死了，都被杀死了！你知道吗，他们都是无辜的人，本不该死的！"

冬子喃喃地说："为甚么会这样？"

牛眼男人说："因为邪恶统治了唐镇。"

冬子用迷离的目光凝视着他暴突的牛眼，这眼睛里有股杀气，仿佛也有种人间正义。

这时，门外的厅堂里涌进了许多人。

李慈林大声喊叫："我去保护皇上！其他人给我搜！"

冬子心里捏着一把汗。

牛眼男人心里也捏着一把汗，靠在门边，手中紧紧地握着钢刀，随时准备和冲进来的人拼命。他不时地用复杂的目光瞟着冬子。

他突然轻轻说："你叫冬子？李红棠是你的姐姐？"

冬子点了点头："你不要说话！"

厅堂里传来了李公公和李慈林的说话声。

李慈林关切的声音："皇上，您没事吧？"

李公公的声音有些颤抖："朕没，没事！怎么搞的，把刺客放进来了？朕早就交代过你们的，要注意防范，你们对朕的话置若罔闻！刺客跑哪里去了？"

李慈林说："回禀皇上，有人看见刺客逃进了藏龙院！我们正在搜捕！"

359

李公公说:"吴妈,你看到有人进来吗?"

吴妈说:"皇上,我没有看见。"

李公公突然问:"皇孙呢?朕的皇孙呢?"

李慈林走到冬子的门前:"皇孙,你听见我说话了吗?"

冬子的心提到了嗓子眼上,牛眼男人不住地朝他使眼色。

冬子吞咽下一口口水,努力使自己看上去那么平静:"听见了,外面怎么那么吵呀?"

李慈林说:"你看见有人跑进你房间里吗?"

冬子说:"甚么人呀,鬼都没有一个!你们吵死人了,也不让人好好困觉!"

李慈林对李公公说:"皇上,皇孙没事。"

李公公说:"没事就好,没事就好!你带几个人在这里守着我们,让其他人赶紧四处搜查,不能让他跑脱了!"

李慈林说:"好的,皇上!"

过了好大一会儿,冬子打开了门,走到灯火通明的厅堂里,他装模作样地揉着眼睛,打着呵欠,没好气地说:"你们这是在闹甚么哪,吵得人都睡不着觉!"

李慈林往他的房间里瞥了一眼。

他想进去看看,可没有移动脚步。

上官文庆躺在李红棠的怀里。

他喃喃地说:"红棠,我姆妈死了,真的死了吗?"

李红棠说:"文庆,你别说话,你会好的!"

上官文庆说:"红棠,我听到姆妈在唤我,一直在唤我——"

李红棠说:"文庆,我晓得,你心里难过。"

上官文庆不说话了,静静地躺在李红棠的怀里,像个婴儿。

李红棠也想起了母亲,历尽了千辛万苦也没有找到的母亲,她现在是死还是活？她想再次踏上寻找母亲的道路，可是，她听说父亲已经不让人离开唐镇了，况且，上官文庆病得如此厉害，她也不忍心扔下这个唯一可以和她相依为命的可怜人。她幻想着他病好后，可以和她一起再次踏上寻找母亲的道路。

上官文庆突然睁开了眼。

他说："红棠，我又要蜕皮了，你不要怕呀！"

李红棠说："我不怕，我抱着你，一直抱着你，不让你离开我的身体！"

上官文庆的头皮又裂开了。

李红棠真切地听到了他头皮裂开的清脆的声音。

上官文庆没有像前几次蜕皮那样叫喊，也没有了恐惧。

只是他的身体不停地扭动……

蜕完皮后的上官文庆浑身嫩红，就像是初生的婴儿，静静地躺在李红棠赤裸的怀抱里，她用自己的体温温暖着安详的上官文庆。

李红棠没有流泪，只是觉得自己的眼睛热乎乎的。

她深情地凝视着这个男人，感到前所未有的幸福。

突然，她感觉到自己的身体也有了变化，微妙的变化。

她不晓得自己会变成什么样。

李红棠觉得上官文庆一次次的蜕皮，是在重生，为她而重生！他现在就变成了刚刚出生时的模样，也许他会渐渐地长大，长成一个伟岸的男子，保护她爱惜她。如果真的这样，她会等他长大，呵护他长大，哪怕用一生的精力。

上官文庆睁开了眼。

他惊讶地说："红棠，你好美——"

是的，他看到了李红棠从前的那张美丽的脸。

他认定，自己蜕皮就是上天对自己的考验，只有经历万般的痛苦蜕变，才能得到美好的爱情。

李红棠喃喃地说:"我已经如此丑陋了,你还对我如此痴情,这是为甚么呀,文庆——"

上官文庆幸福地闭上了眼睛。

李红棠紧紧地把他搂在怀里,仿佛这一生都不会再放手。

李公公魂不守舍地坐在太师椅上,让胡文进画像。潜入李家大宅的刺客没能抓住,这对他的打击很大。他心里把正月初六出现在唐镇的陌生人和这个刺客紧密地联系起来,心里感觉到大事不好,便心生惶恐。他不时地问胡文进:"你什么时候才能画完?"

胡文进说:"皇上,很快了,没几日了!"

"没几日了,没几日了——"李公公喃喃地说。

这话里是不是隐藏着什么玄机?李公公心惊胆战。

此时,在宝珠院的书房里,余老先生正在让冬子背《三字经》。

"人之初,性本善;性相近,习相远……"

冬子嘴巴里机械地背诵着,眼睛却盯着手中拿着戒尺坐在对面打瞌睡的余老先生。他心急如焚,离二月二越来越近了,要是那个牛眼男人告诉他的话传不到那些善良的人耳中去,那就完了。让谁传出去呢?李家大宅谁可以信任?他自己根本就出不去,就是通过那个地洞逃出去,也要经过城门才能进入唐镇,没有说什么就会被守城的兵丁抓回来。而且这事情是不能张扬的,牛眼男人告诫过他,不能告诉任何人!他是不会把这个秘密告诉李公公他们的,可他不能不告诉那些善良贫苦的人!

冬子突然不作声了。

余老先生马上就警醒过来,浑浊的老眼盯着他:"怎么不背了,是不是又皮肉发痒,想挨打了?"

冬子盯着他,心想,余老先生应该是李家大宅里最可靠的人,而且,也是最良善的人,他除了看戏和教冬子读书,很多事情都不清楚,也不过问。他也是个能够自由出入李家大宅的人,没有人对他设防。

余老先生站了起来,走到他面前,挥了挥手中的戒尺说:"你听见我刚才的话了吗?"

冬子点了点头:"听见了!"

余老先生说:"那你为什么不继续?"

冬子冷冷地说:"都要大难临头了,还念甚么《三字经》!"

余老先生努力地睁大眼睛说:"你说什么?大难临头?"

冬子认真地说:"是的,大难临头!"

余老先生说:"这怎么可能?怎么可能?"

冬子说:"你知道戏班班主被吊死在戏台上的事情吗?"

余老先生惊惶地摇了摇头:"有这样的事情?"

冬子冷冷地说:"岂止这一件事情,你知道那些外地的客商被杀的事情吗?"

余老先生嗫嚅地说:"你说的是真的?"

冬子点了点头:"真的!还有很多丧尽天良的事情,所以唐镇要大祸临头了!我不想看到唐镇人都白白送死,给那些恶人陪葬,所以……"

余老先生木然地站在那里,一句话也说不出来。

因为禁赌,余狗子成天烦躁不安,动不动就拿沈猪嬷出气,打得她身上青一块紫一块的。

沈猪嬷心生怨恨。

李骚牯的死也让她难过,发现自己还真对那个死鬼动了真情,在夜深人静时为他而哭,还偷偷地跑到他的坟地里去烧纸。

沈猪嬷把这一切都归罪于李公公,要不是他,余狗子也不会天天把她当出气筒,李骚牯也不会死!

363

沈猪嬶没有想到厄运同样会降临到她身上。

就因为她那张喜欢乱说话的嘴巴。

如果她能够管住自己那张臭嘴，或许什么事情都不会发生。

这天上午，沈猪嬶没有觉得有什么异常，照常在卖完菜后把留下来的菜送到胡喜来的小食店里去。给菜过秤时，胡喜来瞥见了她脸上的一块青紫，随口问道："余狗子又打你了？"

沈猪嬶气不打一处来："这个挨千刀的，就知道欺负我，在外面却像只死猫！我前世造了恶哟，今生遭报应，嫁给了这条癞皮狗！唉，也怪那个死太监，要不是他禁赌，我家那条癞皮狗也不会这样对待我！"

胡喜来顿时大惊失色："你怎么能够这样说皇上？"

沈猪嬶也意识到自己失口，吓坏了："喜来，我甚么也没说，甚么也没说！"

胡喜来说："你赶快走吧，你乱说话，不要连累了我。"

沈猪嬶匆匆地走了。

对面雨来客栈的老板余成讪笑着走过来，对胡喜来说："刚才你们在说什么呀？"

胡喜来慌乱地说："我们甚么也没说，甚么也没说！"

余成冷笑道："那你紧张甚么？"

胡喜来故作镇静地说："我有紧张吗？你不要搞错了。"

余成说："死鸭子嘴硬，你不要装模作样了，你们说了些什么，我听得一清二楚！如果你请我喝一顿酒，那么我就甚么也没听见，否则——"

胡喜来抹了抹额头上的冷汗："好说，好说，不就是一顿酒吗，你随时都可以来吃！"

余成呵呵一笑："好吧，等我想喝酒了就来找你！"

其实，余成也因为禁赌，又加上没有外乡人来住店，收入成了问题，心情也糟糕透顶，看他们神情紧张，就过来拿胡喜来寻开心。没想到，他的一句玩笑话，让胡喜来陷入了巨大的恐惧之中。胡喜来琢磨，被余成抓住了把柄，那可不是一顿酒那么简单，只要他不高兴了，随时都有可能来敲诈，如果不顺他的心，他到李家大宅去告发，那自己就死定了。

李慈林的毒辣手段，胡喜来像许多唐镇人一样，看在眼里，记在心上！余成走后，他哭丧着脸对老婆说："你看这事情弄成这样，可如何是好！我的运气怎么就这样背呀！总是不小心踩到臭狗屎！"

老婆说："早就让你离沈猪嫲远点，你就是不听，唐镇又不是她一个人卖菜，我看你是鬼迷心窍了！现在麻烦来了，我看你怎么收场！"

胡喜来叹了口气："唉，我要晓得怎么收场，我和你说甚么呀！"

老婆说："没错，没事你就甚么话都不和我说，有事了就来找我，我算是看透你了！"

胡喜来焦虑极了："都甚么时候了，你还说鬼话，你要看着我被李慈林拖去活剐，你才满意，对不对？"

老婆想了想说："我看还是先发制人！"

胡喜来说："此话怎讲？"

老婆说："你真是傻透顶了，你先去告发沈猪嫲，不就摆脱了干系，万事大吉了吗！"

胡喜来说："这样好吗？沈猪嫲也不是甚么坏人，就是嘴巴烂，要是沈猪嫲被抓去活剐……"

老婆咬着牙说："到这个地步了，你还替她说话，你是不是和她有甚么见不得人的事情？告诉你吧，到时候被她害死，我是不会给你收尸的！你自己好好考虑，该怎么办由你了！"

胡喜来额头上冒出了豆大的汗珠。

这真是大白天里碰到鬼了。

胡喜来想，自己该怎么办？是听老婆的话去告发沈猪嫲，还是凭良心做事情,把这事情烂在肚子里?

这是个有关生死的抉择!

正午时分,沈猪嫲正在喂小儿子吃饭,突然几个兵丁破门而入,凶神恶煞地出现在她面前。沈猪嫲心里十分明白,大事不好了。

她心里骂道,胡喜来,你真是个猪狗不如的东西!

她装作若无其事的样子,对那些兵丁说:"你们这是——"

那些兵丁二话不说,扑上去就把她绑了,押着她,推推搡搡而去。

她的小儿子吓坏了,嗷嗷大哭。

听到哭声,躺在床上的余狗子大吼了一声:"鬼叫甚么呀,老子还没有睡够呢!"

等他的大儿子惊惶地进来告诉他,沈猪嫲被抓走了,余狗子才觉得要出大事了!他的脑海一片昏糊,他这一生最大的灾难来临了。

……

沈猪嫲被绑在李家大宅门口,渐渐地,围观者多了起来。沈猪嫲欲哭无泪,她真恨自己,怎么就记不住教训,还是如此口无遮拦,这次被抓住,也许不是挨打那么简单了。想到被活剐的约翰,她的头皮一阵阵发麻,李慈林会不会也活剐了她……她越想越害怕,汗水湿透了衣裳,尿水也禁不住流了下来。

围观的人们闻到了浓郁的尿臊味,都用手捂住了鼻子。

沈猪嫲看着眼前这一张张麻木的脸,心里悲哀和恐惧到了极点,这些人救不了她,谁也救不了她!她的目光在人群中搜寻余狗子和两个孩子,上次在土地庙前,他带着孩子来救她,沈猪嫲还感动过,今天他们会不会来?

街上的人们纷纷地往李家大宅门口赶。

胡喜来把店门关上了,他们一家躲在店里,不敢出门。

他觉得自己对不住沈猪嬷,也无脸见唐镇人,告发沈猪嬷的事情要是被大家知道,谁还敢和他来往,谁还敢到他的小食店吃东西?

李驼子也把店门关上了。

他脸色阴沉地朝兴隆巷走去。

他的手上提着一个大布袋,布袋里塞得鼓鼓囊囊。

李慈林走出了李家大宅的大门,站在台阶上,面对人群大声说:"大家都晓得,最近我们唐镇流传出很多谣言,说什么李骚牯将军是劫匪,还说什么皇上请大家看戏和修土地庙是收买人心……我们不禁要问,这些谣言是从谁的嘴巴里传出来的?经过我们的调查,终于水落石出,这个造谣的人就是沈猪嬷!就在今天上午,这个恶妇还当着人家的面恶毒诋毁我们的皇上。我们一次次地放过她,就是想让她有悔改之心,做一个好妇人!没有想到,这个恶妇却根本就不思悔改,还变本加厉,大肆造谣生事,到了令人发指的地步,我们不能再对她手软了!"

李慈林最后一句话刚刚说完,沈猪嬷就一口气喘不过来,昏死过去。

她昏死过去之前,没有见到余狗子带着儿子们前来,无比地绝望!

余老先生从李家大宅里战战兢兢地走出来,看到五花大绑的沈猪嬷,又想起冬子告诉他的那一切,顿时目瞪口呆。

突然,人群中有人喊了一声:"造恶哟——"

人们的目光落到了这个人的身上。

这个人就是平常与世无争的李驼子。

李慈林对他说:"驼子叔,你说甚么?"

李驼子艰难地仰起头,悲声说:"我声明,我不是你的叔,我也不敢做你这个为虎作伥的衣冠禽兽的叔!我说的是,你们这样做,是造恶!我劝你把沈猪嬷放了,她没有造谣,她只是个可怜的妇人！你刚才说的那些事情，都是我散布出去的，我没有造谣，我说的是实话，目的就是让大家认清你们的真面目，你们不是在为唐镇人造福，而是给唐镇制造灾难！如果说实话也有罪，那你们就把我杀了，我连哼都不会哼一声。"

李驼子的话说完后，全场鸦雀无声。

李慈林的脸一阵红一阵青，浑身发抖，什么话也说不出来。

李驼子旁若无人地把布袋里的东西倒了出来，大家看到地上出现了一堆纸钱。他把布袋往旁边一扔，点燃了那堆纸钱。

人群骚动起来，他们不知道李驼子为什么要这样做。

李驼子点燃纸钱后，站起来，又一次艰难地仰起脸，朗声说："这纸钱是为我自己烧的，因为我晓得死后再不会有人为我烧纸，我有自知之明！还有，这纸钱也是为李太监烧的，因为他死后也不可能有谁为他烧纸，他作恶多端哪！另外，这纸钱也是为你们大家烧的，因为灾难很快就会降临到你们头上，大家都死了，谁还会为你们烧纸？！我这一生做的纸钱都要卖钱的，这一回，我免费烧给大家，请大家笑纳！"

在场的人都面面相觑。

李慈林再也按捺不住了，吼叫一声朝李驼子扑过去。他飞起一脚踢在李驼子的脸上，那一脚用了多大的力量，只见李驼子的嘴里喷出了一口鲜血，他的身体在地上翻了几滚！

人们看见李红棠扑过来，抱住了李慈林的腿，喊叫着："爹，你不能这样做呀，不能再杀人了，会有报应的呀，爹——"

她又对李驼子喊叫道："驼子伯伯，你又何苦呢，你快跑呀，快跑——"

李慈林对手下的兵丁吼道："还不快给老子把她拉走，送回家里去，把门锁起来，不要再让她出来丢人现眼了！"

冲过来两个兵丁把李红棠拖走了。

李红棠撕心裂肺的喊叫声还在继续:"爹,你这样做要遭报应的呀——驼子伯伯,你快跑呀,快跑呀——"

李驼子背朝天空扑倒在地上,侧过脸,看着苍老的李红棠被拖走,眼睛里涌出了浑浊的老泪:"可怜的孩子,可怜的孩子——"

李慈林走到他跟前,眼睛血红,太阳穴的血管暴突,野兽般号叫着,用脚重重地踩在李驼子高高隆起的背上。

人们都睁大了惊恐的眼睛,目睹了发生在唐镇惨烈的一幕。

李慈林凶残地踩踏着李驼子的背,口里吼叫着:"死驼背佬,你一生都弓着背,老子今天给你把身弄直,让你死了能够直直地放进棺材!"

人们听到李驼子身上骨头碎裂的声音,他的头直直地仰起来,眼睛暴突,脸被扭曲,紧紧地咬着牙,血水不停从他嘴唇间渗出,他愣是没有叫一声。

李慈林每踩一下,他仰起的头就抖动一下。

冬子冲出了李家大宅,被一个兵丁死死抱住。

他喊叫着:"爹,你不能这样!不能这样——"

余老先生喃喃地说:"这是真的吗?这是真的吗?"

李慈林疯狂地踩踏着李驼子,谁也不可能阻止他施暴,他心里已经没有了天日。李驼子突然张开嘴巴,喷出几大口鲜血,然后头栽在地上,抽搐了几下,就一动不动了。这时,李慈林还没有停住脚,还是不停地踩踏着李驼子,骨头碎裂的声音还不停地传进人们的耳中。

冬子哭喊道:"驼子伯伯,你不能死呀,我还欠你纸马的钱没有还呐——"

……

沈猪嬷睁开了眼睛,也看到了那残暴的一幕。

她的下身又禁不住流出了热乎乎臊烘烘的尿水。

第二十章

朱银山跑进藏龙院的厅堂里,跪在心神不宁的李公公面前,连声说:"慈林丞相疯了,慈林丞相疯了!"

李公公拿起龙头拐杖,在地上使劲顿了一下,颤声说:"起来吧,好好说!"

朱银山脸色苍白,两腿发软,惊恐地说:"慈林丞相把李驼子踩死了,好吓人呀,全镇人都吓傻了。皇上,不能再这样杀人了,会把所有人都吓死的,不能再这样杀人了!皇上,求你饶了沈猪嫲吧,不能再杀人了呀!"

李公公阴冷地说:"死罪可免,活罪难饶,你让慈林把她的舌头割了吧!放她一条生路,看她以后还怎么胡说八道!"

朱银山又跪下,给李公公磕头:"谢皇上,谢皇上——"

李公公颓然地坐在太师椅上,有气无力地说:"快去吧——"

朱银山从地上爬起来,战战兢兢地跑了出去。

……

沈猪嫲没有被千刀万剐,而是被疯狂的李慈林割了舌头。沈猪嫲在剧烈的疼痛中还在寻找余狗子和儿子的脸孔，可她没有找到，心中充满了从未有过的绝望。兵丁给她松绑后，余老先生让两个同宗女人扶着她去了郑士林那里，给她的断舌止血。

唐镇人真正感觉到了恐惧，如果杀外乡人他们麻木不仁，那么杀本地的乡亲，他们的恐惧是如此的切体切肤，因为他们不知道哪天，恶的命运就会无情地降临到自己的头上。

特别是李时淮一家，更加惶惶不可终日。

第二天，沈猪嫲失踪了。

有人在姑娘潭边发现了沈猪嫲一年到头都穿着的那双木屐。

有人说她跳进姑娘潭自杀了，可没有人能够找到她的尸体。很久以后，有去山里打柴的人回来说，碰见过沈猪嫲，传说她在深山里和一个老蛊妇学习蛊术，学成后，经常下山去祸害男人，弄得唐镇的男人提心吊胆……

光绪三十年二月初一晚上，李公公决定让戏班演一场戏。他照例请朱银山等王公大臣来看戏，当然也请了戏痴余老先生，不过，余老先生下午就告假回家了，说是家里出了点事，要回去处理，走时神色仓皇。李公公有些遗憾，在唐镇，能够和他谈戏的人，也就是余老先生了，其他人都只是看热闹的人，根本看不懂门道。戏班自从李公公登基大典在李家大宅门口唱过戏，直到现在，没有再在唐镇公众面前演过。唐镇人想，李公公再不会请大家看戏了，看戏成了唐镇普通百姓的一种奢望，每当他们听到戏音从李家大宅飘出，心就会痒痒的，产生各种不同的想象。

李公公带着冬子进入鼓乐院中间的那个包厢，拉着冬子的手，冬子低着头，无精打采的样子。冬子心中十分不安，明天就是二月初二，这是个什么样的日子，他无法想象。冬子偷偷地瞥了一眼旁边正襟而坐的李公公，发现他今夜特别的镇静，其实，李公公这些天都很惶恐。

冬子根本就不想看什么戏，也没有心思看戏。他担心的是余老先生到底有没有把他的话带出去，告诉那些无辜的人。同时，他也在考虑，牛眼男人说的话是不是真的？或许他真的是江洋大盗，那么，冬子让他从地洞里逃走是个重大的错误……李公公很奇怪，今夜非要拉他来看戏，冬子毫无办法，目前，他还没有自由的权利。

戏开演前，戏班的鼓乐手照例要先试试音调，鼓乐声就会飘出李家大宅，人们就知道，李家大宅里面又有戏唱了，人们的胃口又被吊了起来。

阿宝也听到了那动人的鼓乐声。

他默默地溜出了门。

那时，阿宝的父亲张发强正在厅堂里打造棺材，最近，他一直在打造棺材，他还说过，照这样下去，还不如开个棺材铺更赚钱，这年头，死个人就像屙泡屎那么容易！

阿宝朝兴隆巷走去。

路过李红棠家门口时，阿宝的心抽动了一下，她此时在干什么？阿宝抬头望了望李红棠家的小阁楼，小阁楼里没有灯光透出，这让他十分难过，阿宝心里一直担心着她的安危。

阿宝没有像那个寒冷的晚上一样靠在李家大宅的大门上听戏，他来到了鼓乐院的院墙外，躲在最能听清鼓乐声的院墙下，准备听戏。阿宝心里特别激动，这是初春温暖的夜晚，他从口袋里掏出那块画着赵红燕头像的白布帕，放在鼻子下，深深地呼吸，仿佛有茉莉花的香息在他的五脏六腑渗透。

阿宝闭上了眼睛，等待着赵红燕如莺的声音传入自己的耳朵。

……

赵红燕终于登场了，她一亮相，就博得了一片掌声。

冬子抬起了头,凝视着戏台上的赵红燕,发现她的眼神特别怪异。

赵红燕没有像往常那样,亮完相就开唱,只听她悲凄地喊叫道:"夫君呀,这天太黑,这人太恶,娘子无法为你报仇了,你来接我,我随你去了——"

说完,她就一头撞到台边的柱子上……冬子睁大眼睛,缓缓地站起来,喃喃地说:"你为甚么不熬过这个晚上,为什么?"

鼓乐声戛然而止。

李慈林疯狂地跳上戏台,抱起赵红燕瘫软的身体,浑身颤抖,什么话也说不出来。

鲜血在赵红燕的头脸上开出了绚丽的花。

这是初春最绚丽的死亡之花。

……

阿宝没有听到赵红燕如莺的歌声,心却像被沉重的石头击打了一下,异常地疼痛。他目瞪口呆地站起来,手中的白手帕被一只无形的手扯落在地,然后缓缓地飘起来,白手帕发出一种幽蓝的亮光,魂魄般飘向无边无际的夜空……

突然的变故使李公公惊骇不已。他拉着冬子的手,匆匆回到了藏龙院。李公公站在厅堂中央,出神地凝视正壁上挂着的那幅墨汁未干的画像。这幅画像,李公公十分满意,下午才画完,也就是因为此事,他很高兴,才决定在这个晚上唱大戏的!没想到,会是如此的结局。李公公长长地叹了一口气,怪声怪调地说:"难道朕真的气数已尽?"

冬子默默地进入了自己的卧房,悄无声息地闩上了门。

他感觉到自己和李公公是两个世界里的人,这扇门已经把他们彻底分开!他们永远也不会再见面,冬子也不可能再和他见面。他只希望李公公有来生的话，做个好人，做个正常的人。

这是冬子淳朴的愿望。

冬子想到了父亲李慈林，在离开鼓乐院时，他和父亲说过一句话："爹，你在辫子上绑上一块白布吧，千万不要摘下来！"

他不知道父亲有没有这样做。

冬子进入卧房后，钻进了地洞，就再也没有从这里出来。

这个晚上，唐镇许多人家都在自家的门楣上挂上了柳树的枝条，有些人还在自己的辫子上绑上了白布条。他们自己也不知道为什么要这样做，只是听从了余老先生和李红棠的话，也有人没有这样做，他们觉得这样做很莫名其妙，其中就有李慈林的仇人李时淮。

不计其数的死鬼鸟在黑暗中从四面八方聚拢过来，在唐镇城墙上凄厉地鸣叫。

唐镇人心惊肉跳，惶恐不安。

光绪三十年二月初二子时刚过，唐镇黑暗的天空划过一道巨龙般的闪电，紧接着，惊雷炸响，唐镇开始了一场大屠杀。数百名清兵在那个牛眼男子的带领下，从地洞进入了李家大宅。

喊杀声震天动地。

牛眼男子在那个地下密室里找到了李公公。

他戴着皇冠，穿着龙袍，盘腿坐在蒲团上，怀里抱着一个陶罐。

李公公双眼紧闭，面无表情。

牛眼男子站在他的跟前。

李公公睁开了眼睛，冷冷地看着这个"江洋大盗"。李公公缓缓地站起来，突然厉声说："朕在此，为什么不下跪？！"

牛眼男子呵呵大笑。

李公公在他的笑声中哆嗦起来。

牛眼男子笑完后,鹰隼般的目光逼视他:"你作恶多端,死期已到!"

李公公颤抖着说:"你们不去杀洋鬼子,却来杀自己的同胞,你们是什么东西?!"

牛眼男子冷冷地说:"像你这样邪恶的叛贼,当诛!"

说完,他手中的刀就朝李公公捅过去。

刹那间,一个人扑过来,挡住了他那凌厉的一刀。

这个人是吴妈。她的口中呕出了一大口鲜血,瞪着眼说:"你、你不能杀皇上——"

牛眼男子从吴妈肚子里抽出染血的钢刀,吴妈歪歪斜斜地扑倒在地。李公公的眼中流下了泪水,他喃喃地说:"吴妈,你怎么这样傻,你替我去死,不值呀!为什么这个时候李慈林他们都不见了呢,只剩下你一个妇人替我去死!朕追封你为皇后!"

他的双手还是死死地抱着那个陶罐。

牛眼男子扬起手中的刀,朝李公公的脖子上砍过去!

李公公的头飞出去,砸在墙上那幅富态老女人的画像上,然后掉在地上,李公公的那双眼睛还是那样阴森森地睁着。李公公手上的陶罐也像他的头一样掉落在地上,碎了。

陶罐里用红布包着的李公公的命根子混在碎片之中。

牛眼男子冷笑了一声,一脚朝它踩了上去。

他使劲地用脚底碾压着李公公用心呵护了一生的命根子,仿佛听到李公公绝望的哭声!

碾压完后,牛眼男子掏出自己的命根子,朝李公公血肉模糊的头上撒上一泡热乎乎的臊尿。

尿水混合着血水把被碾碎的李公公的命根子浸泡起来。

然后,牛眼男子狂笑而去。

375

……

李慈林疯狂地砍杀着官兵,一直杀出了李家大宅。

他没有去保护李公公,也没有去保护冬子。

李慈林双眼血红。

此时,他心里只有两个字:"报仇!"

就像是一场噩梦,他心里建立起来的权力和希望在官兵的屠杀中崩塌!眼看大势已去,他还没有报杀父之仇,死不瞑目呀!

李慈林提着血淋淋的快刀冲进了李时淮的宅子。

官兵在李时淮的宅子里乱砍乱杀。

李时淮瘫倒在一个角落里,浑身瑟瑟发抖。

他看到李慈林杀进来,好像看到了希望:"慈林,救我——"

李慈林杀到李时淮面前时,一个官兵挥刀砍死了白发苍苍的李时淮。

李慈林呆了。

他最终还是没有亲手杀了仇人!

他的一切努力都白费了!

李慈林突然怒吼一声,冲过去,把那杀死李时淮的官兵砍翻在地。

官兵死了,李慈林还在他的身上乱砍着,嘴巴里说着谁也听不懂的话。其他那些官兵见状,都不敢靠近,神色惊惶地望着疯狂的李慈林。

……

官兵在唐镇大肆屠杀,一直到天亮。

门楣上挂了柳树枝条的人家都幸免于难,没有挂柳枝的人家全部杀光,无论男女老少。

天上雷声不断。

天亮后,乌云翻滚的天空中落下了瓢泼大雨。

冬子独自站在唐溪边上,看着渐渐被唐镇流出的血水染红的溪水,脑海一片迷茫。

雨水把他浑身上下淋得湿漉漉的,往下淌着水,他感觉不到寒冷。

突然,他听到了喊叫声。

冬子转过身,看到手提钢刀浑身是血的父亲李慈林从唐镇西门跑出来。

牛眼男子带了几十个清兵在后面追赶。

父亲的辫子上没有绑白布条,冬子的心异常地疼痛。

他不希望自己的父亲被杀死,尽管他作恶多端。

李慈林跑过了小木桥,然后往唐溪下游的方向跑去。

追赶着他的那些清兵挥舞着手中的钢刀,喊声如潮。

李慈林跑到了野草滩上,突然转过身,面对着呼啸而来的清兵,大吼道:"狗屁的,你们都一起上吧,老子和你们拼了!"

他的御林军已经被杀光了,就连邻近乡村赶过来增援的那些团练也被清兵杀光了!该杀的或者不该杀的唐镇人都被清兵杀光了,现在,只剩下李慈林一个人!

身穿皂衣的牛眼男子带着清兵站在了李慈林面前。

牛眼男子厉声说:"把刀放下,饶你一死!"

李慈林吐出一口带血的浓痰:"有种就上来把我砍死吧,男子汉大丈夫,宁愿站着生,不愿跪着死!"

牛眼男子说:"我钦佩你是条汉子,我再说一遍,只要把刀放下,就饶你一死!"

李慈林愤怒地说:"别啰唆,要我放下刀,你做梦去吧!有种就上来!"

牛眼男子说:"好,有骨气!今天我让你死个明白,让你知道是死在谁的手里!明白告诉你,我是汀州府的捕头江上威!你死在我手里,也不亏了你!"

说完,他就挥刀冲了过去!

李慈林和他绞杀在一起。

那些清兵看得眼花缭乱。

突然,他们停了下来。

只见双方身上都中了刀,鲜血淋漓。

李慈林吐出了几口鲜血,扭头就走,没有走出几步,脚底被什么东西绊了一下,扑倒在草地上,他来不及跳起来,江上威就挥了挥手,那些清兵就追了上去,乱刀朝李慈林的身上劈下去。

李慈林惨叫着,手被砍下来了,脚也被砍下来了……那些人把他被砍下来的手和脚扔得远远的。

李慈林再也喊不出来了,伤残的身体到处都在冒着血,那血像喷出的泉水……李慈林的头被江上威一刀砍了下来。

江上威怪笑着,提起李慈林的头,远远地扔出去。

李慈林的头落在了一片枯草之中,他的眼睛还圆睁着,幻化出许多情景:父亲被杀死……游老武师收留了他,教他武功,像父亲那样对待他……他替师傅挡了那一刀……游秤砣像对待亲兄弟那样对待他……游老武师把自己的掌上明珠游四娣许配给了他……游四娣对他的好……一家人在一起时的天伦之乐……李公公把金子放在他面前,告诉他一个惊天的阴谋,想到自己的杀父之仇,看着那些金子,他竟然答应了李公公……他把放了毒的酒给游秤砣喝,让他慢慢地死去……一切不可再重来,李慈林的眼睛里流下了两行泪,他一生没有流过泪,却在死后,流下了两行泪。

有一张画满符咒的黄表纸从五公岭方向幽幽地飘过来,贴在了李慈林的额头上,他的眼睛里掠过惊惧之色,然后慢慢地合上了,还有泪水从他的眼角不停地渗出来。

冬子隔着唐溪，眼睁睁地看着李慈林被人杀死。

冬子站在那里，脚像生了根，怎么也动不了。

他不晓得李慈林的头被砍下来的时候，有没有看到冬子……那情景和他做过的噩梦相差无几。

冬子突然喊叫道："爹——"

他跑上了小木桥，朝溪对岸跑去，可是，他没有跑到对岸，就一脚踩空，掉落到唐溪中。

唐溪笼罩在血光之中，溪水波涛汹涌。冬子听到许多叫唤声从溪水里传出。冬子浑身颤抖，内心恐惧，波涛汹涌的大水令他恐惧，那尖锐冰冷的声音也令他恐惧。更令冬子恐惧的是，溪水变得血红，唐溪里咆哮的是满溪的血水，溪水里突然伸出许多血肉模糊的手，那些手发出尖锐冰冷的呐喊！冬子喊叫着，血水一口口往他的嘴巴里灌，溪水里的一只手抓住了他的脚，又一只手抓住了他的另外一只脚。他无声地喊叫着，被强有力的手拖入到冰冷刺骨的血水中。他在血河里沉浮，挣扎……

这也和他做过的噩梦一模一样！

冬子沉浮着往下游漂去。

雨水密集起来。

溪水越来越湍急。

野草滩上的清兵发现了溪水中的冬子，他们不知道在说着什么。

江上威看到了咆哮的溪水中的冬子，不顾一切地跳下了唐溪……

唐镇飘浮着浓郁的血腥味和死尸散发出的腐臭。唐镇有一半以上的人成了官兵的刀下鬼。官兵屠杀完后，就潮水般退去，留下了一个死气沉沉的鬼魂哀号的唐镇。江上威把冬子从血河里救起来后，要把冬子带走，冬子没有答应他。冬子哀求江上威把父亲李慈林的尸体埋了。江上威答应了他,就让官兵在野草滩挖了个坑,把他的尸首埋了进去。就在他们离开后不久,一个尼姑站在埋葬李慈林的地方,低垂着头,默默地念叨着什么。

　　冬子掉进唐溪的时候,手中还攥着那个银色的十字架。他感觉到有股力量不停地把他从咆哮的血水里托起来,仿佛听到来自远天的天籁之音在召唤着他。让他万分不解的是,那个银色的十字架在他获救之后就不见了,不知道是遗落在唐溪里了,还是……冬子心里像失去了有生以来最重要的东西,异常地难过。他希望在未来的某一天,那个银色的十字架会重新出现在他的眼前,给他带来某种心灵的安慰和灵魂的救赎。

　　冬子独自走进了唐镇,唐镇剩下的人在清理着尸体。他们把尸体堆在李家大宅外面的空坪上,堆起来的尸体像一座小山。胡喜来最先发现了落寞地走在街上的冬子,突然朝冬子扑上来,一把抓住了他,喊叫道:"大家来看哪,李慈林的儿子竟然没有死哇——"

　　人们见到冬子,顿时把对李公公和李慈林的怒火发泄到他的头上,大呼小叫着要打死他,冬子被打倒在地。他没有躲避,也没有喊叫,只是默默地承受着……就在冬子快要被打死的时候,余老先生带着张发强跑了过来,后面还跟着阿宝。余老先生大喊道:"你们给我住手——"

　　张发强一手提着斧子,也怒吼道:"你们给老子住手,谁再敢碰冬子一下,老子就用斧头劈开他的脑袋!"

　　人们停止了对冬子的殴打,愣愣地看着余老先生他们。阿宝赶紧在冬子的跟前蹲下,抱起了他的头,冬子鼻青脸肿,嘴角流着鲜血,他朝阿宝苦涩地笑了笑,轻轻地说:"阿宝,你活着,真好!"

　　胡喜来瞪着眼睛说:"为甚么要放过他!"

　　张发强那时正在打造棺材,余老先生告诉他冬子的事情后,才匆匆赶过来的。张发强手中的斧子在胡喜来的眼前晃了晃:"你这个没良心的狗东西,如果没有冬子让余老先生出来告诉你们在门楣上挂柳枝和在辫子上绑白布条,还有你们的活路?你们要打死冬子,这是恩将仇报哪!"

余老先生也说:"张木匠说得没错,是冬子救了我们!冬子是我们唐镇的大恩人哪!以后我们唐镇人要把冬子当菩萨一样供起来!"

这时,郑士林父子也赶了过来,他看了看奄奄一息的冬子,赶紧说:"你们还在这里啰唆什么,还不快救人!赶快把他抬到我药铺去!"

大家面面相觑。

张发强扔掉手中的斧子,抱起了冬子,朝郑士林的中药铺奔去。

大家跟在他的后面。

阿宝拣起地上的斧子,也跟在他们的后面。

胡文进也走过来,跟在了他们的后面,戏班的其他人都获救了,获救后在第一时间里离开了噩梦般的唐镇,只有他没有离开。后来,他在唐镇住了下来,专门给死去的人画像,也许,这是他自我救赎的一种方式。

……

唐镇人闻到了一股香味,这是兰花的香味。这股香味从李红棠的家里散发出来,刚开始时只是一股幽香,然后渐渐浓郁,弥漫在唐镇的每个角落,驱除着令人作呕的尸臭和血腥味……冬子拼命地敲着门,喊叫着:"阿姐,阿姐——"

阿宝也喊叫着:"阿姐,冬子回来了,开门,开门——"

没有人回答他们,也没有人给他们开门。

其实,门是在外面锁着的,那是李慈林让人锁着的,在官兵杀进唐镇前,一直有人看守着这扇门,不让李红棠出去。

张发强说:"红棠会不会出事了?"

说着,他就举起了手中的斧子,不顾一切地劈开了门。

他们冲了进去，李红棠家里充满了兰花的香味。

他们冲上了阁楼。

他们看到了这样一幅情景：浑身干枯了的李红棠怀里抱着同样干枯了的上官文庆，躺在眠床上……看上去，他们死前是那么的安详和恩爱，仿佛用尽了最后一丝温热，为对方取暖，仿佛他们相依为命地走上了一条长长的不归路，不用任何人为他们送行……那奇异的兰花的香味是从李红棠干枯了的身体上散发出来的……

冬子孤独地坐在阁楼上。

这个夜晚一片死寂，有微风从窗外飘进来，夹带着血腥味。那随风飘进来的血腥味很快就被阁楼里兰花的香味吞没，消解。

许多人和事梦幻一般。

此时，冬子希望姐姐能够复活，带他踏上漫漫长路，去寻找在那个浓雾的清晨消失的母亲。

可姐姐再也不会回来了。

她只留下了兰花的香息。

冬子在这个凄清的夜里，突然想起了一件事情。那是答应过李公公的一件事情，就是在他死后，将他的命根子和尸首埋在一起。李公公的尸体和所有死者的尸体一起烧掉了，不晓得他的命根子有没有被烧掉。尽管他和唐镇人一样痛恨李公公，可还是动了恻隐之心。这个世界上只有他知道李公公的哀伤，那是个可怜而又可恨的人！他已经死了，一切都灰飞烟灭了，还有什么可仇恨的呢？想到这里，冬子决定去寻找李公公的命根子。如果找到了，就把它焚烧掉，也许李公公可以接收到它。

冬子点燃了一支火把，走出了家门。

唐镇就像一个巨大的坟墓，阴森可怖，活着的人都不敢在夜里出门，怕碰到那些飘忽的鬼魂。

冬子内心已经没有了恐惧。

仿佛一夜之间,他就长成了一个无所畏惧的男子汉。

他举着火把,穿过镇街,走向李家大宅。

李家大宅遭此大劫,已经破败不堪。

冬子走进了洞开的大门。

李家大宅里,一片漆黑。

黑暗随时都有可能把冬子手中的火把扑灭。

浓郁的血腥和腐败的气味,使黑暗变得黏稠。

冬子进入了地洞之中,来到了那间密室。

密室里空空荡荡的,什么也没有,那老女人的画像,那装着李公公宝贝的陶罐……都不见了。

冬子诧异的是,密室是如此的干净,仿佛什么也没有发生过。

突然,一只肥硕的老鼠叼着一根什么东西闯进了密室。老鼠慌乱地乱窜,企图找个小洞钻进去。密室里根本就没有老鼠洞让它钻,急坏了它。就在这时,从地洞里晃进来一个黑影。

冬子看清了,这不就是李公公吗?

像那只老鼠一样,李公公根本就没有感觉到冬子的存在,仿佛冬子是空气。冬子睁大眼睛看着发生在眼前的一切。

李公公尖厉地喊叫着:"还我宝贝,还我宝贝——"

他朝老鼠扑了过去,一个狗吃屎,扑倒在地。老鼠机灵地窜到另一边去了。李公公从地上爬起来,继续追逐叼着他命根子的老鼠。那一刹那间,冬子感觉到了心疼,为李公公心疼。某种意义上,冬子在那一刻,已经宽恕了李公公所有的罪和恶。老鼠窜出了密室,进入了黑漆漆的地洞,李公公尖叫着,追了出去。李公公和老鼠很快就消失了,如梦如幻。

冬子走出李家大宅。

李家大宅里回荡着李公公凄厉的尖叫:"还我宝贝,还我宝贝——"

许多老鼠发出叽叽的叫声,好像是在嘲笑那个当皇帝的太监。

这个晚上,冬子还做了个梦。

他梦见了父亲。

无头的父亲手中操着一把染血的钢刀,在唐镇死寂的街巷游荡。他口里不停地重复着一句话:"我的仇人呢,我的仇人呢——"

张发强用了两天的时间,给李红棠和上官文庆打造了一副超大的上好的棺材,把他们一起放进了棺材里,安葬了。给他们送葬的那天,阳光灿烂,镇上活着的人都参加了他们的葬礼。把他们埋葬后,人们还可以感觉到有奇异的兰花的香味从新坟里飘散出来。

大家都回唐镇去了,只有阿宝和冬子留了下来。

他们坐在李红棠他们的坟头,默默无语。春天的阳光温暖地倾泻在他们身上,他们不知道唐镇还会不会被阴霾笼罩,还会不会有突如其来的灾难降临。一切都在不确定之中,这就是命运!突然,他们看到一个人飘过来,那是一个光头的尼姑,她站在新坟前喃喃地念叨着什么。冬子站起来,呆呆地凝视着她。阿宝也站起来,呆呆地凝视着她。

冬子很久才颤抖地吐出一个词:"姆妈——"

这个尼姑就是在那个浓雾的早晨失踪的游四娣?

尼姑念叨完后,默默地拉起了冬子的手,朝西方的山路走去。

阿宝呆呆地看着他们离去,眼睛里积满了泪水。他不清楚冬子和那个尼姑要到哪里去,也不知道还能不能再见到冬子。阿宝本以为冬子可以和自己一起在唐镇长大成人,没想到他还是要和自己分开。阿宝心里异常地伤感,疼痛极了,天空中的阳光突然变得血红,满天飘着白色的纸马。冬子说过,他要骑着白色的纸马离开,去很远很远的地方……阿宝突然记起冬子问过自己的一个问题:

"大年初一那天,你吃了油炸鬼吗?甚么味道?"

阿宝朝着冬子远远离去的背影,大声喊叫道:"冬子,我告诉你,我吃了油炸鬼,那味道是酸的,酸的,酸……"

2009年8月完稿于福建长汀

2010年3月修改定稿于北京

《唐镇故事2：画师》 内容介绍

民国时期，唐镇的老画师去世，唐镇人不敢照相，却十分看重死后留下一幅肖像的习俗，因此画师宋柯来到了唐镇，他画工精湛，但身上总有一股难闻的腥臭味，因而被村民孤立，唯有低贱的掘墓人三癞子愿跟他往来。

一天，神秘蛊女凌初八，在画店门口闻到了宋柯的腥臭味，并陶醉其中，一段疯狂的血色爱情由此开启。一个靠给死人画像维持生计的善良男人，一个擅长放蛊的红眼女人，他们都无法融入唐镇，唐镇却因他们再无平静。三癞子知道唐镇一连串祸事的缘起，可他一句话也没说……

《唐镇故事3：饥饿》 内容介绍

炎热的夏天，辞掉上海工作的青年宋森来到唐镇，遵照祖母遗嘱，寻找六十年前离家出走的祖父——画师宋柯的遗骨。

唐镇，认识宋柯的人仅剩游武强，他虽然已八十多岁，却仍有一把蛮力，倔强的性情不减当年。游武强的房屋被开发商强拆，宋森在废墟里发现一个旧皮箱，进而解开一段唐镇的悲苦往事：麻风病曾肆虐唐镇，有人为救治麻风病人奋不顾身，也有人因贪图麻风病人的口粮而良心丧尽。

游武强还没来得及讲述宋柯的往事，便过世了，但在黑森林深处，另一个深爱游武强的红眼女人，知道答案。